Os Segredos do Rei do Fogo

Kim Edwards

Os Segredos do Rei do Fogo

CONTOS

SEXTANTE
FICÇÃO

Título original: *The Secrets of a Fire King*
Copyright © 1997 por Kim Edwards
Copyright da tradução © 2008 por Editora Sextante Ltda.
Publicado originalmente por Penguin Books.
Todos os direitos reservados. Nenhuma parte deste livro pode ser utilizada ou reproduzida sob quaisquer meios existentes sem autorização por escrito dos editores.
Publicado em acordo com Penguin Books, uma divisão da Penguin Group (EUA).
Os contos desta coletânea apareceram nas seguintes publicações:
"A sensação de estar caindo", *The Threepenny Review* e *Pushcart Prize XIX*; "Ouro", *Anateus* e *Best American Short Stories of 1993*; "Um brilho na escuridão", *Story*; "A história da minha vida", *Story*; "Primavera, montanha, mar", *American Short Fiction*; "Equilíbrio", *American Short Fiction*; "A grande cadeia do ser", *The Paris Review*; "Suco de céu", *Chicago Tribune*; "Sede", *Mid-American Review*; "No jardim", *Ploughshares*; "Lanterna-de-aristóteles", *Zoetrope*.
Este livro é uma obra de ficção. Os personagens e os diálogos foram criados a partir da imaginação do autor e não são baseados em fatos reais. Qualquer semelhança com acontecimentos ou pessoas, vivas ou mortas, é mera coincidência.

TRADUÇÃO: Maria Luiza Newlands
PREPARO DE ORIGINAIS: Cláudia Pessoa
REVISÃO: José Tedin, Sérgio Bellinello Soares e Tereza da Rocha
PROJETO GRÁFICO E DIAGRAMAÇÃO: Marcia Raed
CAPA: Victor Burton
PRÉ-IMPRESSÃO: ô de casa
IMPRESSÃO E ACABAMENTO: Associação Religiosa Imprensa da Fé

CIP-BRASIL. CATALOGAÇÃO-NA-FONTE.
SINDICATO NACIONAL DOS EDITORES DE LIVROS, RJ

E26s

Edwards, Kim, 1958-
    Os segredos do Rei do Fogo / Kim Edwards [tradução de Maria Luiza Newlands]. – Rio de Janeiro: Sextante, 2008.

    Tradução de: The secrets of a fire king
    ISBN 978-85-99296-28-8

    1. Ficção americana. I. Silveira, Maria Luiza Newlands, 1947-. II. Título.

08-2251   CDD: 813
        CDU: 821.111(73)-3

Todos os direitos reservados no Brasil por
Editora Sextante Ltda.
Rua Voluntários da Pátria, 45/1407 – Botafogo
22270-000 – Rio de Janeiro – RJ
Tel.: (21) 2286-9944 – Fax: (21) 2286-9244
E-mail: atendimento@esextante.com.br
www.sextante.com.br

PARA TOM, QUE CONSTRUIU
UM QUARTO PRÓPRIO PARA MIM.

SUMÁRIO

A grande cadeia do ser 9

Primavera, montanha, mar 24

Um brilho na escuridão 43

Equilíbrio 60

A sensação de estar caindo 72

O convite 89

Lanterna-de-aristóteles 101

Os segredos do Rei do Fogo 128

Sede 147

Suco de céu 157

Ouro 173

No jardim 188

Histórias de ratos 208

A história da minha vida 220

1

A GRANDE CADEIA DO SER

MEU PAI ERA UM HOMEM QUE ACREDITAVA QUE A HISTÓRIA SE REPETIA. Não no sentido mais amplo, de nações e de guerras, mas no sentido mais simples, de âmbito familiar. Ele era um homem religioso e acreditava que as configurações do universo eram fixas, infinitas, mas estáticas, e se revelavam ao devoto por meio da simples concentração da prece. O que é o destino e o que um indivíduo tem sob seu controle? Se perguntássemos a meu pai, ele diria que tudo é destino. Essa é a resposta que a nossa religião nos dá, a resposta que ele seria obrigado a dar. Essa era a resposta que aplicava a nós, seus filhos.

Ele era um homem baixo, mas imponente, com a calva lisa, o que o fazia parecer ao mesmo tempo sábio e de idade indefinida. Naquela época, antes da independência de nosso país, ele exercia grande influência e se portava com uma dignidade quase igual à da realeza. Compreendo agora que os legados que nos passou eram nada mais do que rápidos lampejos da memória, repentinas lembranças de sonhos fugazes. Mas, na época, eu acreditava, todos nós acreditávamos, que vinham a ele através de uma espécie de inspiração divina, brotando de seus lábios sem aviso, tal e qual moedas caindo inesperadamente de um raio de sol.

– Jamaluddin saiu igualzinho a seu tio-avô Sayed – disse ele um dia, olhando meu irmão de perto com um olhar terrível e atento –, sem tirar nem pôr.

E nos lembramos de nosso tio-avô, que, mesmo na velhice, conservou o olhar claro e as costas eretas e comandou o exército contra a rebelião comunista antes de nascermos. Daquele dia em diante passamos a chamar nosso irmão de Sayed, primeiro de brincadeira, depois com toda a seriedade, até o verdadeiro nome dele se tornar apenas uma anotação nos arquivos de meu pai. Um irmão lembrava um curandeiro, outro se parecia com um antigo comerciante. Quando minhas irmãs nasceram, meu pai declarou que eram a imagem exata de minhas tias gêmeas, as mulheres mais belas

9

de seu vilarejo. Anos mais tarde, quando ele se referia a elas dessa maneira, dava para ver como seus rostos brilhavam, como elas aprumavam o corpo, endireitavam os ombros, sacudiam os cabelos para trás e exibiam sorrisos de mulheres bonitas.

De seus 13 filhos, eu era a sétima, a primeira menina e a que esperou mais tempo pelo seu legado de nomes. Meu pai era um homem importante – alguns diriam um grande homem –, e fomos treinados para não incomodá-lo. Ainda assim, de vez em quando eu desviava de meu caminho para passar diante de seus olhos na esperança de inspirá-lo. Cantava debaixo de sua janela, pensando em Shala, a grande poetisa da família que aquietava vilarejos inteiros com suas canções. Oferecia-lhe bandejas de biscoitos feitos por mim, pensando em minha avó, cuja casa eu lembrava estar sempre repleta de aromas de doces de coco e de especiarias. Meu pai aceitava essas oferendas distraidamente; deslizava os dedos pelas minhas costas quando eu passava por ele, cantando, no corredor. E, embora estivesse na minha vez de receber um nome, ele nunca olhava para baixo de novo. Eu continuava a ser apenas Eshlaini.

Um dia minha mãe deu comigo chorando na cozinha.

– Eshlaini – disse ela, atravessando o piso de azulejos com andar leve e me abraçando forte. Estava grávida de seu décimo primeiro filho, e contei minha triste história aninhada nas curvas de sua carne: dois irmãos mais novos do que eu tinham recebido nomes, enquanto eu, não. Minha mãe escutou afagando o meu cabelo e, quando terminei, ela segurou meu rosto em suas mãos e fixou o olhar em mim por um momento antes de falar.

– Eshlaini – disse –, escute com atenção: Eshlaini. Esse é o nome que eu escolhi para você, um nome que espero que vá manter para sempre. Há uma estrela no céu noturno, muito linda, muito brilhante. Fiquei olhando para aquela estrela na noite em que você nasceu e, quando adormeci, sonhei com ela e acordei com seu nome, Eshlaini, nos lábios. Graças a Deus, tive muitos filhos, dei-lhes muitos nomes, mas o seu será o único que irá permanecer. Agora, minha filha, pare de chorar. Alegre-se com seu belo nome, Eshlaini.

Dali em diante, parei de desejar outro nome e em breve tinha outro irmão. Minha mãe me deixou segurá-lo, mesmo sendo tão novo. Lembro-me de como sua pele era vermelha, do emaranhado de cabelos escuros, espessos, da maneira como eu o senti nos meus braços, uma trouxa quente que se mexia. Naquele tempo seguiam-se os métodos tradicionais, e minha mãe recebia massagens todas as manhãs, numa cama instalada em cima de um fogareiro, onde carvões em brasa ardiam lentamente. A parteira rolava pedras quentes sobre sua barriga. Eu ficava sentada em um canto, fazendo de meus braços um berço firme e cuidadoso para meu irmão e escutando o que elas falavam.

– O que sente quando faço isto? – perguntou a parteira, comprimindo a pedra de um modo, depois de outro, na carne de minha mãe. Eu a observei prender a respiração, vi a borda de seus dentes brancos morderem o lábio inferior.

– Dói – respondeu. – O trabalho de parto foi rápido, mas, mesmo assim, senti mais dor desta vez do que de todas as outras.

A parteira franziu o cenho e apertou a barriga de minha mãe com os dedos.

– Não deve ter mais filhos – declarou ela. – Se gerar outra vida, vai pagar com a sua própria. É o que receio que aconteça, Shalizah. Onze filhos! Já deveria estar satisfeita. – Houve um momento de silêncio antes que ela falasse de novo. – Você e ele também.

– Eshlaini – disse minha mãe, levantando o corpo e apoiando-se nos cotovelos –, traga o bebê aqui.

Fiz o que me pediu e balancei meu irmão para lá e para cá enquanto a parteira enfaixava minha mãe com um pano embebido em ervas e óleos.

– Que nome vai dar a esse? – perguntou, puxando a tira de pano e apertando-a tanto, que minha mãe estremeceu.

– Ainda não sei – respondeu minha mãe, examinando o rosto de meu irmãozinho. – Antes, preciso conhecê-lo um pouco. Zul, talvez. Parece combinar com ele.

A parteira deu à minha mãe um copo cheio de um líquido esverdeado, de odor tão pungente que me fez torcer o nariz.

– Não está certo – comentou, limpando as mãos sujas de ervas no avental – dar um nome a uma criança quando ela é pequena e depois mudá-lo. A criança não escolhe o que ela vai se tornar.

Minha mãe suspirou, bebeu o líquido verde, fez uma careta e estendeu a mão para mim.

– Eles são meus durante os primeiros cinco anos, mais ou menos – disse. – Até então, o pai nunca se interessa por eles. – Sorriu para mim e puxou-me para perto. – E Eshlaini é minha. Sempre terei Eshlaini.

– Não está certo – repetiu a parteira.

– Não cabe a nós questionar isso – replicou minha mãe, serenamente.

. . .

Ela não questionou e, se o fez, as palavras de meu pai acalmaram seus temores. Afinal, muita gente dizia que meu pai era o orador mais eloqüente de sua geração. Lembro-me de passar por seu gabinete e vê-lo de relance, sério e ereto em sua cadeira dura, rodeado por outros homens, com o ventilador de teto girando devagar sobre suas cabeças. Não importa quantos estivessem presentes, a voz dele era a que eu mais ouvia, grave, melodiosa e vigorosa como uma tempestade. Eram as mãos de meu pai que eu via, levantadas para enfatizar suas palavras, era ele quem falava das escolhas que deveriam fazer, do rumo que deveriam tomar nos anos vindouros. Em suas preces diárias, afirmava acreditar no destino, mas falava como um homem que sentia o mundo girar e palpitar sob seu comando.

Isso é o que deve ter acontecido com minha mãe, pois, apesar da advertência da parteira, dentro de um ano ela estava grávida outra vez. Desde o início foi uma gravidez difícil, e ela precisou ficar de cama. Eu costumava sentar-me perto dela, deixá-la pentear meu cabelo sob o ruído constante do ventilador de teto. Seus dedos fortes massageavam meu couro cabeludo, e as tranças que ela fazia puxavam a pele das minhas têmporas. Até hoje, tantos anos depois, às vezes tranço meus cabelos para evocar aqueles momentos: o calor provocando uma fina camada de suor em nossas testas, o sol tropical amortecido pelas venezianas de madeira bem fechadas, o repugnante copo de chá de ervas que ela bebericava, aos poucos, ao longo do dia.

O trabalho de parto de minha mãe começou quando as frutas começavam a amadurecer nas árvores, logo depois da estação quente e antes da temporada das monções. A princípio, consideramos aquilo como um bom augúrio, pois ela, assim, evitaria as febres da primeira e a friagem desagradável da última, daria à luz o fruto de seu corpo na ocasião oportuna e sobreviveria.

O parto começou de manhã bem cedo e, por volta do meio-dia, eu tinha uma irmã. Colocaram-na no aposento ao lado do quarto de minha mãe, onde de vez em quando eu dormia, e fiquei encarregada dela. Era minúscula! Mesmo enrolada em mantas, era pequena: tinha menos de dois quilos ao nascer. Toquei seus dedos pequeninos, o lobo da orelha, as veias azuis aparentes sob a pele translúcida da testa. Pela porta aberta, via minha mãe dormindo, seu cabelo escuro como uma sombra entre a dupla palidez do travesseiro e do seu rosto. A parteira se fora, e parei junto à porta por um momento, escutando a respiração regular de minha mãe no calor crescente do quarto.

Durante as duas horas seguintes tudo ficou em paz. Eu olhava minha irmã e encarava o silêncio como uma longa e prolongada prece. E foi com um sobressalto, mas sem surpresa, num momento qualquer da tarde, que ouvi a respiração arfante recomeçar, as palavras reconfortantes da parteira entrecortadas pelos gemidos de minha mãe. Alarmada, deixei minha irmã e corri para o outro quarto. Os lençóis estavam manchados de vermelho e a parteira mal levantou os olhos enquanto massageava minha mãe.

– O que é? – gritei. – Qual é o problema?

– Vem outro por aí – explicou a parteira. – Sua primeira irmã tem um gêmeo. Agora, saia daqui bem quietinha, tome conta dela e não se preocupe com sua mãe. Você precisa confiá-la a mim, agora, e a Deus.

O segundo trabalho de parto demorou mais do que o primeiro. Foi a impressão que tive, mesmo sem um relógio para calcular o tempo. Alimentei minha irmã, troquei sua fralda, senti o calor do dia aumentar, chegar ao ápice e finalmente diminuir. Mais tarde contaram-me que durou 12 horas, mas, para mim, aquelas horas de gritos abafados e gemidos pareceram dias, anos. Passava da meia-noite quando a parteira trouxe minha segunda irmã para o meu quarto. Era menor do que a primeira e ainda mais frágil.

– Eshlaini! – exclamou a parteira. Com a tensão do parto, ela se esquecera por completo de mim. – Ficou aqui esse tempo todo? – Assenti, sacudindo a cabeça. Havia uma cama no quarto, mas eu permanecera sentada, rígida e alerta, numa cadeira reta, a única do aposento. Estava exausta e muito assustada; o ar da noite parecia estalar, cheio de espíritos e emoções jamais visíveis durante o dia.

– Menina – disse ela, pousando a mão no meu ombro –, você precisa dormir.

– Quero ver minha mãe – pedi.

– Ela está dormindo agora. O melhor que tem a fazer é dormir também.

– Ela está morta – repliquei. – Eu sei.

A parteira pareceu espantada, depois perturbada.

– Não, ela não está morta. Ah, menina – disse. E apesar de eu já estar com 9 anos e ser alta para a minha idade, apesar de ela ter trabalhado quase ao ponto de exaustão, a parteira me pegou no colo e me levou para o quarto de minha mãe. Sua respiração soava curta e irregular, seu rosto estava tão pálido quanto os dos novos bebês a quem dera à luz. Entretanto, quando toquei seu braço, senti seu calor, e alguma tensão dentro de mim começou a relaxar.

– Pronto – disse a parteira, acariciando meu cabelo, apertando minha cabeça de encontro a seu ombro e levando-me de volta para o outro quarto, onde a leve respiração de minhas irmãs enchia o ar. Empurrou-me para a cama estreita e cobriu-me com um velho sarongue.

– Assim é melhor, Eshlaini. Por ora, é só. Durma.

. . .

De fato, dormi, mas um sono leve e cheio de sonhos. Quando acordei, a casa, embora ainda escura, estava agitada, com muito movimento e sussurros de vozes ansiosas. A porta que dava para o quarto de minha mãe estava ligeiramente aberta. Entrevi meu pai sentado junto à cama, segurando a mão de minha mãe entre as suas. Ele estava rezando. Eu tinha apenas 9 anos, era criança demais para compreender as palavras, mas lembrava delas de outras mortes, sabia o que pressagiavam aqueles sons.

Não lembro mais com tanta clareza o que se seguiu. As palavras caíam como uma chuva em volta de mim e, de repente, vi-me de pé, iluminada por uma idéia para salvar minha mãe. Lembro-me do piso frio sob meus pés nus, do luar que entrava pela janela e iluminava o berço onde dormiam minhas duas irmãs. Suas bocas se mexiam, mesmo dormindo, e suas mãos e pés às vezes estremeciam com movimentos iguais aos do útero. Em meio ao repentino silêncio no quarto de minha mãe, apanhei um travesseiro espesso e o coloquei em cima das cabeças de minhas irmãs. Eu tinha 9 anos, com um raciocínio literal, e me lembrava das palavras da parteira. Se aquelas gêmeas custariam a vida à minha mãe, deduzi que poderia salvá-la caso elas morressem.

Não há como saber, agora, o que teria acontecido. Eu poderia ter ido adiante, possuída como estava pela loucura da perda, com a lógica desorientada de uma criança egocêntrica. Mas eu não era uma menina má nem demente de verdade, e é bem possível que tivesse parado. É possível que, hesitante, com o gesto em suspenso, eu tivesse perdido o ânimo, retirado o travesseiro e soluçado com o rosto enterrado nas plumas. Não tenho como saber, hoje, o que teria acontecido, e também isso não importa mais, porque meu pai surpreendeu-me naquele momento e com aquela intenção. Apareceu à porta subitamente, a silhueta recortada pela claridade vazia e terrível do quarto de minha mãe. Deu um rugido tão alto que congelou a cena para sempre em nossas histórias. Chamou meus irmãos; eles vieram e entraram em atropelo no quarto, como pássaros derrubados do ninho. Testemunharam a pancada que meu pai desferiu em mim, o soco de um homem adulto inflado com fúria desvairada contra uma morte que não tinha o poder de impedir. E estavam presentes, também, para escutar o nome que ele finalmente me deu, o nome que eu carregaria pela vida toda.

– Leve essa aí – disse ele, empurrando-me na direção do menino mais velho, o irmão que se dizia ser parecido com o soldado. – Leve-a e tranque-a no quarto. Enlouqueceu, como aconteceu com a avó dela, Rohila. – Ele cuspiu o nome como se fosse um veneno. – Essa menina megera, ela é Rohila de novo.

·   ·   ·

Rohila. Um nome que todos nós conhecíamos, mas que raramente pronunciávamos. Ela era a mãe de meu pai, um dia jovem e linda, conhecida tanto por sua beleza quanto por sua habilidade com a costura. Noivas e moças ricas a procuravam, e ela passava noites a fio trabalhando à luz da lamparina, a agulha reluzindo na escuridão como um pequeno peixe prateado. Suas próprias roupas eram tão elegantes e graciosas que ela atraía o olhar de todos os homens. Conta-se que, quando finalmente se casou, uma outra moça ficou tão desatinada que lançou magia negra sobre Rohila. Ninguém suspeitou disso, pois no início Rohila e seu marido foram muito felizes. Somente mais tarde as pessoas se lembraram de como ela havia sido atormentada naquele ano por dores de cabeça e estranhos sonhos. Logo ficou grávida, mas desde o começo algo não ia bem. Rohila ficou arredondada, mas não gorda, e notava-se um certo nervosismo nela, uma espécie de tensão que se revelava em torno de seus olhos.

Todos sabem das febres que podem se suceder ao parto e das precauções que devem ser tomadas para preveni-las. Não era culpa de Rohila se sua parteira era inexperiente, distraída, ciumenta ou enfeitiçada. Não era culpa de Rohila se as ervas não tinham sido preparadas, a oferenda não tinha sido realizada, de modo que, depois do nascimento de seu primeiro e único filho, minha avó fora acometida por uma loucura temporária. Encontraram-na parada no meio de uma ponte com o bebê nos braços – meu pai –, pronta para jogá-lo no riacho. Depois disso, foi repudiada pelo marido e substituída por outra esposa, a mulher dos doces e biscoitos, a mulher que conheci como sendo minha avó. Rohila fora mandada de volta para casa e lá viveu, isolada. Cuidou de seus pais, que envelheciam; quando eles morreram, foi ajudar seus irmãos e suas mulheres. Eu a vi uma vez: uma velha curvada que fugia de crianças e nos provocava pesadelos. Afora isso, nada mais sei a seu respeito, embora imagine, às vezes, que compreenda agora sua vida.

Conforme nossos legados de nomes, sua vida passou a ser a minha. Eu era somente uma criança, mas, no dia em que minhas irmãs nasceram e minha mãe morreu, meu destino foi traçado. Tornei-me Rohila, a que não se casaria, a que permaneceria em casa para cuidar dos irmãos e, na velhice, do pai. Isso não foi dito, mas simplesmente estabelecido. Caso perguntassem a alguém da minha família se aquilo era justo, qualquer um deles se mostraria surpreso com a pergunta e diria que era o destino. Eles todos, que receberam os nomes dos fortes, sãos e famosos, podiam dar-se ao luxo de acreditar em predestinação. Se tudo se atribuía ao destino, então não era responsabilidade deles intervir. E, no entanto, existia uma verdade que logo descobri e na qual eles nunca pararam para pensar. Se eu tivesse de ser uma solteirona, acorrentada para sempre àquela casa, então isto também era verdade: a vontade de meu pai é que determinava que fosse assim. Era por decreto dele, por escolha dele.

‧ ‧ ‧

O que é o destino e o que um indivíduo tem sob seu controle? Por volta dos 17 anos, eu era forte, mas delicada, com braços e pernas longos e esguios, punhos e tornozelos finos como ossos. Aprendi depressa que o corpo é um destino. Quem me visse jamais teria adivinhado minha sina dentro daquela casa. Os rapazes que me observavam ir e vir da escola, os olhos pousados em minha pele como a luz quente do sol, nenhum deles adivinhava. Seguiam-me, deixavam dentro de meus livros bilhetes que falavam de amor e do futuro, de outras vidas. Eu deveria ter sido mais esperta e enxergado o que de fato eram: uma isca presa ao anzol de outra vida predeterminada. Deveria ter me lembrado de minha mãe não dando ouvidos à parteira que a aconselhava a fazer uma escolha que não era a sua. Mas eu era jovem e tola, e aqueles bilhetes em meus bolsos eram leves e persistentes como a esperança. Sorria timidamente para os rapazes, enrubescia com recato, e logo eles começaram a aparecer em minha casa, esperando obter o consentimento de meu pai para se casarem comigo.

Na noite em que veio o primeiro rapaz fiquei à janela do andar de cima e o vi tocar a campainha. Eu guardava seu bilhete prometendo conquistar-me e sentia uma enorme alegria no meu coração. Achei que meu pai o levaria em consideração. Afinal de contas, ninguém queria ter uma filha solteirona. Meu pretendente se vestiu com muito apuro e penteou o cabelo com água até parecer lustroso. Quando ele desapareceu dentro de casa, esperei que meu pai mandasse me chamar.

O tempo passou lentamente para mim. Entretanto, quase meia hora depois, escutei a porta bater, corri à janela e vi o rapaz andando apressado em direção à rua. No dia seguinte procurei por ele desesperada para saber o que teria acontecido, mas, apesar de avistá-lo a distância, no outro lado da sala de aula ou no pátio do recreio, nunca mais ele falou comigo.

O que meu pai lhe teria dito, e por quê? Imaginei que talvez tivesse achado o rapaz inadequado; afinal, era um homem famoso, importante e muito exigente com seus parentes por afinidade. Por isso fui cuidadosa com os outros bilhetes que recebi, tendo, por fim, escolhido o de um outro rapaz, um que não pertencia à escola, um oficial do exército que servia perto de nossa casa. Meu irmão mais velho também não era um oficial do exército? Meu pai teria de aprovar. Depois de algum tempo, uma revoada de bilhetes e uma porção de olhares tímidos, esse homem também veio à nossa casa. Dessa vez não deixei nada ao acaso. Agachei-me debaixo da janela do escritório e fiquei escutando.

– Mas eu me preocupo – disse meu pai, esvaziando o cachimbo com uma batida no cinzeiro. Meu jovem oficial estava sentado diante dele, o chapéu nas mãos, o rosto esperançoso. – Minha preocupação é essa loucura que ela demonstrou e o que poderia acontecer se tivessem filhos. Sabe, minha filha não regula muito bem. Com certeza você deve ter ouvido alguma coisa a respeito: ela quase matou as duas irmãs quando eram recém-nascidas. Até hoje, eu às vezes a vejo no parque observando as crianças. Nessas ocasiões, o olhar dela não é normal, é o mesmo daquela noite, há tanto tempo. Nós costumamos vigiá-la de perto, sabe?

– Eu não sabia de nada – admitiu o rapaz, com uma perturbação transparecendo na voz.

Tive vontade de pular dentro do aposento, de gritar bem alto que não era verdade o que meu pai dissera sobre o parque, sobre as crianças. Aquelas crianças não me interessavam nem um pouco. Mesmo a noite do nascimento de minhas irmãs parecia um sonho, uma história acontecida com outra pessoa.

– Se eu fosse menos honesto – prosseguiu meu pai –, deixaria você ir adiante e casar-se com minha filha. Mas não posso condenar um rapaz como você às incertezas que uma vida com minha filha pode oferecer. Você precisa de uma mulher forte, de alguém que lhe dê apoio. Minha filha vai passar a vida nesta casa, como foi determinado. Quando eu morrer, é claro, esta casa será dela. Rezei para ser orientado sobre isso e estou certo de que é assim que deve ser.

A noite estava quente, mas, enquanto ele falava, eu tremia tanto que precisei enfiar as mãos debaixo das axilas para evitar que meus dedos batessem na parede. Afinal, compreendi o significado daquela noite. Meu pai estava afastando meus pretendentes não para o bem deles, mas em benefício próprio. Queria garantir para si mesmo uma velhice tranqüila, com alguém ali para cuidar dele. Eu, Eshlaini, seria essa pessoa. Não se tratava de nenhum destino divino, mas da vontade de meu pai. O rapaz se levantou para sair, apertou a mão dele e agradeceu. Ao ver aquilo, fui impelida a fazer o que durante anos pensara ser impossível. Fiquei de pé e, diante da janela, desmenti meu pai.

– Não é verdade isso que meu pai está lhe dizendo – falei.

Os dois homens olharam para mim, estarrecidos. Foi para o mais moço que olhei primeiro. Estava tão animada com minha própria ousadia, o sangue pulsando em meu coração, que esperei o mesmo dele. Acho que pensei que fosse pegar minha mão e sair correndo comigo pela noite adentro, mas, em vez disso, ele desviou imediatamente os olhos. Observei-o por um momento, minha pulsação se desacelerando aos poucos, primeiro por raiva, depois por humilhação. Ele fixou o olhar na parede, um músculo se contraindo na face. Quem finalmente falou foi meu pai, com a voz branda que se usa com as crianças e os loucos.

– Rohila – disse –, não é você quem deve decidir esse assunto. Vá para seu quarto agora mesmo.

O rapaz me deu as costas. Não conseguia encarar-me nem falar comigo.

– Rohila – repetiu meu pai. Mas eu o interrompi:

– Eu estava escutando – admiti. Sabia que devia estar parecendo meio doida, com o cabelo esvoaçante em torno da cabeça, lágrimas escorrendo pelo rosto, a voz esganiçada e alta. – Ouvi o senhor prometer-me a casa. Se não vai deixar que eu me case, pai, pelo menos faça isto: ponha meu nome em seu testamento, tendo esse homem como testemunha. Dê-me a garantia de que meu futuro será como o senhor determinou.

– Não fui eu que determinei – retorquiu meu pai. Ele me olhou de um jeito muito esquisito, como se fosse a primeira vez que me enxergasse com clareza. Então, deu de ombros: – De qualquer maneira, é coisa pouca. Esta é a menos valiosa de minhas propriedades e só levará um minuto acrescentá-la ao testamento.

Naquela noite, fiquei muito tempo sentada em meu quarto com o papel na mão. Foi o meu nome verdadeiro que usaram, meu nome perante a lei, para legar-me a casa. Embora ela fosse pequena e valesse muito pouco, e embora eu soubesse que não teria mais nenhum pretendente, uma estranha satisfação se misturava ao meu rancor. Eu possuía aquele papel, afinal, com meu nome verdadeiro. Sabia bem a pequena vitória que havia conquistado.

· · ·

O que acontece com um rancor tão ardente que queima o interior das pálpebras com uma luz branca quando leva tempo demais sem ser manifestado? Eu posso dizer: ele se transforma em uma noz negra, um nó bilioso dentro das tripas, uma semente escura e enrolada. Sentia isso todos os dias ao atender às necessidades de meu pai, enquanto os anos de minha vida passavam, um por um. À noite sentava-me diante do espelho, examinando novas rugas onde antes não havia nenhuma, tirando com pinça os pêlos que brotavam em meu queixo. Sonhava em partir, mas naqueles tempos não havia nenhum lugar para onde uma mulher sozinha pudesse ir. Eu estava presa à casa pelas grandes cadeias de circunstâncias do passado e do presente. Meu rancor se extravasava de maneiras bizarras. Às vezes eu quebrava coisas às escondidas, coisas de que só meses depois meu pai daria falta – um pequeno vaso que pertencera à minha mãe, a caneta-tinteiro de algum general famoso. Enterrava suas medalhas no quintal. Em alguns momentos parecia que eu era realmente louca, como ele alegava, mas bastava apertar meu estômago com os dedos para tranqüilizarme quanto à verdade. Era ali que o rancor tinha se instalado, tenso como um músculo. Sentia a sua presença, sua casca dura, grosso como uma castanha.

Um dia, depois de muitos anos, vi que meu pai ia morrer. Ele estava com seus 80 anos, em boa forma, e, ao que tudo indicava, saudável; mas, naquela manhã, notei um tremor em seus dedos quando comia o arroz do seu desjejum; e quando assinou as cartas que eu havia datilografado sua mão tremia tanto que não consegui ler seu nome. Resistiu aos médicos por longo tempo; porém, quando finalmente os procurou, eles confirmaram o que eu já supunha muito antes: tinha apenas um ano, ou até menos, de vida.

Naquele dia a semente escura se abriu. Senti que escorria, que dela fluía a seiva que corria por minhas veias. A cada dia que passava e meu pai enfraquecia, novos brotos abriam caminho por meus braços e pernas. Sentia a vida crescendo em mim de dentro para fora. Quando segurava o cotovelo de meu pai para ajudá-lo a chegar à varanda, quando ele precisava deitar-se cada vez com mais freqüência, eu sentia folhas se desenrolando, flores internas desabrochando nas pontas dos meus dedos e nas minhas faces. A partir do dia em que ficou totalmente preso à cama, meu novo ego, prestes a nascer, estava quase completo. Eu cantarolava baixinho enquanto cuidava dele, enquanto limpava com uma mecha de algodão a carne flácida de suas pernas, enquanto ajeitava os lençóis.

Comecei também a falar com ele, apesar de ter sido sempre uma moça calada, silenciosamente curvada sobre o meu rancor. O câncer atacou sua laringe, de modo que não podia responder quando lhe contava o que planejava fazer com aquela casa que tinha me deixado. Seus olhos me seguiam pelo quarto enquanto eu abria as janelas, espanava o ventilador, derramava água da jarra de vidro em um copo e levava a seus lábios. Um dia eu disse que iria queimar a casa, que as labaredas azuis subiriam bem alto, mais alto do que as árvores, transformando as paredes e os móveis em nada além de cinzas. Uma outra vez disse que iria alugá-la para pessoas de religiões diferentes, pessoas que cozinhariam carne de porco na cozinha, que manteriam cães perambulando livremente de um cômodo para outro. Uma casa de mulheres ilícitas – murmurei, acomodando seus travesseiros –, com amantes entrando e saindo e suspiros de paixão flutuando pelas portas de todos os quartos. Ergui meu corpo, como se uma idéia súbita me ocorresse, e disse que até eu mesma talvez também trouxesse um amante.

Meu pai emitiu um ruído do fundo de sua garganta e olhei para ele. Estava falando sem produzir som, os lábios faziam movimentos exagerados, fáceis de ler.

– Rohila – dizia –, chega. Pare com isso.

– Rohila morreu – respondi com presteza, comprimindo um pano úmido primeiro em uma de suas faces, depois na outra. – Ela morreu décadas atrás, o senhor deveria saber.

Fez-se uma pausa, depois meu pai segurou a manga de minha blusa outra vez. Olhei para baixo. Ele lutava com as palavras, e senti um forte formigamento sob minha pele.

– O que foi? – perguntei, apesar de ter claramente entendido. – Diga outra vez.

Os lábios dele tremeram e sua carne formou meu nome.

– Sinto muito – disse ele –, Eshlaini.

Raízes brotaram de meus dedos dos pés, firmaram-se permanentemente. Era apenas o meu nome, mas para mim foi como um lampejo de sol, um gatilho para a rápida fotossíntese da alegria.

• • •

A carne é o único destino. No fim, esta é a única concessão que faço ao destino. Meu pai viveu sua vida como um homem poderoso e, contudo, nem ele mesmo pôde morrer como teria desejado, rápido e com dignidade. Ao contrário, ele se foi com uma lentidão angustiante, decompondo-se de dentro para fora. Não foi nada misericordiosa a maneira como seu corpo se acabou antes de sua mente. Perto do fim, descobri vermes vivendo na carne mole em torno dos poucos dentes que lhe restavam e tive de olhar dentro de seus olhos, ainda conscientes, enquanto arrancava aqueles dentes e limpava suas gengivas com gaze e antisséptico. Dias depois, ele queimava de febre, seus dedos quentes, quase incandescentes, na palma de minha mão. Tive a impressão de que encolhia diante de meus olhos, a pele cada vez mais esticada e endurecida por cima dos ossos. Enrijeceu-se, tal e qual uma noz. E, embora eu o banhasse com água levemente perfumada, embora refrescasse o calor pulsante de sua testa com compressas frias, não podia fazer nada para impedir a transformação que se processava. Ele encolhia por dentro e sua pele agarrava-se à nova forma. Passaram-se muitos dias até que eu compreendesse. Lá estava ele, a pele áspera e escura, o corpo enovelado. Reconheci-o, então. Meu pai era a semente escura que eu havia expelido.

Como estava morrendo, a família veio. De avião, de carro, de trem, de cidades estrangeiras distantes e de vilarejos próximos, todos vieram. Apertavam minhas mãos ao entrar em casa, tocavam os corações e os lábios com os dedos, em gestos de intimidade e amor, mas, contudo, não viam a transformação que tinha ocorrido, não me olhavam nos olhos para reparar.

O que atraía a atenção deles era o testamento e, mais especificamente, a parte em que deixava a casa para mim.

Claro que tinham conhecimento da promessa, feita 20 anos antes, que selara meu destino. Vinte anos, quando nuvens de mosquitos pairavam pelos cômodos escuros dessa casa e a selva crescia como um mistério por trás dela. Ninguém a queria então – a menos valiosa das propriedades de meu pai –, de modo que tinha sido uma promessa fácil. Eu, Eshlaini, seria forçada a dar a minha vida e, em troca, teria a garantia de uma casa.

Vinte anos atrás. Ninguém imaginava que a cidade se expandiria, que se dilataria para fora como se estivesse respirando fundo e que transformaria aquele terreno na propriedade mais valiosa de meu pai. Se fosse vendida, tornaria todos nós inacreditavelmente ricos. Nos dias que antecederam sua morte escutava-os discutir o assunto em pequenos grupos pela casa. Ao carregar sua comadre, ao levantá-lo dos lençóis para limpar suas escaras, ouvia os sussurros vindos do pé da escadaria, dos cantos dos corredores. Eles não podiam tirá-la de mim, mas queriam, e o mais espantoso de tudo era o que eu via nos seus rostos, voltados para mim com tanta amabilidade: pensavam que a cederia sem brigas.

Depois que meu pai morreu houve uma reunião de família. O testamento foi então lido em voz alta e discutido. Finalmente, meu irmão mais velho, o que recebera o nome do soldado, dirigiu-se a mim. Ele era baixo como meu pai, com a mesma cabeça calva.

– Rohila – disse –, esta casa é sua, como foi antes prometido, mas não imaginamos que você de fato a queira. É tão grande, afinal de contas: nada conveniente para uma mulher sozinha. Gostaria de oferecer-lhe um lugar em minha própria casa, com conforto e a companhia de uma família para o resto da vida. Em troca, é claro, você transferiria a casa para a herança geral que nosso pai deixou.

Ele fez uma pausa, e todos os rostos se viraram em minha direção. Senti a pressão de seus olhares e também uma outra espécie de pressão. A idéia de destino não é uma coisa simples de se descartar. Sabia que seria mais fácil não lutar; que seria mais fácil seguir o caminho que eles tinham determinado.

– Você tem razão – concordei. – Não quero esta casa.

Dei um tempo apenas suficiente para vê-los relaxar de alívio. Meu irmão mais velho sorriu. Começaram a falar uns com os outros, colocando-me de volta em meu lugar à sombra; mas antes que fossem longe demais, falei de novo.

– Não quero a casa. Mesmo assim, pretendo ficar com ela.

As palavras têm poder. Aprendi isso com meu pai. Ainda assim, assisti com certa surpresa o que eu disse refletir-se visivelmente nos rostos deles. Meu irmão mais velho se adiantou e tomou-me as mãos. Embora dissessem que ele tinha puxado ao nosso tio-avô, na verdade era com meu pai que se parecia. Olhei-o no rosto, de expressão tão gentil, mostrando-se muito preocupado com o meu bem-estar, e vi o rosto de meu pai de 20 anos antes, quando eu tinha 17 anos.

– Minha cara Rohila – disse ele. – Você passou por um choque. Tenho certeza de que há de querer reconsiderar.

– Jamaluddin – respondi, soltando minhas mãos das dele, notando sua surpresa ao ser chamado por seu empoeirado nome original –, esta casa me foi dada em penhor por meu pai. Foi seu desejo no leito de morte. Como posso, então, recusá-la?

Jamaluddin balançou a cabeça.

– Pensamos que você fosse morar com um de nós – disse ele. – Cuidaremos de prover o seu futuro, Rohila, você não precisa se preocupar com isso.

– Meu nome é Eshlaini – corrigi.

Só então repararam como eu havia mudado, a vida nova brotando de minha pele, meu cabelo ondulando como uma anêmona-do-mar. Recuaram quando passei por eles, e seus olhos me seguiram quando saí do aposento. Mais tarde eu os ouvi discutirem suas alternativas, legais ou não, mas no fim o testamento foi mantido. Era o destino, afirmei, sorrindo. Não havia nada que pudessem fazer.

• • •

Quando vendi aquela casa, tornei-me uma mulher rica, mas vivo uma vida simples. Tenho um pequeno apartamento na cidade, pouca mobília, um carro novo em folha e roupas – joguei fora todos os meus sarongues surrados, os vestidos de menina e os de velha solteirona que havia acumulado no decorrer dos anos. Em seu lugar, comprei as roupas tão bem cortadas que admirava nas revistas e, em homenagem à minha mãe e à minha avó, uso xales de cores vivas e jóias brilhantes, pedras e metais preciosos que brilham na penumbra como minúsculas estrelas ou como uma reluzente agulha de costura.

Acho que talvez tenham sido as cores vivas e o brilho de minhas jóias que atraíram a garotinha para mim. Ela era do orfanato que existe depois da esquina de meu apartamento. Eu costumava vê-la todos os dias chutando uma bola pelo campo vazio e poeirento, ou brincando de pular corda com um grupo de outras meninas. Era uma criança séria, simpática, mas contida. Um dia, acenou para mim e, desde então, vi-me a procurá-la quando passava, a ficar desapontada quando não encontrava seu olhar vivaz, seu rosto luminoso, ali, para me cumprimentar. Comecei a pensar nela, a imaginar quem a teria posto naquele lugar, que histórias estaria ouvindo sobre as opções que o destino lhe reservara. Comecei a pensar em maneiras de ajudá-la – uma bolsa de estudos, roupas novas, uma bicicleta. E então, certo dia, tive uma outra idéia. Por que não adotá-la como minha própria filha? Por que não?

• • •

A casa de meu pai já era. Assisti à sua demolição, a máquina dando grandes mordidas nos quartos que eu esfregara tantas vezes, os quartos que tinham guardado tanta infelicidade e morte. Foi um alívio para mim quando finalmente nada mais restou. Acho fascinante acompanhar o processo de construção desses novos arranha-céus, as vigas de aço e a massa de concreto, os andaimes de bambu cheios de operários em atividade. Esses homens sabem que aqui era a casa de meu pai e, de vez em quando, me fazem entrar para mostrar o que estão fazendo. Balanço a cabeça, impressionada, escutando o eco de meus passos em tantas camadas de espaço vazio.

A noite está clara e o ar esparrama o perfume das flores. Estou sentada dentro do carro, observando os operários se movimentarem em claros focos de luz, pensando na filha que virá morar comigo na próxima semana. Já preparei seu quarto – pintura nova, alguns brinquedos –, mas procurei mantê-lo simples. Ela mesma vai enchê-lo, logo, logo, com suas próprias coisas. Gosto dessa idéia, de minha casa se enchendo com o inesperado. Da mesma forma, penso com prazer nas novas vidas que vão ocupar em breve esse espaço onde ficava a casa antiga. Centenas de pessoas virão morar aqui, e elas não terão ligação de espécie alguma com meu futuro ou com meu passado.

Uma a uma, as luzes se apagam, os operários vão embora e, finalmente, um último lampejo se extingue e devolve o edifício à noite. Dou então a partida em meu carro e me misturo ao tráfego. A noite está clara, cheia de estrelas, e, por um momento, eu me pergunto para qual delas minha mãe teria olhado no dia em que nasci. Nada a ver com destino, só um vivo desejo, luminoso, uma continuidade de luz para luz. Olhem para mim agora: mãos no volante, dirigindo-me para um lugar onde ninguém ainda morou, onde apenas o futuro está à espera. Sou essa luz. Não tenho outro destino. Sou Eshlaini, e a história acaba em mim.

2

PRIMAVERA, MONTANHA, MAR

EM 1954, QUANDO ROB ELDRED CHEGOU EM CASA COM SUA NOIVA estrangeira, já era inverno. Eles seguiram para o norte da cidade, em meio à primeira tempestade forte da estação, e a pesada neve parecia atravessar invisivelmente o teto de seu carro novo, abafando suas palavras e gestos de tal forma que eles acabaram parando de falar. Rob dirigia devagar e sem parar, reprimindo uma decepção inquietante. A paisagem com que tanto sonhara em seus dias na Marinha havia desaparecido. Em alguns lugares, a tempestade reduziu as estradas a trilhas estreitas, e, para onde quer que ele olhasse, os campos brancos desapareciam no pálido horizonte; o mar de brancura era interrompido uma vez ou outra por uma árvore nua, uma casa isolada, uma cerca metálica. Mesmo para Rob, que sabia que a neve daria lugar a uma primavera de reluzentes campos verdes e lagos azulescuros, a região parecia triste e erma. Ele olhava para Lua de Jade, que tinha apertado a gola de seu casaco vermelho de lã em torno do pescoço e observava a paisagem como se seus olhos escuros procurassem um refúgio.

Aquele inverno no norte de Nova York foi especialmente rigoroso, e Rob Eldred sempre lembraria dele como a estação mais difícil de sua vida. Apesar de Lua de Jade ter sido criada em um vilarejo onde a neve se amontoava sobre os telhados de colmo e fechava as estradas durante meses a fio, ela não conseguia se manter aquecida durante aquele primeiro inverno em seu novo país. A casa deles era pequena e situava-se em uma colina, protegida do vento; ainda assim, Rob sempre precisava manter o aquecimento central no máximo da potência. Chegava do trabalho, o cabelo sujo de serragem, o corpo ainda quente por causa do esforço do trabalho na construção, e encontrava Lua de Jade no sofá, embrulhada numa porção de suéteres e debaixo de um edredom. Às vezes o telefone estava fora do gancho, emitindo um zumbido baixo no aposento. Ele sempre o recolocava no lugar discretamente, sem

24

nenhum comentário, conhecendo o pavor que ela sentia das vozes desencarnadas, da língua desconhecida não amenizada por um gesto ou um sorriso.

Ele não era um homem paciente, mas, durante aquele longo inverno, foi gentil com ela. Todas as noites massageava suas mãos e preparava-lhe chocolate quente, que ela bebia como uma criança, gulosamente, segurando a caneca com as duas mãos para esquentá-las. Comprou óleos perfumados para banho na loja de produtos baratos da cidade e aquecia tanto a água da banheira que o vapor, com perfume de rosas, lilases ou lírios-do-vale, pairava em torno dela quando deixava seu roupão de lã deslizar pelo corpo. Ele se sentava então sobre os calcanhares, admirando-lhe o corpo esguio, esculpido em formas arredondadas por causa do bebê que ela esperava.

– Igual às fontes de águas termais – murmurava ela, entrando na banheira de porcelana com cuidado, como se o fundo fosse revestido de pedras escondidas.

Uma vez, antes de conhecê-la, ele a viu deslizando para dentro da água quente de uma fonte daquelas, a pele tão lisa e branca quanto a neve amontoada atrás dela. Escondido por uma árvore, ele a observou, as pernas longas andando com desenvoltura na água em movimento, o cabelo como uma camada de água negra descendo-lhe até a cintura.

Agora, num país estranho, ela fechava os olhos e se deliciava com um prazer conhecido. Tinha pestanas espessas e as maçãs do rosto, delicado e de forma amendoada, elevadas. Ele levantava-lhe o cabelo para esfregar suas costas, deixando a água ensaboada escorrer pelas pontas de seus seios, que estavam escurecidas agora, em contraste com sua pele clara, por causa do bebê que ia chegar. Mais tarde, na cama, ele a segurava bem junto de si e falava-lhe baixinho no idioma dela, contando-lhe os acontecimentos do dia, comparando os lugares e as pessoas de lá com os de seu vilarejo, tão impossivelmente distante. Era a sua própria língua que ela ansiava ouvir, queria banhar os ouvidos com o fluxo das sílabas familiares. E, assim, Rob Eldred falava sem parar, inventando histórias, cantando pedaços de canções. Pouco a pouco, ele sentia a tensão escoar-se até, por fim, ela adormecer em seus braços, aquecida por sua voz, pelas palavras.

As manhãs daquele inverno despontavam claras e frias, ou amenizadas, com a cor acinzentada de outra tempestade iminente. Ele sempre se espantava com a maneira como as quentes noites escuras davam lugar à luz branca da manhã e se movimentava cautelosamente pelos pequenos cômodos da casa em silêncio, procurando não acordar Lua de Jade. Invariavelmente, porém, ela aparecia à porta da cozinha no momento em que Rob enfiava as botas. Seu rosto se mostrava vazio de qualquer expressão enquanto o observava vestir o casaco, mas ele sabia que a imobilidade era a

25

sua máscara contra o dia comprido e silencioso que a aguardava. Durante todo o tempo em que ambos sonhavam felizes na costa rochosa à beira-mar do lugar de onde Lua de Jade viera, ele nunca fora capaz de prever a solidão a que ela estaria sujeita nem imaginara que seria tão difícil para ela aprender sua língua. Naquelas frias manhãs de inverno, Rob não andaria até ela para beijá-la, pois já tinha calçado as botas e eles seguiam o costume do país dela, que não admitia sapatos dentro de casa. Sendo assim, sorria para ela através do espaço que os separava e saía para a claridade branca, para seu próprio e inesperado isolamento.

Rob Eldred se alistou na Marinha assim que se formou na faculdade, entusiasmado com as histórias sobre a Segunda Guerra Mundial, sonhando com combates gloriosos e sem sangue, os grandes canhões explodindo como fogos de artifício sobre a água escura. Ficou desapontado quando a Marinha descobriu que ele tinha excelente aptidão para línguas e o enviou para a escola, em vez de mandá-lo para a linha de frente. Quando enfim embarcou, não foi para combater, mas para ficar sentado diante de um rádio de escuta, interceptando e traduzindo mensagens. Sua guerra tinha a ver com os idiomas, com as nuances da tradução. Sabia que o trabalho era importante, embora nem sempre assim parecesse. Finalmente foi designado para servir em terra, no vilarejo onde conheceu Lua de Jade, e foi somente então, percorrendo a costa a pé pela aldeia bombardeada e em ruínas, desviando-se dos pedintes sem braços ou pernas e marcados por terríveis cicatrizes, que ele compreendeu a extensão da catástrofe da qual havia sido poupado.

Os companheiros de trabalho sabiam de sua história e não conseguiam perdoá-lo completamente. A transgressão de sua guerra fácil era agravada pelo fato de ter trazido para casa uma esposa asiática. As duas últimas guerras ainda eram um assunto extremamente sensível na pequena cidade que perdera em combate meia dúzia de seus jovens. Muitos dos carpinteiros com quem Rob trabalhava eram homens mais velhos que cultivavam fortes lembranças. Stanley Dobbs e Earl Kelly tinham, cada qual, perdido um sobrinho na Coréia. O filho único de Euart Simpson morrera durante a Segunda Guerra Mundial em um campo de prisioneiros nas Filipinas. Um dia, Euart pontuou o fato, empurrando para Rob uma fotografia do filho morto. O retrato mostrava um menino sorridente vestindo um uniforme de adulto, com o rosto igual ao de seu pai antes de apresentar tantas rugas de sofrimento.

– Sinto muito – disse Rob, devolvendo-lhe a fotografia.

Euart voltou a sentar-se, o desdém e o desafio escoando de repente de seus olhos.

– Sentir muito não funciona trazendo para casa uma mulher japonesa.

– Ela não é japonesa – objetou Rob, com uma mistura de raiva e pena.

– Não faz diferença – insistiu Euart, cuspindo na pilha de serragem ao lado da serra. – A questão é que ela não é uma das nossas.

. . .

O bebê chegou no fim de abril, exatamente quando os lírios-do-vale se abriam na parte da casa onde havia sombra. Como era costume naquela época, Rob levou Lua de Jade de carro pelas sinuosas avenidas secundárias até o hospital e lá preencheu pilhas de papéis, enquanto a mulher prendia a respiração e mordia os lábios para não gemer. Em seguida, ela foi rapidamente levada embora e, 12 horas depois, deixaramno entrar para vê-la sentada na cama com o cabelo preso atrás do pescoço e segurando sua filhinha. Lua de Jade estava exultante, mas também muito irritada.

– Eles me fizeram dormir o tempo inteiro e, quando acordei, tinha terminado. O bebê já havia nascido. Não me lembro de nada! – resmungou.

Ele ficou aliviado ao vê-la cheia de brio outra vez, como se o narcótico que a mantivera fria e calada durante todo o comprido inverno tivesse completado o percurso e sido eliminado de seu organismo. Recordou-lhe a prática de seu próprio país, onde as mulheres se enclausuravam com outras mulheres na hora do parto, bebiam certas ervas e deixavam a natureza seguir seu curso.

Lua de Jade continuou a reclamar, em voz baixa mas constante, e Rob percebeu os olhares curiosos das duas outras novas mães nas camas próximas, que se mostraram ainda mais espantadas quando Lua de Jade abriu a camisola e começou a amamentar.

– Há alguma coisa errada com elas – confidenciou Lua de Jade a Rob, apontando as outras mulheres com um leve inclinar da cabeça. – Essas pobres coitadas têm bebês, mas não têm leite. Todo dia a enfermeira traz para elas leite quente de vaca numa mamadeira. Imagine!

Rob virou para olhar a mulher ao lado, pálida e magra, com cabelos vermelhos presos num coque atrás da cabeça. Ela o encarava por cima da cabeça bamba de seu filho, séria, com uma espécie de remorso. Quando seus olhos se esbarraram, ela falou:

– Sei que não é da minha conta – disse –, mas alguém deveria conversar com sua mulher a respeito... a respeito *disso*. – E fez um gesto enfático com a cabeça apontando para a curva branca do seio de Lua de Jade, depois para a mamadeira que ela segurava para seu bebê. – Este é um hospital moderno. Civilizado. Temos tentado explicar-lhe isso, usamos até linguagem de sinais, mas ela apenas sorri e se mostra constrangida.

Rob, confuso, não soube como responder. Lua de Jade estava sendo modesta, ele sabia, e discreta em relação a seus seios fartos, quando aquelas mulheres pareciam desprovidas de leite. Voltou-se para sua esposa, que acariciava a cabecinha da filha enquanto a amamentava, e logo se esqueceu da mulher de cabelos vermelhos. Sentou-se na beirada da cama, cheio de alegria e admiração.

— Sobre o que estavam falando? – perguntou Lua de Jade.

— Sobre você – respondeu ele, segurando-lhe a mão. – Sobre nosso lindo bebê.

Lua de Jade baixou os olhos para a criança e seu rosto se suavizou.

— Sim – concordou a mulher. – Ela não parece um repolhinho? – Em seguida, olhou para Rob, sorridente, e disse que queria chamá-la de Primavera.

Rob ficou surpreso. Sabia que Primavera, no país de sua mulher, era um nome bastante comum para uma menina, mas sabia também que aquela criança iria crescer na América e tentou convencê-la a escolher outro nome.

— Lily, que quer dizer Lírio – sugeriu ele, pensando nas flores delicadas em forma de sinos que margeavam a casa. – Ou Rose, Rosa, por que não?

— Não – discordou ela, levantando a pequena trouxa e apoiando a cabecinha da criança na sua mão. – As flores são muito delicadas, não duram nada. Quero que minha filha tenha um nome que possa ajudá-la na vida, que lhe dê força. Ela nasceu na primavera, e a primavera é algo que vem todos os anos e nos renova. – A menina esperneava e se contorcia nos braços da mãe com os mesmos movimentos irrequietos que fazia dentro da água do útero. Ela tinha os olhos e os cabelos da mãe, e isso já o fazia temer por ela, pelo que poderia sofrer por causa dessas diferenças. – Não – repetiu ela, levando com desenvoltura a criança ao ombro, massageando as pequenas costas com a palma da mão. – Seu nome será Primavera.

Por fim, ele concordou, mas durante os dois dias em que Lua de Jade permaneceu no hospital o nome o deixou preocupado. No trabalho, de pé dentro da estrutura recém-terminada de uma nova casa, ele distribuiu charutos para homens que mal tinham falado com ele durante meses. Pensou na mulher de cabelos vermelhos do hospital e nos dias solitários de Lua de Jade em sua casa na colina. Quando chegou a hora de escrever o nome da filha no registro de nascimento, percebeu que não poderia respeitar a vontade de Lua de Jade. Escreveu Abril Celeste e assinou o documento. Lua de Jade também assinou, em caracteres romanos, sorrindo ao terminar de escrever as letras trêmulas. Não sabia ler inglês o suficiente para reparar na mudança que ele fizera.

— Abril – disse a enfermeira, fazendo cócegas no bebê. – É um nome bonito.

Rob assentiu com a cabeça e rapidamente afastou sua nova família da enfermeira tagarela, pesado de culpa. Foi um momento do qual ele se lembraria para sempre, porque, embora fosse uma coisa pequena, tão minúscula quanto um broto novo no tronco de uma árvore, aquela foi sua primeira traição.

• • •

Para grande espanto de Rob, o nascimento de sua primeira filha facilitou as coisas para ele no trabalho. Muitos dos carpinteiros mais jovens também tinham se tornado pais, e a experiência em comum passou a ser uma ponte estreita sobre o fluxo de velhas animosidades. Começou a almoçar com eles na padaria da redondeza – pão caseiro recheado de salada de atum ou fatias de presunto – e logo foi convidado para fazer parte da associação local de boliche. Pela primeira vez, desde que havia voltado da guerra, tinha a sensação de que as duas metades de sua vida poderiam se reconciliar. Depois de começar a jogar boliche, entrou para a maçonaria também. Assim, deixava Lua de Jade sozinha duas noites por semana, mas o bebê agora a absorvia muito e ela parecia não se importar tanto com as ausências dele como antes. Além do mais, as senhoras da igreja começaram a visitá-la, levando tortas e comidas salgadas, e viram, com seus próprios olhos, que a casa dos Eldred tinha os mesmos sofás e mesas, os mesmos paninhos de crochê e vasos de rosas que esperariam encontrar em suas próprias casas. Saíam tranqüilizadas, prometendo voltar. A senhorita Ellie Jackson, uma solteirona de meia-idade de voz áspera e direta nas atitudes, voltou duas vezes, a primeira com um bolo de tabuleiro e a segunda com um livro de leitura elementar, emprestado pela escola primária, determinada, de uma vez por todas, a ensinar inglês a Lua de Jade. Dessa forma, Rob sentiu que as peças de sua vida se encaixavam como um quebra-cabeça complicado, mas compreensível. O isolamento deles e o fato de os aspectos de sua vida parecerem desalinhados tinham sido uma fonte de sofrimento para ele. Ainda que visse com certa reserva a presença quase diária de Ellie Jackson em sua casa, estava contente, pois pelo menos os tempos difíceis pareciam estar chegando ao fim.

• • •

Em outra vida, Ellie Jackson poderia ter sido missionária, tão grande era o seu empenho, tão pura era a sua determinação. Era alta e magricela, com cabelos curtos e grisalhos e olhos pequenos, porém vívidos. Ela irrompeu pela pequena casa como uma mudança de tempo repentina e incumbiu-se do ensino de Lua de Jade com a mesma energia concentrada que dedicava às faxinas e à organização dos bazares da igreja na primavera. Chegava todas as tardes às duas horas e ficava até às quatro, trazendo seus livros de receitas, suas colheres de medidas, e logo Rob foi recebido em casa não mais com arroz e legumes refogados ou peixe com especiarias, mas com

macarrão ao queijo, hambúrgueres e cachorros-quentes com vagens, salada de batatas e até assado de cordeiro. Ellie costumava ainda estar lá quando Rob chegava, ges-
ticulando para os utensílios de cozinha e, para compensar a falta de compreensão do
inglês de Lua de Jade, aumentando o volume da sua voz, que ficava cada vez mais
alta, a ponto de às vezes até acordar o bebê. Isso incomodava Rob não só porque não
adiantava gritar como porque ele próprio se culpava do mesmo erro. Lua de Jade
não tinha sua facilidade para aprender línguas e ele não tinha paciência para ensinar. Para sua vergonha, ouvia-se repetindo as mesmas palavras várias vezes, com
volume e exasperação crescentes, como se, à força de repetir, conseguisse fazê-la
compreender.

Assim, Rob ficou satisfeito ao ver que apareciam em sua casa mais livros didáticos
de inglês e ao encontrar, um dia, a maior parte dos objetos de casa etiquetados com
seus nomes em inglês na letra de imprensa caprichada de Ellie. As janelas estavam
abertas à brisa do final da primavera e as etiquetas de papel esvoaçavam levemente.
Guarda-louças, dizia uma. Fogão, geladeira, mesa, xícara, sofá, rádio, prateleira. Lua
de Jade lia as palavras em voz alta, orgulhosa. Apesar de Ellie ser barulhenta e agres-
siva – tipo de pessoa que Lua de Jade teria desprezado em seu próprio país –, ela era
sua única amiga na América. Rob de vez em quando se aborrecia com a maneira pela
qual os conselhos de Ellie se tornavam leis em sua casa. *Use leite para remover manchas de tinta*, afirmava Lua de Jade, esfregando os bolsos de suas camisas onde suas
canetas tinham vazado. *Vinagre e jornais deixam as vidraças das janelas reluzindo.*
Ficava preocupado com o fato de Ellie tratar Lua de Jade de uma forma um tanto
condescendente, como se o que havia entre elas não fosse uma amizade, mas um
grande presente que Ellie estava concedendo à sua diligente e afortunada aluna. Por
isso é que Ellie o fazia pensar nos missionários que encontrara, mas, como Lua de
Jade parecia feliz e seu inglês estava melhorando, ele não dizia nada.

Um dia, ao chegar em casa do trabalho, encontrou Lua de Jade andando de um
lado para outro, excitadíssima. Tinha sido convidada para um jantar de mães e filhas na igreja. Seria um jantar de comida caseira, e Ellie lhe pedira para levar o prato
que tinham aprendido naquela semana: talharim com atum ao forno, coberto com
uma crosta de batatas fatiadas. Lua de Jade aceitou o convite, mas tinha uma idéia
secreta sobre o que preparar. Recusou-se a contar-lhe o que era exatamente, mas,
rindo, disse que queria ir à cidade comprar tecido para um vestido novo e, depois,
que ele fosse para o lago pescar uma truta fresca.

Na noite do jantar, Lua de Jade apareceu na sala com um vestido vermelho-escuro, com o mesmo tom das rosas, feito para a ocasião. A cintura era justa e a saia

rodada se abria nos quadris, como uma tulipa invertida. Trazia no colo o bebê, que usava um vestido creme de babados, enfeitado com rendas e fitas da cor do vestido da mãe. Na cozinha, o misterioso prato estava coberto com papel laminado. Rob havia passado a maior parte do último fim de semana no lago ainda frio, tentando pescar o peixe, e, na ida à cidade, Lua de Jade desapareceu no interior de várias lojas diferentes e num minúsculo mercado asiático, voltando com os braços cheios de embrulhos e um sorriso reservado no rosto. Trabalhara a semana inteira nos vestidos novos, tendo copiado o seu de uma revista que comprara. Agora, ali na sala, com ar tímido, esperava a aprovação dele. Rob ficou estático diante da visão dos braços brancos e do cabelo escuro em contraste com o vermelho profundo do tecido. Achou que nunca tinha visto uma pessoa tão linda e disse isso a ela.

Antes de Ellie chegar, enquanto Lua de Jade fazia um acerto de última hora na bainha do vestido, Rob entrou sem ruído na cozinha e levantou o papel laminado que cobria o prato de peixe que ela iria levar. Viu de imediato que estava, por um lado, magnífico; por outro, completamente errado. Lua de Jade tinha preparado um peixe especial. Deitada de lado, a truta assada estava rodeada de legumes cortados em formatos graciosos. O olho do peixe parecia olhar fixo; a cauda estava ligeiramente arqueada, como se a qualquer momento ele fosse saltar do prato para o mar verde da toalha de mesa. Rob olhou o peixe no olho e perguntou-se o que deveria fazer. Ellie já estava batendo à porta. Talvez as mulheres compreendessem a importância do gesto e fossem amáveis. Então, cumprimentou Ellie, que se derramava em exclamações sobre o vestido de Abril, e resolveu não dizer nada enquanto Lua de Jade saía porta afora, orgulhosa, carregando a travessa.

Era raro Rob ficar sozinho em casa, e ele se viu irrequieto, mudando de uma atividade para outra, olhando constantemente o relógio de pulso. Consertou uma porta do armário de louça, depois instalou prateleiras novas no banheiro. O trabalho habitual o acalmou, e ele pensou nas senhoras da igreja provando o peixe por delicadeza e gostando. Imaginou-as pedindo a receita para Lua de Jade, e ela dando-a timidamente, falando devagar, mas num inglês perfeito. O jantar demorou mais de três horas. Quanto mais o tempo passava, mais ele se convencia de que as coisas estariam indo bem.

Enfim, justo no momento em que estava guardando as ferramentas, ouviu uma porta de carro bater. Encontrou Lua de Jade na varanda. As luzes traseiras do carro de Ellie já desapareciam no alto do morro. Lua de Jade equilibrava o prato em um dos braços e com o outro segurava o bebê, que dormia profundamente. Ela tinha parado no último degrau e virado a cabeça para olhar a lua, redonda e fria como um olho de peixe no claro céu de verão.

– Onde está Ellie? – perguntou Rob, pegando o bebê. – Por que ela não ajudou você?

Lua de Jade não respondeu, virou e entrou em casa, vestida com seu vestido vermelho. Quando Rob a alcançou na cozinha, o peixe estava à sua frente, intacto, no centro da mesa. Ele colocou o bebê na sua cadeirinha. A menina tinha acordado e se agitava alegremente, sem perceber a decepção da mãe, nem quando Lua de Jade escondeu o rosto nas mãos e começou a chorar.

Pouco a pouco, Rob a persuadiu a contar a história toda. Conseguia imaginar as mulheres, é claro, com suas pequenas exclamações abafadas, seus olhares de espanto e, em seguida, de consternação quando Lua de Jade descobriu seu peixe. Uma das mulheres levou a mão à boca e saiu da sala. Até Ellie ficara estupefata. Depois de alguns momentos, o belo peixe foi transferido para a extremidade mais distante da mesa. O resto da noite havia sido igualmente humilhante. Sempre que Lua de Jade falava em inglês, as outras riam ou se mostravam confusas e acabavam se afastando. Mesmo que ela repetisse as palavras duas ou três vezes, elas não compreendiam, e passara a maior parte do tempo escutando o falatório ininteligível, enquanto as mulheres comiam de todos os pratos e deixavam o dela intocado.

– Elas são apenas ignorantes – disse Rob. Em seguida, levantou-se e apanhou um prato. O peixe estava macio, branco, suculento, e ele se serviu de uma farta porção. – Ignorantes e tolas. Se ao menos tivessem provado o peixe, saberiam o que estavam perdendo. – Comeu um pedaço lentamente, depois outro. – Está delicioso.

Ela não respondeu; Rob largou o talher e segurou-lhe a mão.

– Lua de Jade – disse –, lembra-se da vez em que tentei elogiar a casa de sua mãe e, em vez disso, disse a ela que tinha um lindo banheiro? – Esperou vê-la sorrir com aquela velha anedota familiar, mas ela não sorriu. – Não se lembra? Todos ficaram horrorizados e eu fiquei com uma vergonha terrível, mas não desisti. A gente precisa cometer erros para poder aprender.

O rosto de Lua de Jade assumiu uma expressão determinada.

– O inglês é uma língua feia – afirmou, falando para as próprias mãos. – Soa como cães latindo. Não quero aprender essa língua.

Ele contemplou o perfil da mulher, o rosto estreito e os lábios generosos e lembrou-se de como ela detestava fazer as coisas, a menos que pudesse esmerar-se nelas. Certa ocasião, desmanchou um bordado inteiro por ter descoberto um erro minúsculo num dos primeiros pontos. Ele pousou os talheres na mesa e falou em tom severo:

– Lua de Jade, você tem de aprender. Este é o seu país agora. E se houver uma emergência qualquer e você precisar usar o telefone? E se acontecer alguma coisa comigo?

– Não sei – respondeu, levantando os olhos para o marido, que viu a preocupação passar como nuvens pelo rosto de sua mulher. Então, ela se recompôs e insistiu, obstinada: – Vou aprender frases de emergência – replicou. – Mas só isso.

Rob sentiu sua paciência esgotar-se. Se ela não aprendesse a língua, dependeria dele a vida inteira.

– Você não passa de uma mulher preguiçosa – falou. – Preguiçosa, preguiçosa, preguiçosa! – e pronunciou a última palavra enfaticamente, consciente do enorme insulto que seria para ela, abismado, enquanto falava, com a dimensão da própria crueldade.

O rosto de Lua de Jade mudou e ficou estático, fechado para ele. Junto à mesa, o bebê batia os pés e balbuciava. Ela a pegou no colo, enxugou as lágrimas com o pulso e foi embora, deixando o peixe destroçado no meio da mesa.

Naquela noite, Rob não dormiu bem, e de manhã Lua de Jade o evitou até ele sair para o trabalho. Quando se encaminhava para a porta, Rob se deteve, incomodado não só pelo silêncio como por outra coisa diferente, mais sutil, que não conseguia definir. Então percebeu. Olhou em torno de si novamente, do armário de louças para o fogão, para a mesa e para a cadeira.

Todas as pequenas etiquetas de papel branco tinham desaparecido.

· · ·

Primavera tinha 2 anos quando seu irmão nasceu, e, a essa altura, a discussão sobre língua e nomes se tornara um nódulo sensível, uma anomalia, na carne do casamento de Lua de Jade e Rob.

Quando Lua de Jade levantou o novo bebê, apoiou-o no ombro e disse que o chamaria de Montanha, o ar se encheu da tensão de anos de discussões acumuladas. Lua de Jade, teimosa, falava sem parar. Ela própria tinha viajado demais na vida. Queria que seu filho permanecesse num único lugar, sólido e estável como um penhasco rochoso resistindo ao mar. Daria a ele um nome que lhe garantiria essa força. Afirmou tudo isso em tom de desafio. Rob suspirou, contemplando o filho pequeno. Quando a enfermeira o levou para preencher a papelada, ele tamborilou com o lápis na mesa de madeira, o olhar voltado para a janela do escritório, por cima do estacionamento. Escreveu o nome de seu pai, Michael James.

Três semanas antes do último filho deles nascer, um ano apenas depois, Lua de Jade anunciou que, se fosse uma menina, se chamaria Mar.

– Por que Mar? – perguntou Rob, erguendo os olhos do jornal. As duas crianças mais velhas estavam dormindo e Lua de Jade, sentada à escrivaninha, esbelta, mesmo no seu último mês de gravidez, escrevia uma carta para seus pais. O papel translúcido farfalhava de leve sob a caneta. Embora falasse a língua dela fluentemente, Rob nunca a lera muito bem, e os caracteres pareciam-lhe ameaçadores e cheios de mistério. Seria o mesmo que Lua de Jade sentia, conjeturou, ao andar pela cidade e comprar mantimentos? Às vezes ele tentava imaginar como a sua própria língua, quando destituída de significado, poderia soar. Seria melodiosa, como o francês e o espanhol? Teria o áspero cantar do chinês? Parecia mesmo com o som de cães latindo? Procurava, de vez em quando, escutar apenas os sons do inglês; mas, para ele, som era significado, impossível de dissociar um do outro.

– Mar por duas razões. A primeira, porque é um mar que ao mesmo tempo me separa e me une à minha família. E, a segunda, porque sou Lua de Jade, e a lua controla os movimentos do mar. Não quero que minha filha viaje para tão longe quanto eu. Além disso – acrescentou –, é um lindo nome, tanto na sua língua quanto na minha.

– Quando eles forem para a escola – argumentou Rob –, vão precisar ter nomes americanos. Por que não a chamamos de Maria? Vem do latim. É um nome comum, mas quer dizer mar.

– Maria – ela pronunciou a palavra enrolando o "r" de uma forma que o fez recordar o dia, muito tempo antes, em que tentara ensinar-lhe seu som, como *framboesa*, *ruibarbo*, num campo atrás da casa. Naquele momento, como agora, soava esquisito na sua boca, e um lampejo da velha irritação o invadiu. Tinha de admitir que o som era difícil, mas já havia quase quatro anos que ela estava na América.

– Está certo – disse Rob. – Maria. Ma-*ri*-a. Vai ser o nome dela.

– Você pode chamá-la de Maria, então – retrucou ela, voltando à sua carta. Seu cabelo comprido, preso com um elástico, formava uma linha negra que lhe descia pelas costas. – Mas eu vou chamá-la de Mar.

– Por que você é tão teimosa a respeito disso? – perguntou Rob, atirando ao chão o jornal. Mas ela não respondeu. Manteve os olhos fixos na carta, os dedos desenhando os complexos e misteriosos caracteres de uma língua que ele não era capaz de compreender inteiramente.

● ● ●

Depois que as crianças nasceram, os anos se passaram rapidamente, um atrás do outro, em fluida sucessão, embora Rob nunca deixasse de sentir que levava uma vida dupla. Como os galhos de uma árvore nova, parecia que, com o passar do tempo, as partes de sua vida cresciam cada vez menos conectadas. Seus dias se bifurcavam entre a comunidade onde ele contava piadas, trocava histórias com os outros, discutia e trabalhava em sua própria língua e avida que levava em casa. Ao seguir o caminho de volta, à noite, precisava fazer um esforço consciente para mudar de um mundo e de uma língua para outro mundo e outra língua diferentes. Era como voltar ao passado, pensava às vezes, ou ir de um país para o outro dando um único passo. Guardava sua caixa de ferramentas no pequeno depósito e entrava pela porta de casa com os bolsos cheios de serragem. Encontrava a família reunida ao redor da mesa, dobrando animais de papel ou cantando cantigas, enquanto Lua de Jade fatiava finos anéis de cebolinhas, pequenas e tenras cebolas cujo bulbo ainda não se desenvolveu, ou trabalhando diligentemente nos complicados caracteres do alfabeto de sua língua natal. As crianças foram dela desde o nascimento até irem para a escola e, apesar de viverem em um mundo isolado, Lua de Jade cuidava para que fosse um mundo cheio de coisas a aprender, cheio de alegria.

– Eles deviam aprender a falar inglês – disse Rob, uma noite em que as crianças já tinham ido para a cama. – Mesmo que você não fale, as crianças deveriam.

Ela pousou no colo o bordado que fazia e olhou para ele.

– Deixe eu lhe contar uma história – disse ela. – Quando eu era mocinha, meus pais tinham um amigo que foi morar em Hong Kong com a mulher, a trabalho. Enquanto estavam lá, tiveram uma filha e, como eram ricos, contrataram uma moça do lugar para cuidar do bebê durante o dia. Dois anos se passaram, depois três e, apesar de ser uma criança feliz e saudável, a menina ainda não começara a falar. O casal foi ficando preocupado, chegou até a consultar um médico. Então, um dia em que estavam passeando, pararam em uma loja para comprar comida. A menina balbuciou. Pensaram que fossem apenas sons sem sentido de conversa de bebê, quando a dona da loja, uma chinesa que também falava um pouco a língua deles, levantou os olhos e disse, sorridente:

– Que graça, bebê sabe falar chinês!

Rob começou a rir, mas logo percebeu que aquela era a reação errada.

– Como acha que a mãe dessa criança se sentiu, tendo perdido as primeiras palavras da filha? Como acha que ela se sentiu ao descobrir que não era capaz de falar com a própria filha? As crianças são minhas também – concluiu. – Não pertencem apenas a você e à América. Quero poder conversar com elas sobre a minha vida.

. . .

As crianças foram dela até irem para a escola, mas no final Lua de Jade perdeu todas para a América. Rob ficou apreensivo com os primeiros dias da escola, a maneira como seus filhos voltavam para casa, um depois do outro, primeiro chorando, depois introspectivos, desnorteados e isolados pela língua desconhecida. Contudo, ele também se admirou com a rapidez com que a aprenderam, com uma facilidade que sobrepujava até mesmo a sua. Dentro de algumas semanas, estavam conversando, imperfeita mas fluentemente, com as outras crianças. Procurou ajudar, falando inglês com eles no carro, ou quando Lua de Jade estava no quintal pendurando a roupa lavada ou cuidando do jardim. Quando ficaram mais velhos, ele conferia seus deveres de casa para corrigir erros. Eram todos brilhantes, e sua inteligência os ajudou a superar a irrefletida crueldade das outras pessoas. Acabaram alcançando e até mesmo ultrapassando seus amigos. Abril foi a editora do jornal no seu último ano escolar. Michael tocava clarineta e fazia desenhos com imagens intricadas que ganharam prêmios. Maria concorreu para tesoureira da turma e ganhou. Eles sobreviveram aos anos difíceis; cresceram. Como o pai, tinham suas vidas secretas fora de casa, suas vidas ao telefone, nas festas de formatura e nos clubes. Ele os via revirar os olhos por trás de Lua de Jade quando ela se recusava a falar inglês, e não dizia nada, não os repreendia. Sentia que aquela cumplicidade era o mínimo que podia oferecer-lhes, pois sabia que às vezes ainda eram magoados pelos outros. Percebia isso pelos silêncios tensos, íntimos, que os envolviam de vez em quando. Não se dispunham a partilhar com ele as origens dessas mágoas, e, no início, ele se sentia grato por isso. Dizia a si mesmo que tinham saído a ele, que preferiam resolver as coisas sozinhos, com privacidade e silêncio. Foi somente mais tarde, quando, um a um, os filhos saíram de casa e foram morar em cidades grandes para viver vidas contidas, controladas, anônimas e distantes, que Rob refletiu sobre quão profundo devia ter sido o sofrimento deles e, então, desejou poder voltar atrás para tocar seus ombros tensos; para compreender.

· · ·

Cinco anos depois da formatura de Maria na faculdade, Rob caiu de uma escada no trabalho e machucou as costas. Deitado no chão, o ar expulso dos pulmões pelo impacto da queda, a dor dando fincadas em sua espinha, ele se deu conta de que seus tempos de construção estavam encerrados. Assim que terminou as sessões de fisioterapia, a companhia lhe deu uma função burocrática. Ficava sentado no escritório sem janelas, despachando papéis e atendendo ao telefone, e lembrava-se do tempo, 40 anos antes, em que trabalhava diante de um rádio de escuta, seu futuro estendido à sua frente como o mar. Mais tarde ofereceram-lhe uma aposentadoria antecipada e ele aceitou. Juntou as poucas ferramentas que lhe restavam e se retirou de uma das metades de sua vida. Quando estacionou o caminhão de volta em casa naquele último dia e levou pela última vez sua caixa de ferramentas para o pequeno depósito, ele olhou para cima, para ver Lua de Jade, pela janela da cozinha, preparando o jantar e cantarolando baixinho. Parou por um momento. A canção era suave e evocativa, uma velha canção do país dela; a voz de Lua de Jade oscilava e o calor de agosto se espalhava ao redor da casa. Ele sentiu então uma aflição, uma sensação de pânico repentina, como se a casa e sua vida dentro dela fossem parte de uma miragem. Parecia-lhe que dessa vez o salto de uma vida para outra o faria mergulhar de uma altura terrível. O medo foi tão inesperado e tão grande que ele chegou a se virar e começar a andar de volta para a cidade. Uma pontada de dor nas costas o fez parar. Depois de alguns momentos, ele se acalmou e conseguiu ir adiante, transpondo a distância até a casa com poucos passos, seus pés pisando finalmente em solo firme.

No princípio, os dias foram difíceis, compridos e agitados, e ele se reconfortava concentrando-se em projetos em torno da casa, trabalhando até tarde pelas longas noites de verão adentro. Então suas costas pioraram e ele foi obrigado a permanecer deitado, imóvel na cama, enquanto Lua de Jade se movimentava silenciosamente pelos cômodos. Rob a observava ir de um lugar para o outro, surpreso com sua energia, sua serena graciosidade, traços da juventude que ela havia carregado consigo para a meia-idade. Em alguns momentos, quando ainda era jovem e recém-casado, Rob olhava para Lua de Jade e a imaginava como ela seria no futuro, quando envelhecesse. Ela podia estar fazendo qualquer coisa: estendendo o braço para apanhar uma lata numa prateleira alta, regando um vaso de flor, mexendo uma sopa. Por um instante, via assim: a idade nas panturrilhas finas, magras como as das mulheres velhas, a idade na graça cuidadosa de seus gestos, a idade na curva rígida de seus dedos segurando uma colher. Em seguida, a visão se dissipava, perdida na perfeição das ações dela, no ressurgimento de sua personalidade jovem.

Agora, sozinho outra vez na quietude e no isolamento de sua casa, ele descobriu um fenômeno oposto: por baixo da superfície das rugas e dos movimentos lentos, Lua de Jade conservava elementos de sua juventude. Seu cabelo continuava escuro e seus ombros ainda eram lisos e firmes. Às vezes, quando saía do banho enrolada em uma toalha – os ombros brancos contrastando com a água negra de seu cabelo –, ele tinha a sensação de que o tempo não havia passado. Ela ria quando ele, então, a desejava.

– Mas sou uma mulher tão velha – dizia. – O que você ainda vê em mim?

Rob não respondia e ela dava uma risada de moça, enquanto a toalha deslizava para o chão. *Temos tanta sorte*, comentou Lua de Jade, certa vez. *Podemos viver a melhor época de nossas vidas toda de novo.*

Ela continuou esbelta e ágil, mesmo quando Rob, tranqüilo agora em sua aposentadoria, começou a desenvolver uma discreta barriga e a sentir as juntas endurecerem. Ele calculava que a mulher fosse viver mais do que ele e tomava precauções cuidadosas, secretas, para que não lhe faltasse dinheiro quando isso acontecesse. Havia sua apólice de seguro de vida, adquirida anos antes e que agora rendia saudáveis dividendos. Tinha ações e títulos de primeira linha trancados em um cofre de banco. De vez em quando, ele acordava cedo e ia à cidade dirigindo o velho caminhão. Tomava café com rosquinhas na padaria com os outros aposentados, em meio a conversas banais, e depois ia ao banco contar seus modestos investimentos. Gostava do rico aroma de metal e couro da sala do cofre. Gostava de trancar-se em um dos pequenos compartimentos para anotar os números. E, acima de tudo, gostava do que sentia quando devolvia a caixa e a chave e saía porta afora. Era a mesma sensação de construir uma casa e saber que era uma construção sólida, que iria durar. Houvesse o que houvesse, Lua de Jade nunca passaria necessidade. Rob voltava pelas estradas rurais triste, com o pensamento na morte, mas, por outro lado, profundamente satisfeito com as providências que havia tomado.

Jamais cogitou em como seria sua vida se Lua de Jade fosse a primeira a morrer. Quando surgiram os primeiros sinais de que seria esse o caso, Rob conseguiu ignorá-los. Ora, *ela sempre teve pele clara*, pensava ao vê-la pálida. Quando a via parar e pôr a mão no coração como se sentisse dor, pensava: *Ora, ela está ficando velha, afinal de contas, e eu também.*

Por fim, chegou o dia em que Lua de Jade desmaiou. Estava trabalhando na horta, mas o dia estava nublado e ela apenas regava as verduras com uma mangueira de borracha. Rob, que consertava a cerca ali perto, correu para ela, e a expressão de dor no rosto da mulher, semelhante à que tinha visto estampada durante os seus três trabalhos de parto, forçaram-no, finalmente, a levá-la ao médico. Foram para o mesmo hospital, a 32km de distância, onde seus filhos haviam nascido. Uma nova auto-estrada havia sido construída, mas Rob preferiu a velha, com as curvas e colinas familiares que o deixavam mais tranqüilo. Fizeram aquele mesmo percurso mais três vezes nos meses seguintes por causa dos exames. Ele contava com algo simples e curável: pressão alta, um sopro no coração, cálculos renais. Na última visita ao hospital, o médico os levou para seu consultório e disse-lhes, em voz baixa e circunspecto, que Lua de Jade estava com um câncer em estágio avançado e inoperável. A notícia foi um choque tão grande para Rob que ele ficou sem fala. Mesmo depois de deixarem o hospital e seguirem pela estrada rural, atravessando os campos cobertos de neve, ele não conseguia falar. Dirigia devagar, olhando, de vez em quando, para Lua de Jade.

– Então, estou morrendo – disse ela, enfim. – Pensei que estivesse doente e agora sei.

– Você vai melhorar – insistiu Rob, embora o médico não tivesse lhes dado nenhuma esperança. Em seguida, ele se virou inteiramente para ela, perplexo, por um momento, em meio a todo o seu medo. No hospital, tinha ficado aturdido demais para traduzir, e no entanto Lua de Jade compreendeu a coisa terrível que havia sido dita. Do outro lado do assento do caminhão, ela olhava para fora, para os campos brancos ondulantes, e ele viu o vestígio de um sorriso esboçar-se nos cantos de sua boca.

– Lembra-se – disse ela – do primeiro inverno em que você apareceu no nosso vilarejo? Estava nevando exatamente como agora e todos nós nos espantamos com o chapéu de pele que você usava. Era tão alto que parecia saído de uma pintura russa. Foi o que pensei. Você era tão estranho e tão bonito quanto um homem saído de uma pintura. Na realidade, pensei que você fosse russo.

Ele tentou se lembrar do primeiro dia no vilarejo dela, mas só lhe vinha um borrão de rostos que o encaravam, despontando aqui e ali no meio da neve.

– Lembro-me de umas meninas de escola – respondeu. – Lembro-me de um grupo inteiro de moças me vendo passar. Quando me aproximei, todas começaram a rir e saíram correndo. Usavam sapatos altos e corriam pela neve.

– Nem todas correram – disse Lua de Jade. – Eu fazia parte do grupo, mas fiquei para observá-lo. Sabia que decidi naquele exato momento que me casaria com você? Enquanto você andava pela cidade, eu já planejava aprender russo para podermos conversar.

E ela riu. Rob compreendeu que ela queria lhe dizer que não se arrependia de nada. Tinha feito sua escolha naquele dia de neve; ela o quis, e tudo o que veio em seguida era justificado por aquele momento. Ele sentiu o peito cheio de emoção e saiu da estrada, estacionando sob um aglomerado de pinheiros. Inclinou-se para ela e abraçou-a. O velho caminhão cheirava a anos de cigarros e, muito ligeiramente, a querosene. Lua de Jade era pequena e frágil sob os casacos e cachecóis volumosos. Sentiu a secura da face dela de encontro à sua. Depois de um instante, ela se desvencilhou com cuidado do abraço. Pousou a mão esquerda no rosto dele.

– Rob – disse, deixando-o estupefato ao falar num inglês perfeito, cantado: – Por favor, eu gostaria de ir para casa.

•　•　•

A doença, que se revelara tão lentamente, progrediu dali em diante com uma rapidez impressionante. Para Rob, que ignorou as dores nas costas e cortou uma tora de madeira atrás da outra para aliviar a energia incontrolável que tomava conta dele sempre que pensava na morte da mulher, era como aprender uma palavra nova: durante anos, os olhos passavam direto por ela, mas, assim que se tornou conhecida, tinha a impressão de aparecer por toda a parte. Os sintomas de Lua de Jade agora se manifestavam com tal clareza, eram tão óbvios, que ele se admirava de ter levado tanto tempo sem notar. Ela perdeu peso, cansava-se com facilidade. Aos poucos, os remédios se tornavam menos eficazes à medida que a dor aumentava. Em dois meses, começou a passar os dias na cama, assistindo à televisão e tricotando. Rob comunicou imediatamente a terrível notícia aos filhos, e eles agora telefonavam para casa com freqüência, reanimados, a cada vez, pelo tom de voz alegre e pela tagarelice de Lua de Jade. Abril estava na Califórnia, trabalhando como editora para uma empresa de testes. Michael era advogado em Seattle. Maria tinha se casado com um arquiteto paisagista e morava em Chicago. Disseram ao pai que iriam para lá quando o estado da mãe estivesse sério e não acreditaram quando ele tentou convencê-los de que já era sério. Sabiam como ninguém negar o que preferiam não enxergar; afinal de contas, tinham sobrevivido assim. Rob era o único que via como ela despencava nos travesseiros depois de desligar o telefone, os olhos fechados para suportar as ondas sucessivas de exaustão e dor.

– Vocês precisam vir agora – disse ele finalmente, a cada um, e acabou por convencê-los. Os três se encontrariam em Chicago, na casa de Maria, e viriam juntos de avião. Ao telefone, Rob sacudiu a cabeça, concordando, e pediu que se apressassem.

– Estou tão preocupada – disse Lua de Jade na manhã em que os filhos estavam para chegar. Rob lhe contou que estavam a caminho e agora os dedos dela se moviam, inquietos, pelos lençóis. A medicação a tinha deixado sonolenta e esquecida. – Estou preocupada, não consigo lembrar os nomes deles.

Rob tirou o cabelo dela do rosto, ajeitando-o para trás.

– Temos três filhos – contou-lhe. A essa altura, ela já sabia que Rob tinha lhes dado outros nomes, nomes oficiais, mas, nesse dia, ele falou devagar e usou os seus nomes de infância, os que ela havia escolhido. – Primavera, Montanha e Mar.

– Ah – suspirou Lua de Jade –, sim.

Ele ficou aliviado ao vê-la relaxar, como se cada nome se difundisse pelo seu corpo como uma droga.

– Primavera – ela repetiu e fechou os olhos. – Montanha. Mar.

Sua respiração se aprofundou e ele percebeu que adormecera.

Rob se levantou e foi para junto da janela. Alguns anos antes, a administração da cidade tinha alargado a estrada e autorizado a abertura de uma pedreira no morro que ficava no lado oposto. O tráfego aumentou; as máquinas abriram um grande talho na encosta, e agora as imensas pedras se encontravam espalhadas ao acaso pelos morros, brancas e inertes, como elefantes adormecidos. O barulho, a terra sendo rasgada, tudo aquilo perturbava Lua de Jade, que mantinha as cortinas fechadas dia e noite para não ver o que se passava.

Naquele momento, porém, ele puxou as cortinas para os lados e, apesar do denso calor no interior da casa e do frio do lado de fora, abriu a janela. O ar vivo, frio e ensolarado envolveu-lhe o rosto. Na casa dos pais de Lua de Jade, ele tinha feito exatamente o mesmo numa tarde de inverno, trocando o calor sufocante da lareira pelo ar frio, cortante, refrescante, dos aposentos não aquecidos. E, durante a primavera, quando o ar era fresco e revigorante como água de poço, ele saía a passear com Lua de Jade pelas colinas atrás de sua casa. Havia um lugar aonde eles iam sempre, logo abaixo da crista da montanha, onde uma paltaforma de rocha se projetava sobre o mar. Costumavam sentar-se ali, o calor da rocha amenizado pelo ar frio, e Lua de Jade colhia delicadas flores silvestres, olhando vez por outra para a vasta extensão do mar, tentando localizar os lugares para onde ele a levaria dentro de um ano. Fazia tanto tempo. Tinham partido conforme haviam planejado e, durante todos os anos de seu casamento, nunca tinham voltado.

Lua de Jade se mexeu atrás dele; Rob gostaria que os filhos chegassem logo. *Primavera, Montanha, Mar,* ele murmurou, como um encantamento, como se as palavras que tiveram o poder de acalmar sua mulher também pudessem fazer os filhos deixarem depressa as suas vidas de lado.

A imagem que lhe vinha era incompleta, da mesma forma que uma estrutura apenas sugere a aparência de uma casa terminada. Repetiu os nomes deles para ajudar a imagem se formar. Primavera, Montanha, Mar. As sílabas de repente se tornavam tão poderosas quanto um poema. Quantas vezes tinha ouvido Lua de Jade pronunciá-las? Entretanto, para ele, até o momento aqueles sons sempre tinham evocado apenas os rostos de cada um dos filhos e o peso de sua própria vida dupla. Nunca havia pensado naquelas palavras dessa forma, como Lua de Jade devia fazer, três pequenas pinceladas da língua que reconstruíam o passado comum de ambos. Primavera, montanha, mar: ele estava sentado em um penhasco rochoso, contemplando um oceano tão vasto e cheio de promessas quanto seu futuro, enquanto Lua de Jade, jovem e linda, colhia flores ao seu lado.

Ela dormia agora. Seu cabelo, ainda escuro, tinha escorregado por cima do rosto. A beleza do gesto se entranhou em Rob, e ele pensou nas suas inúmeras traições pelos anos afora. Fechou a janela. Ao atravessar o quarto, teve de novo a impressão passageira da juventude dela, mas quando afastou o cabelo de cima de seu rosto viu como sua pele se repuxava agora sobre o crânio. Deitou-se ao lado dela como costumava fazer todas as noites antes do nascimento de Primavera, quando ela sentia tanto frio que ele a tomava nos braços e falava até ela adormecer.

Rob não sabia se Lua de Jade conseguia ouvi-lo, ou se já estava além do poder das palavras de apaziguar, construir ou reconfortar. Todavia, falou docemente, constantemente, tanto na sua língua quanto na dela, contando-lhe o que só então havia compreendido. Quando os filhos chegaram, foi assim que o encontraram, sussurrando e repetindo sem cessar seus antigos nomes abandonados – como se, pela simples força da repetição, pudesse fazê-la compreender.

3

UM BRILHO NA ESCURIDÃO

Às vezes, à noite, depois do jantar, voltávamos para dar uma nova conferida
em nosso território. Nossos preciosos produtos, que não tínhamos onde abrigar,
encontravam-se dispostos em mesas e tábuas; de todos os lados, víamos suas silhuetas
ligeiramente luminosas, e aqueles brilhos, que pareciam suspensos na escuridão,
sempre provocavam em nós nova emoção e encantamento.

Marie Curie

SOU UMA VELHA AGORA E ESTOU MORRENDO, DE MODO QUE CERTAMENTE as coisas deste mundo não deveriam mais ter o poder de se imporem contra a minha vontade. Entretanto, estou bastante perturbada em meus momentos finais, e o que me atormenta nada tem a ver com a minha dura vida, mas com uma mulher que mal conheci, uma pessoa à margem de toda a minha vida. Se tenho de permanecer um pouco mais neste mundo, eu deveria querer pensar em meu marido Thierry, no filho que se parecia tanto com ele e que morreu sob os tiros dos alemães, ou em minha única filha que desapareceu há tantos anos pelo interior da França. Gostaria de pensar neles, mas não o faço. Nem minha neta me prende a atenção, embora venha me ver diariamente. Durante meia hora, todas as manhãs, ela me visita, falando com animação e afofando meus travesseiros, esfregando o frio bálsamo em minhas mãos, que estão da cor de um fígado de porco e a textura de uma casca de árvore, inchadas, agora, como salsichas. *Merci, grand-mère*, murmura ela ao sair. *Merci.*

Ela é boa para mim. É grata. Eu a criei depois que sua mãe fugiu com a Resistência e ela não se esquece disso. Em forma de gratidão, trouxe-me para este hospital, o melhor da Europa, para morrer em um quarto que não é o meu, o da minha casa. Vejo-a ir embora, delicada num vestido azul-escuro que farfalha de leve contra suas panturrilhas. Não se lembra, é claro, de Madame Curie, que morreu quando ela ainda era pequena. Não se lembra dos anos de trabalho árduo nem do brilho dos frascos azuis. Eu sou a única que lembro, mas com tamanha clareza que às vezes me imagino de volta ao pequeno prédio de vidro da Rue Lhomond, Madame Curie com seu vestido preto de algodão, o marido escrevendo seus rabiscos no quadro e o cheiro intenso de terra queimando à nossa volta. Como se a minha vida ainda não tivesse acontecido. Como se o tempo, no fim das contas, não tivesse nenhuma importância duradoura.

É estranho, é muito inquietante, mas é assim. Repasso as imagens deles em minha cabeça como se estivesse repassando contas por meus dedos, tentando resolver algo. Madame Curie era uma mulher baixa, cujas mãos estavam sempre com rachaduras ou sangrando por causa de seu trabalho. Tinha o hábito de correr de leve o polegar pelas pontas dos dedos uma porção de vezes seguidas. Estavam dormentes, disse certa vez, distraída, quando eu lhe perguntei por quê. Era apenas isso, uma coisa à toa. Ela não se lembraria daquilo e, entre tantas coisas que aconteceram em minha vida, é um grande mistério por que isso me obceca. Ainda assim, gostaria de chamá-la para vir aqui a este quarto com as paredes revestidas de ladrilhos verdes, uma única janela encoberta por uma fina cortina amarela e a pálida luz marinha inundando o ar. Gostaria de ter lhe perguntado o que aconteceu com suas mãos antes de ela morrer.

$$\bullet \quad \bullet \quad \bullet$$

Muito antes de se tornar famosa no mundo por sua inteligência, Madame Curie era famosa no mercado por causa de suas compras. Foi como ouvi falar dela pela primeira vez, da mulher que ficava desconcertada diante do açougueiro, sem saber quantas pessoas podia alimentar com uma peça de carne, da mulher que comprava frutas às cegas, sem parar para verificar se estavam verdes ou maduras demais. As coisas que qualquer dona-de-casa sabia, ela não compreendia. Diziam que era esqui-sita, pois trabalhava lado a lado com homens e deixava a filha pequena aos cuidados dos outros. No princípio, tenho de admitir, minhas opiniões a respeito dela não eram muito diferentes. Quando os vendedores de frutas faziam fofocas, eu assentia balançando a cabeça. Quando vinha andando pela rua, tão entretida na conversa com o marido que o mundo ao seu redor parecia nem existir, eu não tirava os olhos dela, escancaradamente, como todos os outros. Ela não freqüentava igreja, o que era considerado um verdadeiro escândalo, e, à noite, quando eu me ajoelhava nas duras tábuas de pinho de meu quartinho e rezava, perguntava-me como conseguia viver sem aquele ritual, sem aquele consolo.

Foi apenas no dia em que Madame Curie veio buscar a chave que comecei a vê-la de modo diferente. De perto, era mais humana e mais frágil. Nós nos parecíamos em tamanho e aspecto, duas mulheres franzinas, com olhos cinzentos e cabelo louro acinzentado, e senti uma afinidade imediata com ela, a despeito das vastas diferenças entre nossas idades e nossas vidas. Levei-a ao aposento cheio de janelas, um lugar tosco e empoeirado, abandonado havia décadas, que se tornaria seu primeiro laboratório. Por ser um aposento que a universidade não exigia que eu limpasse, costumava ir lá com freqüência, esgueirando-me, sem ser vista, pela porta de vidro embaçada e trancando-a depois de entrar. Dentro, o ar era parado, úmido e quente quando fazia sol. Limpei a poeira e o entulho de uma pequena mesa, para ter um lugar onde eu pudesse tomar o café de manhã e comer o almoço em paz. As pessoas diziam que ali havia sido uma estufa antes, e, naquela sala rodeada de janelas, eu podia fechar os olhos e imaginar o ar em torno de mim adensar-se com folhas lustrosas, repletas de flores desabrochando. Podia fingir que era uma moça rica, vestida de cetim azul-escuro, perambulando no meio da folhagem, como um pássaro vivaz e mimado. Quando contei isso a Thierry, que na ocasião era o meu mais sério pretendente, ele riu alto, mas dois dias depois me trouxe de presente um pequenino pássaro turquesa dentro de uma gaiola de latão dourado. Por causa disso, casei-me com ele, pela extravagância daquele passarinho, por sua risada alta. Permiti que me beijasse algumas vezes naquela sala deserta e lembro-me até hoje de seus lábios a comprimirem os meus como duas folhas flexíveis, frias e vivas. Um raio de sol iluminava o seu braço, e, ao redor de nós dois, o ar estava cheio de poeira, denso com a lembrança de coisas que cresciam.

No dia em que vieram ver aquele lugar, Madame Curie e seu marido distraído e magro, eu estava recém-apaixonada e, portanto, sensível ao amor dos outros, de modo que notei como ele parou e segurou o braço dela e o olhar que ela lhe deu em troca – caloroso, cheio de um afeto mudo que suavizava a severidade de suas feições. Diziam em todas as lojas do mercado que ela era fria, igual a uma máquina, mas naquela manhã eu vi que havia ternura em seu coração. Enquanto percorriam a sala, observei-os com curiosidade. Não eram românticos, e no entanto combinavam rigorosamente um com o outro, tal como uma concha se encaixaria à perfeição dentro de seu fóssil. Em parte, isso se devia à maneira como falavam, pois não conversavam sobre assuntos triviais, o ar abafado ou a umidade do chão sob seus pés, mas sobre fórmulas e pesquisas. Enquanto um falava, o outro escutava, e, parada num canto, em silêncio, vendo-os examinar o ambiente, achei que conversavam como se fossem dois homens, como iguais. Ela parecia resoluta, determinada, e eu a achei bonita, embora não usasse nenhum enfeite. Não jogava charme para o marido nem hesitava em contradizê-lo. Estranhei aquilo, pois, para Thierry, a palavra dele era lei, e eu aprendera a não me opor, nem quando sabia que era eu quem tinha razão.

Eles alugaram a sala e logo se mudaram, apesar de ser impossível acreditar que alguém pudesse trabalhar naquele lugar por mais de uma hora, muito menos pela década que acabaram passando lá, congelando quando chegava o inverno, vedando vidraças soltas para impedir as sibilantes correntes de ar, preocupados com infiltrações ou com o risco de o telhado ceder sob o peso da neve. E, no verão, era ainda pior, quente como o inferno, com o sol batendo e as grandes chamas mantidas acesas para as experiências. No entanto, eles se recusavam a abrir um respiradouro no telhado. Já entrava poeira demais na sala, queixavam-se. Por mais cuidadosa que eu fosse na limpeza, a poeira penetrava nos tubos de ensaio, cobria os instrumentos e interferia nas experiências como uma força maligna. Ainda assim, a despeito das más condições, eles trabalhavam com tamanha concentração que esqueciam as refeições, o frio, o calor e tudo o mais no mundo, exceto as experiências que tinham diante dos olhos. Sabia que se tratava de algo raro o que eles faziam, as duas cabeças curvadas sobre os vidros, as chamas e os instrumentos de medição, os longos silêncios quebrados pelas súbitas conversas, a excitação em comum se propagando como outra chama, invisível, entre os dois.

Agora eu mesma me tornei uma experiência, e as pessoas estudam minhas mãos com a mesma atenção que Madame Curie dedicava, dia após dia, a seus frascos. Examinam-me meticulosamente, mas ninguém encontra uma solução que seja. Nem os médicos que vêm todas as manhãs fazer exames nem as enfermeiras que entram com as bandejas cheias de ataduras. Vejo seus sorrisos mudarem, tornarem-se rígidos, enquanto tratam de mim. *Seus dedos estão com uma aparência melhor*, dizem-me, mentindo bondosamente e, em seguida, como não podem dizer que logo estarei recuperada, falam sobre a guerra. *Breve a luta vai terminar de vez. A França está livre novamente, Marie Bonvin, e falta pouco para o mundo inteiro também ficar livre e os soldados voltarem para casa.* Murmuro algumas palavras, dou um sorriso para expressar minha felicidade. Claro que dou. Quem teria coragem de decepcionar as jovens enfermeiras com sua pele clara e olhos brilhantes de esperança? Elas guardam para si as novidades e se concentram no passado, que, para mim, a seus olhos, é um lugar muito melhor do que o meu futuro. Vislumbro piedade, compaixão em seus rostos, mas ainda assim suas palavras estão impregnadas da presunçosa consciência de sua juventude. Acreditam que suas peles sem rugas, seus braços e pernas lisos e ágeis jamais chegarão ao estado de decadência em que a minha pele e os meus membros se encontram. Lamentam as minhas incapacidades, minha idade avançada, minha morte iminente e têm pena de mim. Não percebem que não tenho pena alguma de mim. Essas moças não sabem, e não posso dizer-lhes, mas descobri que o passado e o presente formam um único borrão indistinto, tornam-se uma coisa só, de modo que o tempo significa muito pouco no final.

Acredito que Madame Curie tenha descoberto isso ainda no auge da vida. Mergulhada em suas experiências, ela não demonstrava perceber quando o sol passava pelas vidraças da sala e finalmente desaparecia. Quando ficava escuro a ponto de não enxergar mais, levantava a cabeça de repente e piscava, espantada que o dia já tivesse terminado. Depois de muitos anos, quando tomei coragem suficiente, costumava insistir para que ela fosse para casa. Eu fazia sempre um grande esforço para falar com Madame Curie, uma estrangeira e mulher tão brilhante, já famosa por sua inteligência. Entretanto, tínhamos o mesmo nome, Marie, um nome de santa, e eu a observara o suficiente para saber que era muito amável com as outras pessoas, embora exigisse de si mesma um esforço muito além de qualquer limite humano. Muito tempo depois de todos os outros já terem ido para casa, quando até eu já tinha guardado as vassouras e os panos de limpeza e me preparado para sair e enfrentar a noite, ela ainda permanecia curvada, trabalhando diante da única fraca luz acesa. Eu então ficava preocupada. Ela era tão pálida, quase não comia.

Certa vez, muito depois da hora da ceia, ela verificou algumas garrafas, escreveu uns números e depois despencou numa cadeira dura de madeira, esfregando o rosto com as mãos. Eu estava varrendo o chão e, por um longo tempo, nada disse. Mas ela se mantinha tão parada que afinal tomei coragem.

– Madame – falei –, Madame, a senhora está bem? Quer que eu lhe traga uma xícara de chá?

Ela olhou para mim, sobressaltada, depois sacudiu a cabeça. Dois círculos escuros contornavam seus olhos como nuvens, e os olhos estavam foscos e fatigados, sem o brilhante foco de concentração que eu sempre via neles.

– Não – respondeu devagar, sentando-se ereta e esfregando as mãos. Em cima da mesa de madeira havia um frasco com um líquido escuro, que ela apanhou e virou de um lado para outro, estudando-o. – Cometi um erro – explicou. – Em algum ponto. Só isso. – Em seguida, fez uma pausa e colocou o frasco de volta na mesa. – Simplesmente vou ter de começar tudo de novo. – Balançou a cabeça e deu uma risadinha seca. – Um ano de trabalho todo perdido, e não há nada a fazer a não ser recomeçar.

Não sabia o que dizer a ela, é claro. Conhecia bem sua dedicação, e qualquer palavra soaria banal diante daquela intensidade absoluta. Contudo, ao mesmo tempo, fui tomada por um sentimento de profunda solidariedade, pois meu segundo filho tinha morrido ao nascer e, assim, eu achava que sabia o que significava perder, num instante, o que se passara um ano criando. Além do mais, depois daquela perda, minha fé havia desaparecido e eu pensava que somente eu, de todo o pessoal do mercado, conseguia compreender por que ela não entrava em nenhuma igreja. Eu ainda freqüentava – por causa de Thierry e por causa de meu primeiro filho eu tinha de ir –, mas a oração não me proporcionava mais nenhum conforto. Dessa forma, naquela noite triste segurei as mãos dela, aquelas mãos ásperas com a pele dos dedos cheia de rachaduras, e apertei-as.

– Sinto muito, madame – disse, fazendo um gesto com a cabeça em direção ao jarro escuro. – É um mistério para mim o que a senhora faz. Mas a senhora trabalha tanto que tenho certeza de que tudo vai acabar dando certo.

Ela olhou para mim de um jeito muito estranho. Soltei depressa suas mãos, encabulada de repente.

– Desculpe – falei, baixando os olhos. – Por favor, me desculpe, madame.

Então ela fitou sua mão direita. Esticou-a e girou-a de um lado e de outro à sua frente, examinando-a como se pertencesse a uma outra pessoa. Esfregou o polegar no indicador, depois nas pontas de todos os dedos, virou a palma da mão para baixo e pousou-a muito delicadamente no meu braço.

– Por nada, Marie – disse. – Eu lhe agradeço.

Ela era assim, uma pessoa de imensa bondade. Consagrava a vida ao seu trabalho, mas não é verdade que fosse fria, sem emoção. Era uma mulher cheia de entusiasmo, posso garantir. Amava o que amava e, se era considerado estranho uma mulher amar seu trabalho, pouco importava. A não ser por esse amor, que diferença poderia haver entre ela fervendo um caldeirão cheio de terra misteriosa e outra mulher mexendo a panela de um ensopado? Ou entre nós duas, já que eu trabalhava tanto quanto ela, limpando dia após dia os cantinhos sujos daquela universidade? Às vezes ouvia os homens falarem dela com admiração e escárnio. Eu limpava seus gabinetes e laboratórios, tão mais refinados do que o dela, e escutava-os comentar.

Ela tem uma grande inteligência, reconheciam. *E é meticulosa. Mas, quanto a esse negócio com os átomos, bem, está inteiramente no caminho errado.*

Mesmo depois de Madame Curie e seu marido ganharem um Prêmio Nobel pela descoberta do rádio, ouvi muita gente dizer que só o marido é que merecia o crédito, que seu esforço e sua cabeça brilhante é que impulsionavam o fascinante trabalho. Anos mais tarde, quando o mundo inteiro homenageou as descobertas dela, ainda havia na França quem relutasse em elogiá-la. Paris inteira falava dela e do rádio, mas Marie Curie continuava naquele laboratório pequeno e desajeitado, porque não lhe davam outro.

Mas, apesar de todas as dificuldades, havia alegria também. Quando a terra chegou, que felicidade! Sacos e sacos foram entregues no pátio interno atrás do laboratório de vidro.

– Pechblenda! – exclamou, quando perguntei de que se tratava, vendo o material ser descarregado. – Até que enfim, está começando!

Ela permaneceu lá fora, com seu vestido preto surrado, os braços cruzados apertados no corpo por causa do frio, a fisionomia entusiasmada. Sem esperar que terminassem a descarga, rasgou e abriu um dos sacos de terra para mergulhar as mãos até o fundo. No decorrer dos meses seguintes, peneirou e cozinhou aquela terra em seu grande caldeirão, separando todos os resíduos em frascos cada vez menores, com vários tipos de barro. Dessa forma, trabalhou minuciosamente toda a enorme quantidade do material.

Quando eu falava sobre ela em casa, ninguém acreditava que uma mulher assim existisse. Thierry não gostava de ouvir falar de Madame Curie, pois sabia que ela e o marido não iam à igreja. Então eu contava minhas histórias quando ele não estava em casa, e meus filhos passaram a acreditar que ela e o marido não eram reais, e sim pessoas que eu havia inventado para distraí-los.

– Conte, mamãe – pediam eles –, sobre aquela senhora que faz mágicas e passa o dia inteiro no laboratório.

– Bem – dizia eu –, hoje Madame Curie fez as coisas na sala ficarem azuis: mesa, cadeiras, porta, chão, tudo assumiu uma linda tonalidade de prata azulada, igual à neblina. No entanto, à tarde, as cadeiras, as mesas, os frascos e até as vidraças das janelas se tornaram todos amarelos; mas o melhor de tudo é que, por volta do meio-dia, só por um instante, tudo havia ficado completamente verde.

Meus filhos escutavam, fascinados, e eu continuava a falar. Éramos tão pobres que me sentia feliz em poder proporcionar-lhes algo bonito, que entraria em suas vidas como fachos de luz.

Certo dia, porém, em que só havia pão para o jantar, meu filho, então com 10 anos, se queixou veementemente de madame.

– Se ela faz tantas mágicas assim – reclamou –, por que não transforma a mesa e a cadeira de madeira em ouro e dá um pouco para nós? Por que ela não é a mulher mais rica do mundo, é o que eu queria saber!

– Madame é tão pobre quanto nós – expliquei. – Ela e o marido moram num lugar simples e pequeno como o nosso lar. Ela não trabalha para obter ouro, mas para adquirir conhecimentos. – Fiz uma pausa, enchendo suas canecas de leite quente. – Acho que se alguém lhe oferecesse mil francos, ela não gastaria nem um centavo consigo mesma e usaria o dinheiro todo para comprar outra montanha de terra, ou um laboratório novo, ou alguma coisa boa para a ciência. Está tentando fazer algo de bom para todas as pessoas do mundo com seu trabalho.

– Bom, então ela é maluca – replicou meu filho.

Doze anos mais tarde, ele morreria na Primeira Guerra Mundial, mas, naquele dia, não passava de um menino cheio de sonhos.

– Ora, com mil francos eu compraria um castelo e comeria doces e balas em todas as refeições!

Não era só o meu filho que pensava assim, que achava Madame Curie meio maluca. Os lojistas ainda não compreendiam por que uma mulher trabalharia tanto para não ganhar dinheiro nenhum. Viam a filha dela ser criada pelo avô. Viam a família não sair de casa aos domingos de manhã e sacudiam a cabeça, prognosticando desgraças. Quando falavam assim, eu me enfurecia, e acabei me tornando conhecida entre os vendedores de frutas por defendê-la. *Um gênio*, alegava eu. *Deixem-na em paz, ela está fazendo coisas sobre as quais não podemos nem sonhar.*

· · ·

Não estou sonhando, estou acordada, embora as enfermeiras pensem que eu esteja dormindo. Assim como os famosos cientistas não reparavam numa faxineira abaixada para recolher sua poeira, essas jovens enfermeiras não se lembram que uma mulher, mesmo velha, mesmo moribunda, pode ter bons ouvidos. De vez em quando reúnem-se ao pé de minha cama para tagarelar sobre seus namorados, sobre seus amores ilícitos, sobre as roupas novas que vão fazer com os pedaços de seda e renda que vêm guardando. Não percebem que um dia fui igual a elas, com meu cabelo louro que ia até a cintura, lavado uma vez por semana e secado sob a doce e suave luz do sol. Às vezes tenho vontade de me levantar desta cama e falar-lhes de tudo, das trilhas de bicicleta margeadas de flores, dos rapazes com seus olhares, e tudo isso levando aos anos de trabalho duro, os filhos, as duas apavorantes guerras que, segundo se supunha, terminariam com todas as outras guerras, e, por fim, a esta cama, de onde as escuto rir baixinho. O mundo gira, gira e é sempre o mesmo.

Entretanto, um dia, para minha surpresa, ele muda. A enfermeira-chefe, que é mais velha do que as outras e tão perspicaz quanto bonita, entra no quarto. Em geral, ela descarta as outras. Conhece bem os ouvidos dos velhos. Quando fala dentro deste quarto, é a mim que se dirige, contando-me histórias sobre sua infância em dialeto bretão, envolvendo minhas mãos num algodão tão macio que parece a brisa do oceano que ela descreve. Hoje, porém, está séria, preocupada; há rugas cobrindo sua testa larga. Algo aconteceu. Ela não fala e liga um pequeno rádio. Imediatamente as enfermeiras se calam.

Também escuto. O sinal falha, cheio de estática, e o locutor comenta sobre a bomba que foi jogada no Japão. Não foi uma bomba comum, mas uma arma tão forte que clareou o mundo com uma luz cegante, com um fogo que queimou tudo menos as sombras que criou. Essa bomba atômica vai terminar com a guerra, dizem, e isso é bom. No entanto, dessa vez, as enfermeiras permanecem caladas. Depois de um momento, saem todas, até a inteligente, em silêncio. Esquecem as minhas mãos, que sinto queimar dentro das ataduras como se as labaredas tivessem me alcançado aqui, a meio mundo de distância.

E, no silêncio, eu me lembro dos frascos de Madame Curie, enfileirados em cima das tábuas rústicas, brilhando de leve ao crepúsculo. Agora há terror, sim, mas o início foi realmente magnífico de se presenciar.

Descobri os frascos num dia em que minha filha teve febre. Quase não fui trabalhar, mas, no final da tarde, a febre dela cedeu e corri ao laboratório para fazer o que fosse possível. Quando consegui chegar ao prédio de vidro da Rue Lhomond, já anoitecia. A sala estava às escuras e deduzi que madame e monsieur tinham ido jantar. Não queria ficar ali sozinha, então decidi que iria entrar, só por um instante, para certificar-me de que não havia mais ninguém trabalhando. Sabia que não se importariam se eu voltasse e fizesse a limpeza no dia seguinte. Abri a porta e espiei o interior.

De que modo posso descrever o que vi? Todos os frascos que se encontravam em cima da mesa brilhavam suavemente, como se cada um deles contivesse uma pequena estrela, como se feixes de raios de luar tivessem sido reunidos dentro de cada um. Aquele simples barro com que ela havia trabalhado durante tanto tempo tinha se tornado uma coisa mágica. Caí de joelhos como se fosse rezar, mas não conseguia tirar os olhos da luz contida naqueles frascos. Era tão lindo, tão sobrenatural! Quis muito levar um para casa, guardá-lo no armário da cozinha para ter certeza de que poderia ver aquela luminescência toda vez que abrisse a porta do móvel. Imaginei a expressão nos rostos de meus filhos, o deslumbramento que seria aquela visão para eles. O desejo imoderado, a cobiça, foi a primeira coisa que me veio à cabeça. Queria para mim aquela beleza rara.

O chão de terra batida estava muito frio e logo meus joelhos começaram a doer.

Levantei-me devagar. Atravessei a sala, minha pele ficando cada vez mais pálida e azulada à medida que eu me aproximava. Cautelosamente, estendi o braço e segurei um único frasco no frouxo receptáculo das minhas mãos.

Não era excessivamente quente. Isso me surpreendeu. Esperava a espécie de calor que vem de uma chama, mas a luminosidade era apenas um tanto morna, tão fraca que achei que pudesse estar imaginando tudo aquilo. Parecia sentir uma vibração no frasco, embora pudesse ser apenas minha imaginação. Talvez fosse apenas a excitação em que me encontrava que fazia minhas mãos tremerem, as pontas de meus dedos formigarem como se agitados por uma nova vida. Segurava os frascos e pensava numa criança não nascida se mexendo sob a minha carne. Um frêmito de vida, a sensação de algo escondido crescendo. Pensei em todas as plantas que um dia haviam brotado naquela sala, crescido e morrido e crescido de novo, e era como se a essência de sua vida verde tivesse sido capturada no frasco, igual a um espírito numa garrafa. Foi o que senti. Não sei explicar. Só sei dizer que voltei lá, noite após noite, durante muitos meses, para segurar os frascos em minhas mãos e todas as vezes que tocava neles experimentava aquela mesma onda maravilhosa de sensações. Tinha a impressão, também, de que a luminosidade tinha o poder de curar. Minhas juntas enrijecidas se afrouxaram, sentia meus dedos vivos.

Uma noite, levei meus filhos até lá. Deixei que também tocassem nos frascos, um por um. É difícil acreditar que eu tenha feito essa coisa secreta. Não fiz por mal. Mas mexi com conhecimentos que não estavam ao meu alcance. E agora, vejam só, estou pagando caro por isso, minhas mãos deformadas como um arbusto torto.

Numa daquelas noites, Madame Curie entrou e deu comigo.

– Marie – interpelou-me ela, ríspida –, o que está fazendo aqui?

– Oh, madame – exclamei, afastando-me depressa dos frascos, apertando as mãos nas dobras de minha saia. – Madame, isso é tão bonito! O que a senhora fez, madame? O que é essa luz?

Ela sorriu então. Seus frascos estavam a salvo. E que mãe é capaz de resistir a um elogio sincero feito à sua criação?

– Chamo-a de rádio – respondeu brandamente. – É algo muito especial. Vai mudar a maneira como pensamos a respeito do mundo. Tem potencial para trazer muitos benefícios. Um dia, Marie, ninguém mais vai morrer de câncer, por causa disso que está aí dentro do frasco.

Ela se aproximou e tomou minhas mãos, como antes eu havia tomado as dela, e levou-as à superfície do vidro.

– Está sentindo, não está, Marie? – perguntou, olhando no fundo dos meus olhos.

As mãos que seguravam as minhas de encontro ao vidro eram muito fortes, as palmas e as pontas dos dedos tão ásperas e calosas quanto as minhas.

Assenti, balançando a cabeça.

– É a vida – falou. – É a própria energia da vida que você está sentindo.

– A senhora a tirou do barro? – perguntei, enquanto ela soltava minhas mãos.

– Sim, eu a tirei da terra. – Olhava para o frasco, o rosto enternecido, a voz baixa e sonhadora. – Por favor – acrescentou –, olhe quanto quiser, Marie, mas não toque mais nisso. É muito raro esse elemento.

Concordei, é claro, mas foi uma promessa que não cumpri. Pelo contrário, todas as noites eu pousava minhas mãos em um frasco, com o maior cuidado, só por um momento, e sentia o mistério. Lembro-me dos grandes sonhos dela. Madame acreditava que o progresso científico iria melhorar a sociedade. Ouvi-a dizer isso mais de uma vez, que a salvação do mundo não dependia da fé ou de programas sociais, mas sim da marcha firme e constante da ciência. Mais tarde, durante a Primeira Guerra Mundial, ela e a filha viajaram para a linha de frente com uma máquina de raio X, utilizando o fantástico instrumento novo para ver o interior do corpo das pessoas, para examinar ossos despedaçados e órgãos dilacerados, ajudando os cirurgiões em sua penosa tarefa de consertar corpos quebrados. Antes de morrer em combate, meu filho a viu uma vez e se lembrou de minhas velhas histórias. Escreveu-me contando a maneira como ela trabalhava, levando um soldado após outro à sua barraca, procurando compreender seus ferimentos. *É muito bom*, escreveu ele, *o que ela faz por nós, a maneira como ela nos cura, mas o que gostaria de saber é por que ela não inventa alguma coisa realmente útil para expulsar os desgraçados dos alemães de uma vez por todas!*

•   •   •

Por muitos anos, muito tempo depois de ela ter ganho seu segundo Prêmio Nobel – dessa vez sozinha, por isolar um grama de puro rádio – e ter se tornado uma pessoa tão ocupada que eu raramente a via, nem mesmo de relance, conservei no fundo de minha mente, como um tesouro, a imagem daqueles frascos brilhando num azul suave em cima das mesas de madeira tosca. Meu marido nunca soube que levei as crianças lá, e, com o passar do tempo, elas próprias esqueceram o que viram. Perguntei certa vez à minha filha, quando já estava crescida, se se lembrava daquela visita e ela me olhou com ar inexpressivo durante um longo momento.

– Ah, sim – respondeu finalmente. – Aquela mulher engraçada. Lembro que trabalhava numa estufa envidraçada. Devia fazer um frio tremendo naquele lugar. Estava frio no dia em que fomos. Senti pena dela. Era meio maluca, não era?

– E dos frascos – insisti –, você não se lembra?

Ela parou, segurando as cenouras que estava descascando.

– Deixe eu pensar – disse, franzindo um pouco a testa. – Acho que sim. Andamos um bocado, depois você nos fez pôr as mãos nos pequenos vidros de tinta. Eram azuis, se me recordo.

– Não era tinta – suspirei. – Era algo mais extraordinário.

– Era mesmo? – perguntou minha filha. Ela refletiu por um momento e deu de ombros. – Bem, extraordinário ou não, nunca nos trouxe vantagem alguma.

Ela era como o pai, prática e objetiva, mas estava errada quanto a Madame Curie e seus frascos. Para mim, eles fizeram muito bem, até mesmo a lembrança deles, que guardei em minha cabeça como um retalho de tecido brilhante escondido dentro de uma gaveta, algo raro e radiante a ser tocado num momento de calma. Tarde da noite, quando começava adormecer, eu tirava do fundo de minha mente aquelas lembranças, a matéria dos sonhos. Às vezes, na igreja, quando deveria prestar atenção no que o padre dizia, lembrava a sensação que os frascos produziam, vivos em contato com a minha pele.

Um domingo, numa missa, veio um padre novo, visitante, e, apesar de eu ter perdido o hábito de escutar o que eles diziam, a fala desse padre era tão convincente que prendeu minha atenção:

– Imaginem a alma humana – disse ele. – Olhem para cada pessoa presente e procurem enxergar não apenas um rosto diante de vocês, mas uma alma.

Curiosa, tentei fazer o que ele aconselhava, mas não consegui manter a concentração. Havia semanas que vinha me sentindo doente, tonta quando me levantava, vendo peixinhos prateados voando em minha visão. Isso aconteceu naquele dia, embora eu estivesse sentada. Olhei fixo para o cabelo grisalho do homem à minha frente, mas ele virou um borrão, a ponto de eu não mais distingui-lo da mulher sentada ao seu lado. Lembro-me de ter levantado, minha mão agarrada à madeira lisa e fria, meus olhos esquadrinhando os rostos na igreja cheia de gente, procurando uma cor viva, alguma característica estranha para focalizar minha visão. Mas tudo também se dissolveu, tornou-se uma coisa só. Minha própria pele pareceu esmaecer, e fiquei tão leve, tão sem peso, que, por um instante, foi como se me fundisse com todos os seres vivos ao meu redor, como se, tal e qual minúsculas partículas de luz, nenhum de nós estivesse isolado dos outros.

Desmaiei. Carregaram-me para o pequeno jardim atrás da igreja. Acordei ao jogarem água no meu rosto, um tapa gelado que me trouxe de volta ao mundo brilhante. Era uma manhã ensolarada do início de abril e havia flores se abrindo no jardim dos padres. Padre Jean estava ajoelhado junto a mim, segurando minha mão. Meu marido, ao lado dele, olhava-me com uma expressão perplexa e confusa.

– O que você quis dizer com aquilo? – perguntou-me quando pisquei e abri os olhos.

– Sinto muito – desculpei-me. Minhas saias estavam levantadas até os joelhos e enrubesci ao me ver ali deitada, exposta, sob o olhar do padre. Sentei-me depressa, puxando logo minhas saias para baixo.

– Tome – disse o padre, oferecendo-me um copo de água para beber. – O que aconteceu, Madame Bonvin? A senhora está bem?

– Estou ótima, sim, estou muito bem – tranqüilizei-os, mas os dois continuavam olhando para mim, intrigados, como se tentassem decifrar um mistério. – O que foi? – perguntei, virando-me para Thierry, que me fitava com ar sério, preocupado e com um novo e constrangido respeito.

– Antes de desmaiar, você falou – explicou ele. Em seguida, fez uma pausa e deu uma olhada para o padre, que assentiu balançando a cabeça. – Você gritou, Marie. Você disse: *"Contemplem a luz deste mundo."*

Sacudi a cabeça, encabulada.

– Não me lembro – respondi. Tentei me levantar, mas ainda me sentia mal, a visão embaçando os contornos entre mim e qualquer coisa viva; nem cogitei em explicar isso a meu marido ou ao padre. – Desculpem-me. Estava escutando o sermão, de repente fiquei tonta e depois só sei que jogaram água no meu rosto. Foi só isso, sinto muito mesmo.

Enquanto eu estava de cama convalescendo da crise, algo terrível aconteceu. O tempo piorou, fez frio e choveu tanto que os dias pareciam uma selva gelada, um anoitecer nebuloso e interminável. Madame estava viajando, e Monsieur Curie, numa certa manhã em que andava pela rua debaixo de chuva, foi derrubado por um cavalo e morreu com o crânio esmagado por uma roda de carroça, sua mente extraordinária espalhada nas pedras do calçamento da rua. Sua morte chocou a cidade inteira. Toda a França lastimou o seu desaparecimento, e, um mês depois, a Sorbonne ofereceu a Madame Curie o cargo dele. Para surpresa de muitos, ela aceitou e foi a primeira mulher a dar aulas na Sorbonne. No seu primeiro dia de aula dizem que compareceu usando seu vestido preto habitual e não fez o elogio solene a seu predecessor, como era o costume. Simplesmente começou a falar a partir do ponto onde ele havia parado, a falar com voz clara e suave, correndo o polegar pelos dedos. Não havia sofrimento evidente em suas palavras ou gestos, e comentou-se sobre isso mais tarde nos gabinetes e corredores. Muita gente interpretou sua atitude como uma comprovação de que ela amava apenas a ciência em detrimento dos sentimentos humanos.

Não era verdade. Posso afirmar-lhes que o sofrimento dela foi grande, quase além do que é possível suportar. Ouvi a história de como cambaleou no laboratório, abatida, quando tentou retomar o trabalho que os dois vinham fazendo juntos. E certa vez, meses mais tarde, avistei-a entrando no seu velho prédio cheio de janelas, que se encontrava mais uma vez abandonado. Era uma noite de verão e ela estava sozinha. Aproximei-me da porta de vidro e, mantendo-me na sombra, eu a observei. Um ato vergonhoso, mas não consegui evitar. Ela se sentou à mesa de madeira onde tantas experiências haviam sido feitas e ficou olhando fixamente para cima. Seus ombros estremeciam; as lágrimas desciam-lhe ligeiras pelo rosto. Marie Curie chorava, estou lhes dizendo, imersa numa tristeza tão profunda quanto a de qualquer outra mulher. O quadro-negro estava intocado, com os pensamentos finais dele, suas últimas inspirações anotadas em branco na lousa que, àquela altura, a poeira fina da cidade havia se acumulado por cima. À vaga claridade do crepúsculo, seus lábios se moviam enquanto contemplava o que ele escrevera. Senti um arrepio ao assistir à cena, pois, embora ela não fosse ligada à religião e provavelmente não acreditasse em espíritos, eu sabia que, se estava falando, certamente era com ele.

· · ·

Não voltei a vê-la durante muitos anos. Ela estava no auge da fama, viajando pelo país e pelo mundo, enquanto eu continuava limpando as mesmas salas de sempre. Minha vida prosseguiu, meus filhos cresceram e, mais tarde, foram dispersados pela guerra. Meu filho foi morto, minha filha fugiu com a Resistência. Chorei por ambos, mas sentia um grande orgulho de suas vidas e, às vezes, pensava que Madame Curie teria aprovado a fibra e a independência deles. Uma vez ou outra ouvia falar dela, ao longo desses diversos anos, de seu ciclo de palestras na América, onde lhe deram mais um grama de rádio e, é claro, soube de seu caso amoroso com Monsieur Langevin, um colega que era casado e tinha filhos. Houve um intenso burburinho entre os vendedores de frutas com esse escândalo. Entre eles, eu mantinha minha boca bem fechada, mas lembrava quanto tinham falado dela anos antes, de sua frieza, de seu coração duro. *Está bem*, tinha vontade de dizer, *agora estão vendo que ela é humana, e daí?* Quanto a mim, lembrava de seu sofrimento e de sua maneira desembaraçada de conversar com o marido, como se fossem os dois lados de uma única mente, e desejei que ela tivesse finalmente reencontrado a felicidade.

Depois, um dia, quando ambas já éramos avós e eu também tinha ficado viúva, avistei-a andando em minha direção. Ela estava morrendo, embora eu não soubesse disso na época. A distância, parecia exatamente a mesma. Quando a vi, pensei que sua palidez e sua fragilidade familiares significavam que ainda se conservava forte como aço por dentro. Havia muitas pessoas acompanhando-a, formavam um círculo em torno dela no gramado, e, apesar de querer muito cumprimentá-la, não me atrevi a chegar perto. Em vez disso, postei-me atrás de uma árvore, pensando em todas as perguntas que gostaria de lhe fazer.

Todos seguiam juntos e vieram na minha direção. Cogitei por um instante em fugir, fingindo que não a tinha visto, rejeitando a oportunidade de encontrá-la pela última vez. Quando ela se aproximou mais, porém, notei como seu cabelo louro havia embranquecido, como sua pele havia perdido o lustro e parecia esticada sobre os ossos do rosto. Estava doente. Assim, adiantei-me enquanto eles avançavam. Falei alto o bastante para ser ouvida acima das vozes dos homens:

– Madame – disse. – Madame, a senhora se lembra de mim, do aposento de vidro onde a senhora tirou luz da terra?

Ela estacou, olhou direto para mim e, quando me reconheceu (levou um momento, mas, àquela altura, sua vista já não estava tão boa), sorriu e saiu do círculo de homens importantes para vir ao meu encontro.

– Sim, Marie – disse. – É claro que me lembro de você.

Segurou minhas mãos. Meus dedos não estavam ainda tão feios quanto agora. A cor ainda era natural – havia somente os nódulos. Ela percebeu, no entanto, embora seus dedos também estivessem ásperos e cheios de cicatrizes nos pontos onde a pele tinha rachado. Olhou para baixo e examinou minhas mãos, muito mais velhas do que o resto da minha pessoa. Eu ignorava, então, tudo o que se seguiria, mas lembro que me vieram à cabeça todas aquelas noites em que fiquei segurando seus frascos sagrados e um sentimento de culpa se apoderou de mim. Creio que ela também deve ter desconfiado da minha traição, pois uma sombra anuviou seu semblante.

– Você trabalhou duro – murmurou. – Marie, olhe para as suas mãos! Sua vida foi muito dura.

Soltou-me, com um ar triste, e voltou para junto dos homens que a esperavam.

Eles caminharam com ela pela neve e, um por um, entraram no edifício. Foi a última vez que a vi. Meses depois, ouvi dizer que havia sido levada para o campo. A princípio comentaram que se recuperaria da doença, mas o tempo passou e chegou

57

a notícia de que havia morrido. Foi seu trabalho, segundo disseram, que acabou por matá-la, apesar de até o fim ela não admitir que seu rádio pudesse causar danos tão graves. Ouvi a notícia num corredor, numa tarde em que o varria, e corri para o armário de vassouras, onde escondi o rosto em minhas mãos estragadas e chorei.

• • •

As enfermeiras entram tagarelando, felizes, abrindo as venezianas, preparando remédios para aliviar o desconforto de minhas mãos. A despeito do horror que causou a segunda bomba, lançada há dois dias num lugar chamado Nagasaki, elas agora riem, sacudindo os cabelos para trás. Afastaram completamente de suas cabeças o terrível clarão, a pavorosa consciência do fato. Só pensam no armistício, falam de irmãos e namorados que vão voltar da guerra. Ouço-as contar que haverá uma parada pelas ruas principais desta grande cidade. Essas jovens falam de seus vestidos, de seus penteados, das jóias que vão usar. Devaneando, distraídas, desenrolam as camadas de gaze que envolvem meus dedos. Não compreendem que o mundo parou por um instante, fez uma pausa na sua persistente virada das páginas do tempo. O vento parou, as folhas não tremulam e não há qualquer movimento no ar. Elas dizem que vão usar roupas cor-de-rosa na parada, azul-celeste ou verde tão claro quanto esmeraldas. Vão se reunir na estação de trem, agitando lenços nas pontas dos dedos, vendo o mar de homens desembarcar, até seus maridos, namorados e amados irmãos correrem para seus braços.

Dizem que mal podem esperar.

Não percebem que já estão esperando, assim como eu esperei por todos esses anos que elas viessem lavar meus dedos torturados, um por um, que pousassem suas mãos frescas na minha testa. Desde o dia em que segurei os vidros brilhantes em minhas mãos, venho me encaminhando para este momento. O presente cresce do passado e o contém, e as cidades que desapareceram estão ligadas ao mistério guardado no interior daqueles frascos. Essas moças não vêem que o mundo fez uma pausa; que até mesmo neste exato momento elas estão sintonizadas com a hesitação do mundo.

Não digo isso a elas.

Deixam-me só, por fim; sua tagarelice, suas risadas animadas vão se distanciando no corredor, dando lugar ao silêncio. Neste quarto vazio, até os tubos sossegaram e a brisa morreu nas cortinas. Fecho os olhos em meio à repentina quietude, lembrando Madame Curie passar o polegar pelos dedos uma vez, duas... Três vezes nossas mãos se tocaram, primeiro por compaixão, depois por assombro e finalmente por tristeza. Qual é o motivo, gostaria de perguntar a ela, de minha carne estar tão disforme, de os dedos dela terem ficado, aos poucos, insensíveis? Por que ela procurou dominar esse mistério que nas mãos dos outros transformou uma multidão de pessoas em cinzas? Seu trabalho explodiu com a violência de mil sóis, mas preciso dizer-lhe que não foi culpa sua a maneira como distorceram sua criação, como corromperam seus sonhos.

Direi isso a Marie Curie.

Falavam que ela era desumana, sem coração, mas não é verdade. Ela está aqui agora. Chorando, espera por mim. Vem trazendo bálsamo para as nossas mãos.

4

EQUILÍBRIO

ELES VIERAM NO TREM QUE CHEGAVA MAIS CEDO, MAS HOUVE UMA CONFUSÃO. Suas coisas se extraviaram e só chegariam por volta de meio-dia. Quando receberam a notícia, transmitida por Marc, o malabarista, todos resmungaram, praguejaram, passaram as mãos nas cabeças e, tensos, perambularam em círculos pela estação. O espetáculo estava marcado para as três horas da tarde. Portanto, havia tempo suficiente, mas tinham o hábito de preparar tudo com antecedência, instalar a estrutura do trapézio no canto mais claro e ensolarado que encontrassem, escolher um lugar onde pudessem mudar de roupa e guardar o material. Esses preparativos por si sós sempre atraíam uma porção de espectadores. Na hora do espetáculo, notícias sobre a trupe já teriam corrido e haveria uma multidão de gente transbordando pela praça principal até as ruas ao redor. Esse era o costume deles, pois ficavam com o dia livre. Saíam sozinhos, ou em grupos de dois ou três, passeando por onde estivessem, observando os pontos principais e tomando sorvete de casquinha, vendo as pessoas à sua volta, com uma espécie de curiosidade distanciada de quem viaja de um lugar para outro sem planejar ficar. Havia um sentimento de superioridade também. Apesar de serem olhados por muita gente como estrangeiros vestidos de modo estranho, eles sabiam que em breve atrairiam uma platéia formada por essas mesmas pessoas, fascinadas, sem ar. Sabiam que a garçonete que atirava a comida de qualquer jeito à sua frente, os donos de lojas que os seguiam desconfiados pelas passagens estreitas entre as mercadorias mais tarde reconheceriam seus erros. *Sim, diriam aos amigos, é verdade, eles estiveram aqui. O homem das espadas estava sentado nesta mesa aqui mesmo, eu lhe servi uma vaca-preta. E a mulher? A trapezista? Fui eu que vendi para ela aquele chapéu que usou quando estava na bicicleta. É verdade, veio da minha loja, daqui mesmo.*

Agora, porém, com o atraso da bagagem, esses pequenos prazeres estavam perdidos.

Foi Françoise quem os fez recuperar o ânimo. Parada de pé na plataforma, bateu palmas e começou a chamar seus nomes, como se fosse uma professora ou uma mãe acompanhando um grupo de crianças de escola. *Marc*, chamou. *Frank, Jack, Peter.* A voz dela soou alta e clara, e outras pessoas também pararam para olhá-la. Viram uma mulher pequena, de corpo enxuto e compacto. Era um corpo jovem, de ombros largos e quadris estreitos, quase o corpo de um rapazinho. Só o rosto revelava o contrário: delicado, feminino, com linhas de expressão se aprofundando nos cantos da boca e na testa. O cabelo era muito curto e ela já estava maquiada: dois círculos de um rosa vivo nas faces, traços negros tornando seus olhos tristes, exagerados.

– Escutem – disse ela, quando os quatro a rodearam. – Não há nada que possamos fazer a respeito, nada mesmo. Mas também não é o fim do mundo, com certeza. O pessoal da estação vai mandar nossas coisas para a praça, já tomei providências para isso. Portanto, vamos fazer o que bem entendermos esta manhã e nos encontraremos na praça ao meio-dia para montar tudo. Que tal? Muito bem, então não adianta ficar rodando por aí à toa.

Jogou a bolsa no ombro e se dirigiu com andar ligeiro para as escadas. Marc começou a segui-la, mas ela se virou e sorriu para ele.

– Comprinhas, querido – disse ela, e Marc entendeu que queria passar a manhã sozinha.

Ele estacou e observou, enquanto ela se afastava, o passo rápido e firme descendo as escadas, o círculo de espaço que parecia carregar sempre consigo. Era bailarina quando Marc a conheceu e ainda andava como se o movimento de cada músculo tivesse sido coreografado: graciosa, segura, determinada.

Peter bateu-lhe no ombro por trás.

– Vamos beber alguma coisa, meu velho? – perguntou.

Marc abanou a cabeça. Peter tinha acabado de completar 23 anos. Podia beber cerveja a manhã inteira e fazer seu número impecavelmente à tarde. Na realidade, parecia que quanto mais bebia, melhor se saía no equilibrismo dos vasos. A cada copo de bebida, ele se soltava mais, se tornava mais flexível, e uma camada de tensão que habitualmente o envolvia se desmanchava por completo.

– Vamos lá – insistiu Peter, empurrando Marc pelo ombro. – Françoise não vai se importar.

– Vai se importar, sim, se eu a deixar cair. – Vão vocês – acrescentou. – Sabe como eu sou. Bebo com vocês mais tarde.

Eles tinham saído da estação e estavam num pequeno parque onde havia um caminho em diagonal. No final dele, Marc enxergou a praça onde fariam o espetáculo.

61

Nunca estivera antes naquela cidade, mas, ainda assim, tinha certeza de que o lugar era aquele. Observou Peter sair correndo para encontrar Frank, que caminhava devagar na direção da praça com as mãos enfiadas nos bolsos. Frank tinha sido baixo, tenso e magricela a vida inteira, mas agora Marc ficou surpreso ao notar que ele estava engordando. Um pneu de gordura balançava solto em torno de sua cintura, enquanto andava, até que ele e Peter desapareceram no meio da multidão.

Marc sentou-se num banco e pegou um cigarro. Recostou-se, aproveitando o sol, e perguntou a si mesmo onde Françoise teria ido. Ela estava infeliz, isso ele sabia, era evidente, e já havia muitos meses. Entretanto, toda vez que Marc tentava conversar a respeito, ela esboçava um sorriso rápido e evasivo e mudava de assunto. Ele não conseguia adivinhar, nunca fora capaz de adivinhar a origem precisa da tristeza dela. As coisas que achava que a aborreceriam nunca a aborreciam, e as que de fato o faziam ela as mantinha escondidas no seu íntimo.

Sempre fora assim. Lembrou-se da primeira noite que passaram juntos, mais de 20 anos antes, a noite em que ela lhe contou que durante muito tempo sonhava em ser bailarina quando crescesse.

– E por que não foi? – perguntou Marc. Naquela manhã, ele a vira nas competições realizando uma série acrobática tão precisa e graciosa que soube, antes de anunciarem, que ela venceria. – Por que motivo jamais se tornou bailarina?

Ela levantou uma perna devagar. Estavam deitados num colchão no assoalho do apartamento de Marc, e, ao lado dela, havia portas de vidro que davam para uma sacada. Elas pareciam inundadas de branco pela luz da rua, e foi contra esse pano de fundo que ele a viu levantar a perna, devagar, com perfeito controle, até sua silhueta delinear-se contra a porta. O dedão do pé apontava direto para o teto. A perna se conservava absolutamente imóvel; delicada, porém forte e finamente esculpida.

– Não tenho pernas para isso – respondeu. Girou a perna, examinando-a como se pertencesse a outra pessoa.

– Não posso acreditar – replicou ele.

– Ah, elas têm a forma certa – explicou. – A forma é *perfeita* para isso, aliás. Mas veja o comprimento. Não, receio que não sirvam. Tenho o tronco longo e as pernas curtas. Isso é ruim para uma bailarina. Não se vê bailarinas com pernas curtas.

Ela então puxou o joelho, de modo que a silhueta da perna se assemelhou por um instante a uma asa. Depois desceu-a, descrevendo um círculo, passou por cima da cintura de Marc e, com um movimento ágil, montou nele.

– Eu costumava ir a provas de seleção – contou ela. – Fazia exercícios com mais afinco do que todas, dançava o tempo todo. E era boa. Todos os juízes diziam. Mas, desde que completei 15 anos, ou perto disso, meu corpo mudou e nunca mais fui escolhida. Todos faziam questão de me dizer, porém, que eu podia dançar. Afirmavam que não me faltava talento. Mesmo quando perdi as esperanças, continuei a dançar. Costumava ir sozinha ao estúdio. Tinha 15 anos e dançava sozinha todas as tardes de sábado.

Marc podia imaginá-la rodopiando, graciosa, ligeira, numa sala onde a luz do sol se refletia pelo assoalho, onde até o leve ruído de suas sapatilhas fazia um eco suave. A história o entristeceu terrivelmente. Tinha gostado dela desde o momento em que se encontraram no ônibus. Agora, em algum lugar daquela tristeza, seu afeto se aprofundou.

– Sinto muito – disse.

Ela olhou para ele.

– Não sinta – retorquiu. – Eu não me importo mais.

Marc estendeu o braço e acariciou-lhe a testa, no ponto onde estava franzida.

– Em que está pensando agora?

Seu humor mudou e ela sorriu.

– Você vai achar graça – avisou.

– Ótimo. Diga o que é.

– Está bem. – Entrelaçou as mãos na nuca e arqueou as costas, fazendo os seios subirem e se levantarem. Ele deixou as mãos caírem e correu-as pelos ossos em leque das costelas dela. – Eu estava pensando – disse Françoise, os olhos semicerrados –, imaginando se seria possível duas pessoas fazerem amor de cabeça para baixo. Viu só? – acrescentou quando ele explodiu numa risada. – Não disse que você ia achar graça?

– Seria preciso ter um equilíbrio enorme – disse ele, se esforçando para não deixar transparecer o riso na voz, percebendo, de repente, que aquilo era importante para ela, por mais ridículo que parecesse.

– Seria – concordou ela. – É isso o que quero dizer. E uma concentração incrível, porque seria preciso manter o controle no mesmo momento em que se *perde* o controle. Seria preciso conseguir chegar a um estado de espírito extraordinário.

Ele a levantou, o que foi fácil por ela ser tão magra e esbelta e porque, apesar de magro, ele era um ginasta e muito forte. Colocou-a no tapete de exercícios na saleta da frente. Quase imediatamente ela se equilibrou de cabeça para baixo, o corpo branco se erguendo no ar. Marc fez o mesmo, de frente para ela, apenas a centímetros de distância. Ele quase riu do rosto dela invertido, alterado pela gravidade, as faces e a testa mais cheias do que o natural, rosadas por causa do esforço. Então sentiu a sola áspera do pé de Françoise descer por sua panturrilha, pela parte de trás de sua coxa. Olhou para cima e viu o corpo estreito dela afunilar-se até a ponta dos dedos do pé. Depois, ela abriu as pernas formando um V gracioso, baixou-as devagar e o segurou de leve pela cintura.

– Não sei se isso vai dar certo – disse ele, sentindo-se oscilar mais perto dela, preso no delicado abraço de suas pernas. Os dois se olharam, um para o outro, olho no olho, e ele teve a sensação de nunca ter visto qualquer outra pessoa com tamanha clareza. Algo em sua pose invertida removia todas as distrações. Françoise tinha olhos pequenos, de uma intensidade e vivacidade que às vezes o faziam pensar num pássaro. No entanto, àquela distância, seus olhos eram tudo o que ele via; e eles mudaram, ficaram maiores, e a cor escura das pupilas parecia atraí-lo para mais perto, mais perto ainda, e era o conhecimento mais íntimo que ele já havia tido dela.

– Vai, sim – disse Françoise. – Tenho certeza.

Mas não deu. Os dois desataram a rir simultaneamente, segundo Marc, embora mais tarde Françoise insistisse que ele é quem tinha começado. Fosse como fosse, uma vez começado, não conseguiram mais parar e acabaram caindo, com jeito, é claro, pois ambos sabiam como cair. Não tentaram outra vez por muitas semanas. Depois a posição pareceu menos estranha e eles não riram, mas ainda era difícil, a coisa mais difícil que Marc já havia tentado. Dessa vez foi Françoise que se mexeu depressa demais e perdeu o equilíbrio.

– Ainda assim – insistiu ela mais tarde –, tenho certeza de que não é impossível. Só vai exigir um pouco mais de trabalho, só isso. E tempo. – Ela falou como se tivessem todo o tempo do mundo juntos, e Marc a puxou para mais perto de si.

– Talvez fosse melhor você se mudar para cá – disse ele. Procurou falar num tom bastante casual, pois percebera como ela era independente e não queria espantá-la. De todos os ângulos, sabia que já estava apaixonado por ela. – Teríamos mais oportunidades. – E fez sua mão subir deslizando por trás da coxa dela. – Para praticar.

O sol se tornara mais forte, e Marc estendeu os braços no encosto do banco, fechou os olhos, imaginando que pequenos raios solares espetavam seu corpo como agulhas para curar seus ossos. Estava muito cansado. Havia 14 anos que repetiam aquele número, e ele estava cansado. Comentou diversas vezes com Françoise que deveriam parar, mas a resposta era sempre a mesma: ela apertava os lábios e trabalhava mais depressa com o que estivesse em suas mãos.

– Não estamos velhos – retrucou ela certa vez. Costurava lantejoulas em sua fantasia e começou a espetar a agulha para cima e para baixo com tremenda velocidade. Então atirou a roupa para o lado, mergulhou para a frente, dando uma cambalhota, e plantou uma bananeira. As pequenas pernas apontavam para o teto e a saia curta desceu-lhe até o queixo.

64

– Olhe para estas pernas – disse, movimentando as pernas no ar em forma de tesoura. – Estas pernas não estão prontas para se aposentar. – Soltou o corpo lentamente no chão. – Além do mais – acrescentou, mas sem intenção de ser cruel –, foi por sua causa que começamos.

Bem, essa parte era verdade. Em algum ponto de seus 20 e tantos anos tornou-se claro para ambos que nunca seriam ginastas famosos. Foi uma descoberta dolorosa, uma vez que a fama era algo que os dois esperavam desde seus primeiros anos de treino. Eles eram muito bons, porém não o bastante. Surgiam pessoas cada vez mais jovens, com corpos firmes e flexíveis que se curvavam em ângulos impossíveis. Elas ganhavam os prêmios. Logo ofereceram a Françoise um cargo como professora-assistente, e Marc, percebendo que seus dias de ginasta estavam no fim, recolheu seu material no armário do vestiário e se tornou aprendiz de bombeiro hidráulico.

Fazia bem o serviço de bombeiro. Não se importava com o trabalho, que no início exigiu toda a sua atenção para aprender as complexidades da junção de canos, a dinâmica ardilosa da água. Em breve, porém, tudo aquilo se transformou em rotina e ele começou a sentir-se inquieto. Dedicou-se ao malabarismo e, de vez em quando, divertia os homens mais velhos jogando para o alto as suas chaves inglesas, fazendo-as descrever grandes arcos e seqüências espetaculares de movimentos. *Muito bem*, diziam eles, fascinados, *muito bem, Marc*. Mais tarde, ele os ouvia contar aos outros suas proezas. Depois do trabalho, tomando cerveja em algum botequim enfumaçado, pediam-lhe que fizesse malabarismos com uma porção de coisas: ovos cozidos, colheres, bolas da mesa de bilhar. Lembrava-se desses dias como uma época feliz, de calmo equilíbrio entre as expectativas da juventude e a vida mais sossegada que teria à frente. Em sua cabeça, esse tempo existia como um verão permanente, apesar de com certeza ter durado mais do que um verão. Voltava para casa toda noite sob a luz dourada e moribunda do solstício, com a sensação de objetos redondos e pesados em seus dedos, e encontrava Françoise de banho tomado, vestida com uma roupa solta, servindo vinho em taças claras.

A brincadeira durou pouco. Ele arranhou um piso de mármore quando uma chave inglesa escorregou de sua mão e, uma semana depois, quebrou um candelabro com um pedaço de cano que voou inesperadamente para o alto. Teve de pagar pelo último e quase foi despedido. Foi o fim de seus espetáculos no trabalho. Voltou ao serviço ininterrupto de bombeiro, embora seus dedos ansiassem por jogar pequenos objetos para cima. Em casa, fazia malabarismos com tudo: ovos, bananas, conjuntos de barras de sabão, as xícaras de chá que os pais de Françoise tinham lhes dado de presente quando finalmente se casaram.

A enorme inquietação que tinha se apoderado dele transformou-se em obsessão. Praticava exercícios rigorosamente, de manhã e à noite, horrorizado com o progressivo amolecimento de sua carne. Chegava em casa antes de Françoise e esperava, com a imagem de alguma posição louca trepidando em sua mente. *Venha*, dizia-lhe, assim que ela enfiava a chave na fechadura. Marc a levava pela mão para os tapetes de exercícios sem lhe dar uma chance para descansar, tomar um banho de chuveiro ou sequer largar a bolsa. *Venha, vamos tentar isto.* Virou uma obsessão para ele a idéia de fazer amor de cabeça para baixo. Quando Françoise, exausta depois de um dia de aulas, escorregava ou caía, ele se irritava. Sabia que era uma insensatez, mas tinha a impressão de que de repente tudo dependia daquilo, que, se não conseguissem, todo o resto estaria perdido.

– Precisamos resolver essa questão – disse Françoise, por fim. Estavam deitados nos tapetes de exercício e Marc se pusera de costas para ela, os braços apertando os joelhos junto ao corpo. No estado de espírito em que se encontrava na ocasião, imaginou que ela iria dizer que deveriam se divorciar. – Marc – falou, tocando-lhe o ombro com a palma da mão calosa e amaciada pelo giz. – Marc, você tem de voltar a ter a sua vida. Ouça a idéia que tive. – Françoise se levantou, enfiando-se num roupão de seda negra com um dragão bordado nas costas.

E foi assim que a trupe deles começou. Com o decorrer dos anos, os outros membros mudaram, tornando-se mais novos ou mais velhos, melhor ou pior qualificados. Bêbados foram despedidos, uma mulher que se mostrava impecável nos treinos mas quebrava coisas quando estava diante da platéia também foi despedida. Mas ele e Françoise estavam sempre no centro de tudo. Iam a cidades e vilarejos próximos apresentar-se para os filhos dos ricos. Françoise manteve o emprego de professora e ele continuou trabalhando como bombeiro hidráulico durante a semana. Nos fins de semana, porém, os dois se transformavam, eram mestres em um número de equilibrismo que mantinham há 14 anos.

Agora era Françoise que precisava continuar. Oito meses antes aposentara-se como professora e fora transferida para um cargo administrativo na escola. No dia em que recebeu a notícia postou-se diante de seu espelho de três faces durante um bom tempo, flexionando um músculo, depois o outro e deslocando os olhos do corpo para o espelho e do espelho para o corpo. Em seguida virou-se e, com um movimento brusco, fechou as laterais do espelho sobre a parte central. Comprou seis novos conjuntos de roupa e não fez mais qualquer comentário sobre sua transferência. Três dias depois, encontrou Peter fazendo malabarismo com vasos no parque e o convidou para se juntar à trupe.

A presença jovem de Peter forçou Marc a olhar ao redor. Ele reparou que o homem que fazia a dança da espada era mais lento do que outros antes dele e que Frank, o mágico, estava engordando. Perguntou-se por quanto tempo mais eles próprios poderiam continuar. Entretanto, Françoise não dava sinais de querer parar. Marc os imaginou dentro de alguns anos, ele fazendo malabarismos usando óculos bifocais, dentadura, caixinhas de pílulas, todas as evidências de sua idade, enquanto Françoise girava no trapézio, o cabelo branco resplandecente contra o céu vívido.

O ruído das carroças em movimento fê-lo despertar de seu agradável descanso ao sol e levantar os olhos. O material do espetáculo estava sendo transportado através do parque. Os baús vinham primeiro, contendo o equipamento e as fantasias. Depois vinha o trapézio, desmontado em estacas compridas, barras e cordas. Eram necessários cinco homens para carregá-lo, equilibrando-o nos ombros. Por fim vinham três homens carregando caixas grandes com etiquetas de FRÁGIL. Eram os vasos de porcelana de Peter, embrulhados em camadas de plástico-bolha. O homem que fazia esse número antes usava peças comuns, os vaso mais baratos que pudesse encontrar, mas Peter bisbilhotava nos arredores, entrando em lojas de antiguidades e feiras de objetos usados, procurando peças que fizessem a platéia prender a respiração quando flutuassem no ar. Entre um espetáculo e outro, era muito cuidadoso com seus vasos, tratava-os com delicadeza, rondando ansioso por perto enquanto eram desempacotados.

Marc levantou-se do banco, espreguiçou-se e seguiu os homens a distância, em diagonal pelo parque. Como previa, eles pararam no final da praça, na junção de duas ruas pavimentadas com tijolos e começaram a descarregar e medir, parando de vez em quando para apontar para o céu. Logo o trapézio seria instalado no alto e Marc subiria para testá-lo, para verificar a oscilação e o equilíbrio. Mas naquele momento ele estava faminto. Dirigiu-se para um café na esquina e pediu um sanduíche de queijo e uma sopa de tomate.

Quando saiu, Françoise e os outros já estavam lá. Todos vestiam roupas de ginástica e tênis, mas ela se mantinha a uma pequena distância dos demais, uma distância que a caracterizava como a estrela. E era verdade – apesar de terem começado a trupe juntos, era por causa de Françoise que o grupo continuava a existir. O homem que conseguia equilibrar vasos orientais de porcelana na base da nuca, o outro homem cuja parceira de dança era uma espada refulgente que ele abraçava junto ao corpo, o homem que era capaz de ficar de pé em cima de meia dúzia de ovos sem quebrá-los – todos estavam ali reunidos por causa dela. Toda a platéia sabia disso antes mesmo que Françoise aparecesse. O trapézio pairava acima de todos os outros

67

números, oscilando à brisa suave que percorria as ruas das cidades. Até quando Peter arremessava para o ar os vasos delicados, os motivos azuis e brancos da louça se transformando num borrão enquanto o vaso subia e descia a girar, todos os olhos se demoravam no trapézio vazio. Aquele era o motivo pelo qual tinham vindo, era por ele que esperavam. E Françoise era muito boa trapezista. Não os desapontava.

Ela agora dava puxões na corda estabilizadora do trapézio, colocando-a no lugar, olhando de vez em quando para cima, a fim de graduar o ângulo. Marc fazia o mesmo do outro lado e, pouco depois, Françoise subiu pela escada de corda e se pendurou na barra. Balançando, virou a cabeça e franziu ligeiramente a testa, como se escutasse alguma vibração quase inaudível. Então, chamou-o lá de cima e pediu que puxasse sua corda de apoio para ajustá-la mais uns 15 centímetros.

Quando ela desceu, Marc se aproximou e pousou-lhe a mão no ombro.

– Você está bem hoje, querida? – perguntou, já pensando, enquanto falava, que não deveria ter feito aquela pergunta. Ela havia retocado a maquiagem e virou o rosto para ele. Tinha um jeito especial de se tornar inexpressiva quando desejava. Inúmeras vezes, ele a tinha visto subir no trapézio com um sorriso nos lábios, mas os olhos, se observados com atenção, totalmente impenetráveis. Era assim que estava naquele momento. Fitando as sobrancelhas retas, pintadas, a boca colorida de batom laranja, os olhos claros e contornados de preto, ele teve a impressão de estar olhando para um mímico. Françoise tinha um rosto capaz de assumir qualquer expressão, mas naquele momento ele nada revelava, absolutamente nada.

– Claro que estou bem – respondeu com um ligeiro sorriso. – Não está na hora de se aprontar? – Deu uma olhada no relógio. – Vamos começar em 15 minutos.

∙ ∙ ∙

Havia sempre um instante em que Marc, usando uma malha verde e um chapéu de feltro também verde, pousado num monociclo com bolas e ovos enfiados pela roupa, achava que não conseguiria ir até o fim. Já tinha sentido essa sensação até no início, quando ainda sentia prazer em executar o número, em ver os rostos maravilhados das crianças, a expressão divertida dos adultos. Ultimamente, porém, não sentia mais prazer algum. Estava cansado. A espera na lateral antes da sua apresentação lhe parecia cada vez mais prolongada. E então lá ia ele, atravessando a praça aos solavancos em cima de uma única roda, enchendo o céu com um borrão de objetos giratórios, as mãos disparando movimentos, como se não estivessem conectadas ao seu corpo. Ao terminar, guardava com cuidado os ovos numa cesta, depois circulava diante do povo com a mão estendida. A cidade os pagava, claro, mas o que recolhiam cobria o almoço, o jantar e bebidas depois do espetáculo.

Peter acrescentou um novo truque ao seu número, algo que treinou durante a semana inteira com baldes de plástico. Lançava o vaso para cima, depois pulava do engradado de leite onde estava sentado, girava no ar em um salto mortal e apanhava o vaso pouco antes de ele tocar o solo. Marc ficou impressionado. Deu uma olhada para Françoise. Ela estava de pé ao lado de seu trapézio, os braços cruzados graciosamente, os dedos longos extremamente brancos em contraste com seu agasalho negro. Acompanhou com olhar atento Peter curvar-se várias vezes para agradecer os aplausos.

Os outros números não fizeram tanto sucesso. Jack deixou cair sua espada duas vezes no chão e Frank não conseguiu fazer uma de suas moedas desaparecer. Enfim, chegou a hora do trapézio. A multidão inicial aumentara e se espalhava pelas ruas laterais, aglomerando-se junto à base de metal do trapézio. Marc pedia às pessoas para recuarem, lançando, de vez em quando, olhares rápidos para Françoise, que subia pela escada de corda para o balanço. Ela agarrou o trapézio e o prendeu com um joelho dobrado. Logo estava na barra, testando-a, dando impulso como uma criança pequena em um balanço de pracinha, com a diferença de que seu vôo a levava às alturas, perto do topo dos prédios e muito longe das pedras do calçamento da rua. Tinha visto Françoise fazer aquilo milhares de vezes, talvez mais até, mas ainda sentia um aperto de medo quando ela subia e se destacava contra o azul do céu, como naquele instante, em uma nítida linha escura, sentada na barra com aquela graciosidade delicada. Nunca a viu cair do trapézio, nem durante os treinos.

– Se eu algum dia caísse – contou-lhe certa vez –, nunca mais conseguiria fazer isso. Tenho de acreditar que é impossível cair. Se não fosse assim, jamais conseguiria me apresentar sem rede no alto de todas essas ruas.

Agora, Françoise, ágil, desceu o corpo até apoiar os quadris na barra. Bem devagar, estendeu os braços para os lados, equilibrando-se numa pose elegante, os braços finos esticados. Parecia um pássaro desenhado no céu azul. Marc esfregou as palmas das mãos nas coxas e ouviu a platéia murmurar. Olhando ao redor, viu todos os olhos fixos em Françoise. Por um instante distraiu-se com as pessoas que o rodeavam, os lábios entreabertos, os corpos descontraídos e vulneráveis enquanto contemplavam Françoise no alto. Em breve ela começaria a inclinar-se para a frente. Devagar, bem devagar, deslizaria até cair, enquanto a multidão embaixo ficaria tensa, enrijecendo o corpo e cerrando os punhos, ou apertando as faces com as mãos. Ele tinha visto aquilo tantas vezes, Françoise com o olhar voltado para o céu como se nada estivesse errado, deslizando, deslizando, até mergulhar em linha reta. Naquele ponto, as multidões sempre arfavam em conjunto, e então Marc as detestava. Era por isso que vinham, na realidade, não pelo milagre do equilíbrio, mas pela possibilidade de ela cair, se esborrachando no calçamento da rua diante de seus olhos. Mas ela não caía. Seus pés eram como ganchos inteligentes que a seguravam no último momento. Oscilava pendurada, de cabeça para baixo, enquanto as pessoas ao redor suspiravam – de alívio e desapontamento – e aplaudiam.

Ele já tinha visto aquilo milhares de vezes, e com tanta freqüência, que era a tensão da multidão o que lhe indicava o início do lento mergulho de Françoise. Então, Marc olhou para cima. Mas havia algo diferente. Françoise não estava olhando em linha reta por cima das cabeças da multidão. Em vez disso, olhava direto para ele, o que nunca havia feito antes, nem uma só vez em todas as vezes que ele tinha assistido àquele número. Ele olhou de volta para ela. Seus olhos exagerados se fixavam nos dele, enquanto ele, pouco a pouco, se deslocava imperceptivelmente para baixo. A respiração de Marc se acelerou. Sentiu as pedras duras do calçamento da praça sob as solas finas de suas sapatilhas. Se estivesse prestes a cair – mas ela jamais caía; Françoise, não. Ainda assim, ela o fitava, o olhar não mais inexpressivo. Sua intensidade o fez lembrar de todas as vezes em que haviam tentado fazer amor de cabeça para baixo.

Tinham conseguido uma vez, somente uma. Com as mãos entrelaçadas atrás da cabeça, Marc permaneceu o mais imóvel possível, enquanto Françoise se enroscava em torno dele, tal e qual uma videira. Deixou-se levar, sentiu que estava caindo e, ao abrir os olhos, deu com ela o encarando. Estavam tão próximos que ele só via os olhos dela; então, olhou dentro deles, endireitando-se quando o corpo começou a cair, avaliando os momentos do prazer dela nas diminutas contrações de suas pupilas, no bater de suas pestanas.

Agora os olhos de ambos se conectavam exatamente daquela mesma maneira, apesar de o espaço de ar entre eles e as intenções dela estarem revelados. Marc sabia, antes mesmo de começar, que os dedos de seus pés se manteriam esticados em ponta. Que, incontida, ela mergulharia direto para baixo, direto para as pedras duras e lustrosas do chão. Ou para ele, se conseguisse apanhá-la. Deu um passo à frente sem tirar os olhos dos dela. Françoise estava caindo, bem devagar, muito devagar, e ele a via aproximar-se gradualmente, milimetricamente.

Chegou o momento; o balanço se deslocou, ela estava despencando em sua direção como algo disparado do céu. Ele se adiantou, preparando-se para receber o peso familiar de seu corpo. Vagamente, ouviu as exclamações e os gritos estridentes da multidão, mas seus olhos não abandonaram Françoise, seu corpo flexível assumindo a forma de um caractere chinês no pergaminho azul do céu, os olhos escuros de tanta concentração, de tanto medo e – ele ainda teve tempo de pensar – de um certo prazer em relação ao que estavam tentando alcançar. Foram esses olhos que ele focalizou ao erguer os braços para ela, esperando que os anos do passado pudessem dar a ambos equílibrio contra aquele momento.

5

A SENSAÇÃO DE ESTAR CAINDO

NO VERÃO EM QUE COMPLETEI 19 ANOS COSTUMAVA DEITAR NO QUINTAL para ver os aviões passando lá no alto, seus rastros nítidos de fumaça formando desenhos no céu. Era julho, mas a grama estava com as bordas queimadas, castanhas, e já havia folhas caindo, carregadas pelo vento como asas de papel jogadas fora. A única coisa que floresceu naquele verão foi a recessão; os negócios, seduzidos por alíquotas de impostos mais baixas, se transferiram para o Sul em progressão permanente. Meu pai se fora também, porém de maneira mais sutil e insidiosa – depois que sua firma de consultoria faliu, ele simplesmente se retirou para um mundo silencioso e inacessível. Agora, quando eu ia com minha mãe ao hospital, nós o encontrávamos sentado em uma cadeira diante da janela, calado. As mãos ficavam pousadas, inertes, nos braços da cadeira e o cabelo crescido formava uma franja escura e irregular por cima de suas orelhas. Nunca parecia contente em nos ver, tampouco descontente. Apenas olhava calmamente ao redor do quarto, para o sorriso forçado de minha mãe e para meus olhos, que se desviavam depressa, nervosos, e não pronunciava nem uma palavra de cumprimento, despedida ou que demonstrasse reconhecer a nossa presença.

Minha mãe tinha um emprego de secretária e decorava bolos como biscate. Sob um calor opressivo, ela fazia verdadeiros malabarismos com as tigelas, entre a geladeira e a bancada da cozinha, lutando para manter o glacê na consistência certa para conseguir fazer flores delicadas – rosas, crisântemos e margaridas – se equilibrarem em campos brancos de açúcar. Os piores eram os bolos de casamento, complicados e volumosos. Naquele verão, as noivas e suas mães telefonavam para a nossa casa regularmente e suas vozes revelavam vestígios de pânico. Minha mãe trabalhava enquanto falava com elas, arrastando o fio da extensão do telefone pelo chão de azulejos, a voz tranqüilizadora e eficiente.

De modo geral, mamãe é uma pessoa calma, equilibrada diante do estresse, mas um dia a camada inferior de um bolo pronto caiu e ela chorou, com o rosto apoiado nas mãos, sentada à mesa da cozinha. Eu não a via chorar desde o dia em que meu pai se fora e fiquei parada à porta olhando para ela, segurando uma cesta de roupa lavada, com uma inquietação se erguendo em torno de mim como uma luminosidade lenta e paralisante. Passados uns minutos, ela enxugou os olhos e consertou o bolo, removendo a camada quebrada e eliminando a fonte de plástico de onde jorraria champanhe e que, supostamente, deveria apoiar-se num arranjo precário entre duas camadas do bolo, separadas por colunas de plástico.

– Pronto. – Ela recuou para examinar seu trabalho. O bolo estava menor, mas ainda assim bonito, delicado e caprichado. – Afinal, ficou melhor sem aquela fonte ordinária – disse. – Agora vamos tirá-lo depressa daqui antes que mais alguma coisa aconteça.

Ajudei-a a colocar o bolo na caixa e a levar para o carro, onde foi acomodado no chão, rodeado de sacos de gelo. Minha mãe deu uma ré, devagar, depois parou e me chamou.

– Katie, veja se consegue lavar a louça antes de ir para o trabalho, está bem? E faça o favor de não passar a noite toda com aqueles seus amigos esquisitos. Estou cansada demais para me preocupar.

– Pode deixar – respondi, acenando. – De qualquer maneira, vou ter de trabalhar até tarde.

Quando dizia "amigos esquisitos", minha mãe se referia a Stephen, na realidade meu único amigo naquele verão. Seu cabelo era vermelho, comprido e cacheado e ele tinha o hábito de roubar peças caras em lojas: instrumentos, jóias, equipamentos fotográficos. Minha mãe não o via como uma influência saudável, o que era uma avaliação generosa; o resto da cidade o considerava maluco. Ele era o irmão mais velho de minha melhor amiga, Emmy, que tinha fugido com o namorado levando 350 camisetas tingidas para seguir o Grateful Dead em uma turnê. *Venha conosco*, insistiu ela, mas eu estava trabalhando em uma loja de conveniência, economizando dinheiro para a escola, e não me parecia um bom momento para deixar minha mãe sozinha. Então fiquei na cidade, e Emmy me mandava cartões-postais que eu memorizava – uma linha pura de um deserto, um céu azul de doer sobre o mar, uma cachoeira etérea entre as montanhas do Oeste. Sentia uma inveja furiosa, presa naquela cidade pequena, enquanto os aviões traçavam seus rumos diários para lugares que eu estava perdendo a esperança de um dia conhecer. Deitava no quintal e olhava-os. Os grandes jatos se moviam em lentos lampejos prateados pelo céu, enquanto os menores zumbiam mais embaixo. Às vezes, nos dias mais claros, conseguia ver alguns pára-quedistas. Eles surgiam como pequenas partículas negras despencando, depois desabrochavam no horizonte como um raio de seda e cor. Eu me levantava para vê-los ficar cada vez maiores, passar pela linha das árvores e desaparecer.

Depois que minha mãe saiu, voltei para dentro de casa. O ar estava fresco e sombrio, pesado com o perfume doce das flores e do glacê. Amontoei os pedaços quebrados do bolo numa travessa e lavei a louça rapidamente, sentindo o silêncio adensar-se. Naquele verão eu não podia ficar sozinha em casa. Às vezes, eu ficava parada na frente do espelho, o coração batendo com força, procurando em meus olhos um vestígio de loucura ou tocando no arco superior dos meus ossos da face, como se não conhecesse meu próprio rosto. Achava que sabia o que era a loucura, qual era a sensação de enlouquecer – a lenta curva em suspenso no momento em que você se rende. Os médicos diziam que o problema de meu pai estava relacionado a estresse. Que iria melhorar. Mas eu o observara em sua vagarosa retirada, distanciando-se pela expansão de seu próprio silêncio. No dia em que parou de falar de vez, fui levar-lhe um copo de água, e a luz da tarde se refletia no piso de madeira.

– Ei, papai – disse eu, baixinho. Seus olhos estavam fechados. O rosto e as mãos suavizados, brancos, pálidos. Quando abriu os olhos, eles estavam castanho-claros, tão transparentes e lisos quanto o copo em minha mão.

– Pai? Você está bem?

Ele não falou, nem então nem mais tarde, nem mesmo quando a ambulância chegou e o levou embora. Não suspirou nem reclamou. Escapou para longe de nós com aparente facilidade. Eu o vi partir e descobri uma coisa: a loucura é uma descida sem dignidade, o abismo sob um passo em falso. *Tome cuidado*, eu dizia todas as vezes que deixávamos meu pai, caminhando do frio silêncio de seu quarto para o luminoso calor do lado de fora. E dava ouvidos às minhas próprias palavras; tomava cuidado também. Naquele verão, eu tinha medo de cair.

. . .

Stephen não se sentia à vontade em minha casa e morava nos limites da cidade, portanto, nos encontrávamos todos os dias na Taberna do Mickey, onde era frio, escuro e repleto do murmurinho sobre as vidas alheias. Eu sempre dava uma parada lá, na ida ou na volta do trabalho, mas Stephen às vezes passava tardes e noites inteiras ali, jogando bilhar e fazendo apostas com outras pessoas, vistas como os marginais da cidade. Algumas delas chamavam a si mesmas de artistas e viviam juntas numa casa de fazenda isolada. Eram jovens, na maioria, mas já marginalizados, considerados esquisitos, meio malucos, até um tanto perigosos. Stephen, que se encaixava nas duas últimas categorias, porque tinha espatifado a janela de uma ex-namorada numa noite e, por duas vezes, tentado se matar, mantinha uma certa distância dos outros. Ainda assim, estava sempre no Mickey's, debruçado sobre a mesa de bilhar, a silhueta escura se destacando contra a janela do fundo, só o contorno vermelho do cabelo iluminado.

Antes de Emmy ir embora, eu não gostava de Stephen. Aos 27 anos, ele ainda morava na casa dos pais, num apartamento improvisado no terceiro andar. Dormia a manhã inteira e passava as noites andando para lá e para cá em seus cômodos acanhados, escutando Beethoven ou jogando xadrez num computador que havia comprado. Eu notara as duas cicatrizes que atravessavam seus dois pulsos, e elas me assustavam. Stephen recebia uma quantia mensal do governo, tomava Valium várias vezes por dia e vivia num estado de calma precária. Às vezes agia com maldade, provocando Emmy até ela chegar quase às lágrimas. Mas também sabia ser simpático, com uma desenvoltura e um encanto que os rapazes de minha idade não possuíam. Quando estava bem, tornava as coisas especiais, inclinando-se para sussurrar algo, os dedos tocando meu braço, meu joelho. Eu sabia que tinha a ver com o perigo também a razão por que ele ficava tão atraente nessas ocasiões.

– Kate me compreende – disse certa vez. Emmy, a única pessoa que não tinha medo dele, riu alto e perguntou por que eu conseguia entender melhor a mente distorcida dele do que o resto do mundo.

– Não é evidente? – perguntou Stephen. Não o olhei, então ele pousou os dedos de leve em meu braço. Estava completamente calmo, mas deve ter sentido o tremor no meu corpo. Isso aconteceu uma semana depois que levaram meu pai para o hospital, e parecia que Stephen sabia de alguma verdade a meu respeito, alguma coisa invisível que só ele percebia.

– O que está querendo dizer? – perguntei-lhe. Mas ele apenas riu e saiu da varanda, dizendo-me para tentar descobrir por conta própria.

– O que ele quis dizer? – repeti. – O que ele quis dizer com aquilo?

– Stephen está numa fase doida – respondeu Emmy. Ela lixava metodicamente as unhas e jogou o cabelo brilhante e comprido por cima do ombro. – O melhor é fingir que ele não existe.

No entanto, Emmy foi embora e restou apenas Stephen, o encantador, o aterrorizante Stephen, que começou a me telefonar todos os dias. Convidava-me para ir à sua casa, para dar um passeio, para soltar pipas com ele atrás de um celeiro abandonado que havia encontrado. Finalmente cedi, dizendo a mim mesma que estava lhe fazendo um favor com a minha companhia. Mas era mais do que isso. Eu sabia que Stephen compreendia o mundo em suspenso entre a sanidade e a loucura e que ele vivia sua vida dentro desse mundo.

Uma vez, já depois de meia-noite, estávamos sentados em meio à sossegada escuridão de sua varanda e ele me contou sobre os pulsos cortados, sobre o latejar da água quente correndo, sobre a dor do corte da lâmina que o Valium e uísque tinham amortecido.

– Estou escandalizando você? – perguntou-me, depois de alguns instantes.

– Não. Emmy já tinha me contado. – Fiz uma pausa, indecisa, sem saber o quanto mais deveria revelar. – Ela acha que você fez isso para chamar a atenção.

Ele riu e perguntou:

– Bem, e funcionou, não foi?

Acompanhei com um dedo o desenho no tecido do estofamento.

– Pode ser – respondi. – Só que agora todo mundo pensa que você é louco.

Ele deu de ombros, espreguiçou-se, empurrando as mãos grandes e largas para o alto.

– E daí? – disse. – Quando as pessoas pensam que somos loucos, elas nos deixam em paz, só isso.

Pensei em todas as vezes em que eu tinha ficado na frente do espelho, as vezes em que tinha acordado no meio da noite, o coração numa agitação frenética, sem ter como escapar.

– Você nunca se preocupa com a possibilidade de ser verdade?

Stephen estendeu a mão por cima da mesa e pegou seu frasco azul de Valium. A dosagem era forte. Eu sabia, porque tinha experimentado. Gostava da maneira como os comprimidos azuis deslizavam pela minha garganta, dissolvendo a ansiedade. Gostava da maneira como as arestas das coisas ficavam indefinidas, de modo que eu podia me levantar de meu próprio corpo, com calma e perfeita graciosidade.

Stephen segurou um comprimido na mão. Sua pele estava pálida e úmida, uma expressão decidida no rosto.

– Não – respondeu. – Não me preocupo. Nunca.

• • •

Mesmo assim, naquele dia em que o bolo caiu, dava para notar que ele estava preocupado. Quando cheguei à sala de bilhar, ele inspecionava os tacos, um por um, os olhos apertados, pondo de lado aqueles em que encontrava lascas e defeitos.

– Oi, Kate – disse, finalmente escolhendo um. – Quer jogar?

Pedimos cerveja e enfiamos nossas moedas na máquina, esperando pelo ruído seco e pesado das bolas rolando. Stephen correu a mão pela barba vermelha. Tinha olhos verdes e um nariz comprido bem modelado. Eu o achava extremamente bonito.

– Como vai o torneio? – perguntei. Fazia dias que estava empatado e, cada vez que eu entrava ali, as apostas estavam mais altas.

Stephen tangenciou e encaçapou duas bolas de uma só vez. Recuou e examinou a mesa de jogo.

– Você vai adorar esta: o perdedor tem de saltar de pára-quedas – disse ele.

– Sabe de uma coisa – respondi, lembrando os vultos em queda, as listras da seda contra o azul do céu –, sempre tive vontade de fazer isso.

– Ora, pois então faça companhia ao perdedor – rebateu Stephen.

Ele errou a tacada seguinte e paramos de falar. Eu era boa jogadora, firme, com experiência de algumas competições. Atrás de nós, o bar foi se enchendo aos poucos e logo havia uma fileira de gente contornando a borda de madeira da mesa de bilhar. Pouco depois, Ted Johnson, um dos artistas da fazenda, entrou e se encostou na parede. Stephen ficou tenso e sua tacada seguinte foi um desastre.

– Que pena – disse Ted, adiantando-se. – Parece que você está em maré de azar.

– Vá se foder – disse Stephen, mas com voz calma, como se estivesse oferecendo uma cerveja a Ted.

– Obrigado – respondeu Ted. – Mas, na realidade, queria aproveitar para fazer uma pergunta a Kate, já que ela está aqui. Gostaria de saber o que você pensa a respeito de honra, Kate. Para ser mais claro, quero saber se você acha que uma pessoa honrada deve sempre manter uma promessa?

Dei outra tacada. A bola branca vacilou na entrada de uma caçapa e depois parou. Havia uma tensão, um subtexto que eu não conseguia ler. Era a minha última bola e visei a número oito. Ela rolou, caiu facilmente na caçapa e eu me afastei da mesa.

– Aonde quer chegar, Ted? – perguntei, sem me virar para olhá-lo.

– Stephen vai saltar de pára-quedas – respondeu. – É aonde quero chegar.

– Stephen, você perdeu? – senti-me traída, por incrível que pareça.

– Por uma questão técnica – respondeu Stephen, de cara fechada. – Ridículo! Jogo muito melhor do que ele. – E tomou um gole grande de cerveja.

– Que besteira – replicou Ted, sacudindo a cabeça. – Você é de uma deselegância total na derrota. Stephen ficou calado por um longo tempo. Em seguida, levou as mãos à boca, com muita naturalidade, mas eu sabia que estava engolindo um de seus pequenos comprimidos azuis de Valium. Enfiou os dedos na cabeleira densa e os arrancou com força, sorrindo.

– Não é nada demais saltar de pára-quedas. Já telefonei e combinei tudo hoje.

– Mesmo assim – replicou Ted –, mal posso esperar para ver.

Stephen sacudiu a cabeça.

– Nada disso, vou sozinho.

Ted se espantou.

– Pode esquecer, campeão. Tem de haver uma testemunha.

– Então, Kate vai comigo – decidiu Stephen. – Ela servirá de testemunha. Pode até saltar também, a menos que tenha medo.

Eu não sabia o que falar. Já tinha dito a ele que não iria trabalhar no dia seguinte. Entretanto, era algo a considerar também, depois de um verão inteiro contemplando o céu, poder estar finalmente dentro de um avião.

– Mas eu nunca sequer andei de avião na vida – admiti.

– Isso não é problema – retorquiu Ted. – Essa parte é sopa.

Terminei minha cerveja e apanhei a bolsa, que tinha deixado em cima de um dos bancos do bar.

– Aonde você vai? – perguntou Stephen.

– Acredite se quiser, tem gente que trabalha para viver – respondi.

Ele sorriu para mim com um sorriso largo, encantador, e veio ao meu encontro do outro lado da sala. Segurou minhas mãos nas suas.

– Não fique brava comigo, Kate. Quero mesmo que você salte de pára-quedas comigo.

– Bem – disse eu, alvoroçada. Ele não trabalhava, mas suas mãos eram calosas de tanto jogar bilhar. Tinha um rosto clássico, do tipo que se vê em pálidas estátuas de museus, com o cabelo brotando da cabeça como labaredas e olhos que pareciam dirigidos para algum outro mundo, um mundo mais atraente. Um sentimento de ousadia me invadiu como um feitiço e, de repente, não podia conceber a idéia de dizer não.

– Ótimo – disse ele, soltando minhas mãos e dando uma piscadela rápida antes de voltar para o bar. – Excelente. Apanho você amanhã. Às oito.

• • •

Quando voltei para casa naquela noite, minha mãe estava na cozinha. Às vezes encontrava a casa escura e quieta, apenas com a respiração regular dela, o murmúrio em resposta quando eu dizia que havia chegado. Mas em geral ela estava acordada, trabalhando, o rádio ligado e sintonizado numa programação fácil de ouvir, um livro abandonado no sofá. Dizia que a concentração, a precisão necessária para formar os frágeis arcos de glacê ajudavam-na a relaxar.

– Chegou tarde – comentou, enchendo de glacê um dos sacos de plástico com bico para decorar bolos. – Estava na casa de Stephen?

Abanei a cabeça.

– Fiquei trabalhando até mais tarde. Uma colega passou mal e teve de ir para casa.

Comecei a lamber uma das colheres. Minha mãe não gostava de comer o glacê. Dizia que via tanto aquilo que detestava até o cheiro, doce e intenso.

– O que vocês ficam fazendo lá? – perguntou, perplexa.

– No trabalho?

Minha mãe levantou a cabeça e olhou para mim.

– Você entendeu o que eu perguntei – disse.

Tirei meus tênis.

– Sei lá, não fazemos nada. Falamos sobre livros, música, arte, essas coisas.

– Mas ele não trabalha, Kate. Você chega em casa e precisa levantar poucas horas depois. Stephen, ao contrário, pode dormir o dia inteiro.

– Eu sei. Mas não quero falar sobre isso.

Minha mãe suspirou.

– Ele não é equilibrado. Nem os amigos dele. Não gosto que você se envolva com eles.

– Bem, eu não sou desequilibrada – repliquei. Falei bem alto para combater o medo que parecia cair de ponta sobre mim sempre que me vinha aquele pensamento. – Não sou maluca.

– Não, não é – disse minha mãe. À sua frente havia uma bandeja cheia de rosas de açúcar de cores intensas. Observei seus dedos finos, fortes e graciosos enquanto ela modelava as tiras de glacê, transformando-as em rosas perfeitas, vívidas.

– O que aconteceu com o simples branco? – perguntou, fazendo uma pausa para alongar os dedos. As cores dessa noiva seriam verde e lavanda, e minha mãe havia tingido o glacê para combinar com as amostras de tecido dos vestidos. As fotografias de seu casamento eram em preto-e-branco, mas eu sabia que a festa havia sido despojada, pequena e elegante, os vestidos das damas no tom mais claro de pêssego.

– Fui ver seu pai hoje – falou, enquanto eu mexia no interior da geladeira.

– Como ele está? – perguntei.

– Na mesma. Melhor. Não sei. – Enfiou a bandeja de rosas prontas no congelador. – Talvez um pouco melhor hoje. Os médicos parecem bastante esperançosos.

– Que bom – disse eu.

– Pensei em irmos vê-lo amanhã.

– Amanhã, não – objetei. – Stephen e eu já combinamos sair.

– Katie, ele gostaria de ver você.

– Ah, é mesmo? – retorqui, sarcástica. – Ele disse isso a você?

De junto da pia, minha mãe levantou os olhos para mim. Suas mãos estavam molhadas, ligeiramente arroxeadas sob a forte claridade da lâmpada do teto. Não fui capaz de encará-la.

– Sinto muito – disse. – Vou visitá-lo na próxima semana, está bem? – E segui pelo corredor para o meu quarto.

– Kate – ela chamou. Parei e virei-me. – Às vezes você não é nem um pouco sensata.

· · ·

Em meu íntimo, desejava que chovesse, mas o dia seguinte amanheceu claro e azul. Stephen chegou cedo para variar, com a capota de seu conversível abaixada, enquanto parava em frente à minha casa. Seguimos em meio ao límpido perfume dos trevos e dos primeiros raios de sol. No caminho, paramos para colher dentes-de-leão, macios como musgo, e margaridas de miolo escuro, que pareciam ser feitas de cera. Ted tinha me dado sua câmera com instruções para documentar o acontecimento, e gastei metade do filme no campo, fotografando Stephen com a barba enfeitada de flores.

O hangar era um pequeno prédio de concreto horizontal, construído no meio de plantações de milho. A primeira coisa que vimos, ao entrar, foi uma pilha de macas arrumada junto à parede. Nada tranqüilizadora, assim como a placa escrita à mão, que avisava: PAGAMENTO APENAS EM ESPÉCIE. Stephen e eu perambulamos pela sala vazia e mal iluminada, examinando as fotografias de pára-quedistas, em formatos variados, até aparecerem duas outras mulheres, seguidas por um homem alto e mal-humorado que recolheu 40 dólares de cada um de nós e nos mandou sair para o campo.

Esse homem, de cabelo grisalho e corpo compacto, vinha a ser Howard, nosso instrutor. Ele nos colocou em fila sob o sol quente e nos fez treinar. Todos nós faríamos nosso primeiro salto pelo sistema de abertura automática com fita, mas precisávamos praticar como se fôssemos puxar nossas próprias cordas. *Era uma questão de cálculo de tempo*, disse Howard, e ensinou-nos uma cantilena para calcularmos nossas ações. Arquear 1000, Olhar 1000, Pegar 1000, Puxar 1000, Arquear 1000, Checar 1000. Treinamos sem parar, até o suor brotar em nossa pele e Howard parecer reluzir em sua roupa branca. Era importante, ele frisava, começar a contar assim que saltássemos; senão, perderíamos a conta do tempo. Algumas pessoas entravam em pânico e puxavam seus pára-quedas de reserva quando o principal ainda estava se abrindo, os dois se emaranhavam e elas caíam para a morte. Outras ficavam paralisadas de medo e caíam como pedras, sem tocar nos reservas. Assim, repetíamos a cantilena, movimentando nossos braços e pernas no ritmo, arqueando nossas costas até elas doerem. Finalmente, Howard resolveu que estávamos preparados e levou-nos para o hangar, a fim de nos ensinar manobras de emergência.

Esse treino foi feito num equipamento suspenso pendurado no teto. Com sorte, dizia Howard, tudo funcionaria automaticamente. Caso alguma coisa desse errado, precisávamos aprender como nos livrar do primeiro pára-quedas e abrir nossos reservas. Nós nos revezamos no equipamento, puxando o desconector do pára-quedas principal e caindo de uma pequena altura até o arnês de lona nos segurar. Quando chegou a minha vez, o arnês machucou as minhas coxas.

– No ar não dói tanto – comentou Howard.

Desci trêmula, com as palmas das mãos suando, e Stephen subiu e vestiu o arnês.

– Serpentina! – gritou Howard, descrevendo um pára-quedas que se abriu mas não se inflou. Os movimentos de Stephen eram fluidos, fáceis: ele soltou e abriu as fivelas de metal, deslizou os polegares pelas argolas salientes e caiu à pequena altura pelo ar.

Howard sacudiu vigorosamente a cabeça.

– Isso. Perfeito. Você faz exatamente o mesmo quando tem um Mae West, um pára-quedas que é dividido ao meio por uma corda.

As outras duas mulheres já haviam saltado antes, mas seu treinamento havia expirado e elas precisaram fazer algumas tentativas até reaprenderem os movimentos. Depois de todos nós passarmos pelos procedimentos três vezes sem hesitações, Howard deu um intervalo para almoçarmos. Stephen e eu compramos Coca-cola e nos sentamos à sombra do prédio, contemplando a fileira de aviões que brilhavam ao sol.

– Reparou que Howard não transpira? – perguntou ele.

Dei uma risada. Era verdade. A roupa branca de Howard estava tão impecável quanto no começo.

– E sabe o que mais, Kate? – prosseguiu Stephen, partindo um sanduíche ao meio e me dando a metade. – Eu também nunca andei de avião.

– Está brincando! – exclamei. Ele olhava para o campo ao longe.

– Não, não estou. – As mãos estavam calmamente entrelaçadas sobre os joelhos. – Acha que vamos conseguir?

– Acho – respondi, apesar de ainda não ser capaz de me imaginar dando aquele passo para o vazio. E acrescentei: – Claro que não somos obrigados a fazer isso.

– Você, não – disse Stephen, jogando a cabeça para trás para beber seu refrige-

81

rante. Limpou os farelos do sanduíche caídos na barba. – Quanto a mim, é a minha integridade pessoal que está em jogo, lembra?

– Mas você não tem com que se preocupar – retruquei. – Você é bom nisso. Executou todos os procedimentos perfeitamente e nem ficou nervoso.

– Que inferno! – exclamou. Em seguida sacudiu a cabeça. – O que é estar nervoso? A queda livre é meu estado de espírito natural. – Stephen bateu com a mão no bolso da camisa, onde escondia seu Valium.

– Quer um? – perguntou. – Para o vôo?

Recusei com um gesto.

– Não, obrigada.

Ele deu de ombros.

– Você é quem sabe.

Tirou o frasco do bolso e abriu. Só lhe restava um comprimido.

– Droga – resmungou. Removeu o chumaço de algodão, sacudiu o frasco vazio outra vez, depois o atirou, cheio de raiva, no campo.

Acabamos de comer em silêncio. Eu tinha decidido que não iria adiante com aquilo, mas quando Howard nos chamou de volta para praticar manobras de aterrissagem, levantei-me e fui, limpando a palha que se agarrara às minhas pernas. Parecia não haver outra coisa a fazer.

Eu saltaria primeiro, portanto fiquei agachada mais perto da abertura na lateral do avião. Não havia porta, apenas um enorme buraco escancarado. Só o que eu conseguia enxergar era um mero gramado, que depois se transformou em um borrão e se tornou fluido à medida que acelerávamos pelo campo afora e subíamos para o céu. A força da subida me empurrou contra a parede quente de metal do avião; agarrei uma argola no chão para me equilibrar. Fechei os olhos, respirei fundo várias vezes e tentei não me visualizar presa por um pedaço de metal no meio de todo aquele ar. O instrutor de salto deu um puxão em meu braço. O avião se estabilizara e ele apontou para a abertura.

Arrastei-me para a frente e pus-me em posição. Minhas pernas pendiam para fora e o vento empurrava meus pés. O instrutor estava ajeitando meu pára-quedas e conectando a fita do sistema de abertura automática no piso do avião. Virei-me para olhar, mas o capacete bloqueou minha visão. Senti o ligeiro toque da mão de Stephen em meu braço. Então o avião fez a volta e se endireitou. A mão do instrutor pressionou minhas costas.

– Vá! – disse ele.

Não consegui me mexer. O solo estava minúsculo lá embaixo, um mapa aéreo, rico em detalhes, e o vento levava meus pés. Quais eram mesmo os comandos? *Arquear*, sussurrei. *Arquear, arquear, arquear.* Era só o que conseguia lembrar. Levantei-me, agarrando a lateral da abertura, meus pés se equilibrando na barra de metal sob a porta, resistindo ao impulso constante do vento. O instrutor gritou outra vez. Senti a pressão dos dedos dele. E então eu fui. Deixei o avião para trás e caí no ar.

Não gritei. Os comandos fugiram de minha mente, distantes como o fraco zumbido do avião que se afastava. Sabia que devia estar caindo, mas a terra continuava à mesma distância abstrata de antes. Eu estava suspensa, sendo levada em uma lenta espiral enquanto o ar se arremetia em torno de mim. Três segundos, já? Não sabia. Meu pára-quedas não se abriu, mas a terra também não estava mais próxima, e eu mantinha os olhos bem abertos, apavorada demais para gritar.

Senti o tranco. Pareceu suave depois das quedas pesadas no treino, mas quando olhei para o alto o pára-quedas estava se abrindo por cima da minha cabeça, seu verde militar se expandindo sob o sol. Vi o avião fazer a curva, ao longe. Depois não ouvi mais o som do motor e o silêncio cresceu, tornou-se completo. Recostei-me nas tiras e olhei ao redor. Quatro lagos se formavam ao longo do horizonte, semelhantes a dedos azuis, compridos e pontudos. Durante todo o verão eu tive a sensação de estar escorregando na correria do mundo, mas ali, descendo sem parar e sem empecilhos, nada parecia se mover. Era uma descoberta maravilhosa, e eu puxei o controle para guiar o pára-quedas, girando lentamente em círculo. Surgiam milharais, marcados por árvores e cercas. E o silêncio perdurava; o único som era o sussurro do meu pára-quedas. Acionei o controle novamente e vi algo no chão, uma figura diminuta tentando dizer-me alguma coisa. Tudo o que consegui fazer foi dar uma risada enquanto ia sendo levada pelo vento, minha voz clara e aguda naquele ar todo. Gradualmente o horizonte se definiu em uma linha de árvores, uns 400 metros adiante, e eu estava caindo, percebi, e caindo rápido. Fiquei tensa; em seguida, lembrei e me forcei a relaxar, a fixar meu olhar naquela linha de árvores. Meu pé esquerdo bateu no chão, virou e, aparentemente muito tempo depois, o direito também tocou o chão. Rolei, aos poucos, pela terra. O milharal formou um túnel em torno de mim, impedindo minha visão, e o pára-quedas me arrastou um pouco antes de desinflar-se. Fiquei deitada, sorrindo, olhando para um trecho de céu azul.

Depois de muito tempo escutei meu nome ser chamado de longe.

– Kate? – Era Stephen. – Kate, você está bem?

– Estou aqui. – Sentei-me e tirei o capacete.

– Onde? – perguntou ele. – Deixe de ser idiota, não dá para ver nada no meio desse milharal.

Nós nos encontramos chamando um pelo outro e andando desajeitados entre as folhas ásperas e farfalhantes. Stephen me abraçou quando deu comigo.

– Não foi maravilhoso? – perguntei. – Não foi sensacional?

– Foi – respondeu, ajudando-me a desemaranhar o pára-quedas e enrolá-lo. – Foi incrível!

– Como é que você chegou antes de mim no chão? – perguntei.

– Alguns de nós aterrissaram no alvo – respondeu, andando de volta para o hangar. – Outros escolheram um milharal. – Eu ri, tonta com a solidez da terra sob meus pés.

Stephen esperou no carro enquanto fui buscar minhas coisas. Hesitei ao entrar na penumbra fresca do hangar, deixando meus olhos se acostumarem. Quando consegui enxergar, tirei o macacão especial e as botas pretas, alisei minha roupa com as mãos. Howard saiu do escritório.

– Como eu me saí? – perguntei.

– Nada mal. Você meio que esvoaçou para um lado e para outro lá em cima, mas não foi mal para uma primeira vez. De qualquer forma, mereceu isto aqui – disse ele, entregando-me um certificado com meu nome e o dele, a tinta ainda fresca.

– Saiu-se melhor do que o seu amigo – acrescentou. E balançou a cabeça diante de meu olhar de surpresa. – Também não entendi. O melhor da turma e sequer chegou até a porta.

Não comentei nada sobre o assunto com Stephen quando entrei no carro. Não sabia o que dizer e, àquela altura, ainda por cima, meu tornozelo estava inchando e adquirindo uma coloração estranha, esverdeada e fosca. Seguimos para o hospital. Levaram-me para um consultório e esperei um tempo enorme pelo resultado do exame de raios X, que revelou não haver fraturas, e pelo médico, que me deu um sermão pela minha insensatez enquanto enfaixava meu tornozelo torcido. Quando saí, insegura nas muletas novas, Stephen estava rindo e falando bobagens com uma das enfermeiras.

Foi somente a meio caminho de casa, quando ele não parava de repetir que aquele tinha sido o maior "barato" de sua vida, que finalmente falei:

– Olhe aqui, eu sei que você não saltou. Howard me contou.

Stephen se calou e tamborilou os dedos no volante.

– Eu queria – disse. O nervosismo nos dedos dele me preocupou, e eu não disse nada. – Não sei o que aconteceu, Kate. Fiquei parado naquela porta do avião e a única coisa que imaginava era a minha queda em parafuso. – As mãos apertaram com força o volante. – Maluquice, não é? – disse. – Vi você caindo, Kate. Você desapareceu tão depressa...

– Caindo? – repeti. Era a palavra que ele usava sempre, e estava errada. Lembrei o solavanco ao puxar o controle do pára-quedas e a volta lenta no ar. – Aí é que está. Não existe a sensação de descida. É mais como flutuar. Eu também estava com medo, com um medo horrível. – Toquei o ponto acima da atadura onde meu tornozelo continuava inchando. – Mas consegui – acrescentei baixinho, ainda muito admirada.

Seguíamos através dos campos ondulados que cheiravam a poeira e a folhas amadurecendo. Daí a pouco, Stephen falou:

– Só não conte a ninguém, Kate, certo? Combinado? É importante.

– Não vou mentir – admiti, apesar de imaginar que os amigos dele seriam impiedosos quando descobrissem. Fechei os olhos. A adrenalina tinha se esgotado, meu tornozelo estava doendo e tudo o que eu queria era dormir.

Eu conhecia o caminho, de modo que, quando senti o carro desviar-se para a esquerda, ergui a cabeça. Stephen entrou em uma estrada de terra e estava pisando fundo no acelerador, levantando nuvens de pó atrás de nós.

– Stephen, que diabos está fazendo?

Ele olhou para mim e foi aí que fiquei com medo. Um medo diferente do que sentira no avião, porque agora não podia optar sobre o que iria acontecer. Os olhos de Stephen, verdes, brilhavam desvairados.

– Olhe – disse eu, com voz menos segura –, Stephen, vamos para casa, está bem?

Ele segurou o volante com uma das mãos e com a outra tirou a câmera do meu colo. O carro deu guinadas pela estrada enquanto Stephen arrancava o filme da máquina. Desenrolou-o, uma estreita fita castanha ao vento, e jogou-o no campo. Então afundou o pé no acelerador outra vez.

– Não é uma pena – disse – você ter estragado o filme todo, Kate?

O campo virou um borrão. De repente, ele pisou no freio e parou num dos lados da estrada deserta. O crepúsculo descia sobre os milharais como uma tênue névoa cinzenta. Senti o ar esfriando em minha pele, mas o couro do assento estava quente e úmido sob as palmas das minhas mãos.

A respiração de Stephen soava alta contra o cricrilar crescente dos grilos. Ele me olhou com os olhos brilhando e sorriu seu sorriso louco. Estendeu a mão e pousou-a no meu ombro, junto ao meu pescoço.

– Eu poderia fazer o que quisesse com você – disse. Seu polegar traçou uma linha em minha garganta. O toque de sua mão era quase delicado, mas dava para sentir a tensão do seu corpo. Pensei em correr, depois me lembrei das muletas e quase ri alto, de nervoso e de pânico, diante da imagem de história em quadrinhos que me veio à mente, eu mancando pelo solo irregular dos campos, com Stephen perseguindo-me, furioso.

– Qual é a graça? – perguntou Stephen. A mão dele deslizou e segurou meu ombro, com força suficiente para deixar manchas roxas ali em forma de leque.

– Nada – disse eu, mordendo o lábio. – Só quero ir para casa.

– Eu poderia levá-la para casa se você não contasse nada – ele falou.

– Apenas dirija o carro – retruquei. – Não vou contar.

Ele me encarou.

– Jura?

– Juro.

Ficou calado por um longo tempo. Aos poucos seus dedos relaxaram a pressão na minha carne. A respiração foi se normalizando e parte daquela energia desatinada pareceu dissolver-se na noite que ia caindo. Observando-o, pensei em meu pai, no seu silêncio obstinado, em todo aquele constrangimento e tristeza. Senti uma súbita irritação, uma brusca revelação que encerrou o pânico de um verão inteiro. O cricrilar dos grilos aumentou, as árvores se destacavam em negro contra a última tonalidade escura de azul. Finalmente, Stephen ligou o carro.

Quando chegamos em minha casa, ele se virou para mim e tocou de leve no meu ombro. Seus dedos pousaram delicadamente onde as marcas já estavam aparecendo e ele as contornou com um dedo. Falou baixo, com calma.

– Kate – começou. Havia uma certa gentileza em sua voz, que eu sabia ser o mais próximo de me pedir desculpas a que ele seria capaz de chegar. Tenho um gênio ruim. Você não deveria me provocar, sabe? – E em seguida, em voz mais baixa ainda, quase apreensivo, perguntou se eu iria aparecer no bar naquela noite.

Tirei minhas muletas do banco de trás sentindo-me estranhamente triste. Estava zangada demais, nunca o perdoaria, e eu era a única amiga de verdade que ele tinha.

– Você pode ir para o inferno – respondi. – Se voltar a me aborrecer, vou contar para a cidade inteira que você não saltou daquele avião.

Ele se inclinou no assento e olhou-me fixamente por um segundo. Não sei o que gostaria de ter feito, mas ali era a entrada da casa de meus pais e eu sabia que estava em segurança.

– Kate – disse então, abrindo seu sorriso sedutor que eu conhecia tão bem –, você acha que sou louco, não acha?

– Não – retorqui. – Acho que você tem medo, como todas as outras pessoas.

Procurei não fazer barulho com a porta, mas minha mãe se sentou de imediato no sofá onde estava cochilando. Seu cabelo comprido, que batia no meio de suas costas, estava mesclado de cinza e prateado.

Eu tinha uma história pronta para contar a ela sobre ter caído de um barranco, mas no fim achei que seria mais fácil falar a verdade. Deixei de fora a parte sobre Stephen. Ela foi atrás de mim enquanto eu mancava até a cozinha para pegar um copo de água.

Não esperava que ficasse tão zangada. Postou-se junto à bancada, tamborilando os dedos na superfície de fórmica.

– Mal posso acreditar – disse. – Eu aqui lutando contra tanta coisa e você se joga de um avião. – Apontou para as muletas. – Como é que vai poder trabalhar esta semana? Com que dinheiro vai pagar por isso tudo?

– Deixe-me em paz – pedi, balançando a cabeça. Stephen já devia estar em casa àquela hora. Não acreditava que fosse me importunar ainda, mas não podia ter certeza absoluta.

– Trabalhar é o menor dos meus problemas – continuei. – Comparada com outras coisas, a questão do dinheiro é água com açúcar. – Quando disse isso, meus olhos e os dela se voltaram para a bancada, onde os restos do fracasso da véspera ainda estavam empilhados, o chocolate amargo duro com a borda do glacê cremoso. Minha mãe olhou aquilo tudo por uns segundos. Apanhou um naco de glacê e me ofereceu.

– Água com açúcar? – repetiu, o rosto impassível.

Minha boca estremeceu. Comecei a rir e ela me acompanhou. Tivemos um ataque de riso daqueles de nos dobrarmos apertando a cintura. E então minha mãe me sacudiu, ainda rindo, sem conseguir falar, mas com lágrimas descendo pelo rosto; quando me apertou em seus braços, fiquei quieta.

– Kate, meu Deus, você podia ter morrido.

Eu a abracei e dei uns tapinhas desajeitados em suas costas.

– Desculpe, mamãe, mas está tudo bem. Daqui a uma semana vou estar nova em folha.

Ela recuou; uma das mãos no meu ombro, a outra enxugando os olhos molhados.

– Não sei o que está acontecendo comigo – murmurou. Sentou-se em uma cadeira e apoiou a testa na mão. – Muita coisa ao mesmo tempo, deve ser. Tudo isso, e o seu pai. Não sei, não sei mais o que fazer.

– Você está indo muito bem – falei, pensando em todas as horas que ela passava preparando bolos de casamento, elaborando confeitos tão frágeis e inconsistentes quanto os sonhos que os exigiam. Meu pai permanecia sentado, imóvel e silencioso em seu quarto branco, e eu estava com raiva dele por exigir tanto de nós. Queria dizer isso à minha mãe, explicar como a raiva havia extinguido o pânico, partilhar com ela a calma que, mesmo naquele momento, estava crescendo dentro de mim. O que quer que tivesse mergulhado meu pai no silêncio e Stephen na violência não iria me alcançar. Meu tornozelo estava machucado e enfaixado, mas o resto de mim estava incólume e forte.

Minha mãe afastou o cabelo comprido do rosto, depois o deixou cair.

– Vou tomar um banho – disse. – Você está bem, então?

– Estou, estou ótima.

Fui para meu quarto. As cortinas brancas se levantaram, luminosas, na escuridão, e escutei o ruído distante de água corrente, vindo do banheiro. Tirei todas as minhas roupas, bem devagar, e as deixei no lugar onde haviam caído no chão. As estrelas lá fora estavam brilhantes, o céu muito claro. As cortinas se desdobraram e roçaram em minha pele, infladas pelo ar noturno, e o que me lembrei, ali de pé no escuro, foi da sensação de estar caindo.

6

O CONVITE

O DIA DE JOYCE GENTRY COMEÇOU MAL, LOGO DE MANHÃ CEDO, AO descobrir que os galhos finos de suas mangueiras estavam infestados de formigas. Não as minúsculas e pretas, mas as grandes formigas cor de cobre, que pareciam ter adesivos nas patas e agarravam-se obstinadas às suas luvas de pano, picando-lhe os pulsos antes que conseguisse livrar-se delas. Joyce gritou mais por saber que suas árvores estavam em perigo do que pela dor das ferroadas. Jamal apareceu num instante. Era um homem baixo, ágil e magro, com um bigode fino, mãos hábeis e uma habitual expressão de solicitude e preocupação no rosto.

Felizmente ele sabia muito bem o que fazer. Uma chaleira de água fervendo derramada em cada ninho, uma certa mistura de ervas despejada em cada formigueiro já em processo de desintegração e o esguicho concentrado de água para limpar os galhos dos insetos. Joyce assistia fascinada às formigas tentando escapar, irrompendo freneticamente dos túneis adjacentes carregando seus ovos. Que criaturas resistentes! Ainda assim não sentia nenhuma pena. Já tinham destruído umas seis árvores, e foi uma sorte tê-las descoberto antes que começassem a devorar as cascas e também matassem as árvores novas. Jamal trabalhava depressa sob o calor crescente da manhã, rodeando cada tronco com pesticida, revolvendo com um ancinho os formigueiros destruídos até o fundo; quando terminou, ela lhe trouxe um copo de chá gelado da cozinha.

– Você trabalha muito bem – disse Joyce, enquanto ele enxugava o suor da testa com uma bandana de cores vivas. Jamal baixou os olhos, como se estivesse encabulado, e ela continuou, sem moderação: – Eu ficaria completamente perdida sem você aqui.

Jamal mantinha os olhos baixos, mas Joyce percebeu que estava satisfeito. Ela raramente tinha a oportunidade de lhe dizer o que sentia; Sid se mostrava sempre tão intransigente a respeito. Era diretor de uma fábrica e achava que só se devia falar com empregados sobre assuntos de rotina. Quando ouvia Joyce elogiar um deles, ou até mesmo fazer um comentário sobre o tempo, ficava terrivelmente aborrecido.

– Lido com gente assim todos os dias – dizia-lhe, servindo-se de mais uma dose de uísque. – Basta ultrapassar uma vez o limite e você está perdida. Lá se vai sua autoridade pela janela. E, pode esquecer, depois disso não vai mais conseguir que façam nenhum tipo de trabalho.

Sid era especialmente severo com relação a Jamal, pois Joyce não o contratara da maneira habitual, através de anúncios e entrevistas. Ela o encontrou por acaso num dia em que se perdeu numa região mais pobre da cidade e seu enorme carro preto percorreu lentamente as ruelas estreitas, com bandos de crianças se amontoando pelo caminho para vê-la passar. O lugar era só sujeira e miséria, as casas precárias, feitas de restos de madeira e telhados de zinco, as valas de esgoto vazando uma água verde, fedendo a rato e lixo. Contudo, no meio desse cenário deprimente, Joyce se deparou com um jardim tão encantador que parou o carro imediatamente. Hibiscos e buganvílias despontavam por trás de uma cerca de madeira e centenas de flores enchiam latas, canteiros bem tratados e jardineiras presas às janelas. No meio desse jardim estava Jamal, de pé em cima de um banquinho, regando com uma tigela, pacientemente, uma porção de vasos de orquídeas pendurados.

Joyce saiu do carro, afundando os saltos de seus sapatos na terra macia e o ar tornando sua pele úmida e oleosa. Observou Jamal, seu silêncio, suas mãos ágeis, os dedos compridos, a beleza de seu jardim, e ofereceu-lhe um emprego na hora. Um gesto audacioso e imprudente – foi o que todos lhe disseram mais tarde –, e ela sequer pediu referências. Entretanto, Jamal transformou seu jardim, e agora ela era invejada pelos vizinhos. Intimamente, Joyce gostava de pensar que tinha jeito para essas coisas, que sabia enxergar nas pessoas qualidades que os outros geralmente não notavam. Sid, por exemplo, era cego para o lado bom dos outros e nunca confiaria inteiramente em Jamal, por mais que Joyce lhe dissesse:

– Foram as flores, a maneira como ele cuidava das flores. Uma pessoa com um jardim daqueles, querido, jamais poderia ser um demônio.

Jamal bebeu rapidamente todo o chá, sorvendo o sumo da fatia de limão que Joyce colocou na borda do copo.

– Queria escorar essas árvores com estacas hoje – disse Joyce, fazendo um gesto em direção à fileira de mangueiras esguias. – As chuvas estão quase chegando e não quero que elas tombem.

– Mas, madame – disse Jamal, fixando o olhar além das árvores, para algum ponto no horizonte –, não acho que seja uma boa idéia.

– Por que não? – perguntou Joyce. – O que o faz achar que não?

Jamal deu de ombros.

– Não vai fazer bem às suas árvores fincar estacas no solo hoje.

Joyce esperou que ele continuasse a falar. Mas Jamal se sentia tão pouco à vontade falando inglês quanto ela falando malaio que não explicou mais nada. A claridade ofuscante do sol se refletia no pátio de concreto, e Joyce ficou parada por um bom tempo meditando. É verdade que os conselhos de Jamal, embora às vezes bem estranhos, quase sempre se revelavam corretos: ele tinha recomendado fazer talhos nos troncos das mangueiras mais antigas para forçá-las a dar frutos e aconteceu exatamente como tinha previsto. No entanto, Joyce estava pensando também em Sid, que logo na semana anterior voltara para casa exasperado, por causa de um topógrafo que havia se recusado a chegar perto do local da nova fábrica. O homem alegava que se tratava de um "lugar espiritual, cheio de fantasmas".

– Um naco de rocha – esbravejava Sid – no meio da selva, e ele dizendo que não queria ir lá! E é um homem instruído!

Talvez fosse por Sid estar longe que Joyce escutava a voz dele tão forte. Ainda por cima, ele a tinha prevenido em relação àquelas árvores novas. Imaginava-o voltando e encontrando o trabalho por fazer. Diria que era preguiça, pura e simples, a forma engenhosa que Jamal havia inventado para se livrar do trabalho.

– O que é? – insistiu Joyce. – O tempo? É por isso que você não quer escorar as árvores hoje?

Encarou Jamal, esperando uma resposta, mas ele apenas encolheu um pouco os ombros.

– Bem – disse ela secamente, pensando em Sid –, apesar disso, acho que é uma excelente idéia. Quero tudo terminado ao anoitecer.

Resolvida a questão do jardim, Joyce saiu para cuidar de suas pequenas incumbências. Primeiro foi ao correio, onde esperou numa lenta e cansativa fila, depois seguiu para o mercado, onde comprou um broche de prata, um presente de aniversário para a sobrinha. Finalmente almoçou uma refeição ligeira no clube, com a brisa do oceano soprando-lhe o cabelo.

Quando chegou em casa, cruzou com o carteiro saindo em sua pequena lambreta. Joyce parou no hall fresco examinando a correspondência ansiosa e apressadamente, à procura do envelope dourado do convite para a festa de aniversário do sultão. No ano anterior, a essa altura, o convite já havia chegado. Naquele dia, porém, só havia uma conta de luz e uma revista de moda de seis meses atrás. Joyce as atirou na mesa, tomada por uma pequena onda de irritação. Faltavam somente três semanas para o aniversário do sultão e ela precisaria mandar fazer um vestido, talvez viajar até Cingapura para comprar sapatos. Necessitava de tempo para se preparar, pois o convite era muito especial, não se tratava de uma bobagem qualquer, de jeito nenhum. O sultão e sua família eram presenças notáveis na cidade, só saíam com escolta policial e sirenes ruidosas, mas apenas os membros mais afortunados da comunidade de expatriados botavam os pés no interior do palácio. No ano anterior, Joyce fizera um pequeno favor à mulher do sultão: conseguiu obter clandestinamente umas sementes de amor-perfeito para o jardim interno do palácio, o que resultou no convite. Neste ano, enviou uma caixa inteira das tais sementes num embrulho caprichado e agora esperava.

Joyce deu uma olhada para o relógio de pulso e suspirou. A nova esposa chegaria em menos de uma hora. Anos antes, esses chás de iniciação eram menos freqüentes e mais excitantes, e, embora a comunidade de expatriados tivesse crescido e contasse com quase 50 pessoas, Joyce se recusava a desistir da prática de convidá-las para tomar chá. Ela própria tinha sido a primeira esposa a chegar, quase 30 anos antes, e jamais esqueceria o quanto desejara uma companhia, alguém mais velho e experiente que lhe desse conselhos.

Sorriu um pouco ao lembrar do seu entusiasmo ao chegar ali, estudando no atlas o ponto onde o longo dedo curvo da Malásia mergulhava no Mar da China Meridional. Imaginava uma vida de aventuras, rica em sedas, especiarias e pessoas exóticas. A realidade foi um verdadeiro choque. Naquela época, a fábrica de borracha não passava de uma supervalorizada construção metálica pré-fabricada, com apenas um povoado no caminho para Cingapura, a seis horas de viagem ao sul de carro ou barca. Sid vivia extremamente ocupado procurando fazer seu novo negócio dar certo, e eles não tinham conseguido ter filhos como esperavam. Aqueles dias lânguidos, que se fundiram em anos, tinham sido tão solitários que Joyce muitas vezes pensou que iria enlouquecer. Foi somente depois de uma década, quando a fábrica se expandiu, que as outras começaram a surgir. Todas as esposas chegavam com suas malas de couro, enxugando o suor da testa e apertando os olhos, aturdidas sob a dura claridade do meio-dia. Desde o início elas procuravam por Joyce pedindo ajuda, e ela, grata pela companhia, satisfeita com o fim das longas tardes paradas, fazia o que podia.

Subiu correndo as escadas e escancarou as portas de seu armário, empurrando os cabides para um lado e para outro, inalando o tênue perfume que exalava das roupas. Num impulso, tirou o vestido longo de seda dourada de seu cabide acolchoado. Foi um mero ímpeto, e ele brilhava em suas mãos como luz. Em deferência aos costumes locais, o modelo era bastante recatado, com um decote alto e mangas compridas, mas a maneira como o tecido aderia ao corpo a cada movimento subvertia tudo. Joyce o tinha usado na última festa de aniversário do sultão, fazendo a sala inteira ficar em absoluto silêncio à sua entrada. Ela fizera então uma pausa para apreciar tudo, os imensos vasos de bronze repletos de orquídeas, a orquestra completa, os pisos de mármore e o próprio sultão, num traje de linho branco, rodeado por mulheres vestidas com sedas de cores vivas como um arranjo de flores exóticas. Até hoje, Joyce ainda sentia um arrepio ao lembrar: todos os olhos voltados para ela, o bater dos saltos de seus sapatos ecoando no silêncio repentino, enquanto atravessava o salão de uma ponta à outra.

Suspirou, afastando relutantemente o vestido. Não poderia usá-lo de novo este ano, embora duvidasse poder encontrar outro que se igualasse àquele. Vestiu depressa um vestido justo, simples, de linho, e desceu para preparar o chá.

A recém-chegada se chamava Marcela Frank e, ao telefone, pareceu-lhe muito tímida – quase acanhada –, o que depois percebeu não ser verdade. Joyce a espiou, pela janela, chegando numa bicicleta antiquada, com as costas retas, o cabelo escuro e o vestido branco vibrando contra o céu do entardecer. Em seguida dirigiu-se para a entrada pavimentada antes da porta principal, onde Marcela estava tirando os sapatos e conversando com Jamal. Falavam em malaio, e Joyce, que compreendia apenas algumas palavras, ficou espantada. Jamal, nos quatro anos em que vinha trabalhando para ela, raramente falava, mas agora parecia reanimado, entusiasmado, com a voz calorosa. Joyce nunca o tinha visto assim; parou e avaliou a cena.

Marcela virou e sorriu.

– Olá – disse, entrando na casa com os pés descalços batendo de leve no piso de mármore. Joyce a achou muito jovem, o rosto fresco apesar do calor e do percurso recente de bicicleta. – Estava admirando seu lindo pátio.

Joyce deu uma olhada para seu jardim e franziu ligeiramente a testa. A palavra "pátio" era um americanismo ao qual nunca se habituara; trazia-lhe à mente a imagem de uma área industrial abandonada.

– O jardim – disse. – É, Jamal faz maravilhas com meu jardim.

– Sobretudo com suas árvores frutíferas – acrescentou Marcela. Depois da entrada pavimentada, o calor reverberava diante da folhagem como um véu translúcido.

– São realmente maravilhosas. – Ela virou e falou de novo em malaio: alguma observação rápida que fez Jamal rir e juntar as duas mãos num gesto de puro prazer que Joyce jamais havia presenciado.

– Jamal está escorando as mangueiras novas – explicou Joyce. – Estamos preocupados com as monções, que podem derrubá-las. – Ela sorriu para Jamal, mas ele voltara a atenção para o jardim e não respondeu. Observou-o curvar-se para um arbusto de hibiscos vermelhos, as mãos se movendo com agilidade, sem ruído, entre as folhas. – Por favor, sente-se – acrescentou, recuando e fazendo um gesto na direção da sala de estar, onde ventiladores de teto agitavam o ar e as bebidas esperavam por elas. – Sinta-se em casa.

Marcela correu uma das mãos pelos cabelos escuros e afundou na poltrona mais próxima.

– Chá gelado! – exclamou, estendendo o braço para servir-se. – Posso? Estou morrendo de sede.

Joyce sorriu e assentiu, apontando para a mesa, depois observou Marcela tomar um grande gole para matar a sede. Recordou-se de si mesma quando jovem, da sua energia vivaz, da maneira como o passar dos anos e o calor interminável haviam transformado essa vitalidade numa espécie de entropia.

– Fico muito satisfeita que tenha vindo visitar-me, Marcela – disse, sentando-se e servindo-se de um copo de chá. – Pode ficar à vontade para perguntar tudo o que quiser e me dizer o que posso fazer para ajudar. Moro aqui há quase 30 anos, sabe, e conheço o país bastante bem. Por isso, acho que é meu dever, e igualmente um privilégio, oferecer todo o auxílio que puder, por menor que seja.

Joyce fez uma pausa. O resto do seu discurso – bem treinado, depois de tantos anos – estava prestes a sair-lhe da boca, mas Marcela Frank mal demonstrava um ínfimo simulacro de interesse. Seus olhos escuros percorriam a sala, examinando as coisas de Joyce – o jogo completo de porcelana, as cortinas combinando com os móveis – como se as achasse um tanto divertidas.

– Trinta anos – repetiu Marcela, voltando a atenção para Joyce. – Você deve ter assistido a tantas mudanças. Às vezes olho ao redor e tento imaginar como era isto tudo aqui há, digamos, 50, 100 anos. Pura selva, acho. Uma selva linda, não estragada.

– Sim, deve ter sido um mundo completamente diferente – concordou Joyce. – Meu marido sempre fala que nasceu no século errado. Está sempre me dizendo: "Cinqüenta anos antes, minha cara, e ainda teríamos tido um império!"

O rosto de Marcela se fechou; desapareceram todos os vestígios de divertimento e sua expressão se tornou muito distante. Bebericou seu chá e desviou o olhar para o jardim, onde Jamal fincava estacas em torno de cada mangueira.

– Desconfio que Encik Jamal tenha uma opinião diferente a esse respeito – observou enfim.

Então foi a vez de Joyce se calar. Sentiu o rosto enrubescer de raiva. Essa moça – essa Marcela Frank, que tinha acabado de descer do avião – se atrevia a julgá-la!

Como se um pouco de nostalgia pelo perdido passado romântico fizesse de sua pessoa uma imperialista ferrenha. Joyce deu uma olhada pela janela para Jamal, lembrando a rápida e fluente conversa dele com Marcela Frank e seus próprios esforços frustrados de aprender a língua local. Ela tentou no início, mas não possuía a aptidão necessária, e quando suas primeiras tentativas, praticadas tão conscienciosamente diante de um espelho, redundaram apenas em risinhos abafados ou confusão por parte dos outros, acabou desistindo. Já era difícil o bastante comunicar-se até mesmo em sua própria língua. Entre ela e aquela jovem americana, por exemplo, havia um abismo, uma brecha, onde caíam todas as conotações de suas frases. Era como se suas palavras fossem despojadas de todas as nuanças e chegassem à sua convidada nuas, sem adornos, suscetíveis a todos os significados desconhecidos que a própria moça associasse a elas. Ainda assim, Joyce respirou fundo. Afinal de contas, havia tanto tempo que estava naquele lugar que lhe cabia a responsabilidade de tentar se relacionar. Perguntou a Marcela o que seu marido fazia.

Marcela também tinha o olhar voltado para a janela, mas então pareceu despertar e se virou outra vez para ela, enfiando uma das mãos nos cachos escuros do cabelo. Havia pequenas gotas de suor em sua testa. Mesmo com o ventilador ligado no teto, a tarde estava muito quente.

– Ele é ecologista – respondeu. – Trabalha com conservação do solo. Moramos dois anos na Indonésia, e agora ele está trabalhando como consultor para a nova represa daqui. Eu sou professora – acrescentou. – De inglês. Mas fui contratada somente para meio expediente.

– Ora, eis aí uma novidade – disse Joyce, interessada, pois todas as outras mulheres que ela conhecia eram casadas com executivos da fábrica. – Houve uma época em que pensei em dar aulas. Não é uma atividade bem remunerada, porém, se me recordo.

Marcela pousou seu copo na mesa.

– Não, não é – concordou. – Mas com isso encontrei tanta gente! E na semana passada, pela primeira vez, uma outra professora me convidou para ir à casa de sua família. Ela cresceu em um vilarejo a meio dia de viagem de carro daqui. Nós nos sentamos em esteiras de junco no chão e comemos com as mãos, como eles fazem, sabe. Tomamos chá e saboreamos aqueles bolos maravilhosos feitos com leite de coco, frescos e muito macios, semelhantes a uma gelatina branca. – Marcela então sorriu e interrompeu seu relato. – Claro – concluiu –, a senhora deve conhecer isso tudo. – E deu uma risada. – Desculpe-me. Depois de 30 anos, isso deve lhe parecer muito corriqueiro.

Joyce sorriu, tomando seu chá, mas estava surpresa, pensando no casebre de madeira de Jamal e nos modestos bangalôs dos gerentes menos graduados da fábrica. Lugares que, mesmo durante suas fases de mais profunda solidão, jamais lhe ocorrera visitar.

– Você com certeza já viu muitas coisas – disse Joyce. E fez uma pausa, lutando contra um desconforto, uma inveja inusitada até, que a exuberante imersão de Marcela Frank na vida local lhe inspirava. – Claro – prosseguiu –, leva um bocado de tempo para uma pessoa ser realmente aceita aqui. Para você ter uma idéia, foi somente no ano passado que tive certeza de que finalmente isso havia acontecido comigo: recebi um convite para ir ao palácio, à festa de aniversário do Sultão. Eu já o tinha visto diversas vezes, evidentemente, encontrando-o em uma ou duas ocasiões na casa do ministro, mas ser convidada para a comemoração de seu aniversário, bem, foi de fato uma grande honra. – Em seguida, sorriu ligeiramente. – Fiquei num dilema durante semanas até decidir o que deveria usar.

– E o que decidiu? – perguntou Marcela. Ela levantou os olhos, interessada de verdade, afinal. Joyce se permitiu saborear um momento de satisfação antes de responder, lembrando do silêncio que se espalhou em torno dela quando entrou no palácio, seu vestido de seda resplandecendo como um raio de luz dourada.

– Encontrei um tecido lindo em Cingapura. Seda dourada. E temos um costureiro maravilhoso aqui na cidade. Eu tinha algumas ilustrações de revistas para mostrar a ele o tipo de vestido que queria e ele criou a partir dali.

– Era dourada, mesmo, a seda? – perguntou Marcela.

– Sim – respondeu Joyce. Sorriu pensando no vestido, que parecia um retalho da luz opaca do sol. – Era de uma tonalidade linda – acrescentou.

– Dourada? – insistiu Marcela. – E deu certo?

– O vestido ficou *lindo* – respondeu Joyce secamente, agora franzindo a testa.

– Não, não – replicou Marcela. Ela inclinou o corpo para a frente, bastante compenetrada. – Não foi o que eu quis dizer. Tenho certeza de que o vestido ficou bonito. O que quis saber foi se ninguém comentou nada sobre a *cor*?

– Minha cara, por que o fariam? – perguntou Joyce. – Havia mulheres com vestidos de todas as cores que se possa imaginar.

– Mas dourado… – Marcela falou devagar. – Disseram-me que dourado é a cor do sultão. Ninguém mais pode usar essa cor na presença dele.

– Ah, é isso – disse Joyce. Riu e abanou a mão no ar, mas ao mesmo tempo sentiu um horror súbito alastrar-se como um rubor por sua pele. Lembrou do silêncio que tomara conta da sala à sua entrada, da imobilidade geral, tão completa que ela escutava apenas sua própria respiração, apenas o bater de seus saltos no mármore. Era verdade, os rostos a seu redor pareciam congelar no meio das frases enquanto ela atravessava a sala.

Tinha interpretado isso como admiração, mas, e se essa moça, essa Marcela Frank, tivesse razão? Seria simplesmente terrível demais para sequer considerar. Joyce, depois de um instante de pura angústia, afastou a idéia da cabeça. O sultão, afinal de contas, a recebera com muita cortesia. – Sem dúvida – afirmou, a voz um pouco tensa até para seus próprios ouvidos –, decerto eles não esperam que uma estrangeira siga esses mesmos costumes. Ora, claro que não – continuou, procurando tranqüilizar-se com sua própria argumentação. – Claro que não esperam uma coisa dessas de nós. Moro aqui há quase 30 anos e, se pensassem de outro modo, eu com certeza teria ouvido falar.

– Posso estar enganada – disse Marcela mais do que depressa, notando a aflição da outra. – Devo estar mesmo errada. Foram as outras professoras que me contaram. Para que eu não cometesse nenhum deslize socialmente.

– Ah, se eu fosse você, não me preocuparia com isso – disse Joyce, aliviada. Os nativos tinham milhares de superstições: sobre espíritos, sobre ladrões, sobre horas perigosas do dia. Até Jamal se recusava a executar qualquer trabalho ao crepúsculo, porque alegava que era a hora em que os espíritos vagueavam mais livremente. Joyce não achava que devesse dar mais crédito ao boato sobre vestidos dourados do que dava às outras bobagens. – Todo mundo chega aqui com as mesmas idéias. As pessoas leram romances demais da época do Raj. Tudo isso foi literalmente anos antes de eu receber o meu convite. Para ser franca, não precisa ficar decepcionada se nunca for convidada. Você não seria a primeira.

Enquanto falava, um macaco se esgueirou por cima da cerca, entrou no jardim, roubou uma manga e se postou no alto da cisterna, acenando com ar zangado para Joyce. Ela deu um salto e apanhou um seixo liso numa tigela redonda junto à porta de entrada. Sua pontaria foi certeira, atingiu o braço do macaco. Ele gritou e pulou para cima da cerca, mas não sem antes dar uma grande dentada na manga ainda verde e arremessá-la de volta para o jardim.

Jamal veio investigar e Joyce ficou mais calma quando ele recolheu a fruta estragada e a jogou no terreno baldio do outro lado da cerca. Ainda assim, ela tremia quando voltou a sentar-se em sua cadeira e alisou várias vezes a saia sobre os joelhos para se recompor.

– Eles estão sempre no meu jardim – explicou a Marcela, que parecia bastante espantada. – Detesto essas criaturas.

– É mesmo? – disse Marcela, terminando seu chá. – Acho-os encantadores, de certa forma. A filha mais nova do sultão tem um como bicho de estimação. É só um filhotinho ainda, por isso acho que deve ser inofensivo. Ela o carrega para todo lado como se fosse uma bonequinha.

– Considero isso uma completa irresponsabilidade – declarou Joyce, perguntando-se, enquanto falava, como Marcela sabia daquilo. – Até os macacos pequenos podem ser muito perigosos.

Marcela empurrou seus cachos escuros para trás com ar pensativo.

– Ela nunca está sozinha com o animalzinho. Ele fica preso à noite, e durante o dia, é claro, há sempre uma criada acompanhando a menina.

Joyce deu uma olhada pela janela. Jamal estava trabalhando na última árvore e a luz do sol batia-lhe na base do pescoço, cor de bronze escuro.

– As professoras locais têm um bocado de histórias para contar, não é? – disse ela.

Marcela ficou em silêncio por um longo momento.

– Na realidade, dou aulas particulares para os filhos do sultão – disse por fim. – A diretora da escola perguntou se eu estava interessada.

Joyce virou para encarar sua jovem convidada.

– Você dá aulas particulares na escola? – perguntou.

– Não, no palácio – disse Marcela, com a voz tranqüila, olhando-a nos olhos. – Vou lá três vezes por semana.

– Minha cara! – exclamou Joyce. Marcela Frank era obviamente uma serviçal, uma espécie de empregada da família real, mas também a única outra estrangeira que Joyce conhecia que já estivera no interior do palácio. – Vamos lá, querida, você precisa me contar tudo a respeito, agora que começou.

Marcela deu de ombros com ar modesto.

– Na verdade, não. Ensino inglês a eles à tarde, e às vezes, depois da aula, a mulher do sultão me convida para o chá. Ela já fala inglês fluentemente, mas gosta de aprender gírias americanas. É tudo muito informal. Ela joga uma porção daquelas almofadas macias no chão, nos sentamos e conversamos. Deve se sentir entediada, a senhora não acha?, sem fazer nada o dia inteiro dentro daquele palácio a não ser tocar piano e ficar boiando dentro da piscina. Depois do chá, as irmãs dela aparecem, e umas penteiam os cabelos das outras. – Marcela tocou os próprios cabelos espessos timidamente e riu. – Na semana passada elas entremearam flores de jasmim no meu cabelo e o prenderam todo no alto da cabeça. Pensei que nunca mais fosse conseguir tirar os grampos!

Joyce, que escutava avidamente, embora com descrença, imaginou as flores brancas de jasmim contrastando com a cabeleira escura e exuberante de Marcela, o perfume das pétalas se espalhando na pele junto à curva da garganta. Joyce usava o cabelo curto da moda e sua mão percorreu a nuca, tocou a linha reta de seu corte de cabelo. Não falou, perplexa com a intensidade de sentimentos que se apossou dela ao pensar em Marcela Frank com jasmim no cabelo.

– Pensei em usar o mesmo penteado no aniversário do sultão – continuou Marcela. – O que acha? Será que pode parecer muito exagerado?

A mão de Joyce desceu para a base do pescoço. Sentiu o limite nítido entre o contorno do decote e sua pele.

– Você vai à festa do sultão? – perguntou.

Marcela assentiu.

– O convite chegou há dois dias. Acho que a borda é de ouro verdadeiro.

– É – confirmou Joyce lentamente. – Eles usam ouro de verdade.

Ouvia sua voz, mas as palavras soavam quase obscurecidas pelo som que ecoava em sua cabeça, dos saltos altos batendo no mármore. Mantendo um sorriso tenso, ela se levantou e se dirigiu mais uma vez à porta que dava para a entrada pavimentada e o jardim. Jamal tinha terminado de escorar as mangueiras e estava cuidando das prateleiras de orquídeas sob a sombra da casa.

– Não estou me sentindo muito bem – disse Joyce, sendo muito cuidadosa com seu tom de voz. – Deve ser o calor.

Marcela, preocupada, levantou-se de imediato.

– Posso ajudar em alguma coisa? – perguntou.

Joyce sacudiu a cabeça. Pousou uma das mãos na parede de pedra fria.

– Não é nada – disse, o eco ainda ressoando em sua cabeça. Queria dizer à moça para ir embora, mas tinha consciência de que seria uma atitude muito grosseira. – Vou chamar Jamal para acompanhar você até o portão. Desculpe, mas acho que agora preciso muito me deitar. Ele pode lhe mostrar o jardim antes de você sair.

– Tem certeza de que não posso fazer nada? – insistiu Marcela. – Tem certeza de que está bem?

– Não é nada, vou ficar bem – assegurou-lhe Joyce. Acenou incisiva para Jamal e o chamou pelo nome.

– Ele é uma ótima pessoa, não é? – disse Marcela, depois de uma pausa embaraçosa, apanhando a bolsa. – A filha dele é minha aluna. É tão carinhoso com a menina! E tão orgulhoso dela também. A senhora vai mesmo ficar bem? – concluiu. – Muito prazer em conhecê-la, então. E obrigada pelo chá.

Marcela saiu e Jamal levantou os olhos para ela, o prazer estampado no rosto. Juntos, passearam pelo jardim, tagarelando em uma língua que Joyce não compreendia. Ela os contemplou, sentindo-se atordoada e cheia de vergonha, como se tivesse sofrido um acidente terrível e, ao acordar, se deparasse com estranhos olhando para seu corpo despido e machucado. Pensou no carteiro, em Jamal, ambos testemunhas de sua ávida espera pelo convite.

– Jamal – chamou, num tom mais severo do que pretendia –, não se esqueça de mostrar o labirinto que está construindo.

Jamal se virou em direção à casa, assentiu e por um instante seus olhares se cruzaram. Ela viu o riso desaparecer de seus olhos, viu o lampejo de puro desdém, quase de raiva, que transpareceu nos breves segundos antes de baixá-los. Jamal lhe deu as costas tão depressa que Joyce não teve tempo de reagir, mas depois seu coração começou a bater com rápida intensidade. Como podia ter aquele sentimento em relação a ela depois de tudo o que havia feito? Pensou na casa em ruínas onde ele morava, todo aquele caos e aquela imundície de onde o havia tirado... E teria feito mais ainda, muito mais, se soubesse que tinha uma filha. Observou Marcela e Jamal entretidos numa conversa animada, com uma sensação confusa se retorcendo em seu íntimo. No entanto, se Jamal de fato a detestava, por que teria feito um jardim tão lindo para ela? Certamente haveria mais do que somente habilidade nos canteiros e arbustos bem tratados, na profusão de flores, não?

Joyce despertou de seu devaneio e começou a recolher a louça do chá. A cozinha era espaçosa, contornada por janelas que davam para o jardim. Os hibiscos floresciam, vermelhos berrantes e tom de pêssego, ao longo de toda a borda externa. A varanda estava rodeada de buganvílias, e tudo estava cuidado com muito esmero. Normalmente aquele colorido e aquela ordem teriam proporcionado algum alívio a Joyce, mas naquele dia só lhe fizeram sentir uma profunda inquietação. Durante um momento ela fitou as flores coloridas sem de fato enxergá-las. Então um movimento lhe chamou a atenção.

De cada estaca fincada no chão em torno de cada uma das mangueiras, como uma ponte no ar sobre os círculos de veneno que Jamal espalhara no solo naquela manhã, havia uma linha escura, trêmula. Joyce piscou e, quando a ilusão não se desfez, abriu a tela para enxergar melhor. Fileiras de formigas andavam pelo ar. Pelo ar, não, Joyce se deu conta, pela linha de pesca que Jamal usara para segurar as árvores, de tal modo transparente que ela não teria visto se não fosse pelas formigas. Eram as grandes formigas vermelhas, em uma fila tão densa e firme que parecia mais substancial do que a própria linha de pesca. Joyce ficou imóvel, como se um único movimento seu pudesse espatifar algo muito frágil. Mal respirava, acompanhando o progresso constante das formigas. Elas estavam trabalhando com afinco, escavando e depois levando embora o próprio coração das árvores.

7

LANTERNA-DE-ARISTÓTELES

PHIL DEU O SINAL, SEU BRAÇO SE MOVENDO COMO UMA MANCHA RÁPIDA no ar reverberante de calor. Pragna, a cabeça inclinada de lado para apanhar sol, os óculos escuros escondendo a expressão do rosto, baixou o livro, apoiando-o na barriga; com sete meses de gravidez, não podia mergulhar.

– Já! – gritou Phil descendo o braço, e no instante seguinte Jonathan pulava do barco, desaparecendo naquele mar tão azul, tão verde, a água como uma jóia líquida se fechando sobre ele. Depois, Gunnar, esguio e bronzeado, mergulhou e sumiu. Eu estava sentada na borda ajeitando minha máscara.

– Vá, vá! – exclamou Phil, e saltei, deslizando atrás de Gunnar para dentro daquele outro mundo.

Era muito silencioso. Isso foi a primeira coisa que notei ao afundar. A luz penetrava em raios, depois se tornava difusa, a água mais sombria e mais opaca e, de repente, mais fria. Um cardume de minúsculos peixes prateados se espalhou como faíscas à nossa frente. Mais abaixo, as pernas e os braços de Jonathan refletiam contra o fundo do mar. Senti o deslocamento da água quando Phil mergulhou e virei para ver sua silhueta na clara e ondulante superfície do mar, com uma larga esteira de bolhas atrás dele.

Aquele era o quinto mergulho da semana. Para mim, o último. No dia seguinte deixaria aquelas ilhas, aquele balneário tão discretamente construído entre as praias brancas e as montanhas cobertas de florestas. As pesquisas de Jonathan sobre a dinâmica das correntes o levavam com freqüência a lugares remotos. Ele sempre ia, ávido. A maldição de sua vida era ensinar Oceanografia em Minnesota, a mil e tantos quilômetros de distância de qualquer oceano. Tinha descoberto aquele balneário quando perambulava por arquipélagos do Mar da China Meridional custeado por uma bolsa de estudos. Numa certa manhã, atendi ao telefone em Mineápolis e ouvi a estática espalhar-se pela linha como se fosse neve. Depois ouvi a voz de Jonathan indo e vindo, ecoando.

– Anna? Está me ouvindo?

– Mais ou menos – respondi, sentando na cama.

Eram 11 horas da manhã e eu ainda estava dormindo, um sono de inverno de Minnesota, o tipo de sono em que você mergulha durante algumas semanas depois que um paciente vomita em você e, 10 minutos mais tarde, um médico a repreende por causa de um erro dele próprio; ou depois de descer e ouvir a recepcionista discutir com uma mulher de 45, talvez 50 anos, uma mulher que visivelmente está passando muito mal e a recepcionista insiste em lhe dizer que tem de pagar pela consulta se quiser ser atendida, mas que existe um setor de emergência num hospital do outro lado da cidade que ainda atende pessoas sem seguro de saúde. *Estou me sentindo mal demais para dirigir,* alega a mulher, e, pela aparência dela, deve ser verdade. Pálida, apóia-se no balcão, como se fosse cair. Está bem-vestida, com uma saia vermelho-escura e uma suéter combinando, embora seu cabelo não esteja penteado. As mãos estão trêmulas e ela respira com grande dificuldade. *Por favor,* pede, e a recepcionista se mostra inflexível e incomodada: não é sua culpa se não pode fazer nada; e você está parada à porta e ouve sua própria voz dizendo: *Não se preocupe, vou levá-la até lá. Anna!,* diz a recepcionista, e o médico, que minutos atrás estava gritando que você era uma idiota completa, uma total incompetente porque não notou o erro de medicação que ele anotou no prontuário, entra e diz: *Anna, preciso de você lá em cima agora mesmo.* E tudo parece acontecer em câmara lenta, enquanto você atravessa a sala e, em vez de obedecer ao médico, segura o braço da mulher. Ela está perplexa, mas sofrendo demais para discutir. Em certo momento seus olhares se cruzam, você sente o medo dela e sabe que poderia estar em seu lugar; com um aperto na garganta, a dor e o medo deixando-a zonza, é aí que decide: passa por aquela estreita elevação do rio Mississippi e vai para St. Paul, deixa a mulher sendo atendida no tal hospital e não retorna mais para seu emprego de médica auxiliar. Depois, volta para casa e cai no sono, acordando em horários esquisitos para comer cereais diretamente da caixa ou assistir à televisão, ruminando sobre o que vai acontecer em seguida com a sua vida.

Jonathan, a um mundo de distância, ignorava tudo isso, é claro.

– Como vai, Anna? – perguntou ele. – Está com uma voz cansada.

– É uma história comprida – respondi, encaminhando-me para a janela. Minha respiração embaçou a vidraça gelada. Lá fora, o mundo dos bairros residenciais estava plano e todo branco. Os carros seguiam lentamente pela I-35W, parecendo besouros de carapaças brilhantes. Até ali, naquela não poluída cidade do Meio-Oeste, o tráfego tinha aumentado; durante o verão, alertas sobre ozônio obrigavam as pessoas muito velhas ou muito novas a ficarem dentro de casa. Eu havia cuidado delas, os mais velhos ofegantes, as cabeças se curvando para trás para alcançar a máscara de plástico; as crianças, prostradas nos meus braços, com a respiração sibilante. Naquela manhã, os carros estavam bloqueados, o calor de seus capôs evaporava pelo céu nevado. Imaginei o interior do hospital, o ar controlado do ambiente e as reluzentes paredes brancas, o enxame de burocratas em seus cubículos, calculando, ajustando e maximizando o potencial de cada recurso humano. – E aí, quais são as novidades?

– Ouça, use o seu período de férias, está bem? Anna, não posso explicar direito pelo telefone, mas, por favor, diga que virá.

Não respondi de imediato. Fazia cinco anos que estávamos juntos e tínhamos chegado a uma espécie de encruzilhada; se era um final ou uma virada, ainda não dava para saber. Mas notei algo diferente, imperativo e inexplicável na voz de Jonathan.

– Anna? – Meu nome viajou pelo espaço escuro, ecoou dos satélites, *Anna, na, na,* como uma canção. – Está me ouvindo? Não estou escutando você bem.

– Estou ouvindo – respondi, e houve uma pausa enquanto minha voz fazia o percurso de volta por cima da curva do globo, por cima dos oceanos.

– Venha logo – disse ele. – Mandei uma passagem para você.

– Vou pensar no assunto – prometi. Mas já tinha decidido: praias longas, mares profundos, sol sobre minha pele. Desliguei e no minuto seguinte comecei a fazer as malas.

Jonathan me encontrou em Cingapura e viajamos por mais dois dias, em aviões e barcos cada vez menores, até chegarmos àquela remota cadeia de ilhas. Elas emergiam lentamente do horizonte conforme nos aproximávamos: as linhas brancas das praias, as colinas densamente cobertas de árvores. As construções baixas eram feitas de teca e colmo, ao estilo dos velhos palácios dos sultões; seus telhados, de telhas de barro do mesmo tom vermelho-escuro da terra. Quase indistintos, alguns chalés ficavam a apenas poucos metros da praia. O balneário era elegante e, também, um sonho para os ecologistas: vasos sanitários com sistema de autodecomposição em banheiros de pastilhas cerâmicas italianas; a eletricidade vinha de moinhos de vento no alto da colina e de painéis solares nos telhados. Os quartos eram arejados e tinham tetos altos; janelas e portas se abriam para varandas sombreadas. Dormíamos ao som das ondas e mergulhávamos todas as manhãs numa água tão limpa quanto o ar.

Aquele mar: límpido ao redor de nossos tornozelos, no raso, e de um azul denso ao mergulharmos. Gunnar, meu parceiro de mergulho, desceu em direção a um enorme molusco aninhado entre duas grandes pedras arredondadas. Gunnar era esquivo, percebi, propenso a afastar-se flutuando para onde bem entendesse. *Liberdade em primeiro lugar*, dissera certa noite, quando tomávamos nossas cervejas depois de um mergulho, e Pragna olhou para ele apertando os olhos. Seu cabelo escuro estava preso para trás e brincos compridos de prata esbarravam em seu pescoço. Ela falou com veemência, o olhar faiscando: *Sim, mas o que liberta uma comunidade necessariamente restringe o indivíduo*. Gunnar abanou a mão, rejeitando o argumento. *Mas vamos criar essa criança para ser uma pessoa absolutamente livre*, insistiu ele, e Pragna corou, claramente irritada com aquela velha discussão entre os dois.

Agora, ao sabor dos ventos marítimos, Jonathan e Phil afundaram ainda mais, examinando danos causados por âncoras na base do recife, instalando instrumentos que iriam medir correntes e mudanças de marés. Eu já tinha mergulhado dezenas de vezes com Jonathan nas profundezas cheias de plantas dos lagos de Minnesota, em locais de naufrágios na costa da Flórida e em bacias nas Ilhas Virgens. Impressionava-me, sempre, como ele parecia feliz naquele mundo, isolado e auto-suficiente, enquanto eu estava sempre querendo eliminar a distância para ouvir sua voz, sentir o toque de sua pele. Corri minha mão por um coral. As frondes, ondulando em vermelho, amarelo e púrpura como flores exóticas, se recolheram e desapareceram, deixando apenas um cérebro pétreo e esburacado. Uma arraia surgiu de repente, espantando um cardume de peixes-borboleta, prateados e com listras cor de ouro escuro, cada um se agitando como o bater de uma asa. Correntes de ovas claras passaram diante de meu rosto. Houve um fluxo repentino de ar e um leve estalido distante, como se o coral estivesse falando, ou então as pedras. Permaneci em suspenso por um momento naquele silêncio azul, observando os outros, isolada mas ligada a eles; a água ao nosso redor, uma coisa viva, nos envolvendo e sustentando.

Toquei o ombro de Gunnar e apontei para além do coral, para a colônia de ouriços-do-mar, com seus espinhos negros ondulando como trigo escuro pelas correntes marinhas. Ele sorriu e fez um sinal para que eu fosse.

Nadei rente à colônia, os espinhos a centímetros da minha pele. Aqueles ouriços vinham me fascinando havia uma semana. Cada um era do tamanho de uma bola de beisebol e todos tinham várias pintas azuis e alaranjadas sobre um fundo branco, como olhos bulbosos. Agrupados no fundo do mar, pareciam olhar para mim com uma expressão infinita e cautelosa. Eu procurava um esqueleto. O interior da concha de um ouriço é um globo oco, talhado em cinco partes curvas que se afunilam nas pontas e terminam num pequeno furo em cima e embaixo. *Echinodermata Echinoidea*, cuja concha é conhecida como lanterna-de-aristóteles.

No calmo saguão do balneário havia uma estátua delicada feita de bronze: uma deusa asiática com 15 mãos graciosas, equilibrando na palma de cada mão uma concha de ouriço-do-mar, branca, creme e cor de ferrugem. Os espinhos escuros dos ouriços vivos são bastante venenosos – eu tinha visto um turista com o tornozelo inchado e vermelho como uma maçã tomando Valium e gim para acalmar a dor. Mas aquele era meu último dia e valia a pena correr o risco: eu queria levar um suvenir.

Um vislumbre de branco. O lodo desabrochou do fundo do mar quando apanhei a concha, uma esfera frágil, em minha mão.

Quando voltei, Jonathan e Phil tinham se afastado penumbra afora, mas Gunnar ainda estava junto ao banco de coral. Senti uma onda de culpa; ele tinha escapado completamente de minha mente. E alguma coisa não ia bem: seu regulador de oxigênio estava solto. O ar chiou em meus ouvidos; mesmo daquela distância, vi seus lábios rosados, uma aflição desvairada em seu olhar. Ele acenou, depois correu um dedo, ligeiro, categórico, pelo meio do pescoço, o sinal universal de perigo dos mergulhadores.

Nadei até ele. Gunnar agarrou meu braço com tanta força que a concha escapuliu da minha mão, caindo lentamente de volta na colônia espinhosa. A seta no seu medidor de oxigênio estava no vermelho. O aperto de sua mão machucava. Ele era pura ansiedade, necessidade desesperada, e, ainda assim, hesitei um instante e respirei fundo uma última vez antes de passar-lhe o meu regulador.

A água bateu contra meus lábios nus; gosto de sal, gosto de pânico. Ela se infiltrou em mim, inundando-me aos poucos, enquanto Gunnar respirava, respirava, e meus pulmões se retesavam. Jonathan e Phil ainda estavam a dezenas de metros de nós e não perceberam o que estava acontecendo. Comecei a sentir uma queimação nos pulmões. Toquei o braço de Gunnar. Ele não reagiu. Agarrei-o com mais força. Ele abriu os olhos, mais calmo, e pousou a mão em meu ombro. Passou-me o regulador, quente em minha boca, com o calor de seus lábios.

Juntos então, com muitas pausas, nadamos rumo à superfície. Uma respiração funda, uma troca de regulador, atos tão íntimos e essenciais e carregados de tantas interrogações quanto um beijo. Eu respirava, depois Gunnar respirava. Era uma espécie de dança, urgente e calma, cheia de fluida graça. Uma criatura com um propósito: chegar à superfície da água, longe, lá em cima, àquela fronteira invisível em que o mar se abre para o céu. Pareceu levar uma eternidade, mas finalmente nós a ultrapassamos, jogando as cabeças para trás, soltando um ao outro. Eu bebi o ar, ávida.

– Anna! – gritou Gunnar, arquejante. Ele arrancou a máscara, a luz do sol no cabelo louro escuro. – Anna, você salvou minha vida, você me salvou!

Naquela noite, na escuridão de nosso chalé, minhas malas já prontas, fiquei deitada ao lado de Jonathan. Tínhamos comido peixe grelhado com o resto do grupo e bebido um bocado de cerveja como forma de comemoração e de despedida, observando o pôr-do-sol esparramar sua luz ouro e rosa pelo mundo. O gerente tinha percorrido a praia acendendo fogo dentro de cocos e deixando-os chamejando na areia. Agora já era tarde, o fogo se extinguira e estávamos sozinhos com o luar e as ondas; mas, apesar de eu estar de partida na manhã seguinte e nada ainda ter sido resolvido, Jonathan só falava do mergulho.

– Eu estava bem atrás de vocês – disse ele. – Sei que deve ter sido apavorante, mas também foi lindo de ver, Anna. Você foi maravilhosa.

Troquei de posição, virando-me para deitar do outro lado. Aquilo que não era dito entre nós sempre me parecera o próprio mar em si, cheio de misteriosas mudanças de marés e correntes. O cabelo escuro de Jonathan roçou meu braço. Ele pousou levemente uma das mãos em meu quadril. Tentei imaginar quando ele voltaria para casa, em Mineápolis. Quando ou se.

– Não quis ser maravilhosa – falei. – Foi horrível ficar sem ar. Fiquei com medo, todas as vezes, de que ele não me devolvesse o regulador.

Jonathan olhou para mim com uma expressão tão atenta, tão concentrada, que me surpreendi, pois não era uma intimidade que ele costumasse demonstrar.

– Ainda assim, você fez o que devia – afirmou. – Não perdeu o ritmo em nenhum momento.

Lembrei-me então da concha, de sua lenta queda, rodopiando na água azul-escuro. E pensei em Pragna, em como havia se levantado dentro do barco quando irrompemos na superfície, inclinando-se para ajudar Gunnar a subir, seus braços esguios e musculosos, as mãos dele correndo pela barriga crescida da mulher, o rosto descendo para apoiar a face ali. Um momento íntimo, tão apaixonado, tão espontâneo; fiz uma pausa dentro d'água, olhando, contente por estar viva, mas surpreendida por um desejo intenso.

– Estou ligeiramente apaixonado por aqueles dois – observou Jonathan, como se tivesse lido meus pensamentos. – Costumávamos pensar igual ao mesmo tempo, um fato que me reconfortava quando Jonathan estava ausente ou distante, absorto em seu trabalho. Naquela noite, porém, por motivos que eu não saberia definir, o comentário dele me deixou inquieta e aborrecida. Fui para a penteadeira e sentei-me.

– Apaixonado? – perguntei, acendendo uma luz e apanhando um pente. – O que está me dizendo? Está apaixonado por Pragna?

– Não – disse Jonathan, surpreso. – Pelo que existe entre eles.

Ele então se aproximou e ficou de pé atrás de mim. Pegou o pente da minha mão. Nós nos examinamos ao espelho, loura e moreno, olhos azuis e olhos castanhos, a perfeita união dos opostos. *O que existe entre eles*, pensei, *e o que não existe entre nós.*

– Você não vai voltar – eu disse, encontrando seu olhar no espelho.

Ele meneou a cabeça devagar. Em seguida, surpreendeu-me outra vez. Inclinou-se e beijou meu pescoço, no ponto exato onde meu cabelo roçava na pele.

– Você não precisa ir embora amanhã – disse, ajoelhando-se ao meu lado, descansando o queixo no meu ombro. – Não precisa ir embora nunca mais.

– Não preciso mais ir embora? – repeti, intrigada.

– Anna, existe algo que quero que veja.

– Um segredo? – perguntei. O ventilador de teto estalou. Jonathan largou o pente. Delicadamente, massageou a base do meu pescoço, meus ombros.

– É – confirmou, as mãos subindo por dentro do meu cabelo. – Um segredo.

. . .

Ao amanhecer, em vez de ir embora, Jonathan me levou para passear num barco pequeno e saímos do balneário para a pálida e branca fusão do mar e do céu. O sol nasceu, tornando-se sufocante à medida que viajávamos pela cadeia de ilhas. Por fim, Jonathan atracou o barco num cais estreito. A praia, coberta de coral branco triturado, era áspera sob nossos pés. Uns poucos metros adiante, no meio das árvores, demos com um vagão amarelo-vivo de um funicular.

Olhei para Jonathan, que simplesmente sorriu.

– Você vai ver – disse, fechando a porta atrás de nós. – Espere para ver.

Com um solavanco, o vagão partiu, e subimos o penhasco escarpado, a rocha nua e áspera atrás de nós, a praia lá embaixo correndo sob a água clara e lisa. Não sei o que esperava ver – uma vista fabulosa, uma floresta virgem. Quando o vagão parou, saltei num terreno exuberante de vegetação tropical, com coqueiros, palmeiras e mangueiras oscilando com a brisa. Um grupo de crianças brincava com uma bola de ratã num gramado ao longe, onde um portão largo, como aqueles que se encontram do lado de fora de templos japoneses, abria-se para uma rua de povoado. Andamos por um caminho recoberto de conchinhas trituradas, que absorviam a claridade e brilhavam. Centenas de pessoas de todas as raças e de todas as idades circulavam carregando cestas, bebês, tocando as buzinas de suas bicicletas, levando sacos de arroz ou pão nas costas, apertando as mãos, parando para conversar à sombra das casuarinas. Passamos por uma sucessão de construções simples, feitas de madeira de teca ou cobertas de ripas pintadas em tons pastel – azul, amarelo, cor de pêssego ou verde-menta. Hibiscos e buganvílias reluziam nos portais e nas cercas brancas de madeira. Essas construções abrigavam restaurantes, cafés, bancas de frutas e legumes. Pessoas sentavam-se às mesas tomando chá, com gatos se enroscando em seus tornozelos. Passamos por um centro comunitário e por uma placa indicando um posto de saúde. Dali em diante o caminho se estreitava e as construções davam lugar a pequenos chalés, espalhados entre as árvores, com vista para o mar.

Jonathan era conhecido; as pessoas paravam-no a todo momento para conversar. *Não vá embora*, falou, e eu imaginei uma espécie de vida nômade, só nós dois, em algum lugar onde pudéssemos nos tornar um pouco diferentes, pessoas melhores. Olhava para ele diversas vezes, seus braços compridos e bronzeados, a linha do queixo tão familiar, tentando compreender quem era Jonathan. Logo depois do centro comunitário, enveredamos por um outro caminho. Meus braços esbarravam em flores tropicais. Pairava uma fragrância densa e pesada como o calor.

– Aqui estamos – disse ele ao chegarmos a uma construção de madeira de teca. Em seguida, segurou a porta para mim e entrei num aposento extraordinário.

Era circular, metade dele embutida na rocha, a outra metade projetada por cima do mar, fechada por paredes altas e curvas de vidro e repleta de luz. Repleta – vi quando me aproximei – de vista para o mar. Era um ambiente amplo, de pé-direito altíssimo. As pessoas se recostavam em sofás, lendo jornais, conversando junto a uma fonte no centro. Gunnar estava lá, Pragna também, sentados diante de uma mesa pequena, xícaras vazias à sua frente. Sorriram e acenaram. Jonathan e eu atravessamos o salão e nos sentamos em um sofá perto da parede de vidro. Trinta metros abaixo, as ondas batiam na pedra, lançando para o céu sua espuma branca efervescente.

A luz refletida pelas ondas desenhava formas aleatórias sobre as pessoas, conforme vinham, uma por uma, juntar-se a nós.

– Onde estamos? – perguntei a Jonathan.

Falei em voz baixa e, ainda assim, minha voz encheu o ambiente. Todos riram. Pragna se sentou no sofá do lado oposto.

– Aqui é o átrio, Anna. Nós vamos explicar.

Ela então começou a falar, e os outros fizeram apartes, contando-me a história. Dez anos antes, aquela cadeia de 12 ilhas havia sido comprada por um consórcio de investidores. Eles projetaram um empreendimento imobiliário para aquele lugar que previa hotéis em arranha-céus, a derrubada das matas das colinas, que seriam desaterradas e aplanadas para haver circulação de ar, e a construção de um restaurante em cima dos frágeis recifes de coral que tínhamos explorado a semana inteira. Sabia exatamente o que aquilo significava e o quão ruim podia ser: Jonathan e eu havíamos passado uma semana na costa sul da Tailândia, onde as praias estavam abarrotadas de turistas e de entulho, onde esgoto *in natura* corria para o mar e enormes nacos de corais mortos, arrancados pelas âncoras, vinham parar na praia. Os aldeões, pescadores desde os tempos mais remotos, agora trabalhavam servindo mesas, arrastando seus sapatos pretos na areia. As noites eram de néon; mocinhas vindas dos povoados pobres adejavam pelas esquinas até o amanhecer. O sol, quando nascia, surgia avermelhado pela névoa, pela poluição de queimadas devastadoras em Bornéu. Era mais um inferno do que um paraíso, porém proveitoso e lucrativo a curto prazo. Os incorporadores que ali se encontravam tinham a mesma visão. Os projetos estavam concluídos: tratores se encontravam enfileirados no continente, feito insetos laranjas e amarelos, prontos para a invasão.

Então Yukiko Santiago resolveu intervir.

Yukiko Santiago. Nunca tinha ouvido o seu nome, mas as pessoas presentes se referiam a ela quase com reverência. Pertencia a uma família japonesa de samurais, seu avô tinha apoiado o exército imperial e cometido *seppuku*, seu pai reconstruíra a fortuna da família no rasto da Segunda Guerra Mundial. Yukiko, quando criança, testemunhou não só a atividade da horrível máquina do estado como a devastação da guerra. Metade da família de sua mãe morreu em Hiroshima. Ela cresceu e se casou com um rico homem de negócios peruano e, quando ele faleceu num acidente de avião, juntou a considerável fortuna do marido à sua herança pessoal e dedicou-se à filantropia. Reclusa e generosa, sua filosofia era simples: vira o que de pior os seres humanos são capazes e agora queria ver o que poderia ser feito de melhor. Voou para lá a fim de comprar aquelas ilhas e ofereceu aos investidores um pagamento à vista maior do que os lucros que eles obteriam em 20 anos. Depois, virou de cabeça para baixo os projetos do empreendimento imobiliário: o sofisticado balneário ecoturístico que havia nos hospedado preservaria os recifes de coral e a vegetação das ilhas e sustentaria, ao mesmo tempo, o que realmente interessava a ela: uma coalizão global de centros de pesquisas conhecida coletivamente como Instituto Mar e Terra – IMT.

– Tudo bem – interrompi –, mas há um povoado lá fora. Uma pequena cidade. Escolas e um centro comunitário. Restaurantes.

– É verdade. Somos uma comunidade. – A mulher que falou era magra e forte e usava uma saia amarrada à cintura. Seu nome era Khemma. Era cambojana e, como muitos ali, refugiada, sobrevivente da guerra e de outras atrocidades. Agora, era a bibliotecária da comunidade. – No início, este lugar se destinava apenas a pesquisas. O crescimento aconteceu muito gradualmente, à medida que os pesquisadores foram trazendo suas famílias. Nunca houve nenhum plano imposto. Mas quando ficou claro o que estava ocorrendo, Yukiko Santiago indicou um conselho para avaliar e orientar a evolução da comunidade. Para providenciar o que viesse a ser necessário; para ver, em essência, aonde essa outra nova experiência iria levar.

– Isso mesmo – disse Gunnar. Estava inclinado para a frente, os cotovelos apoiados nos joelhos, as mãos entrelaçadas. Lembrei dos seus dedos no meu ombro. – É a idéia de Aristóteles da enteléquia, aplicada não à biologia mas à nossa comunidade humana. Enteléquia, a ciência do possível, de destravar o que de outro modo não passaria de mero potencial. Segundo o nosso ponto de vista, Anna, o ideal é como um recipiente com o qual uma comunidade pode selecionar as possibilidades adequadas à sua própria natureza, aquelas que prometem favorecer o desenvolvimento humano. Não impomos nada aqui. Nós descobrimos.

Virei-me para Jonathan. Aquela sensação que experimentei no caminho, de que o homem que eu havia conhecido era de repente um estranho, tomou conta de mim outra vez. Observei a maneira como ele falava, as pontas dos dedos tamborilando no joelho nu. Não conseguia acreditar que um dia tínhamos cortado legumes lado a lado num balcão de cozinha nem que aquelas mãos tinham tocado em mim na noite anterior.

– Há quanto tempo está aqui? – perguntei, lembrando minhas longas noites em Minnesota, os seus e-mails infreqüentes, enviados do que dizia serem cyber-cafés.

Ele sacudiu a cabeça, reconhecendo suas mentiras:

– Desde que fui embora. Você se lembra daquela viagem, daquela conferência, há mais ou menos um ano? Conheci Pragna lá. Phil e Khemma também. Eles me convidaram para vir fazer uma visita. Desculpe não ter lhe contado, Anna. Eu não podia. Mas desde o começo eu queria que você viesse para cá. E, depois do que houve ontem – acrescentou –, você é mais do que bem-vinda.

Todos sorriram. Subitamente compreendi tudo, num relance, duramente.

– Foi um *teste*? – perguntei, chocada demais para me zangar de imediato. – Aquela emergência foi planejada?

– Meu ar acabou de fato – disse Gunnar. – Mas o acontecimento foi planejado, sim.

Lembrei da culpa que senti por esquecer-me dele. O medo e o pânico ao ver que ele estava sem ar, o quanto custei a confiar nele. E os outros sabiam de tudo o tempo todo e estavam me observando.

Quando Jonathan tocou no meu braço, afastei-me bruscamente. Não conseguia falar, mas meus sentimentos deviam estar transparentes em meu rosto.

– Yukiko já está conectada conosco? – perguntou Khemma a Phil em voz baixa. – Dá para chamá-la? Porque ela vai explicar tudo melhor – acrescentou, virando-se para mim. – Claro que você está zangada, Anna. Ninguém esperava outra coisa. Todos nós já passamos por isso e ficamos zangados também. – Ela abriu lentamente um sorriso. – Pode-se dizer até que superar a raiva é que representa o verdadeiro teste.

E então Yukiko apareceu, sua imagem numa tela contra a parede de rocha do interior do salão, uma mulher minúscula num vestido azul-claro, o cabelo escuro solto, entremeado de fios grisalhos.

– Olá, Anna – disse, e fiquei surpresa por ser tratada de maneira tão direta e calorosa. Ela sorriu, e seu sorriso era bondoso. – Você foi testada, sim. Talvez não tenha sido muito justo. Mas, como está apaixonada por um cientista, espero que compreenda. Não é somente uma comunidade o que temos aqui, e tudo isto não diz respeito apenas aos recifes de coral. Estamos envolvidos numa pesquisa mais abrangente, que inclui o mapeamento dos sistemas de correntes e ondas marinhas. Desejamos, em última análise, aproveitar o poder latente dessas forças. Encontrar uma forma alternativa de energia. É um trabalho importante, e muitos aqui são refugiados políticos, que poderiam correr perigo de vida caso seu paradeiro fosse revelado. Portanto, precisamos ser cuidadosos. Admitimos a nossa ligação mútua e a nossa própria fragilidade. Nem todas as pessoas servem. E nem todas se adaptariam a este lugar.

Uma tênue luz delineou os rostos das pessoas e o aposento foi tomado pelo som abafado de ondas quebrando.

– Você pode falar normalmente – disse Pragna. – Ela vai ouvi-la.

Eu ainda estava aturdida, mas, ao ouvir a voz de Pragna, a raiva irrompeu dentro de mim. Naquele dia ela se debruçou para Gunnar no barco como se ele estivesse voltando da morte.

– Todos dentro daquele barco mentiram para mim – eu disse e, em seguida, virei para Jonathan. – Inclusive você. Sobretudo você.

– Jonathan foi um forte defensor seu, Anna – disse Yukiko. – Ele passou por uma experiência semelhante ao chegar aqui. Não queria que você também passasse por isso. Mas não tínhamos escolha.

– Anna – disse Gunnar –, nós também estávamos correndo um risco. Não queríamos perder Jonathan.

Fechei os olhos por um momento tentando assimilar tudo aquilo, o que havia acontecido e o que estava acontecendo.

– Pense com calma, Anna – disse Yukiko, e vi que sorria para mim quando abri os olhos, uma das mãos levantada como se pudesse chegar até mim pelo ar e tocarme. E subitamente era o que eu desejava, ser parte daquilo, agradá-los, mas... ainda assim... tanta coisa acontecera, e tão depressa! – Pense com calma, Anna – ela repetiu, e então sua imagem desapareceu.

– Tome isto – disse Jonathan depois de alguns minutos de silêncio. – Para que não pense que eu não estava prestando atenção. – E entregou-me a concha que eu havia perdido ou uma exatamente igual. Lanterna-de-aristóteles, redonda, ligeiramente achatada, a superfície áspera, cheia de pequeninos furos.

Quando Jonathan voltou a falar, reconheci uma urgência em sua voz. Ele devia estar imaginando aquele momento havia semanas, eu sabia.

– Anna, a palavra "teste" vem do latim *testa*, que significa concha. Na Idade Média, um *test* era também uma espécie de recipiente no qual se realizavam experiências. Você ouviu Gunnar referir-se ao ideal como uma espécie de recipiente. Ele está certo. De certa forma, cada dia aqui é uma experiência. Cada dia é um teste.

Virei a concha nas mãos, tão delicada, quase sem peso. Compreendi que ele estava me oferecendo, com seu jeito oblíquo, com a única linguagem que sabia usar, uma outra maneira de ver o que tinha acontecido. E naquele momento vi como a curva da parede de vidro arredondada sobre o mar espelhava exatamente a forma da concha que eu tinha na mão. Mantive a palma aberta, olhando da concha para a parede e da parede para a concha.

– Sim – disse Gunnar –, você tem um bom olho, Anna.

– Mas não bom o suficiente – respondi.

Ele ergueu os olhos abruptamente ao perceber o traço amargo em minha voz. Depois limpou a garganta e foi adiante.

– Como sabe, Aristóteles classificou os animais. Deu nome a essa concha. Pode ver como tem a forma de uma lanterna, como a luz poderia sair pelos pequenos furos dispostos em um padrão regular. Esses ouriços são nativos, e são lindos, por isso demos seu nome à nossa comunidade. Mas Aristóteles é importante para nós por outra razão. Ele foi o primeiro a contestar o estado ideal de Platão. A utopia de Platão tinha muitas qualidades, mas era estática. Platão não levou em conta o crescimento, a mudança ou a autotransformação, e, de certa forma, essa falha, ou fixação, levou muito naturalmente às distopias, que todos conhecemos, muitos de nós vivenciamos e das quais fugimos.

– Esse é outro teste de admissão? – perguntei, correndo os olhos pelo salão. – Sobreviver à opressão?

Gunnar, sem achar graça, balançou a cabeça.

– Não, não é. Mas pessoas com histórias assim costumam entender nosso propósito. Veja bem, embora a visão de Aristóteles também tivesse falhas, para ele a comunidade era algo vivo. Ele acreditava que podia crescer e mudar, como todo organismo vivo. Para Aristóteles, a política era a ciência do possível. É nisso que acreditamos. E essa crença nos sustenta.

Fechei os dedos sobre a concha e lembrei-me dos olhos de Gunnar, seu dedo fazendo o gesto frenético de corte na garganta, as bolhas brotando de sua boca.

– Arrisquei minha vida – disse eu, ainda zangada.

– É verdade – disse Pragna. – É exatamente isso: você arriscou sua vida por um homem que mal conhecia.

Naquela noite, enquanto Jonathan dormia, permaneci acordada, escutando o bater das ondas. Se ficasse, como me pediam, seria incumbida do atendimento na clínica da comunidade. Auxiliaria uma médica que vinha três vezes por mês e, na ausência dela, tomaria conta da clínica. Uma vez por semana iria ao continente, a uma comunidade, para treinar enfermeiras e parteiras, tratar de pacientes, aplicar vacinas.

Vesti-me e andei até o parque, onde me sentei em um banco voltado para o vasto oceano. As estrelas estavam muito nítidas, próximas, e a escuridão, cheia de sons que eu não conhecia: pássaros, insetos e ruídos de animais invisíveis. Nunca havia me sentido tão abalada, tão insegura sobre o que fazer, o mundo frouxo, flutuando. Refleti sobre como seria minha vida se ficasse, o que ganharia e o que sacrificaria para sempre.

Escutei passos, então, sobre as conchas trituradas. Gunnar passou por um pequeno foco de luz do centro comunitário. Lembrei-me de sua voz, de sua paixão ao falar daquele lugar. Lembrei-me também do que sentira durante o mergulho, quando estávamos todos nadando, isolados uns dos outros e, contudo, tão intimamente ligados. Estava lisonjeada por ter sido escolhida, era verdade. E queria explorar as possibilidades com Jonathan. Porém, quando Gunnar desapareceu novamente na escuridão e eu resolvi ficar, foi um anseio o que finalmente me fez decidir. Um anseio de saber o que Gunnar sabia, de compreender aquele lugar até seu imutável centro. Um anseio, também, por aquele breve momento de ligação, tão fugidio e belo quanto a cor cambiante do mar.

* * *

No dia seguinte fui trabalhar. O povoado era pequeno – somente 867 pessoas – e a população, relativamente jovem, de modo que foi uma surpresa para mim encontrar a sala de espera cheia, mesmo sendo ainda tão cedo. No meu primeiro dia tratei de três tipos de erupção de pele e diagnostiquei dois casos de giárdia, várias infecções respiratórias leves, um dedo quebrado, um caso de conjuntivite, uma infecção urinária e uma gravidez. Atendi três bebês em consultas de rotina e examinei a visão e a audição de um dos cientistas aposentados. A farmácia estava bem abastecida e eu estava autorizada a receitar à vontade, como bem entendesse. Nunca tivera tanta autonomia, nunca me sentira tão realizada. E gostei da médica, uma mulher vietnamita direta e eficiente, que tinha estudado na Polônia, que me convidou para ir à sua casa comer sushi, fez perguntas complicadas sobre gramática inglesa e era capaz de achar uma veia em qualquer braço, na primeira tentativa, sem interromper a conversa.

Apareceram, desde o início, casos graves: uma infecção séptica, uma gravidez ectópica, um preocupante caroço na perna de uma mulher. Um botânico de 50 e poucos anos caiu morto com um ataque cardíaco quando voltava de uma caminhada na selva. Não se pôde fazer nada.

Os mergulhos também envolviam riscos. Grande parte das pesquisas era realizada debaixo d'água, e existia sempre o perigo de uma falha nos tanques de oxigênio ou de um acidente. Um dia, quase na hora de fecharmos, Phil entrou na clínica. Tinha passado a tarde mergulhando em águas profundas, a cerca de 45 metros de profundidade, trabalhando com uma equipe para instalar sensores de movimento, e, enquanto trabalhava, começou a sentir-se cada vez mais ausente e delirante. Um tubarão branco esguio passou e, em vez de medo, foi tomado por uma onda de euforia e estendeu a mão para tocar no peixe. Phil era um mergulhador experiente e sabia o que estava acontecendo: um tipo de narcose por nitrogênio que distorce a razão da pessoa. Sabia também que devia voltar à superfície, pois sair do fundo faria seu sangue recuperar o equilíbrio, mas ele não o fez. Continuou a nadar. Pouco depois passou pelos destroços de um barco e achou que tinha visto um esqueleto humano. Não tinha certeza se era verdade ou alucinação.

Eu escutava o relato dele fazendo anotações em sua ficha. Quando levantei os olhos, ele me entregou um osso humano, um fêmur. Era ao mesmo tempo liso e poroso, muito alvejado pela água do mar.

– Imigrantes ilegais – disse Phil. – Foi o que imaginei, gente que, fugindo do Vietnam na década de 1980, enfrentou tempo ruim no mar e afundou. É comum encontrá-los. Mas a luz estava esquisita, sabe?, e eu estava narcotizado, dizia a mim mesmo que deveria subir, mas continuei flutuando junto do barco. Aos poucos tive a impressão de que havia gente dentro dele de novo. Pessoas vivas, quero dizer, só que debaixo d'água. Conversei com elas – acrescentou, depois me encarou com ar de desafio.

Coloquei o fêmur em cima do balcão. Tinha ouvido uma porção de histórias como aquela ao longo dos anos.

– Sorte você ter tido força de vontade o suficiente para voltar.

Phill concordou e prosseguiu.

– Gunnar viu que eu estava me deixando levar pela corrente. Precisou puxar-me pelo braço com força, porque voltar para a superfície era a última coisa que eu queria fazer. Estou lhe dizendo – continuou, rindo de si mesmo enquanto falava –, eu me senti muito "Nova Era", ou algo assim, como se estivesse integrado ao universo. Sensível, mas difuso. Parece maluquice, eu sei.

– A embriaguez das profundidades – respondi, pensando não em Gunnar, mas em Pragna, que se precipitara para puxá-lo para dentro do barco. – Há uma boa razão para os mergulhadores chamarem assim.

Conversamos um pouco mais; o que ele queria principalmente, parecia, era contar sua história. Dei-lhe um pouco de Valium para acalmá-lo durante as horas seguintes. Depois que Phil saiu, examinei o fêmur, refletindo sobre a vida que rodeara aquele osso, os sonhos que o tinham impelido. E sobre o que fazer com ele. Por fim, levei-o para o deque no exterior do átrio, onde me inclinei bem acima da água e o devolvi ao mar.

• • •

Dessa maneira, os dias se passaram com a fluidez e continuidade das ondas. Eu era muito feliz. Mesmo quando me levantava no meio da noite para atender uma batida na porta, mesmo enquanto ajudava os doentes e feridos, experimentava uma sensação de paz, de viver de acordo com um objetivo. Uma vez por semana viajava para o posto de saúde improvisado no povoado do continente, onde ensinava as jovens enfermeiras a fazer curativos, dar injeções e desinfetar o equipamento. Quando voltava, ia nadar ao pôr-do-sol num mar calmo e liso como vidro. Em Minnesota, Jonathan e eu sempre vivíamos momentos difíceis ao voltarmos para casa no fim de cada dia. Normalmente sentávamos juntos, à noite, sem mal nos falarmos, cada um absorto em sua própria vida. Dessa vez, ao contrário, o que fazíamos nos ligava um ao outro, e quando estávamos juntos conversávamos como nunca. A distância, velas de windsurf andavam em filas vagarosas, semelhantes a pontas eternamente móveis de um triângulo de luz.

Dei por mim pensando em Platão e em sua teoria das formas ideais: um triângulo desenhado em um papel, por mais que precisamente traçado, é apenas uma crua representação da essência de um triângulo. Platão acreditava numa estrutura de perfeição escondida por trás do visível; eu achava que havíamos descoberto essa estrutura ali, naquele lugar. Jonathan e eu estávamos empenhados em ver o que evoluiria entre nós. Precisaríamos cuidar de alguns detalhes, nossa casa, nossas coisas, mas raramente falávamos sobre isso.

. . .

No fim da estação quente, perto da época das monções, muita gente deixou as ilhas, ou para fugir das tediosas semanas de chuva ou por receio de que a agitação do mar e do céu tornassem impossível viajar. Pragna, já no final de seu oitavo mês, iria para Cingapura e esperaria em um apartamento perto do hospital. Gunnar iria ao seu encontro na ocasião devida. No barco, Gunnar pousou a mão na curva da barriga dela e vi novamente: algo invisível mas real passando entre eles, o vulto de outro mundo, de um lugar onde eles moravam sozinhos. Tive uma sensação aguda de perda. Jonathan estava ao meu lado e segurei a mão dele.

Uma semana depois as chuvas começaram. Acordei com um barulho que parecia um trovão, uma chuva tão ruidosa que Jonathan, deitado junto de mim, precisou gritar para ser ouvido. Rindo, fomos para o lado de fora e ficamos sob o dilúvio, sob a chuva que batia na terra e respingava alto, já enchendo as calhas secas e descendo como cachoeira pelos telhados. Por volta de meio-dia a ilha estava transformada, com a água cobrindo os lugares rasos e pingando das folhas, as lajes dos caminhos convertidas em pequenas ilhas na lama.

Nos dias seguintes, misteriosamente, a clínica se encheu de grilos. Quando eu chegava, na penumbra da manhã, eles estavam cantando e, assim que abria a porta, pulavam embaixo das mesas e em cima dos balcões, as pernas finas zunindo. Varria-os para fora, juntando-os em vários montes. O dia inteiro precisava curvar-me bem perto de meus pacientes para ouvi-los; sentia sua respiração em minhas orelhas. Quando as chuvas acalmavam, momentaneamente ou por algumas horas, todos nós relaxávamos, como se o silêncio fosse uma espécie de espaço que se abrisse ao nosso redor. Nossos lençóis e roupas ficaram úmidos. Da noite para o dia, as sandálias de Jonathan mofaram. Uma manhã encontrei sapos aninhados em meus sapatos.

As chuvas eram excessivas, as piores jamais vistas. Nas reuniões no átrio, não se distinguia o céu do mar. A apenas alguns quilômetros de distância, na Indonésia, cidades inteiras foram inundadas, e as pessoas que participavam de uma cerimônia de casamento foram levadas pelas águas quando um templo caiu derrubado por uma onda gigantesca. Nas Filipinas, uma safra inteira de arroz foi destruída. Saíamos circunspectos dessas reuniões, mas amparados pela visão de Yukiko, imaginando essas forças transformadas em energia, em luz, e pensando nas maneiras como poderíamos mudar o mundo.

Depois de três semanas de monções, o balneário, vazio de turistas durante a estação, começou a ficar inundado. Isso não estava previsto. O trabalho de Jonathan sobre dinâmica de correntes marinhas e previsão de ondas de superfície tinha como objetivo evitar estragos de maiores proporções naquelas praias. Escutávamos, impotentes e incrédulos, os relatórios que o gerente enviava. Jonathan não conseguia mais dormir. À noite eu acordava com o cheiro de querosene e o encontrava diante da mesa, examinando seus mapas e gráficos à luz de um lampião.

No primeiro dia calmo, todos nós embarcamos para lá a fim de verificar os danos. Em determinados pontos, a praia fora totalmente reesculpida. Dois chalés tinham sido levados pela água, os ventiladores de teto, a cerâmica italiana e as confortáveis espreguiçadeiras, tudo havia sido arrastado para o mar. O prédio principal não fora danificado, mas a água o invadira e, ao recuar, deixara para trás lagos de lama e de destroços.

Caminhamos entre a beleza e as ruínas, recolhendo entulho e desviando-nos de novas poças. Havia geradores funcionando por toda parte, acionando bombas e aspiradores elétricos. Jonathan estava calado, seu rosto tão destroçado quanto a paisagem.

Ao chegarmos ao jardim inundado atrás do prédio principal, Phil, com uma barba vermelha e curta, três dias por fazer, desceu da mureta de pedra e, com água pelas pernas, andou por entre os arbustos ornamentais. Havia peixes nadando na grama, uma cena esquisita e engraçada que divertiu a todos nós. Rindo, Phil se abaixou, apanhou um peixe com as mãos e o levantou para mostrar: uma faísca branca no meio da chuva cinzenta que pingava do céu, das folhas, das nossas roupas. Ainda estávamos rindo quando ouvimos o estalo seco no ar, o farfalhar de galhos caindo. Pisei na água, olhando para o lado errado, achando que os ruídos vinham da praia. Então alguém gritou e me empurrou com tanta força que cambaleei. Meu pé escorregou numa vala rasa e senti meu tornozelo se torcer. Foi tudo tão lento que ainda tentei me equilibrar, e, enquanto caía, vi o galho descendo no ar, levando fios na queda. Vi Phil adivinhar o que estava prestes a acontecer, o fio se contorcendo como uma cobra e caindo naquele gramado onde não deveria existir água, onde peixes nadavam. A eletricidade correu pelo novo lago como um relâmpago, passou pelo corpo de Phil e nos ofuscou por um instante terrível, fagulhas voando de seu cabelo, da ponta de seus dedos, como a faísca do peixe prateado no ar. Phil, morto, sem ao menos ter tempo de arfar ou gritar.

Phil tinha caído de bruços junto a uma buganvília. Khemma se precipitou para ele, mas Jonathan agarrou-lhe o braço. O fio ainda estava carregado de eletricidade dentro de toda aquela água.

– Alguém desligue esse gerador desgraçado! – gritou Jonathan, com a voz rouca. Como ninguém se mexeu, ele mesmo foi fazê-lo, andando de costas, os olhos em Phil. Já havia peixes flutuando na superfície. Pus-me de pé devagar em meio ao cheiro de carne queimada, cabelo chamuscado. O gerador parou e entramos na água todos ao mesmo tempo para chegar a Phil, pobre Phil. Nós o puxamos para fora e debrucei-me sobre ele para fazer respiração boca a boca, embora a pele estivesse cheia de bolhas de queimadura por baixo da barba recente e eu soubesse que não havia esperanças. Mesmo assim, segurei seu rosto em minhas mãos e apertei meus lábios contra os dele, lembrando nossa conversa sobre os mortos no fundo do mar. Deixaram-me tentar por algum tempo, depois senti mãos nos meus ombros e em meus braços levantando-me.

– Anna, chega. Anna, olhe, você tem de parar, sua perna está sangrando.

Só então reparei em minha perna, no corte na canela durante o tombo, jorrando sangue.

Jonathan rasgou sua camisa em tiras e enrolamos a minha perna. O rosto dele estava retesado, um músculo saltando na face. Os olhos a toda hora percorriam a praia destruída, o corpo de Phil. Tentei tocar nele, mas ele me afastou com um gesto abrupto. Quando fomos embora da ilha, recusou-se a nos acompanhar, determinado a descobrir onde havia errado. Além disso, alegou, com ar soturno, que alguém precisava ficar com o corpo. Quando o hidroavião chegou à outra ilha, Khemma ajudou-me a voltar para a clínica. À porta, parei, lembrando o dia em que Phil tinha me procurado, pouco tempo antes, excitado e desorientado, cheio de visões.

– O que vão fazer com ele? – perguntei.

– Não sei – respondeu Khemma. Sua pele lisa, cor de oliva, estava pálida, e ela tremia, com os braços cruzados e apertados sobre o peito. – Encontrar a família, provavelmente, e mandá-lo para casa.

– Eu estava prestes a pisar naquela água. Alguém me empurrou.

– É verdade. Foi Gunnar – disse ela. Em seguida, ajudou-me a subir na mesa de exame e trouxe um cobertor leve. – Preciso sair um minuto. Você vai ficar bem? Tenho de falar com Yukiko imediatamente.

– Pode ir – respondi.

Sozinha na clínica, rodeada pelo zunido dos grilos, estiquei a perna e desembrulhei as camadas de ataduras feitas com a camisa de Jonathan. Quando alcancei o ferimento, um corte reto e escuro em minha canela, o sangue brotou no mesmo instante. Mas não antes que eu enxergasse de relance o vulto branco do osso sob a carne. Osso que nunca estivera em contato com o ar.

Apertei de novo o pano contra a perna, fiz pressão. Durante um longo tempo, permaneci apenas sentada. Quando Gunnar surgiu à porta, eu estava chorando.

– Deixe-me ver isso – disse ele com delicadeza, tirando o pano da minha perna. – É fundo – admitiu.

Balancei a cabeça, enxugando os olhos com as costas da mão.

– Foi até o osso. Mas está limpo, felizmente. Se você puder apanhar para mim o estojo de curativo que está dentro do armário e segurar minha perna enquanto faço isso... Gunnar fez que sim e voltou com o material. Enchi uma seringa com novo-caína e respirei fundo, longamente, antes de injetar a droga em volta do corte. A dormência se espalhou depressa e depois que limpei o corte o sangue ficou reduzido a um filete. Ainda assim, quando dei o primeiro ponto, espetando minha própria carne com a agulha e puxando a sutura, senti uma onda de náusea e fui obrigada a parar. Gunnar ergueu a mão e pressionou minha testa com a sua palma.

– Não precisa ser tão corajosa – disse. – Deite-se, Anna, está bem?

– Mas tenho de dar os pontos.

– Sei costurar – replicou. – Minha avó achava que era uma habilidade indispensável para todos os seres humanos, homens e mulheres.

– Ótimo – disse eu. – Mas imagino que você não tenha treinado em seres humanos. Gunnar, sabiamente, não me deu atenção.

– Minha avó ainda está viva – observou ele. Senti seus dedos e a pressão dos pontos sendo dados. – Vai completar 100 anos no próximo ano.

E contou-me histórias sobre seu país enquanto trabalhava, sobre as compridas línguas das geleiras que desciam até os vales, os rios férteis e as cidades encantadoras. E o interior da ilha, de terreno tão rugoso e acidentado que foi usado pelos astronautas americanos para praticar alunissagem. Piscinas enchidas por fontes geotérmicas, onde a neve se derretia no curso de água nascente enquanto as pessoas nadavam. Ele voltava lá regularmente, com intervalos de poucos meses, para dar aulas e coletar dados dos mares islandeses.

– Pronto – anunciou, pousando uma das mãos no meu ombro. – Pode sentar.

Os pontos estavam feios, toscos e irregulares, mas apertados e firmes. Fiz um curativo e fiquei de pé, experimentando apoiar o peso do corpo.

– Ai – gemi, virando a cabeça para cima de tanta dor, com lágrimas nos olhos. Pensava em Jonathan, em seu rosto abatido, mas o que eu disse foi "coitado do Phil".

Gunnar balançou a cabeça, analisando-me.

– Consegue andar, Anna?

– Consigo, acho que sim.

Ele me analisou por mais um momento, decidindo:

– Ótimo – disse –, então venha comigo.

Seguimos por um caminho que eu não conhecia e chegamos a uma praia de areia negra. O mar estava revolto, mas o sol poente irrompeu das nuvens e tudo vibrava sob a claridade súbita. Havia uma gruta pouco profunda no penhasco, com uma escada que dava para um corredor iluminado como o de um avião. Gunnar viu que eu mancava e passou um braço em torno da minha cintura, ajudando-me a descer os degraus.

Entramos num aposento submarino, construído como uma estufa, com paredes de vidro, mas com a mesma forma, logo notei, das paredes protuberantes do átrio. Estávamos em águas profundas, antes do declive, de tal modo que o domo, *um esplêndido domo*, pensei, lembrando de algum poema antigo [N.T.: do poema "Kublai Khan", de S. T. Coleridge], ficava como na ponta de um penhasco, com as formações de coral, os ouriços de espinhos escuros, tudo em torno de nós e, na outra extremidade, uma escuridão súbita, a beirada de um abismo. A luz descia formando redes pela água e se refletia pelo chão, pela minha pele, oscilava no rosto de Gunnar quando ele se virava para mim. Seus olhos tinham o mesmo tom de azul da água.

Aproximei-me do vidro e encostei minhas mãos e meu rosto. Minha respiração embaçou um pouco, depois o vapor desapareceu. Um cardume de peixes-papagaio passou a centímetros de distância, não mais.

– Estamos a cerca de 10 metros de profundidade – disse Gunnar. – O local foi escolhido com muito cuidado. Nenhum coral foi destruído.

– É tão lindo – sussurrei. Tive vontade de chorar, queria muito sentir aqueles peixes roçarem na minha mão.

Enquanto conversávamos, a luz se tornava mais fraca; o sol se punha ao longe.

– É uma estação de pesquisas – explicou Gunnar, apontando para o declive. – Temos veículos submarinos autônomos (AUVs) numa antecâmara desta sala que descem 800 metros até a área de pesquisas. Estou me referindo a uma série de fontes hidrotérmicas no solo do fundo do mar. Perto delas, descobrimos comunidades biológicas novas, estranhas comunidades que não existem em nenhum outro lugar. E, com essas comunidades, estamos aprendendo coisas extraordinárias sobre a evolução da vida. Simbioses incomuns que jamais imaginamos serem possíveis. Como cientistas, precisamos sempre nos fazer a mesma pergunta, muitas e muitas vezes: por que essa forma, e não outra? Por que esse caminho, e não outro?

Nesse curto espaço de tempo, a água em torno de nós escureceu e começaram a surgir peixes exibindo sua pálida luz própria. Peixes-lanterna, refletindo seu verde-azulado, e plâncton bioluminescente brilhando atrás deles. Gunnar não era mais do que uma sombra ao meu lado, mas sua voz também estava acesa de entusiasmo.

– Não é fixa, é o que quero dizer, Anna. A evolução da vida. Nessas comunidades, não estamos estudando fósseis, conchas ou artefatos mortos da criação. Estamos assistindo à vida evoluir diante de nossos próprios olhos. Vê aqueles peixes que produzem sua própria luz? Esse fenômeno ocorre muito raramente no mundo. Em água doce simplesmente não acontece. Na terra há os vaga-lumes, sim, e alguns vermes, mas é muito raro. Entretanto, em águas profundas, 90% dos animais são luminescentes. O processo químico evoluiu de modo independente e seguiu dezenas de caminhos diversos. Da mesma maneira, essas novas comunidades estão buscando uma forma diferente de tudo o que existe agora. Descobrir o potencial delas é o objetivo central de nossa missão aqui.

– E os recifes de coral? – perguntei. – O trabalho de Jonathan sobre correntes e ondas?

– Também é importante – disse Gunnar. – Mas não é o ponto central. Anna, não compreende? Somos o que somos, você e eu. Nossa evolução seguiu um caminho específico para nos trazer a este momento e a nenhum outro. Mas imagine se, há muito tempo, outro caminho fosse tomado. Imagine se uma nova evolução ocorresse naturalmente, de tal modo que um organismo como o plâncton, por exemplo, contivesse as propriedades químicas do combustível? Ou de uma proteína perfeita? Não algo criado pelos homens, mas algo natural, surgido da necessidade evolutiva. Imagine, se esses recursos fossem abundantes e baratos, o que isso significaria.

Na superfície distante do mar, lá em cima, o plâncton brilhava como um punhado de estrelas. Senti uma onda de excitação, de energia, a emoção da possibilidade.

– Vocês mudariam o mundo – disse eu em voz baixa. Pensei nos milhares de carros das nossas cidades, na poluição dos escapamentos escondendo o sol, fazendo crianças morrerem de fome com as estiagens. – Vocês o salvariam.

– É verdade – concordou Gunnar. – Eu salvaria. E vou salvar. Talvez leve décadas, mas vamos fazer isso. Sem Yukiko, evidentemente nada seria possível. Pragna sabe de tudo, alguns outros também. Mas quero pedir-lhe que não fale a respeito.

– Outro teste?

– Não – Gunnar respondeu. Águas-vivas pairavam por perto, com sua luz verde translúcida. – Não, sou eu confiando que você seja capaz de ver o mesmo que vejo. De vez em quando venho aqui só por causa da beleza. Para lembrar a mim mesmo do que está no centro. Do mistério.

– Você é um cientista – falei, tentando imaginar aquela mesma paixão na voz de

Jonathan ao falar de dados de camadas-limite. – Não sabia que cientistas acreditavam em mistérios.

Gunnar riu.

– Se não existissem mistérios, Anna, não haveria ciência.

Eu adorava sua voz, a maneira como falava meu nome, como se houvesse ondas correndo por ele. Permanecemos calados enquanto saíamos, passando pelo corredor e subindo as escadas escuras. Eu tinha recebido um presente, sabia bem, um presente para aliviar minha tristeza. E aliviou. Nunca mencionei aquele lugar para mais ninguém e, no entanto, não parava de pensar nele. Ouvia uma onda arrebentar e fechava os olhos, rememorando a estranha luminosidade daquele outro mundo escondido sob a superfície do mundo comum. E às vezes, deixando Jonathan em seu sono agitado, eu voltava àquele aposento silencioso. Pressionava minhas mãos contra o vidro, o plâncton espalhado no alto como um punhado de estrelas, peixes passando em órbitas lentas, como planetas, como luas exóticas.

$$\bullet \quad \bullet \quad \bullet$$

As pessoas achavam que fora o choque de presenciar a morte de Phil que tinha me desestabilizado, mas eu sabia que a origem de minha inquietação era mais complexa. Mesmo depois de as chuvas estiarem, nossas coisas secarem e todos começarem a voltar para as ilhas, permaneci cheia de segredos, transformada pelo que tinha visto, e a atitude de não encontrar Gunnar se tornou tão premeditada quanto teria sido a de encontrar. Jonathan estava perturbado por causa de seus fracassos, e suas pequenas manias me davam nos nervos. Os rituais de minha vida e de meu trabalho, antes tão satisfatórios, pareciam cada dia mais vazios. Mais de uma vez fui até a borda do penhasco e fiquei contemplando a água, o vento forte em meu cabelo e o abismo de ar apenas a um passo.

– Isso acontece com todo mundo – disse Jonathan certa manhã, entregando-me uma xícara de café; no entanto, eu sabia que não tinha acontecido com ele, não da mesma maneira nem pelas mesmas razões. – Por que não tira umas férias, Anna? Para mim, não é um momento propício.

E assim viajei de barco para o continente, onde embarquei num avião pequeno, depois num jato, depois em outro jato, de volta para Mineápolis. Havia cinco meses que tinha deixado a cidade e sentia-me como um fantasma, voltando para uma casa onde nunca mais moraria de novo.

Na cidade também sentia o mesmo. Lixo espalhado, sirenes uivando nas ruas. Os jornais estavam cheios de notícias sobre coisas que eu havia esquecido: assassinatos, tensão racial, acidentes de carros e congestionamentos. Um programa de rádio transmitiu uma história sobre a escassez de alimentos na Nigéria e sobre os efeitos das perfurações de petróleo no mar gelado do Ártico, e, quando dei por mim, estava sentada na beirada da cadeira, apertando com tanta força a minha caneca de café que as juntas dos meus dedos ficaram brancas. Nesse mundo eu era impotente. Adormecia nas horas mais absurdas do dia e sonhava com as ondas estourando na praia, uma depois da outra. Sonhava que caía na água ou que estava debaixo dela com a mão estendida no azul daquele vidro.

Tinha planejado ficar várias semanas, mas, quando Jonathan mandou um e-mail contando que Yukuko Santiago planejava visitar as ilhas, mudei de idéia. Levei apenas dois dias para fazer uma limpeza geral na nossa vida em Mineápolis. Não consultei Jonathan a respeito de nada, só queria acabar com aquilo. Guardei alguns móveis de sua família num depósito, mas me desfiz de quase todo o resto. Quando o avião levantou vôo, senti-me, pela primeira vez em minha vida, completamente livre.

Ao retornar, encontrei filas de pacientes na sala de espera. Estava tão ocupada e tão feliz por estar de volta que durante várias semanas mal pensei em Gunnar. Volta e meia eu o via de relance, de pé no barco ou andando na praia. Às vezes ele acenava de longe para mim e eu respondia ao aceno. Pragna tinha voltado de Cingapura com o bebê, e eu também a via com a filha na varanda de seu chalé ou passeando no parque de manhã cedo ou ao entardecer. A menina se chamava Analia. Ninguém conhecido tinha esse nome: era um nome inventado por eles, um nome sem o peso da história, diziam. Segurei-a uma vez, tão pequena e quente, quando foi à clínica fazer um exame de rotina e, às vezes, eu a via na sala de recreação, quando Pragna passava por lá depois do trabalho para usar a esteira ergométrica ou a piscina. Pragna me parecia inquieta, tão mudada quanto eu me sentia. Certa noite, quando voltava tarde para casa, avistei Gunnar andando de um lado para outro na varanda, com Analia no colo. Ao longe, por trás do ruído das ondas, pareceu-me ouvir Pragna chorando baixinho.

As semanas corriam, uma após a outra. Os caminhos fervilhavam de jardineiros, pintores, carpinteiros. Jonathan passava longos dias na outra ilha e, vez por outra, as noites também, supervisionando a instalação dos novos sistemas de drenagem e de previsão de ondas. Sentia-se pessoalmente responsável pelo prejuízo e pela morte de Phil e se preocupava com a possibilidade de ter cometido erros igualmente catastróficos em sua pesquisa maior. Tarde da noite, quando vinha deitar, eu tocava em seu ombro e ele não reagia. *Jonathan*, eu dizia, *você está bem?* E ele suspirava e respondia que estava cansado, cansado demais para conversar. Freqüentemente, quando eu acordava pela manhã, ele já tinha saído.

Yukiko Santiago chegou num dia radiante. Minúscula, de aparência frágil, tinha um coque na cabeça, vestia um conjunto azul, sapatos pretos de saltos altos e usava óculos grandes demais para seu rosto. Andou pelo parque, Gunnar ao seu lado, parando e cumprimentando velhos amigos. Quando se deparou comigo, segurou minha mão por um momento e disse que estava satisfeita por eu ter ficado. Fiquei tão contente que mal conseguia falar. Por vários dias eu a avistei pelos caminhos, passeando num carrinho de golfe. Imaginava-a em reuniões secretas ou dentro daquela sala submarina.

Não esperava voltar a falar com Yukiko, mas, em seu último dia conosco, ela foi ao continente visitar minha clínica. Fiquei nervosa durante o percurso no hidroavião, com o vento em nossos cabelos e os respingos salgados de mar em seus óculos. Mas, ao chegarmos à clínica, ela se mostrou calorosa, pragmática, de fácil acesso. Preparou o gesso e segurou o braço de um menino, enquanto eu o engessava. Anotou sinais vitais, coletou amostras de material de garganta para exame de cultura e conversou, através de uma intérprete, com as estudantes de enfermagem. No fim do dia sentamos na beira do cais com nossas pernas penduradas. Lá embaixo as ondas se movimentavam sobre a areia branca.

– *Ganbatte*, Anna – disse Yukiko. Senti meu rosto corar de prazer. – Muito bom trabalho mesmo. – Olhou para mim diretamente, avaliando-me por inteiro. – Anna, diga-me com toda a franqueza: está precisando de alguma coisa?

Achei que se referisse à clínica e comecei a citar os materiais que estavam deteriorados, mas ela me interrompeu com um aceno da mão.

– Não é isso – disse. – É você. Está feliz aqui?

– Estou – afirmei. – Mas, para minha própria surpresa, desatei a falar de Jonathan e suas preocupações, de como ele não conseguia dormir direito, da distância crescente entre nós.

Yukiko balançava a cabeça, olhando ao longe sobre a água clara, para onde já se podia ver o hidroavião, um ponto no horizonte.

– O erro dele custou um bocado de dinheiro – admitiu ela. – Ainda assim, não estou tão preocupada com o prejuízo em si, que pode abrir um novo caminho, um caminho melhor. A reação de Jonathan, porém, me preocupa. Ele não fez grandes progressos nos novos projetos. Tornou-se temeroso demais, perdeu a audácia.

– Ele adora este lugar – repliquei consternada, pois havia compreendido as implicações das palavras dela e a ironia. Jonathan tinha me levado para lá; agora, talvez ele precisasse ir embora.

O vento soprou nos cabelos de Yukiko. Ela tirou os óculos e limpou-os na barra da blusa.

– Eu sei – disse. – Seria uma perda se ele fosse embora. Mas a comunidade vai sobreviver. Gunnar é que não podemos dispensar. A visão dele é essencial para todos nós.

Concordei, com uma sensação de impotência, ao lembrar a voz de Gunnar na sala submarina; e o choro de Pragna.

Quando voltei para o chalé, Jonathan estava sentado à mesa descascando uma manga. Havia semanas que mal nos tocávamos, mas pousei a mão no ombro dele.

– Conversei com Yukiko – contei-lhe.

Jonathan largou a faca no prato e se levantou. Andou até a janela e, quando falou, sua voz tinha um tom amargo.

– Ótimo. Simplesmente formidável.

Subitamente, no lugar da preocupação, da frustração e do sentimento de perda iminente, subiu em mim uma raiva furiosa. Lembrei-me de Jonathan sentado ao meu lado no átrio naquele primeiro dia, vendo-me assimilar tudo o que havia sido escondido de mim. Lembrei-me dele colocando a concha delicada em minha mão e dizendo: *Isto também é um teste.* Como me senti desorientada, com a impressão de que o mundo não era mais um lugar estável, mas algo que flutuava, refletia e mudava a cada instante.

– Sei como se sente – eu disse, tentando manter-me calma.

– Impossível – rebateu ele rispidamente, e então algo dentro de mim se soltou.

– Tem razão – disparei, preparando-me para ser cruel e ao mesmo tempo sentindo prazer nisso. – Nunca vou saber o quanto você está sofrendo. Afinal de contas, eu passei no teste.

Bati a porta e dirigi-me para o átrio, onde havia um grupo bebendo na sacada. Gunnar estava lá, na sua segunda cerveja, e fiquei a observá-lo, recordando nossos momentos na sala submarina e o que Yukiko havia dito. Havia um reflexo vermelho brilhante na água de algas fosforescentes que acompanhavam as ondas. Alguém sugeriu um mergulho noturno. Eu já estava um pouco bêbada e corri para buscar as lanternas à prova d'água e nosso equipamento, depois fui ao encontro dos outros na praia, onde Gunnar e Pragna estavam discutindo. Pragna levava Analia no colo e sua voz se elevava acima do barulho das ondas.

– Gunnar, isso é loucura – dizia ela.

– É absolutamente seguro – insistia ele. Lembrei-me dos reflexos de luz em sua pele quando estivemos juntos no domo silencioso; de seus dedos em minha perna enquanto fazia a sutura desajeitada.

Quando entrou na água, o resto do grupo já tinha saído, e quando Pragna o chamou novamente ele não parou. Depois de um momento, eu o segui, nadando em direção à luz de sua lanterna. As ondas se quebravam com força contra os rochedos e as correntes nos puxavam. Toquei o braço dele.

— Sou eu, Anna — disse.

— Anna.

— Gunnar! — A voz de Pragna chegava até nós cortada pelo som das ondas, angustiada. — Gunnar! Por favor, Gunnar, está me deixando assustada. Volte agora mesmo! Gunnar! Está me ouvindo?

— Ah, ela está estragando tudo — ele disse, e havia angústia também na sua voz. — Quer ir embora. Quer que partamos juntos.

— Não — retruquei, tentando imaginar como seria ficar ali sem ele. — Não, Gunnar, não vá, você não pode ir embora.

Nossas mãos se esbarraram dentro d'água e ele estendeu o braço para mim. Eu não consegui me conter. Minha mão desceu por sua perna. Ele não falou, mas encarou-me como fizera naquele dia, naquele primeiro e último dia, quando passávamos o regulador um para o outro, um de cada vez, um salvando a vida do outro.

Nadamos, abrindo caminho pela fosforescência, passando pelos rochedos até a praia de areia negra, onde tiramos nosso equipamento, nossas roupas de mergulho. A areia cedia sob nossos pés, e nossos corpos se deitaram sobre ela, metade no mar e metade na terra; a cada vaivém do mar, a água corria por baixo das minhas costas e das dele. A luz tênue do plâncton deixava rastros em nossas peles, brilhando por onde encostávamos: a linha de seu queixo, a curva do meu ombro, nossos lábios. Ficamos deitados ali por um longo tempo, os corpos estendidos juntos, tocando-se por inteiro, sumindo devagar pela escuridão. Eu sabia, é claro, que o futuro poderia evoluir de mil maneiras diferentes, mas durante aqueles momentos acreditei que Gunnar ficaria. Acreditei que ficaria comigo.

Quando ele se sentou, sem falar, eu já sabia o que queria dizer. *Liberdade em primeiro lugar*, ele havia declarado numa noite, muito tempo atrás. Seus lábios procuraram os meus novamente; suas mãos acariciaram meu rosto, desta vez deixando-o frio por onde passavam. *Anna*, murmurou, *você é tão bonita… E eu sinto, sinto muito*. Então ouvi o chapinhar na água, vislumbrei a falha momentânea na fosforescência — ele se fora.

Fiquei onde estava por muito tempo. Tinha perdido a lanterna. Minha roupa de mergulho, também. Até minhas mãos estavam invisíveis naquele negrume. Tateei para encontrar a extremidade do caminho e comecei a escalar, lentamente, gradualmente, em meio à densa folhagem, sentindo o ar mudar aos poucos à medida que subia. Quando alcancei o cume, vi o átrio se projetando arredondado na beira do penhasco e suavemente iluminado.

Estaquei, com um medo repentino. Deparei-me com a perda como se depara com um abismo. Percebi que deixaria aquele lugar, que a minha partida havia sido semeada muito tempo antes, quando passei meu regulador de oxigênio para Gunnar; quando o fio carregado de eletricidade caiu, contorcendo-se, no gramado onde peixes nadavam; quando Pragna gritou, com a voz impregnada de angústia.

Sim, e quando Gunnar se voltou para mim.

Olhei para a escuridão de mar e céu, pensando naquela sala oculta, o lócus secreto de todo anseio. Um vento leve agitou meu cabelo. Pensei em Phil conversando com os mortos e depois em Gunnar nadando. Imaginei as colônias de ouriços espalhadas debaixo dele, suas conchas perfeitas, curvadas para guardar a luz, seus espinhos repelindo, se entrelaçando. Tão belos eram, tão estranhos. *Echinodermata Echinoidea*, com mil olhos, todos cegos.

8

OS SEGREDOS DO REI DO FOGO

JASPER! – SUSSURROU ELA, SUA SOMBRA DESENHADA PELO LUAR NA PAREDE DA barraca. No ar, um cheiro noturno de lona úmida e, ao longe, um vento escuro soprando rio afora. Minha boca aguou, imaginei seus lábios se arredondando ao pronunciar meu nome. Ela sussurrou: *Jasper!*, e eu respondi: *Já vou, espere um pouco*, enquanto lutava para vestir minhas roupas. *Já vou.* Rastejei e passei por cima de Ogleby, o homem-cobra, que roncava com a boca bem aberta, os pés bloqueando a abertura da barraca. Ela se moveu ao meu lado, do lado de fora da lona, mas junto a mim, a centímetros de distância apenas. Então sua sombra parou inesperadamente e fundiu-se com a grande escuridão. No momento em que saí, ela tinha ido embora.

Fiquei ali parado, procurando-a com os olhos, as barracas e carroças de um branco fantasmagórico ao luar. Estávamos acampados junto ao rio, no terreno reservado às feiras e espetáculos itinerantes. Apurei os ouvidos para escutar além dos roncos sonoros de Ogleby, dos pequenos ruídos dos animais que rondavam por perto e das panelas da carroça do rancho que se esbarravam à brisa. Escutei com atenção; ouvi o sussurrar da água subindo e o ar passando de leve através das árvores. Tudo estava quieto, exceto pelo vento, e assim, quando o pastor falou, sua voz quebrou o silêncio como um chicote e dei um pulo daqueles.

Ele disse:

— Você está mexendo com fogo, Jasper. É melhor tomar cuidado.

Cerrei os punhos ao ouvir suas palavras, pois sabia que minha jovem e desejosa menina tinha ido embora; minhas horas de doce conversa tinham sido em vão.

— *O justo não precisa de vela* — continuou ele, caçoando da minha cegueira noturna — *nem da luz do sol.*

— Deixe-me em paz — pedi, virando-me em direção à sua voz —, ouviu bem?

— Ah, ouvi — respondeu a voz, tão baixa que eu precisava me esforçar para escutar. – Mas a grande questão é: *você* ouviu? Hein, Jasper? Você ouviu o que o espírito falou?

Ele mudou de lugar, saindo das sombras. A luz do luar desceu sobre sua pele pálida e iluminou seu anel de ouro pesado, pedras engastadas como uma explosão de chamas, que agitava diante dos pecadores em cada nova cidade como se fosse um pedacinho do paraíso, duro e brilhante, de valor incalculável, quase impossível de se alcançar. No dia seguinte talvez eu pudesse até ver minha menina de conversa doce pairando ao seu lado, deslumbrada, salva e eternamente perdida para mim. Fiquei firme, esperando. Não iria sair cambaleando atrás dele como um tolo, mas, como um tolo, estava furioso o bastante para disparar o argumento que vinha fervilhando entre nós esses anos todos.

– Você já me salvou uma vez – recordei-lhe. – E uma vez já é demais para a vida de qualquer pessoa.

– Blasfemo – devolveu ele, sua voz um sussurro agora, flutuando para mim em meio aos sons das árvores, aos murmúrios das águas. – Você vai queimar num lago de fogo.

Sabia que ele tinha ido embora. E, é claro, ela também. Caminhei até a beira do rio, deixando o aglomerado de barracas para trás, desejando que ela aparecesse, firme e dócil, vestida de luz. O vento farfalhou nas folhas, bateu nas panelas penduradas, mas ele realmente a assustou, e, apesar de meu anseio, ela não voltou.

• • •

Chamaram-no de Pai na manhã seguinte, quando se reuniram perto do rio. *Pai, salve-me.* Ele estava no meio deles, a túnica branca ao vento. Pedaços de papel e de lixo do terreno do acampamento voavam aqui e ali pelo capim alto e caíam na água corrente. Eu me mantive a uma distância segura, dentro de um pequeno bosque, quando ele disse aos eleitos para se adiantarem, um por um, e mandou que se ajoelhassem juntos na margem do rio. Uma mulher idosa com sua melhor roupa já gasta pelo uso; um homem barbudo cujos pulsos pendiam abaixo das mangas de seu casaco; uma moça esbelta, de olhos tão azuis e claros quanto o céu no horizonte, que foi puxada do meio da multidão por sua mãe – uma mulher de cintura grossa. Quatro almas somente, e, no entanto, o pregador agia como se tivesse reunido 50, com prefeitos e homens de negócios entre elas.

Ele entrou na água, a túnica flutuando ao sabor da correnteza, e segurou a mão da mulher idosa. O rosto dela revelou a sensação de choque quando a água fria foi molhando sua roupa, e, nem bem tirou o chapéu, ele a mergulhou no rio. Ela saiu arquejando, o cabelo branco solto, escorrido nas costas. O barbudo foi o seguinte – ele veio à tona com um berro entusiasmado –, e depois foi a vez da mãe que, toda em tons cinzentos, segurou as duas mãos do pregador e entrou no rio cheia de cautela, pisando de pedra em pedra.

A moça foi a última. O rio redemoinhou em torno de sua saia azulada, subiu para a cintura, tornando-se mais escuro, e se espalhou como uma mancha pelo corpete do vestido. Ela era esbelta, mas forte e flexível como uma árvore nova, e levantou bem as mãos, com as palmas abertas, recusando ajuda enquanto andava com a água pela cintura. Estava relutante, isso ficou claro, e quando o pregador estendeu a mão para segurá-la ela se esquivou dele tão bruscamente que chegou a escorregar. Devagar, então, como uma folha caindo, ela desapareceu na água. Imediatamente o pregador mergulhou. As suas mãos apareceram um instante e duas vezes ele veio à tona arfando, a água do rio descendo-lhe pelo cabelo e pela roupa. O mundo ficou em suspenso, em silêncio, à medida que os minutos passavam, e a multidão se manteve de pé, agitando-se, tensa, como um grande animal, certa de que a moça estava perdida. Mas quando o pregador emergiu pela última vez trazia nos dedos a ponta de uma saia. A moça estava inconsciente, talvez morta, os braços brancos largados nas costas dele quando saíram da água.

A multidão os rodeou enquanto o pregador comprimia-lhe as costas ritmicamente. O rosto dela estava pálido e riscado de sujeira, o cabelo espesso molhado e emaranhado. Eu acompanhava tudo do alto do morro, sentindo os golpes na minha própria carne. Ele havia me tirado de um rio diferente anos antes, sob outras circunstâncias; mas naquela ocasião, como então, também bateu em minhas costas até eu tossir e pôr para fora tanta água barrenta que daria para encher uma cisterna.

– Deus seja louvado – disse ele naquele dia, voltando a sentar-se em cima dos calcanhares. – Rapaz, você é um milagre encarnado, a resposta a uma prece.

Abri os olhos, assimilei o súbito azul vivo do céu e comecei a rir.

– Nem imagina quanto – disse-lhe eu. Sentei-me e abracei meus joelhos dobrados, pois era o final da primavera e fazia frio. Eu tinha apenas 14 anos; fugira da missão na minha terra natal duas semanas antes. Estava farto dos pregadores de lá e sem comer fazia 10 dias. Nada em minha situação era engraçado, nem minha fome, nem meu passado, nem o pregador sentado perto de mim, fazendo cálculos, e, no entanto, eu continuava a rir, enfiando os dedos nas pernas. Depois de uns minutos, ele pareceu dar-se conta de alguma coisa, pois desistiu de continuar rezando e tirou dois biscoitos de seu embrulho. Parei de rir e sentei-me ereto, a boca cheia de água e de vontade.

– Está com fome? – perguntou.

Assenti com um gesto, mas ele se limitou a virar os biscoitos na mão.

– Vai ter de fazer por merecer primeiro – avisou.

Eu mal escutava o que dizia, falando sobre a fazenda adiante na estrada, com cinco galinhas gordas e apenas a fazendeira em casa. Ele iria à porta da frente e tentaria salvar a alma da mulher enquanto eu faria a volta pelos fundos e traria uma das galinhas para a salvação. Eu ganharia os biscoitos e dividiríamos a galinha, meio a meio.

– Então – disse ele –, está preparado?

Nunca havia roubado nada antes, mas não hesitei, e poucas horas depois o pregador me viu sugar todos os fiapos de carne de cada osso, a claridade da fogueira reluzindo na sua cabeça calva. Ele não se parecia com nenhum dos pregadores que eu conhecera antes e me levou com ele, oferecendo-se para me instruir sobre o seu ofício. Durante quase três meses estudei com ele e aprendi um bocado. Como fazer uma mulher velha doar por escrito todos os seus bens terrenos. Como falar línguas desconhecidas, levando as pessoas a uma exaltação febril, e como surripiar as carteiras de seus bolsos enquanto gritam louvores. Como tornar as moças tão excitadas com a palavra, a ponto de entrarem em sua barraca sem pensar duas vezes.

Entretanto, apesar de dormir em sua barraca, assistir a seus serviços religiosos e ajoelhar-me obedientemente ao lado dele toda noite, eu era um discípulo contrariado, um milagre relutante, e minha atenção se dispersava o tempo todo. De todos os números daquele espetáculo itinerante – o homem-cobra, os acrobatas, o engolidor de espadas, os dançarinos luminosos –, o do Rei do Fogo era o que mais me fascinava. Nas suas labaredas, eu via a beleza, via o poder misturado ao perigo. Ele conseguia derramar chumbo derretido na boca e depois cuspir pepitas sólidas de metal. Comia carvões em brasa com um garfo, como se fossem batatas frescas. Eu o rondava para ver se tinha cicatrizes em lugares escondidos e o importunava de tal maneira e com tamanha insistência que, certa noite, quando apareci à sua porta com tudo o que eu possuía, ele simplesmente acenou com ar enfastiado para que eu entrasse e aceitou-me como aprendiz. Era um velho muito habilidoso, mas também um beberrão, e, embora nunca tivesse deixado de fazer uma apresentação por causa disso, chegou um dia em que, sem querer, enquanto mastigava um chumaço de algodão em chamas, inalou, queimou os pulmões e morreu.

Àquela altura, eu já conhecia seus segredos, seus trajes de seda vermelha e, no dia em que o enterramos, assumi o seu lugar. Meio desajeitado no princípio, sofrendo a minha cota de queimaduras e falhas, desde o início tive muito jeito para lidar com as platéias de moradores rurais. Conhecia muito bem seus costumes, a poeira que subia de seus campos infindáveis, a luz triste e sombria que enchia suas casas e igrejas. Sabia o que vinham procurar e falava com eles. Eu era o Rei do Fogo, e eles ficavam hipnotizados com as cores que eu produzia, com a maneira como me movimentava e vibrava. Engolia fogo, tornava-me fogo, e eles não conseguiam ficar longe de mim.

Em pouco tempo eu atraía multidões maiores do que as do pregador. Chamas tangíveis eram mais cativantes do que qualquer promessa de salvação. O pregador nunca perdoou minha partida abrupta, que ele via como uma traição, e gradualmente foi crescendo uma guerra entre nós, os milagres dele escalonando em resposta aos meus sucessos.

Aquela moça afogada, por exemplo. Seria demais afirmar que o pregador a fizera cair propositalmente. Mas ele certamente percebeu a reticência dela, o desejo de se manter a distância. E, certamente também, ele tocou nela, o que provocou seu sobressalto e o escorregão na água. Estava pálida, deitada com o rosto de lado no capim enlameado, os braços estendidos e o pregador batendo em suas costas. Se a salvasse, lotaria suas sessões durante a semana inteira, a região toda ficaria em polvorosa, e a moça, tão grata, lhe daria o que quisesse.

E, sem grande surpresa para mim, ele conseguiu. A moça tossiu uma vez, depois várias outras, e um suspiro se ergueu da multidão que a rodeava. O pregador fez sinal para que se afastassem, em seguida ajudou a moça a sentar-se. Ela parecia meio atordoada quando ele colocou as mãos firmemente sobre sua cabeça e proclamou-a salva. Ouvi o murmúrio que aquilo provocou e, a contragosto, enchi-me de admiração pela astúcia do pregador. Ele então levantou a cabeça, alcançando meus olhos a distância, e sorriu. Sorri de volta, aceitando seu desafio implícito: ele podia persuadir multidões a seu modo, com a água, mas eu as seduziria de volta, com o fogo.

· · ·

Depois de cada espetáculo, os meninos sempre se demoravam ali por perto, pobres demais para comprar qualquer coisa, curiosos demais para ir embora. Eles se juntavam, quando me viam chegar, tímidos e ariscos, desviando o olhar para onde eu não estivesse olhando, e, naquela tarde, apenas um dos meninos teve coragem de se aproximar quando passei. Suas calças eram muito curtas para ele e os pés estavam descalços, os braços jovens apresentavam músculos desenvolvidos de tanto trabalhar. Tudo nele era comum, menos os olhos, que eram azuis, da cor do céu quando se vai filtrando em direção ao horizonte e empalidece.

– Moço – interpelou-me sem rodeios –, moço, queríamos saber como fez aquele truque. Queríamos espiar dentro de sua boca para ver se está queimada.

– Ah, é? – respondi. Havia algo na inocência dele, na sua determinação, que me fez pensar na vida que tive antes da morte de meus pais, antes de ser mandado para a missão na minha terra, antes de fugir.

– Eles acham que você está queimado – continuou. E agora os outros meninos tomavam coragem e também olhavam para mim.

– E você, o que acha? – perguntei.

– Eu acho que foi mágica – respondeu o garoto, e eu fiquei ainda mais impressionado com sua inocência, com a maneira como ansiava pelo mistério e não tinha medo de admitir. Olhou-me dentro dos olhos e senti-me perturbado por seu rosto ser tão familiar, como o de alguém que eu tivesse conhecido bem, em algum sonho.

– Bom – eu disse. – Observe, então. Preste bastante atenção e verá. – Enfiei a mão no bolso e peguei um único carvão.

– Cheire – insisti, agitando-o em um círculo no ar. – Foi encharcado em querosene. – E, de fato, o cheiro forte se espalhou pelo grupo de meninos, fazendo-os franzir o nariz. – Observe – acrescentei, riscando um fósforo e acendendo o carvão.

Eles prenderam a respiração, porque o carvão queimava com uma chama viva na minha mão nua e, apesar disso, minha pele estava ilesa, intocada pelo fogo. Vi com satisfação as expressões de medo e fascínio nos rostos deles. Nem o pregador em seus melhores dias seria capaz de proporcionar-lhes tanto mistério dessa maneira. Subjugados, eles recuaram. Assustados, foram saindo. Todos, exceto o corajoso.

– Eu disse a eles – gabou-se, arrebatado, triunfante. – Sabia que era mágica. – Levantou a cabeça, olhando-me, e acrescentou: – Apostei também que eu conseguiria um emprego com você.

Esse tipo de pedido já era rotineiro e eu me preparei para mandá-lo embora; mas, antes de começar a falar, uma voz chamou: *Eli!*, e o menino virou e olhou para uma moça esbelta parada junto a uma das pontas da tenda. Atrás dela o rio reluzia entre as árvores. Lembrei-me do dia anterior, de como a corrente a havia surpreendido e puxado, do tecido do vestido grudado nas pernas compridas quando o pregador a tirou da água.

– Eli – repetiu, em voz clara e baixa. – Você está atrasado.

– Quem é? – perguntei, os olhos ainda fixos na moça.

– É só a Jubilee – respondeu o garoto –, minha irmã. Você vai me dar o emprego?

Ela esperou, olhando-me direto nos olhos exatamente como o irmão, com a única diferença de que seu olhar, apesar de franco e ligeiramente curioso, tinha um traço de desprezo, não de deslumbramento. O pregador já o tinha ofuscado, levando-o para um estado de cegueira moralista. Tive um súbito impulso, desesperado, um

133

desejo intenso, misturado com raiva, de acender outro carvão e comprimi-lo entre a palma de sua mão e a minha, de queimar sua pele enquanto a minha permanecia fria, de consumir sua resistência através da minha.

– Moço – insistiu Eli –, vai me dar um emprego?

Não respondi de imediato, considerando a questão.

– Entre aqui – falei finalmente, apontando para a fileira de pequenas barracas que funcionavam como nossos camarins. – Traga sua irmã também.

Atrás de mim, ouvi vozes discutindo baixinho. Depois Eli me seguiu e entrou. Parou na penumbra do interior, piscando, fascinado com o reflexo de sua própria imagem de corpo inteiro num espelho solto de moldura dourada. Jubilee não entrou, ficou na porta, de braços cruzados. O ar estava quente, com o rico aroma da lona aquecida. Ao longe, eu ouvia o crescendo de música de órgão que encerrava todos os espetáculos do dia.

– Entre – convidei, mas ela me olhou com frieza, depois desviou o rosto. – Ou fique aí mesmo – acrescentei, dando de ombros. – Tanto faz para mim.

Eli ainda estava admirando sua imagem no espelho.

– Quer dizer então que quer trabalhar para mim – comecei, falando bem alto para Jubilee ouvir. – E o que sabe fazer? Sabe engolir espadas? Sabe andar em cima de brasas? Que talentos tem para oferecer?

Eli relutantemente deu as costas à sua imagem, virou-se e esbarrou no espelho, espalhando reflexos de luz pela lona da barraca.

– Não tenho nenhum talento – admitiu. – Mas sou trabalhador. E aprendo rápido.

– Tem cabeça boa, então, você? – prossegui. Ouvi um sussurro do lado de fora. – Mas todo rapaz acha que tem. Diga lá, o que o faz ter tanta certeza de que isso é verdade?

Com o canto do olho, vi sua irmã passar pela entrada da barraca, atraída pelo espelho e pelos reflexos luminosos em movimento.

– O que é isso? – perguntou ela, olhando-se no fundo do espelho.

– Isso? Ora, é um espelho – respondi.

Ela sacudiu a cabeça.

– Não pode ser – murmurou. – Espelhos são objetos pequenos. Que se seguram com uma das mãos.

Eu me postara bem atrás dela, minha capa vermelha formando um fulgurante pano de fundo para seu frio vestido cinzento, para a brancura de sua pele. Ela não usava perfume, e foi a primeira vez que senti de perto seu cheiro puro e salgado. Estendi minha mão devagar e guiei a dela para ajustar a moldura, os ossos finos de seu pulso se dobrando com docilidade sob meus dedos. Senti o calor do seu corpo ao longo do meu braço. Ela inclinou a cabeça de lado, examinando a curva suave de seu queixo, o ondulado louro do cabelo, a orelha em forma de concha. Ela olhava, e olhava, não tirava os olhos do espelho, e naquele momento eu soube que era igual a qualquer outra moça. Todas tinham um desejo secreto, e assim que eu compreendia qual era esse desejo elas eram minhas.

– Você é bonita – disse-lhe em voz baixa, minha respiração em sua orelha.

Mas fui longe demais, depressa demais, e ela deu um passo para o lado.

– Vi você sendo batizada – disse-lhe, pensando em suas pernas sob o pano da saia.

– Então me viu sendo salva – replicou ela, empertigada.

– Já vi isso acontecer muitas vezes – retruquei. – Não significa grande coisa.

Nós nos encaramos. O ar estava quente e parado, cheio da presença dela. O pregador havia lhe dito que fora escolhida acima de outros, escolhida para ser salva, e agora eu a via lutar com a idéia de que, afinal de contas, talvez eu não a considerasse uma pessoa especial. Aquilo me conferiu poder sobre ela, um domínio com o qual o pregador não poderia competir, mas, para meu próprio espanto, abri mão daquele poder.

– Vou arranjar um espelho para você – prometi.

– Não quero um espelho – opôs-se, enrubescendo, porém olhando de lado para o espelho com uma expressão cheia de desejo. – Eli – chamou, já saindo da barraca. – Eli, vamos agora.

Eu tinha me esquecido de Eli até aquele momento. Ele estava ajoelhado junto de meu baú, analisando a taça que eu usava para beber o óleo fervendo. Ela possuía um fundo falso e uma divisão no meio, de tal modo que o óleo derramado num dos lados não sairia pelo outro. Eli estava perplexo, mas, no instante seguinte, entendeu tudo e o rosto se iluminou com o prazer da descoberta, para, em seguida e com igual rapidez, dar lugar à decepção.

– Pensei que fosse mágica – disse ele, em voz baixa. Mas, apesar de tudo, tinha mesmo uma cabeça boa, pois deixou de lado seus sentimentos e falou com firmeza: – Agora, vai ter de me empregar. Para eu não contar para ninguém.

Eu poderia ter dado uma risada e o mandado embora. Por mais cruel que isso parecesse, teria sido um ato de bondade. Mas não pensei em Eli, em seus sonhos e esperanças. Pensei em Jubilee, em seu cheiro limpo e doce, em sua presença na minha barraca. Pensei na imagem dela do dia anterior, quando o pregador a tirou da água.

– Está bem – concordei, fazendo uma pausa prolongada o suficiente para deixá-lo achar que tinha vencido. – Uma semana de trabalho. Mas só se me disser onde encontrar Jubilee amanhã.

Ele vacilou, pesando tudo, os desejos dele e os meus, a honra da irmã. Esperei, lembrando a primeira galinha que roubei, como ela bicou minhas mãos até fazê-las sangrar. Minha fraqueza havia sido a fome, enquanto a de Eli era o mistério mais sombrio do fogo. Isso era o suficiente, contudo. No fim, ele me contou.

• • •

Engulo fogo e não me queimo, mas Jubilee marcou minha indiferença com ferro em brasa, entranhou-se em minha carne como cinza quente. Para onde quer que eu fosse, sentia seu doce aroma de sal. Toda vez que o vento soprava, sentia o calor do seu braço contra o meu.

Fui à cidade e comprei um espelho de verdade, o maior que encontrei. Era da minha altura, 1,82m, grosso, com as bordas bisotadas.

– Vaidade! – desdenhou o pregador quando o transportei na carroça pelo caminho de terra até a minha barraca; outros membros da companhia também deram risadas.

No dia seguinte, bem cedo, acomodei o espelho na carroça que tinha pego emprestada e dirigi-me para o local que Eli indicara. Era uma trilha que seguia por dentro de um pequeno bosque, e Jubilee passaria por lá quando fosse encontrar o pastor. Ajustei o espelho virado para cima, refletindo folhas, cascas de árvores e a luz trêmula do sol, depois me instalei nos arbustos, onde esperei, imóvel como um cão de caça, Jubilee aparecer. Meia hora depois escutei seus passos e então ela surgiu, andando tão depressa, com tanta determinação, que, por um momento, receei que fosse passar direto. Entretanto, algum movimento sutil ou algum rápido clarão lhe chamou a atenção e ela parou, olhando para sua imagem por um longo momento antes de se virar e correr os olhos pelos arbustos.

– Olá? – chamou, depois outra vez, mais alto.

Não respondi. Nada, a não ser o som distante da água, o farfalhar das folhas, enchia-lhe os ouvidos. Ela virou para seu reflexo, pousando levemente as duas mãos nas faces. Depois, suas mãos desceram, os dedos seguindo delicadamente pelo pescoço abaixo, demorando-se na garganta. Pensei em sua pele macia, mas não falei. E quando esses mesmos dedos correram pela fileira de botões, um por um, quando fizeram as mangas deslizarem e caírem, revelando as alças finas de sua roupa de baixo, seus ombros nus e sedosos, prendi a respiração e a contemplei. Ela pousou as mãos suavemente nos quadris e virou a cabeça, examinando seu reflexo. Estava escapulindo, escapando do pregador naquele exato momento, mesmo estando parada debaixo daquelas árvores.

– Jubilee? – sussurrei, levantando-me.

Ela me ouviu e virou em minha direção, mas não foi embora. Seus lábios entreabriram-se de surpresa e as mãos voaram para os ombros, mas ela permaneceu imóvel, paralisada pela surpresa e pelo medo e também por algo mais forte que não podia designar. Mas eu sabia o que era e fui me movendo para sua imobilidade, segurando-a pela cintura, deslizando meus dedos sob o fino algodão do corpete, arrastando-a comigo para a veloz e tenaz correnteza do desejo. Deixou-me beijá-la uma vez, os lábios macios, a expressão, quando me afastei, tão surpresa e curiosa – tão absolutamente recém-nascida – como eu jamais vi em alguém. Suas mãos no início caíram para os lados, mas depois ela as levantou até meus ombros, ficou na ponta dos pés, com os olhos arregalados, e beijou-me de volta.

O que me veio à cabeça com seus lábios nos meus foi o fogo, a maneira como as labaredas têm o poder de simultaneamente horrorizar e atrair. Qualquer conflagração atrai uma multidão. As pessoas se aglomeram, seduzidas pela beleza das chamas, por seu poder irrestrito de destruição. Assim foi com Jubilee. Eu sentia sua incerteza e seu anseio. Em meu triunfo, beijei-a com mais força, sabendo que o perigo, como a sombra, só faz as chamas parecerem mais brilhantes.

Mas não contava com Eli. Ela o viu primeiro e enrijeceu-se em meu abraço, afastou-se, um segundo depois já tinha desaparecido. De frente para o espelho, eu o vi também, a raiva e a inveja refletidas no rosto. Ele jogou uma pedra, espatifando sua imagem, fazendo chover estilhaços na terra, e correu.

• • •

Só se combate fogo com fogo, e apenas fogo. Isso é uma coisa que eu compreendia muito bem, mas meus pensamentos fixos em Jubilee me fizeram não levar em conta os indícios, as pequenas fagulhas dos problemas. A imprevista cordialidade do pregador quando voltei, sua platéia anormalmente grande e a ausência flagrante de Eli – reparei nesses fatos, mas quase não lhes dei atenção.

Naquela mesma tarde, porém, minha platéia diminuiu, e as pessoas que foram assistir ao meu número logo o interromperam com vaias e assobios. Alguns homens tinham conseguido um elixir curativo da demonstração de cura milagrosa e irromperam aos tropeções pelo meio do escasso público gritando insultos, exigindo ver o interior da taça em que eu bebia. De imediato, deduzi que o pregador havia me denunciado durante o encontro religioso da manhã e descrito em detalhes a taça em questão. Olhei desesperado para os bastidores procurando Eli, que poderia me passar furtivamente a verdadeira taça de estanho em uma caixa acolchoada com algodão, mas compreendi na mesma hora que tinha sido ele quem revelara meu segredo.

– Cavalheiros – chamei várias vezes, até a zombaria diminuir um pouco. – Cavalheiros, os senhores estão perturbando as pessoas de bem que pagaram para assistir a este espetáculo. Mas sou um homem honrado e garanto-lhes que é claro que podem ver, ou melhor, que *vão* ver esta taça. – Coloquei-a na mesa à minha frente, fazendo-a retinir. – Eu prometo. Aqui está, e podem examiná-la assim que o espetáculo terminar. Até lá, poderão tomar conta dela com seus próprios olhos enquanto apresento-lhes a maior proeza deste ou de qualquer outro espetáculo. Senhoras e senhores! Hoje, vão presenciar uma cena rara, um número tão perigoso que não o faço todos os dias, nem a cada quatro dias, nem mesmo a cada 10 dias. Na realidade, senhoras e senhoras, só apresento este númento uma vez a cada três anos.

Hoje, vou apresentá-lo a vocês.

Hoje, vou transformar-me num vulcão humano, aqui, bem diante de seus olhos.

Essa fala os calou, pelo menos por um momento. Apanhei o algodão e o amontoei na mesa, cuidando para que uma parte ocultasse a visão da taça. Em seguida comecei a encher a boca com ele. A platéia riu e, à medida que eu enchia mais e mais a boca, as risadas se tornavam estrondosas. Finalmente, quando minha boca estava cheia a ponto de explodir, peguei um carvão com as mãos nuas e o acendi. A fumaça ardeu em meus olhos e fez as fileiras de rostos derreterem e oscilarem. O carvão queimou em vivas labaredas, depois se transformou em brasa, enquanto eu o mantinha o tempo todo na palma da mão. Acenei com o braço desimpedido para mostrar que estava pronto. Então respirei fundo, coloquei a brasa ardente no meio do algodão que tinha dentro da boca e exalei um jato de fogo.

Esse é um truque maravilhoso, tem um efeito sensacional. É também perigoso, foi o truque que matou meu mentor. O fogo flui para a frente numa coluna horizontal, como um pilar caído, e um único ato de inalar é fatal. Eu o mantive o máximo de tempo que consegui, com as chamas dançando a uns bons 30 centímetros diante de meu rosto. Como esperava, todos ficaram tão embasbacados com essa exibição que, quando saí de cena, entre meu primeiro e meu segundo cumprimentos, eles nem pensaram em questionar o breve momento em que me ausentei. Foram embora, examinando a verdadeira taça de metal, balançando a cabeça com ar sério e desculpando-se por suas desconfianças anteriores. Mantive uma atitude altiva e distante, o alívio inundando-me por inteiro como o ar frio e limpo.

• • •

A tarde estava bonita, um daqueles dias azuis do Centro-Oeste em que o céu está tão claro e amplo que quase dói olhar para ele. A gente sente a própria insignificância, é o que quero dizer. Tínhamos algumas poucas horas pela frente até o último espetáculo e eu estava misturando uma quantidade de Storaxine, o ungüento que usava para não me queimar. Esfregava-o por toda a boca e nas mãos antes de cada apresentação, depois gargarejava com um pouco de vinagre para fixá-lo e estava pronto, imune ao fogo.

A fórmula era secreta, naturalmente, mas eu vendia uma certa quantidade de Storaxine para tratamento de queimaduras por fogo ou água fervente. Depois que me transformei num vulcão humano, minhas vendas aumentaram e meu estoque ficou praticamente zerado. Enquanto esperava a água ferver, raspei um pouco de sabão Ivory e joguei dentro do caldeirão. De vez em quando, fazia uma pausa para retirar com uma escumadeira algumas folhas que caíam no meu preparado, que começava a espumar; a água se tornava opaca conforme o sabão se dissolvia. Misturei açúcar, xícara por xícara, consciente, o tempo inteiro, da presença de alguém de pé no meio da folhagem do outro lado do riacho. Esperei um pouco e finalmente disse:

– Eli, você me deixou em apuros ontem, abandonou um amigo quando ele precisava de verdade da sua ajuda. Agora, o que tem a dizer em sua defesa?

Os arbustos farfalharam e logo em seguida ele apareceu, andando com cuidado na beira do rio, pousando os pés descalços somente nas pedras. Olhei em seus olhos, azul desbotado, e pensei em Jubilee.

– E então? – indaguei quando chegou ao meu lado.

– Pensei que eles fossem expulsar você da cidade.

– Bem, eles poderiam ter feito isso, Eli, mas eu raciocinei depressa.

Derramei o Storaxine líquido no caldeirão e mexi.

Ele se agachou em um toco de árvore próximo. Apanhou uma vareta pontuda e começou a desenhar na terra macia. Não olhava para mim.

– Você a ama, então? – perguntou, enfim.

A pergunta me pegou de surpresa. Amor. O que eu poderia dizer para aquele menino? Que na maioria das vezes o amor acabava se transformando em sinônimo de perda, ou de se conseguir o que se deseja? Eu queria que Jubilee viesse me encontrar em meu camarim, queria que se despisse como as árvores se despem das folhas. Queria tocar aquela pele tenra, ver seus olhos passarem da inocência para o conhecimento. Eu o teria feito no bosque, junto ao espelho, se Eli não tivesse me seguido e depois saído correndo para contar ao pregador. Pensei na multidão enfurecida da véspera, no meu próprio medo, que subira como uma queimadura pela minha garganta.

– Eli, ainda está interessado em ser meu assistente?

– Está falando sério? – perguntou ele, olhando para mim.

– Ora, se você for bom o suficiente – respondi –, estou, sim. Vamos começar com o Enxofre na Palma da Mão – prossegui. – Quando você souber isso bem, passa de ano e vai para o Enxofre na Língua, a formatura. É o que o público mais gosta. É assim que se faz, Eli. Preste atenção.

Apanhei três pequenas pedras redondas de súlfur, que pareciam de um amarelo colérico contra o fundo branco do pires, encharquei com querosene e ateei fogo. Derrubei-as então na palma de minha mão, que já estava lambuzada de Storaxine. Segurei as pedrinhas incandescentes por quase um minuto, e Eli não tirou os olhos de mim, com fascínio e apreensão misturados em seu semblante.

– Muito bem – disse eu, devolvendo os carvões para o pires. – Sua vez, agora.

Ele parecia amedrontado, mas mesmo assim despejou as pedras em brasa na mão. *Ótimo* – pensei, vendo a dor atingir-lhe o rosto –, *aprenda uma lição*. Esperava que deixasse cair os carvões no mesmo instante; porém, embora a mão tremesse e o suor lhe escorresse pelas bochechas, ele dobrou os dedos em concha e segurou os pedaços de pedra incandescentes como se fossem seu bem mais precioso.

– Jogue-as no chão! – exclamei. – Eli! Não é assim!

Mas ele não jogou. Tive de agarrar-lhe o pulso e zunir as pedras longe, enfiando a mão dele na água fria do rio. A palma estava em carne viva, vermelha, já se formavam bolhas na pele. Apliquei Storaxine e enfaixei as queimaduras com panos limpos que tirei de minha mala, ao mesmo tempo em que lhe examinava as mãos. Com todos os seus calos, cortes e arranhões, as mãos de Eli eram menores do que as minhas, não tinham ainda acabado de crescer.

– Eu tentei – disse ele depois de um tempo, a voz ainda tensa de dor. – Não fui bom o suficiente.

– Eli, você se saiu muito bem. A culpa foi minha. Tapeei você.

Ele ficou calado e então senti-me diminuir, reduzido de Rei do Fogo ao sujeito mortal medíocre que eu era. E vi que, mesmo zangado, mesmo desiludido, Eli tinha acreditado em mim até aquele momento.

– Por quê? – perguntou.

– Para lhe dar uma lição – respondi.

E seus olhos, firmes nos meus, ficaram de um azul profundo, como a orla de uma chama.

– Conte-me como fez isso.

– Não devo nada a você – protestei.

Mas a mão dele parecia pequena dentro da atadura, e as unhas estavam sujas. Mãos de menino. Pensei em Jubilee, em sua imobilidade, no beijo inesperado, e tive vontade de saber o que ela estaria fazendo naquele exato momento, o que teria sentido se Eli não a tivesse afugentado. Pensei em sua pele macia, na maneira como suas mãos tinham pousado em meus ombros, e o remorso se infiltrou em meu coração como uma negra espiral de fumaça. Comecei a falar. Enfileirei os ingredientes de Storaxine e expliquei-lhe o processo. Fiz uma demonstração de Enxofre na Palma da Mão e Enxofre na Língua. Revelei os segredos preciosos de um Rei do Fogo.

– Você vai viajar comigo de agora em diante – disse eu, surpreso com o alívio que senti, desafogado de meus segredos. – Vai trabalhar para mim por quanto tempo quiser.

Mas Eli não me agradeceu nem falou nada. Apenas se levantou e saiu andando, deixando-me de pé no silêncio, sob um facho de luz da tarde, o caldeirão de Storaxine fumegando atrás de mim.

• • •

Em retrospecto, é fácil dizer que eu deveria ter adivinhado. Que Eli, com sua inveja e seus desejos, era uma força em que não se podia confiar. Mas, apesar de estar abalado com o incidente, de ter demorado engarrafando meu Storaxine até pouco antes do último espetáculo, não fui capaz de prever as conseqüências. A noite estava como sempre, clara e ventando, alegre com as luzes e a música, com o falatório animado dos vendedores ambulantes, o burburinho da multidão. Phillipa, luminosa em sua fantasia de borboleta, saía de seu camarim no momento em que me aproximei. Quando cheguei para o lado para lhe dar passagem, ela levantou bem alto suas sobrancelhas pintadas.

– Alguém acha que você é *realmente* o Rei do Fogo – disse. Em seguida, apanhou dentro do decote um bilhete dobrado e me entregou.

Espere por mim, dizia o bilhete. *Esta noite. Eu vou à sua apresentação. E depois. Eu vou. Jubilee.*

A letra era arredondada, infantil. Dirigi-me para meu camarim e me sentei, imaginando-a escrevendo as palavras com dificuldade, rasgando e jogando fora as tiras de papel com seus pequenos erros. Imaginei-a se vestindo, as anáguas, o corpete e a roupa de baixo limpos, o algodão macio tocando toda a superfície de seu corpo. Já tinha arruinado moças como aquela antes e nunca me importara. Eu as enchia de fogo e as deixava no desejo; partia antes que a claridade flamejasse no horizonte, sem olhar para trás nem uma vez sequer. Nenhuma razão; absolutamente nenhuma, de Jubilee ser diferente. Uma interiorana de olhos bonitos que iria sofrer uma queda ainda mais dura, por acreditar que fora salva. Eu podia levá-la para onde quisesse, e ela cederia. Para meu camarim, para o bosque, mergulhada até a cintura na água. O pregador agora não significava mais nada para ela. Em vez de me sentir satisfeito, porém, ouvia o jovem Eli perguntar: *Você a ama?* E pensava em seu cheiro suave, na maciez de sua pele, e devaneava.

Lá fora, a música de abertura subia acima das vozes dos vendedores e da multidão, e eu sabia que naquele momento Ogelby se encontrava no meio da tenda, com o público boquiaberto enquanto a píton e a jibóia se enrolavam nele. Meu número só começaria uma hora depois e, movido por um impulso, entrei na tenda, esgueirando-me por baixo da lona da parte de trás. Subi até a arquibancada descoberta e sentei-me no lugar mais alto, esquadrinhando a platéia em busca de Jubilee.

Encontrei-a facilmente. Estava sentada exatamente do outro lado do picadeiro, na penúltima fileira de cima para baixo da arquibancada descoberta, com o vestido azul que usava quando fora salva e um chapéu combinando, os pés apoiados numa pequena valise. Tudo o que ela possuía estava naquela maleta, eu sabia. Deu-me um aperto no coração pensar em sua pele, tão macia, tão escondida, pensar nas queimaduras de Eli, na maneira como seus olhos tinham mudado quando soube que eu o enganara. Como o resto do público, Jubilee olhava para baixo, para Ogelby, mas, ao contrário dos outros, ela não estava realmente assistindo. Sua fisionomia estava séria, os pensamentos voltados para seu íntimo, preocupada com a magnitude do que estava prestes a fazer. Enfiei a mão no bolso, toquei no seu bilhete.

Ogelby terminou, curvou-se para agradecer e eu me sentei. A apresentação seguinte seria de Phillipa e suas borboletas; a seqüência dos números já era tão conhecida que nem prestei atenção. Meus pensamentos estavam em Jubilee, o cheiro da lona quente lembrando-me o cheiro suave dela, seus punhos em meus dedos quando a ajudei com o espelho.

Entretanto, algo estava errado. A música que começou não era para as borboletas, afinal de contas, mas para mim. Para o Rei do Fogo. Fiquei completamente atordoado, porque aquelas notas significavam somente uma coisa, uma única coisa: que eu deveria estar lá embaixo pronto, com a minha capa, o coração batendo forte, a cortina subindo, prestes a fazer a minha entrada. Entrei em pânico quando um arco em chamas, o *meu* arco, desceu do teto.

A cortina subiu então, lentamente, ou assim me pareceu, e um novo Rei do Fogo entrou com um salto no picadeiro coberto de serragem e pulou através do arco em chamas, a túnica de seda quase pegando fogo, ondulando e se amontoando em seus tornozelos quando ele caiu de pé do outro lado. Ele se curvou, cumprimentando, e o público riu, achando que se tratava de uma paródia. Mas eu sabia que não; via a determinação no rosto dele. A mão ainda estava enfaixada, o que o tornava desajeitado, mas, mesmo assim, Eli conseguiu acender os carvões, pegar um garfo e colocá-los em brasa dentro da boca. As mãos tremiam e alguns caíram no picadeiro. A serragem chamuscou e Eli interrompeu seu número para apagar as pequenas chamas, batendo nelas com o pé. O público riu outra vez; com exceção de Jubilee, que se inclinava para a frente, concentrada, a testa franzida.

Normalmente as pessoas não riem do Rei do Fogo. Elas prendem a respiração, suspiram de alívio, mas não riem. Portanto, enquanto eu abria caminho para descer, cada explosão de riso daquelas à minha volta revelava que as coisas iam mal, mesmo que não conseguisse avistar Eli. Estava furioso com ele por sua insolência, por seu deboche, porém, mais do que tudo, estava com medo. Tinha visto as garrafas de querosene imprudentemente enfileiradas debaixo da mesa. Sabia melhor do que ninguém como a serragem pega fogo depressa, com que rapidez uma tenda como aquela poderia desaparecer consumida pelas chamas.

A multidão ao meu redor riu outra vez. As pessoas tinham se levantado e se acotovelavam na ponta dos pés. E então, primeiro ligeiramente, depois com mais intensidade, senti uma pressão, como se todos à minha volta tivessem respirado fundo ao mesmo tempo. Eu já me encontrava no chão e não conseguia enxergar o picadeiro por causa da aglomeração de gente, mas senti o pânico crescer, senti o aperto quando o povo virou para fugir. A música ainda tocava. Aos empurrões, cheguei ao picadeiro. Toda a serragem do chão pegava fogo e oscilava ao calor como um campo de capim. Eli, em uma das extremidades, tentava apagar as chamas com os pés, minha capa de seda jogada no chão, as beiradas já se enrolando, o cheiro pungente de seda queimando espalhado pelo ar.

O fogo descontrolado é como uma mão estendida no ar, tentando agarrar o que está seco. Aquelas chamas se espalharam velozmente, escalando as paredes de lona, estalando e sibilando, correndo pela madeira seca das arquibancadas. Ondas de calor emergiam das labaredas, reverberantes, e a fumaça subia, grossa e negra, dissipando-se numa névoa cinzenta. Procurei Jubilee, mas não consegui vê-la. Em poucos momentos havia fogo por todos os lados, e a claridade ficou sobrenatural, bruxuleante, brilhante, o ar tão quente que meus pulmões secavam cada vez que eu inspirava, a respiração curta e arfante. Pessoas rodopiavam ao meu redor na fumaça, rostos surgiam, desapareciam, e a tenda se enchia de um determinado silêncio, enquanto o povo empurrava e lutava para sair. Vi as labaredas subirem alto, saltarem e chamejarem; as bordas verdes enquanto consumiam a lona e azuis quando se alimentavam de madeira.

Jubilee. Ali, para me encontrar. Perguntava-me se as chamas agora a estariam assustando ou atraindo, se teria coragem para passar por elas em busca de segurança ou se deixaria ficar imobilizada e fascinada, como eu o fizera. Empurrei um mar de gente para tentar encontrá-la, mas fui derrubado, pisoteado e chutado, até ser lançado num estreito rio de fogo. As palmas de minhas mãos tocaram as chamas e a dor se espalhou pelos meus braços acima. Senti o cheiro enjoativo de carne queimada. Lembrando as palavras de meu mentor, dobrei o corpo, formando uma bola, e rolei. Dessa forma, escapei das chamas, chegando à serragem da área do picadeiro, já reduzido a cinzas. Pensei em Eli quando comecei a rastejar, minhas mãos queimando na terra ainda quente e, como ele, fui adiante apesar da dor. Por trás de mim, através de cortinas de fogo, via despontar sombras da multidão, mas não parei; não antes de sentir o ar mudar de repente, não antes de a grama tornar-se úmida e fria sob minhas mãos, não antes de estar a uns 10 metros de distância do perigo.

A tenda queimou por mais quase duas horas, devorada primeiro pelas beiradas, depois por inteiro, tremulando como um cachecol pegando fogo antes de se abater no chão. Uma grande multidão se reuniu para assistir e, depois de algum tempo, levantei-me e juntei-me às pessoas, minhas mãos latejando enquanto as observava olhar as chamas. Havia uma beleza naquele incêndio, em todo incêndio, e o estranho prazer que o perigo e a destruição costumam despertar. Eu era um Rei do Fogo e esse prazer era a fonte de todo o meu poder, mas naquela noite perdi para sempre o gosto pelo espetáculo das conflagrações.

Setenta e nove pessoas morreram, e o nome de Jubilee constava da lista dos mortos. Eli escapara, ouvi dizer, embora ninguém tivesse conseguido encontrá-lo. Durante toda aquela noite, à medida que minhas mãos inchavam cada vez mais e se enchiam de bolhas, prostrado por ondas de calor, eu pensava nela, em Eli e na vida que eu havia perdido. Encerrada naquele momento, como o pregador profetizara: no fogo.

· · · ·

As chamas são irresistíveis para aqueles que as contemplam, e, se encontrei meu destino num grande incêndio, a sina de Eli foi sucumbir à febre missionária do pregador. A catástrofe que provocou com certeza o transformou completamente, pois muitos anos mais tarde ele visitou a cidade onde eu estava morando, viajando com sua própria tenda de culto evangélico e uma comitiva de crentes. Levei um susto quando dei de cara com seu rosto num cartaz preso no poste em frente à minha loja. Eu já era, então, um ferreiro, um ofício em que a habilidade com fogo é útil e não é essencial ter sensibilidade apurada nas mãos. Sinto as coisas, decerto, seus contornos básicos, sua densidade e peso; mas não sou capaz de distinguir uma pluma de uma navalha na palma de minha mão, e, mesmo depois de todos esses anos, o menor calor – um raio de sol – causa uma dor intensa em minhas mãos.

As pessoas da cidade fazem conjeturas. Dei umas insinuadas, no início, e hoje atribuem minha reserva e minhas estranhas cicatrizes ao fato de eu ter caído de um trem, onde trabalhava como foguista. Decerto muitos acreditam que eu era, e sou, um bêbado. Não faz mal. Eles me deixam em paz. Minha vida é simples, de modo geral boa, mas durante os últimos anos eu a vivi em torno da imagem de Jubilee, sentada no alto das arquibancadas, os pés se equilibrando em cima de sua velha valise.

Fui ao culto, apesar de não ter posto os pés num serviço religioso desde os tempos em que viajava com o pregador. Ouvi os cochichos, reparei nos olhares de surpresa quando entrei naquela tenda, onde o cheiro de lona aquecida e de tantos corpos suados reacendeu as lembranças de minha vida passada. Duas mulheres subiram ao estrado e juraram diante de todos que eram aleijadas e o Pai Eli as tinha curado. Um impostor no meio da platéia começou a engrolar palavras estranhas, como se estivesse possuído e falasse uma língua desconhecida. Vi a multidão balançar o corpo num vaivém, vi o quanto queriam acreditar. Quando Eli por fim subiu ao estrado, ele os fisgou e os deixou em transe, exaltados, desesperados para se rebelarem e deixarem o ar de suas existências comuns queimar e purificá-los. Ele estava mais velho, mais pesado e tinha crescido um pouco. A voz também mudara, tornara-se mais grossa e rouca, como se a fumaça que provavelmente inalou naquela noite tivesse chamuscado suas cordas vocais. Mas falava muito melhor do que o pregador jamais o fizera, melhor do que eu próprio, enchendo a tenda do culto com uma cadência fervorosa. Enriquecera com as coisas deste mundo; suas roupas eram elegantes, muito bem cortadas. Mantive uma das mãos segurando firmemente a minha carteira, mas a outra se desviou para o meu peito, onde o calor de minha própria carne espalhava dor na minha palma lisa. Pensei em Jubilee, na sua pele quente sob a minha palma quando ficamos juntos diante do espelho. Eli estava à minha frente no estrado, o rosto tão parecido com o dela, os olhos de um azul tão igual ao azul desbotado do céu, que senti minha garganta seca de saudade, de desejo.

Ele continuou a falar. Levou as pessoas que me rodeavam a um grande fervor.

Quando falou do paraíso, fiquei quieto. Quando passou para a questão do pecado e, depois, para a da redenção, foi um pouco mais difícil manter o controle. Mas, quando começou a citar Revelações, eu me levantei. Tinha ouvido aquilo tantas vezes, a besta, os lagos ardentes de fogo. Ouvia sua voz, e a voz do pregador antes da sua, e não me contive mais.

– Eli – gritei, postando-me na passagem entre os assentos –, Eli, fale mais alto agora, pois decerto conhece muito bem tudo o que se refere ao fogo e ao enxofre.

Ele então parou e olhou direto para mim. Suas mãos estavam erguidas para abençoar e enxerguei nelas as cicatrizes que eu tinha provocado. Lentamente, ele abaixou os braços. Fez-se um silêncio absoluto na platéia. Eu sentia a pressão de seus olhares. Esperei, como eles, para ver o que Eli faria em seguida.

Para minha surpresa, ele simplesmente sorriu. E, ao fazê-lo, seus olhos deixaram os meus e se deslocaram para um dos lados do estrado, onde um pequeno grupo de seus seguidores – os cantores dos hinos religiosos, os curados – estava reunido. Ela se encontrava no meio deles, ainda alheia ao tumulto que eu havia provocado, rindo para um homem alto e barbudo que momentos antes testemunhara afirmando ter recuperado a visão. A criança que ela trazia ao quadril batia de leve em seu rosto; então estendeu o braço, sem olhar, para segurar a mãozinha e pressionar os lábios nela, beijando-a.

Quando a onda de silêncio finalmente a alcançou, ela olhou primeiro para Eli, intrigada, e depois, por fim, para mim.

– Jubilee – eu disse, mas minha garganta se contraiu e o nome saiu num sussurro.

Ela olhou para mim. Esperei algum sinal de reconhecimento. A multidão murmurava, a essa altura, mas não desviei o olhar, nem Eli falou. Durante todos esses anos, a lembrança de Jubilee permanecera na carne de minhas mãos, como um emblema, afinal, de tudo o que eu esbanjara antes e depois perdera. *Você a ama?* Eli perguntou, e eu queimei as mãos dele em resposta.

Quando finalmente se moveu, ela o fez muito rápido, entregando a criança ao homem de barba. Desapareceu antes que eu tivesse tempo de pensar em segui-la. Eles fecharam as fileiras quando ela saiu, preenchendo o espaço que deixou vazio, e então a multidão se reposicionou e bloqueou meu caminho, enquanto Eli voltava a falar. Eu sabia que, por mais que a procurasse, não importava por quanto tempo, jamais a alcançaria. Ainda assim, fui atrás dela. Saí da tenda e corri até sentir doer o lado do corpo e não conseguir mais correr, até cair no capim alto à margem da estrada. Jubilee. Deitado, arquejava, respirando a poeira e o odor amargo do absinto, e minhas duas mãos ardiam com a falta dela. *Assim como era no princípio*, pensei, fitando o céu, vasto e azul e infinitamente vazio, *agora e sempre. Amém.*

9

SEDE

A PRAIA ESTÁ BRANCA E LISA COMO A CURVA DA LUA. ESTOU SENTADA COM um copo vazio aninhado nas mãos, contemplando as ondas que deslizam suas línguas finas pela areia. A luz do entardecer atravessa as nuvens baixas e reflete na superfície da água, fazendo as ondas brilharem por um instante, antes de lamberem a terra e depois escurecerem, fervilhando pela pálida e saibrosa areia e, por fim, desaparecendo.

Minhas três filhas brincam exatamente nesse ponto de convergência, cavando agachadas onde o mar e a terra se encontram. Quando as ondas recuam, escrevem seus nomes na areia molhada com varetas pontudas, depois se levantam e correm, perseguem-se umas às outras, rindo, suas silhuetas contra o sol. De repente ficam sérias de novo e se concentram mais uma vez na torre que estavam construindo. É um edifício intricado e frágil que se ergue da areia, mais alto do que a mais nova delas. Minhas filhas, todas de braços e pernas esguios, faces coradas e cabelos reluzentes, decoram sua criação com flores e conchas. Modelam extravagantes torreões e pontes. Estão longe, mas escuto suas risadas, suas vozes baixas, umas chamando as outras.

Quando o menino chega, estão absortas demais para reparar de imediato, e quando ele acena para a minha mais velha, de quem é colega de escola, ela levanta os olhos, sobressaltada. Imagino que se ruborize ao vê-lo ali, pois está naquela idade em que até os meninos mais comuns carregam um certo mistério. E esse menino não é comum. É impetuoso e tem percepções estranhas e fantasiosas. Mora pelos arredores, e eles brincam juntos desde que eram muito pequenos. Sempre esteve aqui, constante como o mar, o sol, a areia, mas agora, tendo adquirido essas novas qualidades, ele lhe parece subitamente indecifrável. Observei-a olhando para ele, reagindo como neste exato minuto, mantendo-se distante, limpando a areia das mãos e sacudindo o cabelo, que reflete a luz como trigo novo, verde e dourado. Ele descobriu alguma coisa que quer que ela veja e a chama para ir com ele. As irmãs protestam, e ela olha para elas querendo ficar, mas, por outro lado, desejando ir.

– Volto logo – promete. – É só um minuto.

Sai correndo, então, deixando-as para trás, e segue o menino até alcançarem uma água-viva espessa e translúcida na areia. Durante um momento ela fica em dois lugares ao mesmo tempo, olhando atrás para as irmãs e para a magnífica torre, depois voltando a atenção para o menino com sua descoberta. Quando, porém, se curva para examinar a água-viva mais de perto, quando inclina a cabeça de lado e cautelosamente a toca com a beirada de uma concha, uma onda começa a se erguer a uns 100 metros de distância e inicia seu percurso, ganhando volume e velocidade. Ela chega com força na praia e estoura longe, atingindo o lindo castelo e minando sua base. Minhas filhas menores gritam, enquanto a espuma corre em torno das pontes, enche seus fossos, inunda o primeiro pavimento. A mais velha se vira a tempo de ver o castelo ruir e, então, é seu grito que se ouve no ar, acima das ondas. Ela corre de volta, mas a construção – toda feita de imaginação, sol e ar – já havia se desmanchado na areia.

A decepção se estampa em seu rosto. Todas suspiram e chutam as ruínas. Depois de alguns minutos a mais velha olha para onde o menino estava com a água-viva, mas ele também desapareceu.

Meu copo está vazio, a jarra também e a empregada não está à vista. Mas como criticá-la? Ninguém imaginaria que uma mulher pudesse beber tanto líquido tão depressa. Até para mim essa sede parece excessiva e, de certa forma, constrangedora, um segredo a se guardar. Afinal, venho bebendo água a semana inteira, o mês inteiro, a noite inteira e o dia inteiro e, ainda assim, essa minha sede parece só aumentar. Acordo à noite com os lábios rachados e ressecados, a língua áspera e o céu da boca seco.

O jarro de vidro balança na minha mão, pesado. Ao chegar à porta, faço uma pausa. Minhas duas filhas menores estão reconstruindo o castelo, porém a mais velha está de pé sozinha na beira da água, os braços cruzados, observando as ondas que passam correndo por seus pés. Enxergo apenas o anseio em seu rosto. Entretanto, levando em conta o meu estado, tenho dúvidas se isso é o que está realmente acontecendo ou se é apenas como me parece de meu próprio e privilegiado ângulo da sede.

Meu marido vê as coisas de um ângulo diferente, eu sei. Ele está chegando neste instante, a mão acenando no ar ensolarado, a voz vigorosa, os pés nos sapatos de couro preto, brilhando de tão bem engraxados, descendo a escada que leva à praia. Um homem determinado, meu marido, e importante. Se perguntássemos a ele o que vê lá embaixo, ele daria uma resposta calma e objetiva: três meninas, a areia branca em contraste com a pele bronzeada e saudável delas, brincando alegremente na praia. E o menino seria apenas mais um companheiro de brincadeiras; a água-viva, um estudo científico; o castelo de areia, construído precisamente para poder ser destruído, a perda inerente à sua construção sendo essencial ao prazer de sua criação.

Sim, meu marido é pragmático, um homem habituado a avaliações serenas, a administrar catástrofes, a reduzir perdas. É um príncipe; nasceu para ter uma visão mais ampla, para buscar um bem-estar maior. Quando viemos para cá, ele previu o quanto eu sentiria falta da vida que abandonara e fez o que pôde para amenizar saudades que ainda eu nem tinha começado a sentir. Preencheu de aquários duas paredes de cada aposento – do chão ao teto – e colocou neles as plantas ondulantes que eu tanto adorava quando criança, as algas e ouriços cobertos de espinhos no fundo de areia, grandes tartarugas nadando junto à superfície, revelando as laterais claras e macias de suas barrigas. Fez tudo isso com algum sacrifício, pois adora o sol, e, como conseqüência de sua grande bondade, vivemos em meio a uma claridade aquática, com as cores simultaneamente atenuadas e intensificadas pela penumbra da casa. Fui grata a ele; sou ainda. À medida que transcorreram os anos e fiquei mais solitária, esses tanques passaram a ser um consolo para mim. Acrescentava-lhes peixes, um por um, para me alegrar. Eu os colecionava: eles formavam um conjunto de formas e cores deslumbrantes, com suas escamas tão vívidas, seus olhos amarelos atônitos e ariscos.

No caminho de volta para a varanda detenho-me diante das duas paredes de vidro, observando o meneio das caudas, os olhares enviesados, inconstantes, desses peixes. Prazer, sim – água numa jarra e num copo, liso e pesado em minhas mãos, e tudo bem encadeado. Essa jarra, que um dia foi areia, passou pelo fogo e se transformou. Esses peixes também tiveram suas vidas completamente alteradas. Estão espantados, ressabiados, e até hoje desconfiam de mim. Um movimento brusco e fogem em disparada, refugiando-se nas sombras. Mas eu ando devagar e, depois que saio, é um raio de luz do sol que os assusta e os faz escapar, batendo na parede de vidro na pressa de fugir.

Na praia, meu marido tirou os sapatos e as meias, enrolou as calças até os joelhos e foi ajudar a construir o castelo. Abaixou-se diante dele, com as pontas de seus belos pés enterradas na areia fria e úmida. Ele aprecia isso: a vontade de construir, os vestígios de terra nas mãos de nossas filhas. Senta-se nos calcanhares, ponderando, e faz sugestões para a construção de um fosso maior e mais fundo, de uma ponte levadiça.

Eles se põem a trabalhar. Até a mais velha se juntou, empurrando o cabelo comprido e molhado para trás da orelha. Sirvo-me de um copo d'água e depois de outro observando meu marido, tão empenhado e diligente, tão dedicado e ativo, exercendo a autoridade e oferecendo suas idéias com mão firme e judiciosa.

Talvez a única ocasião em que se deixou levar completamente foi no primeiro dia em que me viu. Eu estava de pé na praia, a água ainda escorrendo de meu cabelo, de um tom verde-escuro surpreendente. Minhas pernas estavam brancas como osso em contraste com aquela areia ainda mais branca e meus pés pareciam pesos enormes que eu arrastara alguns centímetros e depois largara no chão. Lembro-me de sentir uma tonteira com a pressão da areia entre meus dedos, com o vento que soprava no vestido que eu tinha confeccionado, tocando minhas coxas, a nova pele macia entre elas.

Lembro-me de ter ficado parada, olhando-o. Aquele homem fora, durante semanas, meu grande desejo. E, por fim, para satisfazer a esse anseio ardente, eu me transformei, abandonando tudo para segui-lo. Apesar de nunca ter me visto antes, ele me conhecia, pois eu havia cantado para ele enquanto flutuava na superfície da água, ou enquanto me agarrava feito alga nas fendas dos rochedos. Vi quando virou, assombrado, procurando de onde vinha a canção, tão delicada quanto a brisa em seus ouvidos, tão fascinante quanto a luz que se entrevê no interior de uma pedra preciosa. Fogo numa pedra, uma voz no mar. As canções das sereias queimam por dentro, provocando uma felicidade tão grande que parece dor, e, quando cessam, sua ausência é vasta e ainda mais dolorosa, como se a pessoa inalasse um céu sem estrelas. Seu lindo rosto ficou lânguido de anseio. E então eu, na época apenas pouco mais velha do que uma criança, tomei a decisão. Naquele tempo ainda não compreendia o conceito de exílio. Era muito jovem e acreditava ser possível descartar o próprio passado. Achava que podia deixar um mundo e ainda assim mantê-lo vivo no coração. Nunca imaginei que poderia desejar o que sempre tivera e então, quando levantei os olhos dos meus pés, tão novos, tão impressionantes, tão pálidos, e dei com ele olhando para mim, aturdido, demonstrando uma certa repulsa pela minha cabeleira verde e ondulada, pelo meu andar semelhante aos movimentos de um peixe lançado em terra, abri minha boca e comecei a cantar novamente.

Nesse momento a maré está subindo e as ondas quebram com mais força. Um novo castelo se ergue do chão. Minha filha mais velha faz uma pausa e enrosca os pés na areia molhada, olhando para o local onde o menino estava quando a chamou.

Ela está aprendendo, agora, o que levei anos para aprender: que tem sempre um custo; que o passado pode ser transformado, mas não descartado. Durante anos a fio pensei que pudesse. Se minha vida anterior se fora, bem, havia outras distrações, o contínuo milagre das pernas e, com essas pernas, os milagres entre elas. Naquela época podia atravessar o aposento até onde estava meu marido, absorto, refletindo talvez sobre algum negócio de estado. Podia sussurrar o mar em seus ouvidos e deslumbrá-lo com a lembrança da luz faiscando na superfície da água. Um toque de minha mão e ele olhava para mim, seus olhos de avelã se tornando ainda mais verdes de tanto desejo. Jamais sonhara, sequer imaginara, que, ao desistir do mar, descobriria isto: que as pernas eram semelhantes a asas, feitas para esvoaçarem, se abrirem e me levarem de volta para o que eu amava e tinha deixado para trás. Quando acordava mais tarde e sentia o bater das ondas pela casa vibrando através de minha carne, eu vivia em ambos os lugares e era feliz.

O que mudou? Não sei dizer com precisão. Talvez tenha começado com o nascimento de minhas filhas. Num jorro de sal e sangue, cada uma das três irrompeu no mundo. Segurei-as nos meus braços, escorregadias como peixes, olhando-as respirar. E foi naqueles primeiros momentos, vendo a facilidade com que viviam neste lugar, o quanto faziam parte dele, que percebi que meu próprio mundo era algo que jamais conheceriam; meu idioma, uma língua que jamais falariam. Apenas alguns dias depois de seus nascimentos, sozinha na praia ao entardecer, levei minhas filhas para dentro d'água para ver se saberiam como agir. Uma por uma, elas conseguiram: nadaram como tinham nadado dentro de mim, um reflexo tão seguro quanto o de respirar. Mas, uma por uma, elas esqueceram. Eu tentava diariamente, e num dia elas sabiam, no outro, não. E então aprenderam a andar e a correr e brincavam com as ondas, uma brincadeira cujo objetivo era evitar que a água tocasse nelas.

E assim veio a acontecer que, à noite, eu deixava meu marido sonhando e me debruçava sobre a grade da sacada, inclinava-me até onde meu corpo permitisse sem correr risco de cair. Naqueles dias tristes em que brigávamos, ou quando ele viajava, eu vagueava pela praia, até a beira da água; entrava no raso e deixava as ondas lamberem meus tornozelos, a parte de trás de meus joelhos, a pele macia de minhas coxas, até minha saia ficar encharcada e eu perceber que, um passo a mais, e não pararia nunca. Nesses momentos, fechava os olhos e respirava fundo, inalando o ar salgado. Pensava em meu marido e, quando sua imagem surgia zangada ou com aquela apatia cotidiana que às vezes toma conta de todos os seres humanos, por melhores ou mais extraordinários que sejam, eu pensava depressa e insistentemente em minhas filhas, minhas três meninas, com as ondas de seus cabelos, escuras e brilhantes, se esparramando contra as nucas e suas pequenas orelhas, perfeitas, em formato de concha. Minhas meninas, que tinham nascido para andar na terra.

Achava, então, que jamais seria capaz de deixá-las.

Entretanto, o desejo se cria do nada, do ar. Quando buscamos, emanamos uma luz e as sombras se levantam em torno de nós, tremulantes, esquivas, mas, em seu cerne, tão redondas e fortes quanto barras de ferro. Aquilo a que aspiramos acaba por nos definir. Somos enjaulados por nossos próprios desejos. Até, num forte anseio, largarmos nosso facho de luz na areia negra e invisível, abrirmos nossos braços para a *perda*, e para o *nunca*, e nos entregarmos completamente àquela noite profunda.

Pelo menos é o que acontece comigo. Meu marido finca uma bandeira no torreão mais alto, minhas filhas gargalham e sorriem e, em alguma fronteira distante, oculta, o impensável se funde com o definitivo.

Volto e penetro outra vez na claridade fresca, aquática, da casa, onde peixes nadam nas paredes e o ar é azul, um azul muito atenuado. Dirijo-me ao aparador em que os cristais estão guardados e tiro de lá as taças, de bordas e lados finos como papel. Numa noite, semana passada, quando eu bebia um copo d'água atrás do outro e, ainda assim, implorava por mais, fiquei apavorada com meus próprios desejos sombrios e desatei a chorar. Uma lágrima caiu em minha língua e, por um instante, satisfez minha grande sede. Então compreendi. Fui para o mar. Como alguém prestes a morrer de sede, pousei os lábios na superfície da água e bebi. Bebi tão profundamente e durante tanto tempo que me levantei tossindo, o sal correndo pelo meu corpo como o vento.

Obriguei-me a parar, é claro. Uma mulher não pode viver de sal. Mas durante a semana inteira sonhei com essa garrafa lapidada, de desenhos delicados, que enchi de água do mar só para saber que estava perto de mim. E agora não consigo parar nem quero. Encho os oito copos e bebo um pouco de cada um, devagar, com grande cuidado e deliberação. Imagino o sal se infiltrando por minha carne, cristalizando cada célula. Imagino meu sangue engrossando e, em seguida, parando de circular, até eu me transformar numa coluna de sal, uma mulher com a carne petrificada. Imagino que bastaria então um simples toque para que eu me estilhaçasse. E penso em meu coração, tão complexo, com múltiplos compartimentos, tornando-se branco e oco tal qual uma concha.

Bebo e, desde então, movimento-me fluidamente através dos dias, com água escondida por toda parte. Nas jarras frias do aparador, em velhas garrafas enfiadas dentro de minhas gavetas. Acordo de manhã e entro cambaleante no banheiro, abro as duas torneiras. Protegida pelo ruído da água corrente, bebo de uma garrafa descartada, que agora contém o oceano. Deito-me outra vez antes que meu marido acorde e, quando ele vira para beijar-me, lambe meus lábios e diz que estou com gosto de mar. A língua dele é musculosa, movimenta-se como um peixe dentro de minha boca, acaricia todas aquelas curvas escuras, aquela caverna vibrante feita de carne, com o teto alto e arqueado e pedras de dentes de coral. Suspiro uma canção pela minha língua e ergo-me por cima dele como uma onda. E por um tempo, um breve tempo, minha sede se vai e a dele também.

Ele é um homem muito ocupado e não repara quando, pouco a pouco, começo a mudar. Você está pálida, diz uma noite. Está usando maquiagem demais? Toco meus lábios com os dedos, que ficam marcados de branco. Sal. Ponho-me a lamber as pontas dos meus dedos, lentamente, uma por uma. No banheiro, aperto os olhos examinando meu rosto, essas ondas fluidas do cabelo, os olhos verde-escuros, tudo tão familiar e, ainda assim, tão estranho para mim. E em seguida ouço passos na escada e minhas três filhas irrompem porta adentro, barulhentas, seus dedos pequeninos se agitando como anêmonas, tocando em mim e puxando minha roupa enquanto tagarelam. Trouxeram-me presentes: conchas, corais lisos, patas peludas de caranguejos, os exóticos mexilhões zebrados. Suas mãos macias roçam em minha pele, tão frágil que tenho medo de que se esfarele com o toque delas.

Escute, mamãe, dizem, encostando as conchas em meus ouvidos. *Escute o mar.*

Os dias se passam assim. O sal começa a se soltar de minha pele. Quando ando, cristais brancos se espalham, flutuando pelo gramado, queimando a grama debaixo de meus pés. Rastros aparecem no chão, de forma que, quem olhar, pode me seguir, saber por onde ando e onde paro, as flores murchas que toquei.

Isso que está acontecendo é assustador. Ontem mordi um pedaço de pão e dois dentes de trás se despedaçaram, viraram pó, a alegria amarga do sal.

Entretanto, não paro de beber. Não posso parar.

Uma noite meu marido chega tarde e toca meu ombro ao deitar-se em nossa cama. Depois sinto dor ao respirar e assim prendo a respiração. Tudo pode acontecer: meus pulmões podem se desmanchar em pó. Posso me dissolver sob o beijo que ele dá em meu rosto. Mas nada muda. Escuto sua respiração suave enquanto cai no sono. Então desço e fico parada diante das reluzentes paredes de peixes. No princípio, eu o abarcava como uma onda, sussurrava minhas canções em seus ouvidos, eu era a encarnação do mar. No princípio, ele não conseguia passar sem o meu sal, sem o meu pulsar constante. Eu virava para ele e me estendia para deixá-lo descansar; meus seios subiam como ondas de encontro à sua pele, e desciam, e subiam. Naquele tempo aquilo bastava, e nossos outros anseios nós os mantínhamos escondidos.

Gradualmente, porém, seus olhos se desviaram para outra, tão viçosa e roliça que parecia ter sido esculpida com terra. Meu cabelo, tão verde e cheio de luz, de repente se tornou costumeiro demais. Meu gosto adquiriu um ranço. O que ele queria, eu não podia lhe dar: uma carne que não cedesse, um abraço cheio de fricção e resistência. Ele desejava mulheres de pés nus da cor da terra, tão firmemente plantados no chão que o vento atravessasse os cabelos delas como atravessa as folhas. Mulheres com braços iguais a caules tenros, mulheres enraizadas num lugar, esperando-o chegar para afagar a delicada casca branca de suas pernas e coxas que se bifurcam tão flexíveis. Diversas vezes ele foi ao encontro delas desejando a terra.

Eu o segui, silenciosa como a chuva, quase tão invisível quanto a névoa. E depois de um tempo, quando não podia mais suportar, ergui-me acima do chão em torno dessas mulheres e as envolvi com o mar.

Elas ficaram atordoadas com a transformação que se seguiu. Pode-se ver que ainda estão atônitas, seus olhos amarelos se deslocando por todos os lados do aquário, como se pudessem entender o mistério que as desconcerta. Suas caudas se agitam, elas giram. Pouso os dedos no vidro frio e imagino a sensação das escamas roçando de leve em minha pele, o movimento de água do mar no interior do aquário. Estão fora do alcance dele, não lhe despertam nenhum interesse agora, mas isso não me deixa satisfeita. Observo-as respirando, suas escamas de arco-íris se movendo devagar a cada deslocamento das guelras, a cada pulsação da água, e as invejo.

Volto para a cama com uma garrafinha de prata. Quando a levo aos lábios, ela reflete a luz, pequenos lampejos na escuridão. Mais tarde, quando a dor começa, é nessa luz, nessas centelhas e faíscas, que me concentro. A dor é tão intensa quanto a dor do parto, mas não é localizada. Está em toda parte e não pára. Vem em ondas, me golpeia, e cerro os punhos contra ela. Dura a noite inteira, uma dor que me imobiliza na cama, que me converte em moléculas de pedra.

Em algum momento, logo antes do dia raiar, ela cessa tão subitamente quanto começou.

Adormeço e acordo com reflexos de sol no piso e a cama cheia de sal. Quando levanto as mãos, cautelosa, temendo que elas se quebrem e se despedacem, vejo que meus dedos estão rosados e corados como o interior das conchas. Meu marido acorda e toca nas crostas de sal. Olha para mim, tentando desvendar esse último mistério:

– Você está bem? – pergunta, acariciando meu braço. – Dormiu bem? – indaga, correndo a mão pelo meu cabelo.

– Estou bem – respondo, erguendo-me para ver se é mesmo verdade. – Estou muito bem.

Quando me levanto, minhas pernas estão fortes, firmes, ágeis e me carregam pelo quarto. Minha sede passou completamente. No espelho, até meu cabelo parece ter vida nova. Negligentemente, começo a penteá-lo. A dor foi tão intensa que deveria ter-me causado alguma alteração visível, mas não há nenhuma. Apenas a luz oblíqua do sol na janela, meu marido assobiando no banheiro e o som da água correndo. Reflito sobre isso. O que é a dor? Algo como passar lentamente através de um vidro. Torturante, mas transparente na lembrança, um véu claro entre o antes e o depois, embora, em si mesma, destituída de substância. Penso em minhas filhas dormindo e levanto os braços para prender o cabelo.

É nesse instante que percebo. A batida suave da pele, como pequenas asas debaixo de meus braços, carne flexível que sobe e desce e sobe novamente a cada vez que respiro. Deslizo meus dedos cintura acima, por cima dos ossos das costelas, até sentir a borda oblíqua sob a asa de carne. Respiro fundo e ela tremula. Engancho um dedo na borda, sinto o fluxo de ar. E compreendo.

O pente despenca nos azulejos. Deixo meu marido no banho cantarolando para começar o dia. É cedo. Os degraus sob meus pés ainda estão frios. Passo pelas portas abertas dos quartos de minhas filhas, onde elas dormem sossegadas, tranqüilas, as mãos penduradas para fora das camas, com sujeira debaixo das unhas. Cruzo a penumbra da ante-sala, deixo para trás os peixes de olhos amarelos nadando na parede. O chão está frio, mas a areia está quente. Ondas rodeiam meus tornozelos. Água pelos meus joelhos, pelas minhas coxas, lambendo e subindo por minhas vigorosas pernas humanas. E continuo andando. Água marulhando entre meus seios, uma língua em meu pescoço, nos lóbulos de minhas orelhas. Lanço meus cabelos para trás, para que flutuem como as algas marinhas, dourados e verdes. Ondas em minha boca, no meu nariz, enchendo meus pulmões. E por que não?, penso; afinal, quando minhas filhas cresceram dentro de mim tiveram guelras antes de qualquer outra coisa, exceto coração e espinha dorsal. Essa capacidade existiu dentro de nós um dia; portanto, era só uma questão de lembrar.

Mergulho fundo. Quando retorno à superfície, o sol está alto, irradiando claridade na praia onde minha família se encontra reunida. Vejo-os a distância, a areia salpicando os pés corados e as pernas compridas de minhas filhas, seus cabelos se agitando como trigo à brisa. Vejo meu marido também, seu rosto sombrio de tristeza e a testa vincada, dura como pedra. Ele olha impotente em minha direção, mas o verde de meu cabelo e o branco de minha pele me fazem parecer apenas mais uma onda vistos do ponto em que ele se encontra. Não estou preocupada com ele. Vai sofrer, mas é um homem determinado. Dentro de poucos dias começará a agir, e tudo o que me pertence irá desaparecer. Sairá cambaleando da casa, com baldes de metal, soltará aqueles peixes no raso e ficará espantado e horrorizado também quando se contorcerem na areia molhada, saltando para um lado e para outro, numa agonia de carência e depois se virarem para vê-lo com seus olhos assustados, olhos humanos, os membros brilhantes reluzindo à claridade. Estarão à sua frente, nus e trêmulos, mas seus olhos passarão direto por eles, em direção ao mar.

Minhas três filhas procuram, agora, como irão procurar sempre, protegendo os olhos do sol com as mãos. Seu anseio vai percorrer longas distâncias na água e dilatar-se como um céu escuro em minha garganta. À noite serão agitadas por sonhos que as deixarão inquietas e, ao mesmo tempo, consoladas, acreditando terem ouvido minha voz erguer-se do mar. Eu permaneço aqui bebendo a visão delas, mas não vou voltar. Ondas se quebram na margem num momento e a areia se desloca sob sua força, em outro momento, e eu sou o fogo na esmeralda, a luz por trás das nuvens, sou essa canção.

10

SUCO DE CÉU

DEIXE EU CONTAR COMO TUDO COMEÇOU: MEU ÚNICO IRMÃO ATRAIU A ira dos céus e teve um encontro fatal com uma vaca.

A primeira vez que contei essa história, o homem que me escutava caiu na gargalhada. Ele não viu a grande tristeza que eu carregava comigo, feia e desajeitada, um vaso de barro pesado de tanta água, um fardo perpétuo. E gargalhou, os olhos azuis desaparecendo no sorriso. Seus dentes, brancos e retos como pequeninos ossos, brilhavam em seu rosto. Parei de falar. Mesmo naquele lugar aquilo me chocava. Mas tinha sido bem treinada, e meus lábios não pararam de sorrir nem um instante.

– Uma vaca – repetiu ele, ainda rindo. – Incrível.

– Não – retruquei, tirando minha mão da dele. – Essa história é verdadeira. Não deve rir da memória do meu irmão.

Ele terminou a cerveja e acenou pedindo outra. Em seguida, segurou novamente a minha mão.

– Está certo, benzinho.

Era um homem alegre, roliço e bem-humorado, e apertou meus dedos para provar sua sinceridade. Mesmo assim, do outro lado da sala, olhos vigilantes pousaram em minha pele como patas de mosca. Aproximei minha cadeira, sorri para o homem. Eu sabia quais eram as regras. Mas não consegui controlar minha língua.

– Meu irmão – comecei, e as lembranças eram tantas que não percebi a relutância no rosto arredondado do homem. Contei-lhe sobre meu irmão quando menino, o cabelo espesso e liso que caía sobre sua pele morena e macia, os dedos compridos que cutucavam meu braço repetidamente para que eu o seguisse. Sempre que chovia, saíamos para correr atrás das galinhas, até elas fugirem para a terra seca debaixo da casa. Minha mãe chegava à janela e nos repreendia, dizendo que teríamos febre, mas ele permanecia do lado de fora e eu ficava com ele. Durante uma das monções, muitos anos atrás, arrancamos toda a nossa roupa e corremos nus sob o aguaceiro que caía, tentando pegar chuva com a boca. Suco de céu, era como meu irmão chamava. O céu estava repleto de frutas de água, uma fruta abundante que pingava suco, encharcava as nuvens e caía sobre nós. Estávamos encharcados de suco de céu, suco que descia gelado por nossas línguas, formava riachos em nossos braços e pernas. Minha mãe chamava com mais insistência, agasalhada em seu vestido seco; ralhava conosco, mas nós nunca ficávamos doentes.

E teve mais: quando meu irmão caiu no rio durante a cheia, foi carregado pela água, que o levou correnteza abaixo; ele passou por dois povoados, atravessou a comprida manilha que dava no mar e não se afogou. Rodopiou na espuma, esbarrou em sapos inchados e carcaças de aves, ralou as mãos em pedaços de madeira que passavam depressa boiando, mas não se afogou e deixou todos nós assombrados, pois nunca tinha aprendido a nadar.

Lembrando esse milagre, comemorado com uma centena de velas acesas em meu vilarejo, esqueci onde estava. Falava de forma sonhadora e contei ao estranho que às vezes pensava que meu irmão era um santo.

O homem pousou o copo de cerveja intacto na mesa e olhou para mim. Corei, porque naquele lugar parecíamos ser o que não éramos. Eu usava um vestido de seda clara com uma gola-mandarim alta, o tecido azul cortado nos ombros para deixar à mostra minha pele de pétala. Meu cabelo chegava aos joelhos naquela época. Nunca tinha sido cortado. Passava horas cuidando dele todas as manhãs, enfeitando-o minuciosamente com jóias de lantejoulas e raminhos de flores pendurados – como os das noivas nos casamentos. Eu parecia uma noiva, mas é claro que não era. O ambiente estava cheio de fumaça e cheiro de champanhe, e no andar de cima havia outros aposentos, pequenos ou grandes, simples ou opulentos, dependendo das carteiras dos homens. As outras moças faziam troça sobre o assunto e apostavam para ver quem seria a primeira a ser levada para cada quarto. Eu ria com elas naqueles tempos e apostava numa, chamada Nangka, muito bonita e também muito ousada, sempre escolhida. Éramos como operárias de fábrica ou moças ricas cheias de devaneios tentando aliviar o longo tédio de nossos dias. Éramos parecidas com muitas coisas, mas é claro que éramos apenas uma. Disso, o homem sentado ao meu lado sabia desde o início.

– Um santo – repetiu ele. – Imagine.

Chegou para tão perto de mim que senti sua respiração. A mão dele acariciou meu pescoço, segurou o cordão que eu trazia ali e puxou-o tão devagar que senti cada um dos elos minúsculos roçar em minha pele. E então a pequena cruz apareceu, de ouro puro, pendurada nas pontas dos seus dedos. Os olhos brilhavam agora, zombeteiros, e de repente tive medo.

– Você é religioso? – perguntei.

– Ah, sou sim – respondeu.

– É mesmo? – tentei afagar seu pulso, mas ele empurrou minha mão. Senti as patas da mosca dançando em meu pescoço outra vez.

– Sou – reiterou ele. – E aposto que você também reza, não é? De joelhos o tempo todo, aposto. E para que você reza, docinho?

Pensei em muitas mentiras, todas perigosas. E pensei em minha mãe, beliscando meu braço e dizendo que minha língua ainda iria me causar muitos problemas um dia. Portanto, encarei-o e disse-lhe a verdade pura e simples.

– Rezo para sair deste lugar – respondi. – Rezo para ser perdoada por esses pecados.

Sua mão torceu o cordão. Achei que pretendia arrebentá-lo. Mas ele o soltou bruscamente. O homem que todas nós temíamos estava de pé ao meu lado, esfregando o ponto de meu pescoço onde eu sentira seu olhar de inseto, as pequeninas patas insistentes de seu poder e de sua luxúria.

– Esta moça – disse ele ao homem – está sendo boazinha para você, não está? – Seus dedos comprimiam meu pescoço de tal modo que fui obrigada a curvar a cabeça, como se suplicasse, como se rezasse. Os sons do bar, de vozes e de copos caindo se aproximavam. No meio deles, ouvi o outro homem falar, senti o jeito brutal de seu sorriso.

– Essa? – disse ele. – Ora, essa aí é uma verdadeira santa.

· · ·

Existem santos, eu já vi, pendurados nas paredes altas da igreja do distrito, atormentados, vívidos. Eles têm pele de pedra lisa, dedos esguios unidos em concha erguidos para o céu e lágrimas de vidro nas faces, frias como a terra das montanhas. Todos os anos nós íamos vê-los sair, carregados à moda antiga em cima de plataformas com dosséis. Oscilavam para lá e para cá, flutuando acima das ruas da cidade, iluminadas por archotes. Os homens que os transportavam ficavam escondidos embaixo, sob dobras de veludo, de tal forma que os santos, trêmulos sob o céu enfumaçado, viravam e pareciam movimentar-se sozinhos. As irmãs vinham correndo como pássaros negros e nos detinham. Não toquem neles, sussurravam. Rezem, rezem, pois hoje suas lágrimas são de verdade.

São santos, e quando meu irmão morreu rezei para ser como eles, para ser uma mulher resgatada de minha vida, elevada aos céus num fino raio de luz, meu corpo sendo deixado para trás, uma linda casca de concha, pedra e vidro. Dia após dia eu rezava até meus joelhos ficarem em carne viva, meus dedos ficarem dormentes e eu ficar cansada de santos. Uma noite saí da igreja e fui procurar a vidente de nosso vilarejo. Ela tinha o dom de enxergar o futuro. Levou-me para sua casa e esfregou cinza nas palmas de minhas mãos. Eu não tinha lágrimas ou, se tinha, elas estavam dentro de mim em estado sólido naquela época. A situação em que estava metida era muito séria, sabe. Minha mãe havia morrido daquela febre que ela parecia pressentir estar sempre nos rondando. Meu irmão tinha usado nossas parcas economias para comprar uma motocicleta. Juro que não foi por vaidade ou ganância. Nós dois tínhamos um plano. Meu irmão entregaria ovos e legumes para os moradores da aldeia. Eu aprenderia a tecer. Guardaríamos algum dinheiro e quando eu estivesse preparada compraríamos um tear. Éramos tão jovens que não imaginávamos que qualquer coisa pudesse impedir a realização de nossos sonhos.

Digo que não foi orgulho, não no início, mas acho que, naquele dia em que meu irmão morreu, ele estava fora de si. Pela velocidade, pela força do vento em seu cabelo. É o que imagino. Ia tão rápido que se formaram lágrimas em seus olhos. Ele virou-se apenas um instante para enxugá-las, para ver quem poderia estar assistindo, e quando voltou a olhar para a frente era tarde demais, já estava subindo no ar. A vaca berrou, ele a ouviu enquanto voava por cima da estrada e caía dentro do leito seco do rio, vazio então, duro como concreto sob o sol rigoroso. A motocicleta seguiu rodando sem o motociclista e acabou se chocando contra uma árvore. A vaca foi deixada por três semanas no lugar onde morreu. Vi seu corpo inchar, um balão de pele retesado contra o fedor da morte, e mais tarde murchar até os ossos. Meu irmão aterrissou de cabeça. Quando o trouxeram para mim, o sangue escorria de seus ouvidos. Morreu no dia seguinte.

Por isso, sabia o que aconteceria comigo. As despesas com o enterro, a vaca a ser substituída, a motocicleta reduzida a um monte retorcido de metal brilhante. Eu era jovem, mas ninguém no vilarejo iria querer casar comigo agora, uma moça sem sorte, cheia de dívidas e tristezas. A vidente também sabia disso. Olhou para minhas mãos, escurecidas pelas cinzas, e sacudiu a cabeça diante do que viu. Dor e frio. Estremeci, pensando em morte, mas ela disse que não, que não se tratava de morte, só de frio. Contou-me que existem lugares onde faz tanto frio que durante meses não há chuva.

– Nenhuma gota de chuva – repetiu. – Lá, o que vem do céu cai como se fosse poeira – explicou. – Nunca vi, mas sei que é algo tão frio que queima a pessoa como fogo. Deve ser muito forte. Estou vendo você nesse lugar. É melhor se preparar.

E não disse mais nada. Os dedos dela, manchados de castanho pelas ervas que usava, colocaram as coisas de que eu precisaria numa pequena sacola de pano. Coisas de uso preventivo, remédios para eu me tornar invencível, uma barreira ao redor de mim que não deixaria nada entrar. Perguntou se sabia o que me esperava e avisou que a primeira vez era dolorosa, mas valorizada por muitos. Em seguida, deu-me o nome dele e o endereço daquele lugar.

– Procure-o – disse ela –, não é gentil, mas toma conta direito do que lhe pertence.

· · ·

Ela devia saber quando me mandou para lá. Já devia ter visto aquilo.

Puseram-me num quartinho branco, e durante muitas horas fiquei sozinha. Uma vez tentei sair, então eles tiraram as minhas roupas e me puseram de volta no mesmo lugar. Uma porta. Uma janela. Uma cama de solteiro. Sem comida por horas a fio. Só uma pia. Bebi tanta água que cheguei a imaginar que tinha me lavado toda por dentro. Sentada diante da janela aberta, a olhar para a parede cinzenta e plana de um outro prédio, bebia água e chorava por meu irmão, por minha mãe e por mim mesma. Depois fechei os olhos e tentei imaginá-los, tentei alcançá-los. Eu também tinha ido embora. Flutuava a meio caminho de outro mundo.

Em seguida vieram os homens. Eu fiquei muito serena, em algum lugar fora de mim, observando-os do vazio. Assim, não foi doloroso. Não gritei nem sangrei. Mais homens vieram, e mais, e eu estava tão longe, tão distante e tão fria que nem sequer contei ou notei as diferenças entre eles. Na manhã seguinte deram-me um outro quarto, aquele em que eu iria viver. Havia duas outras moças lá. Uma era alta, estava passando um batom vermelho vivo na boca e tinha ossos fortes, cabelo cortado na altura dos ombros e rigorosamente puxados para trás. Nangka. A outra se chamava Dahlia; era esguia e pálida e tinha o cabelo ainda mais comprido do que o meu.

– Tão rápido – disse Dahlia quando entrei. Estava decepcionada; o quarto ficou atravancado com nós três. Nangka deixou seu espelho e se aproximou de mim. Segurou meu queixo com seus dedos compridos, de unhas duras pintadas. Examinou meus braços.

– Não tem manchas roxas – declarou, deixando meu braço cair com ar de repulsa. – Ela não lutou.

– E de que adiantaria? – objetou Dahlia, já entediada. – De que adiantaria lutar?

Eu me mantinha distante, e elas não gostavam de mim. É bem verdade que eu brincava com elas, fazia apostas, mas, no meu íntimo, isolava-me num lugar puro,

161

num silêncio arrogante, e elas me detestavam por isso. A pálida Dahlia me ignorava, a ousada Nangka era meu tormento. Empilhava seus potes e loções em minha mesa e enfiava as unhas em meus braços quando eu reclamava. Suas unhas eram afiadas como navalhas e pintadas de cor viva, da cor do sangue que ela me tirava. De que me adiantava lutar?, zombava ela.

Tínhamos três paredes brancas, três camas enfileiradas, uma mesinha ao lado de cada cama e um armário para nossas roupas. Nossas roupas de trabalho. Vistosas, como penas de pássaros ou escamas de peixe-papagaio. Sedosas, a fim de que parecessem uma segunda pele quando vestidas, quentes junto ao corpo, luxuosas. Lavávamos as roupas para tirar manchas de batom, cheiro de fumaça. Passávamos a ferro para tirar os vestígios amarrotados das mãos suadas, da espuma derramada das bebidas. Isso era o que fazíamos durante o dia: lavar e passar. Cuidávamos dos cabelos umas das outras, comparávamos as loucuras dos homens: o que nos diziam para falar, o que nos pediam para fazer. Mas nunca nos referíamos ao que nós mesmas falávamos. Nunca, jamais, ao que fazíamos. Eu falava e escutava a minha própria voz vinda do lugar onde me encontrava: a parte mais pura de minha mente. Nangka era áspera, grosseira, falava como a cidade de onde viera, uma voz cheia de fumaças sufocantes e sons violentos e inesperados. Dahlia era como eu, quieta, gente do campo. Não conversávamos sobre o passado, mas eu sabia isso a respeito dela. Reconhecia sua hesitação, compreendia seu silêncio.

Um dia, quando já fazia três meses que eu estava lá, Nangka arrumava meu cabelo, prendendo-o no alto da cabeça com grampos que me espetavam como agulhas, e Dahlia andava pelo quarto; eu via seu reflexo aparecer e sumir do espelho. O céu estava claro naquela manhã, o sol se movia no quadrado do chão e eu, muito longe, dentro de mim mesma, sentia-me quase contente. A noite era um futuro distante. Minha pele estava limpa. Então ouvi Dahlia rir. Virei-me e dei com ela segurando a sacola que a vidente me entregara, que tinha pegado da minha gaveta. Eu já havia aprendido, evidentemente, a tomar precauções – mulheres conversam umas com as outras. Tinha deixado aquelas coisas de lado, sem usá-las; mas, mesmo assim, fiquei muito irritada ao vê-las em suas mãos magricelas. Levantei a voz e desci daquele lugar puro onde eu vivia.

– Dê-me isso – exigi. – Não é da sua conta. – Mas ela já tinha aberto a sacola de pano.

– Ah – exclamou, segurando um pacote de ervas –, o que será isto que encontrei? – E jogou-o para Nangka, que largou meu cabelo e o apanhou, espalhando as sementes secas do frágil pacote de papel.

– Meu Deus – disse ela. – Você é uma palerma, uma camponesa idiota, se confia nisso.

Em seguida, Dahlia tirou da sacola meu cordão com a cruz e o medalhão. Eles pertenceram à minha mãe e eram as únicas coisas que eu havia trazido de casa. Não compreendia por que ela me detestava tanto. Éramos parecidas. Mas naquele momento compreendi: era exatamente por isso.

– Um namorado? – perguntou, dançando pelo quarto com o medalhão aberto. Pulou em cima de minha cama e começou a imitar barulhinhos de beijos. – Alguém com quem queria se casar?

– Meu irmão – respondi. Era a minha voz, era eu quem dizia aquilo, e o som de minha voz me arrancou para sempre do lugar puro. Eu estava ali, naquele quarto. – Meu irmão – repeti. – Ele morreu.

– É mesmo? – começou Dahlia, mas Nangka se voltou para ela na mesma hora e enxotou-a do quarto com palavras fortes como pedras.

Depois, virou novamente para mim e pousou a mão no meu ombro. Olhamos uma para a outra no espelho.

– Também tive um irmão – disse ela.

. . .

Se você teve um irmão e o perdeu, sabe o tipo de laço que então nos uniu. Escondidas pelos cantos daquele lugar sob a luz do dia, as cabeças juntas lavando roupa, pintando a boca com batom, cuidando da minha trabalhosa cabeleira, nós duas conversávamos. Nangka me contou sobre uma vida na cidade que eu jamais imaginara, de dias sem relva ou água fluindo, de um pai que bateu tanto no irmão dela que o rapaz fugiu e se alistou no exército. Tinha apenas 17 anos quando o mandaram lutar contra uma rebelião em outra ilha; levaram-no para uma igreja e deram um golpe da baioneta no seu fígado. Quando Nangka falava dele, era com uma voz inexpressiva e baixa que não esperava resposta. Suas mãos estavam em meu cabelo e desceram para meus ombros. As unhas compridas de seus polegares pousaram no cordão de onde pendiam meu medalhão e minha cruz.

– As coisas que são feitas – disse ela – não têm lógica, não têm explicação. Você deveria vender isso aí – acrescentou, indicando a cruz. – Não serve para trazer sorte, mas o ouro é bom. – O olhar dela se tornou tão sombrio que só fui capaz de pensar na noite em que me trouxeram do campo.

– Nangka – eu disse, e segurei suas duas mãos. Seus dedos eram finos, frios e secos. Num instante ela os puxou e mergulhou de novo em meu cabelo.

– Está bem – disse. – Está bem. Mas agora me conte sobre seu irmão.

E eu contei tudo o que pude lembrar. Nangka disse que conseguia imaginá-lo, que nossos irmãos teriam sido amigos.

– Conte para mim – pediu –, conte o que eles teriam feito juntos.

Fechei os olhos e falei sobre o rio como se o visse à minha frente. Costumávamos ir até lá todas as manhãs tomar banho à luz da nova aurora. Como não sabíamos nadar, segurávamos na borda e afundávamos para ver quanto tempo agüentaríamos ficar debaixo d'água. Meu irmão era meio peixe, ficava submerso enquanto eu contava até mais de 150. Eu ficava menos, mas também era maravilhoso. Quando meus pulmões começavam a arder, eu dava um impulso forte para cima, jogava a cabeça para trás, a água escorrendo do meu cabelo, e bebia o ar. A cada vez, abria meus olhos para um mundo novo, mais claro e mais vívido do que o anterior. O ar era tão limpo, as cores tão puras, as coisas comuns vibravam com uma vida que eu nunca notara até então.

Da mesma forma, tendo Nangka como amiga, meus olhos se abriram. O novo mundo era desprezível, mas eu o enxergava. À luz do dia, via como nossas sedas eram gastas. Sentia a aspereza de nossos lençóis, escutava o barulho que nos rodeava o tempo todo: apitos de fábricas, água correndo em canos velhos, britadeiras na rua abaixo, a música estridente enquanto era feita a limpeza do bar. E os homens. Parecia a primeira vez a maneira como encarei tudo no momento em que finalmente acordei. Quando fui obrigada a me despir, quando senti a pressão macia e úmida da carne deles, pensei que enlouqueceria. Queixaram-se de mim. Fui advertida. Até que Nangka, amedrontada porque via que eu própria não tinha medo, decidiu que cabia a ela tentar salvar-me.

• • •

Faz meses que partimos, quase um ano, e, no entanto, ainda existem coisas a que não me acostumei neste lugar. Uma delas é isto: sempre que ouço o barulho de trens à noite penso que é o vento. Subindo e soprando, sacudindo as janelas desta casa estrangeira, eles me acordam no meio da noite. Preparo-me para fechar as janelas, puxar as venezianas de madeira, despertar o homem ao meu lado e levá-lo para baixo da casa até a tempestade passar. Então, acordo de verdade, arrebatada e pronta para agir, e percebo que o saculejo, o barulho crescente, é só um dos muitos trens que se aproxima. No escuro, escuto-o passar com estrondo e desaparecer, o ruído sumindo na noite. Da cama, vejo o reflexo de luz produzido por cada janela e, às vezes, consigo até entrever rostos, captados num instante, como uma foto. Fico atenta a esses momentos em que vejo tantas coisas. Uma xícara de café levada aos lábios, uma expressão de dor, riso ou surpresa, um casal se beijando, certa vez. Todos são pálidos como a neve que cai, todos os rostos são pálidos e rosados. Não enxergo minha mãe nem meu irmão e não consigo ver o rosto que realmente procuro, o de Nangka, com seus lábios de cor viva e pele cor de castanha, o cabelo caído nos ombros, igual a uma onda negra antes de quebrar. Mesmo quando seguro uma mecha de seus cabelos, que peguei quando ninguém estava olhando, não a vejo. Ela está em algum lugar deste país desbotado, em algum lugar no meio desta neve, mas, depois de todos esses meses, acho que não vou mais vê-la. Assim como eu, sua viagem terminou, tenho certeza. Assim como eu, é possível que ela raramente saia de casa. Fico sentada à janela até tremer de frio, segurando a mecha suave de seu cabelo.

Foi idéia dela essa história de cortar o cabelo.

– É – disse –, é o que temos de fazer primeiro.

Levei a mão ao volume macio enrolado em torno de minha cabeça. Jamais corte seu cabelo, minha mãe dizia. Aconteça o que acontecer. É o bem mais antigo que você possui.

– Meu cabelo era mais comprido que o seu – contou Nangka, vendo a expressão do meu rosto. – Chegava até meus joelhos. Eu levava horas para penteá-lo. Horas para me arrumar todos os dias. – Ela riu. – No estilo das noivas. Afinal, esse estilo não é para todos os dias. No princípio, não queria cortá-lo, embora soubesse que deveria. Fui uma primeira vez e deixei que o cortassem só até a cintura. Voltei todo mês para tirar uns 3 centímetros de cada vez. Até chegar à altura em que está agora. – E apontou para o cabelo negro, que ia até seus ombros. Mostrou a franja na testa. – Hoje vou cortar o último pedaço e você vai cortar o seu inteiro. Precisa ser corajosa. Os homens gostam de cabelo comprido, mas não demais. Mostra que você é uma camponesa. Agora fale tudo outra vez. Treine o que vamos dizer.

– Vocé é minha irmã – eu lhe disse –, minha irmã mais velha. Nossos pais morreram no ano passado. Nunca nos separamos antes.

– Pare de olhar fixo para tudo – interrompeu-me, puxando meu braço. – Olhe para a frente. – Eu andava sem pensar, meus olhos indo e vindo para as luzes e flores. Nunca tinha andado na cidade antes.

– Não estou ouvindo nada – eu disse, parando para apertar os ouvidos com as mãos.

– Claro que está me ouvindo muito bem. – Dessa vez seu puxão foi forte. Parou à minha frente e segurou meu rosto nas mãos. – Quer ficar naquele lugar para sempre? Escute o que vou dizer. Você é virgem? Hein?

Corei. Continuamos a andar.

– Sou – respondi.

Nangka sorriu.

– Ótimo – disse. – Você respondeu da maneira certa. E por que quer se casar com um estrangeiro?

– Quero ter um bom lar. Quero ter filhos. Quero ver o mundo.

– Mas somos irmãs.

– Sim, somos irmãs – confirmei. – E não queremos viver longe uma da outra. Nunca nos separamos na vida.

– Muito bem – disse Nangka. Tínhamos chegado ao salão de beleza. Havia figuras grotescas de mulheres pintadas na vidraça. Nenhuma delas estava sorrindo. Os cabelos desciam-lhes em ondas ou amontoavam-se como torres nas cabeças. Olhavam para o ar com os lábios fazendo bico, os olhos semicerrados. Lá dentro havia uma mulher de pele áspera, com o cabelo em torno da cabeça igual a uma tigela emborcada.

– Só um pedacinho – supliquei, sentindo as mãos da mulher no meu cabelo. – Por favor, só um pouco.

– Não há tempo para isso – disse Nangka. – Não temos tempo para ir devagar, sinto muito.

– O cabelo dela é grosso – disse a mulher. Pesou-o na mão como se fosse uma fatia de carne. – Se cortar todo de uma vez, não vou cobrar; um cabelo comprido assim eu posso vender.

Fechei os olhos. Minha mãe me penteava todas as manhãs e uma vez por semana esfregava óleo perfumado no couro cabeludo. Ela tinha orgulho do meu cabelo. Na época das festas anuais, trançava flores nele. *Isto,* dizia ao acariciá-lo, *é sua grande beleza.* Mas de que me serviria agora, uma falsa noiva? Assenti, balançando a cabeça muito lentamente.

Nangka segurou minha mão.

– Vai ser mais feliz assim – consolou-me ela –, logo verá.

E tinha razão, apesar de eu ter chorado ao ver. As pontas espetadas tocavam meus ombros, e meu cabelo, minha grande beleza, tornara-se uma gorda trança pendurada na parede.

– Pare de chorar – suplicou Nangka. – Foi necessário. E não ficou tão mal assim. Você continua bonita, olhe. – E segurou o espelho para mim. Meu cabelo se fora, mas Nangka tinha razão, meu rosto era exatamente o mesmo de antes.

– Pronto – disse ela, vendo que eu me recuperava. – E não está sentindo a cabeça mais leve?

Era verdade, minha cabeça parecia estar flutuando, solta do corpo. Seguimos para a agência e fui me olhando nos reflexos das vitrines, surpreendendo-me, sentindo-me tonta e desequilibrada quando virava a cabeça rápido demais e nenhum peso a detinha.

Na agência, fiquei perto de Nangka.

– Sabe, ela é minha irmã mais nova – ela explicou. – Claro que é tímida, acabou de chegar do vilarejo. Queremos permanecer juntas. Irmãs, sabe como é. Queremos formar bons lares num país novo. Queremos ser boas esposas. Cozinhar? Claro. E fazer limpeza também, sabemos fazer de tudo.

Enquanto esperávamos, tínhamos mais tempo livre durante as manhãs com nossos cabelos curtos. Estudávamos. Nangka tinha um mapa e um dicionário com palavras educadas em inglês.

– Estamos aqui – dizia, apontando para as ilhas, centenas delas espalhadas como respingos de tinta verde sobre o mar. Ela apontava para os lugares para onde poderíamos ir. Um era imenso, com o formato de um touro robusto sem chifres e de pernas troncudas. Outro era igual a um javali perseguindo um pássaro brilhante por cima da água. Esse último era uma ilha e muito menor, mas foi dele que gostei. Havia muito mais água ali.

– Não sei – disse Nangka. – Faz muito frio aí. Mais do que você imagina. – E calou-se, ouvindo passos no corredor e esperando até que o barulho sumisse. A audácia daquilo que estávamos fazendo a deixava ríspida e preocupada.

– Pare de sonhar – repreendia-me. – Temos de praticar. – E lia em seu livrinho. – Bom dia, como está passando?

– Bem, obrigada – respondia eu. – Muito obrigada, estou bem.

. . .

Eu era crua, inexperiente, uma garota que nunca tinha visto neve. Como poderia saber avaliar quando me mostraram o homem? Era pálido, foi o que reparei, pálido e bem gordo. Usava óculos e, por trás das lentes, seus olhos pareciam pequenas nuvens cinzentas. Disse que trabalhava com água. Tinha desenhado uma represa e agora estava ali para construí-la. Quando fosse embora, queria levar consigo uma esposa. Escolhera-me através da fotografia que a agência lhe fornecera. Disse que iria entrevistar duas outras. Mantive o rosto baixo como mandava a boa educação, mas agora era mais difícil. Meu cabelo balançava em meus ombros e minha cabeça a toda hora se erguia. Fez perguntas sobre minha vida e me pediu para levantar e andar de um lado para o outro do aposento.

– Seus pais – disse ele –, é verdade que morreram? – Balancei a cabeça, concordando, ainda calada. Então ocorreu-me uma maneira de julgá-lo. Ergui os olhos e o encarei.

– Tive um irmão também – falei. – Ele foi morto por uma vaca. – E observei-o com atenção, mas ele não riu. Escutou o que eu dizia. Ouviu minha história.

– Sinto muito – falou.

E não riu de mim nem uma vez sequer.

– Sorte sua – comentou Nangka quando lhe contei. – Ele é gentil.

Sentamos sob a claridade da manhã, com nossos livros escondidos debaixo dos colchões, conversando aos sussurros, comparando nossas fortunas.

– E o seu – perguntei a Nangka –, como era?

– Feio. Igual a um rambutã. Cabeludo e, abaixo do cabelo, a pele era vermelha. Até o nariz dele era vermelho como um hibisco. O cabelo era escuro como o meu. Cobria todo o seu rosto.

– Mas era gentil? – perguntei. – Também era gentil?

– Não sei – respondeu, olhando para a parede, relembrando. – Fez umas perguntas esquisitas. Mantive a cabeça baixa. Ele se aproximou e desabotoou todos os meus botões, um por um. Abriu minha blusa como se fosse uma cortina. Mas não me tocou. Olhou bem, mas não me tocou.

– Não é gentil – concluí.

– Não – ela concordou. – Não parece muito educado. Mas é da mesma ilha do javali que o seu homem da água.

. . .

Agora, moro nesta ilha do javali, mas não sei o que acho deste lugar. Se houvesse palmeiras, um rio castanho, casas pobres diante da mata e hibiscos, eu saberia. Mesmo naquela cidade, com todo o barulho, o cheiro de comida e esgotos abertos, eu acordava e sabia. Mas aqui o céu é de um cinza aguado, a neve suaviza tudo, empalidece todas as cores. Tenho a impressão de estar sempre com frio, embora o homem da água possua uma casa com aquecimento e tenha comprado muitas suéteres para mim. *Jim*, ele diz, *me chame de Jim*. É um homem gentil, mas quando olho para ele, quando olho ao redor de mim, há somente coisas brancas, coisas frias, e não sinto nada a respeito delas, nada, absolutamente nada.

O fato de termos escapado foi um milagre, é claro, uma espécie de dádiva, e não posso esquecer isso. Tivemos muita sorte. Ninguém nos seguiu quando saímos naquela manhã, ninguém nos viu sair. As únicas coisas que levei comigo foram meu medalhão e as roupas que vestia, uma saia e uma blusa brancas de bom tecido encorpado, que comprei com o dinheiro obtido com a venda da minha cruz de ouro. Era tão cedo que todas as lojas estavam fechadas. Uma claridade azul-acinzentada banhava as ruas e nem as vendedoras de peixe tinham aberto suas barracas ainda. Nossos passos ecoavam no metal das grades de proteção das lojas. Nangka usava um vestido azul-escuro de seda que tinha roubado meses antes. Os lábios estavam pintados de vermelho-claro, o cabelo era negro e escuro e a pele tinha a cor da madeira cortada logo depois da chuva. Estava linda, eu achei. Ela dizia que nós duas estávamos.

Sentamos juntas no centro do comprido avião. Havia outras moças conosco. Elas se debruçavam junto às janelas, apontavam litorais e cidades, ou a vasta extensão do mar. Algumas dormiam. Nangka e eu não fizemos nem uma coisa nem outra. Mal falávamos, estávamos muito nervosas. Na aterrissagem, meus ouvidos se encheram de alguma coisa e senti tanta dor que me deu vontade de gritar, e quando tive de me despedir de Nangka mal consegui escutar o que ela disse. Mas eu a vi e mantive a lembrança de seu rosto em minha mente. Dizia a mim mesma que não havia motivo para me preocupar, seu novo endereço estava num papel dobrado dentro do meu medalhão, junto com o retrato de meu irmão. Toquei no metal, aquecido pela minha pele, e deixei ela se afastar na companhia daquele homem para dentro da noite.

Escrevi-lhe muitas cartas:

Minha querida Nangka,

Depois que a deixei, viemos para este lugar de trem. Era de manhã cedo. Aqui, as casas são muito próximas, como na minha terra, mas todas têm um portãozinho e uma cerca de madeira em torno do jardim. O homem da água diz que há flores, mas não agora. O ar tem cheiro de umidade e de terra. Ele diz que é muito cedo para acender o fogo, apesar de eu estar sempre com frio. Ontem catei gravetos e galhos do seu jardim. Levei-os para a cozinha e perguntei se poderíamos, por favor, acender o fogo. Não entendi sua expressão, mas depois ele deu uma risada. Mostrou-me o botão. Primeiro faz um zumbido, depois aparece uma luz que se mexe como se fosse fogo, mas pode-se tocar nela. Então vem o calor, que assa e seca a minha pele. Nangka, eu me senti tão idiota que queria morrer, mas ele é um homem bom. Os pisos da casa são forrados de tapetes macios e as paredes são cobertas por um papel que parece penugem quando se põe a mão nele. Nangka, por favor, escreva para mim, é desse jeito também aí?

• • •

Minha querida Nangka,

Minha doce amiga, você recebeu minhas cartas? Todos os dias espero pelo correio, mas nunca chega nenhuma carta sua. Hoje fomos aos armazéns que ficam no final do quarteirão. É tudo tão estranho, Nangka, não havia nada lá que eu fosse capaz de reconhecer, embora ele queira que eu cozinhe. Tudo é embrulhado em plástico, não posso sentir na mão se as laranjas ou a carne estão boas, e nada tem cheiro. Quando eu estava em casa sozinha, caiu neve. Então lembrei do que a vidente disse e saí para tocá-la. É branca e queima como a fumaça que saía das fábricas e entrava em nosso quarto. No início não era tão fria, e fiquei lá um bocado de tempo. Então vi um rosto na janela da casa ao lado. Era uma senhora idosa olhando para mim, e quando acenei ela fechou a cortina. Resolvi entrar em casa e de repente senti um frio horrível. Sentei-me em um cobertor e fiquei olhando as camadas brancas crescendo nas cercas. Pensei naquela senhora. O homem da água, Jim, é bondoso, mas as outras pessoas daqui não são. Vejo-as sempre olhando para mim, e não sorriem. Nangka, penso sempre em você, você também pensa em mim?

. . .

Querida Nangka, estou muito preocupada. Seguem aqui alguns selos. Mando estes selos para, se ele não deixar você sair, poder enviar uma carta para mim. Espere pelo leiteiro. Nangka, sinto sua falta. Preferia estar de volta naquele lugar na sua companhia do que tão solitária aqui.

. . .

Minha esperança foi diminuindo à medida que mandava as cartas. Mas eu as colocava na caixa do correio todos os dias. Nunca recebia resposta e, algum tempo depois, minhas próprias cartas começaram a ser devolvidas. Guardei todas elas e um dia, desesperada, mostrei ao Jim.

– Ela se mudou – explicou ele, apontando-me a etiqueta adesiva amarela.

– Mas para onde? Onde ela está agora?

Ele sacudiu a cabeça e devolveu-me o envelope. Sua pele estava muito branca e suas unhas da mão azuladas como o papel.

– Não está escrito aqui, infelizmente. Ela não deixou endereço.

– Ela não faria isso. Somos como irmãs.

Era tarde demais quando me dei conta de meu lapso. Jim examinou meu rosto.

– Pensei que vocês *fossem* irmãs – disse. Mas, quando me viu dobrar o corpo de tristeza pela perda, abraçou-me. – Ora, não faz mal – disse ele. – Escute, você sabe o novo nome dela? Sabe quem é o homem com quem ela veio?

Recordava-me dele do aeroporto, o rosto igual a um fruto peludo, quando ele pôs o braço nos ombros de Nangka e levou-a embora. Lembrei como ela parecia pequena ao lado dele, lembrei seu último sorriso para mim. E lembrei que ele não era gentil.

– Não – murmurei –, não sei.

– Você está tremendo – disse Jim. E ligou o aquecimento, depois colocou outro cobertor nos meus ombros. Quando franziu as sobrancelhas, vi finas rugas avermelhadas surgirem em sua testa, um mapa de seus pensamentos. Listou as coisas que poderíamos fazer. Escrever para a agência. Entrar em contato com a embaixada. Era possível, dizia ele, que conseguíssemos encontrá-la. Pelo menos, podíamos procurar.

– Mas você não deve ter esperanças – aconselhou. – É pouco provável, e você não deve alimentá-las.

•   •   •

Passaram-se três meses e continuo sem esperanças. Nem rezo também, apesar de ter encontrado uma igreja e ir lá de vez em quando. Certo dia, estava fazendo compras, segurando um presunto envolto em plástico, quando avistei a freira. Usava saia curta, o que me surpreendeu, saia na altura dos joelhos, e meias pretas. Apenas um tecido preto cobria seu cabelo e não havia a touca das freiras emoldurando seu rosto. Era pálida, as mãos brancas como sabão. Era uma freira, e eu a segui. Um quarteirão, um quarteirão e meio, eu a segui, gravando o percurso em minha memória. Ela era jovem, dava para perceber pela maneira como andava, pelas passadas longas. Já estávamos na primavera. Sentia o sol frio em meu rosto e em minhas mãos, e as árvores pareciam galinhas meio depenadas com suas pequenas folhas descoradas.

A igreja em que ela entrou é grande, e, embora eu venha aqui com freqüência, quase sempre estou sozinha. Sento-me no banco da frente, perto das muitas estátuas que cercam o altar. São rostos que reconheço, expressões polidas de pesar e entusiasmo que acho familiares. Não tenho mais esses sentimentos, esses extremos de dor e êxtase. Minha vida nesta ilha fria tem um padrão, mas meus sentimentos empalideceram como a pele das pessoas daqui, sorrio apenas por hábito. É verdade que não sofro. Creio que se voltasse, se visse os hibiscos e o rio castanho de minha infância, o sofrimento floresceria em mim para combinar com as cores que eu tocaria. Mesmo aqui, neste lugar que é uma sombra de minha outra vida, as lembranças se avivam. Meu irmão tinha olhos escuros, e a pele debaixo das unhas de suas mãos era rosada como coral. Minha mãe cheirava a jasmim e entremeava em seus cabelos orquídeas de cores vivas que pareciam feitas de cera. Quando ela cantava para mim, as buganvílias floriam junto à janela, as folhas cor de fúcsia parecendo labaredas. Havia verde por toda parte ao redor de nós, verde intenso e exuberante, e quando as chuvas caíam eram como um suco escorrendo do céu. Até Nangka, com sua voz de cidade, sabia o poder do vermelho nos lábios, da seda de um azul profundo que lhe caía pelos tornozelos.

É nisso que penso dentro daquela igreja. Vejo as estátuas que me recordam, ainda que vagamente, o que sentir. Fecho os olhos e vejo primeiro meu irmão, tirado do rio naquele dia em que não se afogou. Está pálido como essas estátuas, mas vivo, e naquela noite minha mãe põe um vestido vermelho para ir à igreja, joga flores na pia batismal para celebrar a vida dele. E prossigo dessa maneira, recordando, sentindo uma corrente de vida e cor. No entanto, outras coisas igualmente vêm à tona. Minha mãe com uma febre que faz brotar água em profusão de sua pele, meu irmão virando a cabeça para enxugar as lágrimas do vento em seus olhos. Ou Nangka, a cabeça inclinada para trás, o cabelo molhado e pesado antes que aqueles seus últimos centímetros fossem cortados. A pior lembrança é Nangka virando por cima do braço estranho para me dirigir um último sorriso, enquanto atrás dela a neve vai caindo, fria e poeirenta, isolada de nós por um vidro.

Abro os olhos, repleta de lembranças, e procuro os rostos das estátuas que na minha aldeia me permitiriam chorar. Aqui, porém, elas são muito pálidas e, como eu, suas lágrimas estão congeladas nos olhos. São frias como a terra nas montanhas, mas, ainda assim, parece que as escuto falar.

Escute, sussurram, suas vozes insistentes como o vento antes da chuva. *Deixe eu contar. Deixe eu contar como tudo começou.*

11

OURO

N O DIA EM QUE O OURO FOI ENCONTRADO PERTO DE SUA ALDEIA, Mohammed Muda Nor tinha trabalhado a manhã inteira extraindo borracha. À uma hora da tarde ele deixou para trás as arejadas fileiras de árvores, acenou para Abdullah, o guarda da entrada, que já estava almoçando, e enveredou pela estrada poeirenta a caminho de casa. O chamado para a prece vibrou, chegando da mesquita da aldeia, e Muda teve a impressão de que podia vê-lo como ondas de som tremulando junto com o calor do meio-dia. Era o final da estação das frutas, uma das últimas semanas quentes antes de as chuvas começarem, e a temperatura parecia uma mão ardente em suas costas. Muda caminhava com o chapéu de palha enterrado na testa, de modo que só viu as crianças correndo em sua direção quando já estavam bem perto. Elas o cercaram e se juntaram ao seu redor, como pétalas de uma flor que se fecha.

– Pachik Muda – disse seu sobrinho mais velho, um menino chamado Amin. Ele estava de short e segurava a mão da irmã mais nova, Maimunah, parada ao seu lado, morena e nua. – Tio, nossa mãe disse para o senhor ir depressa até o rio.

Muda parou para refletir. Estava com fome e o rio ficava na direção oposta à de sua casa. Tinha se levantado antes do amanhecer e trabalhado arduamente a manhã inteira. Era preciso fazer em cada árvore um corte estreito na casca e encaixar, com grande precisão, um recipiente para colher a seiva branca do látex. Havia centenas delas na sua área. Ele estava cansado e faminto.

– Diga à sua mãe que vou mais tarde. Agora estou indo almoçar – disse ele.

Esperava que as crianças saíssem correndo. Eram filhos de sua irmã Norliza e raramente desobedeciam. Mas Amin não foi embora, soltou a mão da irmã e puxou o sarongue de Muda.

– Minha mãe disse para ir – repetiu. – Por favor, Pachik Muda, ela disse que é importante.

Muda suspirou, mas fez a volta e seguiu as crianças pela estrada. Rambutãs vermelhos e mangas verdes pendiam das árvores. Ele colheu alguns e comeu enquanto andava, curioso para saber o que encontraria à margem do rio. Norliza também já tinha trabalhado com borracha antes de se casar e não o tiraria à toa de suas preces e de seu descanso.

Quando chegou ao rio avistou um grupo de mulheres de pé na margem coberta de capim. Norliza estava no meio, com o sarongue molhado até os joelhos, segurando algo que mostrava às outras.

– Norliza – chamou Mud. Estava prestes a repreendê-la por tomar seu tempo com bobagens de mulher, mas, antes que pudesse falar, ela correu até ele e abriu a mão. As linhas de sua palma estavam cheias de terra, de modo que a pele ao redor parecia muito clara. As palavras que Muda pretendia dizer ficaram presas na boca, pois na mão dela havia um pedaço de ouro do tamanho do nó de um dedo. Estava molhado com a água do rio e refletia a luz do meio-dia como fogo em sua mão.

– Foram as crianças que encontraram. Eu estava cavando para apanhar raízes. – Norliza era parteira, conhecida na cidade por sua habilidade com ervas e massagens. Entrava na selva toda semana para procurar raízes e cascas curativas. – Eu estava cavando ali, perto das árvores próximas do rio. As crianças estavam brincando ao meu lado, escolhendo pedrinhas para uma brincadeira. Gostaram dessa por causa do brilho. Primeiro, não me dei conta. Foi só quando Amin a lavou no rio que percebi. – Os olhos escuros dela cintilavam com uma excitação fora do comum. – E pensar... Pensar que ele poderia tê-la jogado fora sem que eu jamais soubesse – acrescentou.

Muda estendeu a mão e pegou a pepita de ouro. Era macia, quase mole, em seus dedos. Correu o polegar sobre ela uma porção de vezes. Algumas mulheres se aproximaram para ver. Outras, ele reparou, já se afastavam levando a notícia.

– Não é verdadeiro – declarou em voz alta. E deixou cair o pedaço de ouro na mão da irmã outra vez.

– Muda! – exclamou ela. Encarou-o com seus olhos escuros. Em outros tempos era tida como a moça mais bonita da aldeia. Agora os olhos escuros estavam contornados por uma pele marcada por linhas finas, e a expressão em seu rosto era de reprovação.

Ele respirou fundo e falou novamente:

– Trabalhei o dia inteiro na borracha e você vem desperdiçar minha hora de almoço com essa tolice. Você é uma tola – acrescentou, embora tenha sentido muita pena ao ver como ela se encolheu sob os olhares das outras mulheres. Uma sucessão de murmúrios se alastrou entre as pessoas. Eles tinham vivido a vida toda naquele vilarejo e Muda nunca havia falado de modo tão ríspido com a irmã. Até as mulheres que já estavam na estrada pararam e se viraram para olhar. – Você é uma tola – repetiu ele. – Muito tola. E eu vou para casa.

Deu-lhe as costas e se afastou com lenta dignidade. Não olhou para trás, mas, assim que teve certeza de estar fora do alcance da vista das pessoas, pôs-se a correr numa velocidade que não empreendia desde criança.

Khamina, sua mulher, lavava louça quando Muda irrompeu casa adentro. Ela tinha deixado seu almoço no chão – uma travessa de peixe com leite de coco, legumes com curry, várias bananas pequenas –, mas ele não deu a menor atenção. Correu para a varanda de madeira onde ela estava agachada no meio de uma porção de pratos ensaboados.

– Khamina, me dê sua panela – pediu.

Ela se levantou, surpresa, e apontou para o *wok* ensaboado dentro da água. Depois apertou os olhos e examinou-o de cima a baixo.

– Muda, por que você está correndo pela minha casa de sapatos? – interpelou-o. – Onde está a sua cabeça? Esfreguei esse chão hoje e agora vem você arrastar o seringal inteiro nele!

– Khamina – começou Muda. Ela já tinha lavado a panela e agora a enxaguava, tirando todo o sabão. – Deixe eu lhe falar uma coisa: não está na hora de reclamar por causa de um pouco de lama. Hoje é um dia importante. Minha irmã Norliza provavelmente vai chegar daqui a pouco. Se ela vier, quero que lhe diga que voltei para o rio. Diga a ela que vá para lá imediatamente. E que não fale nada para ninguém. Está ouvindo? Para ninguém! Diga a ela para ir sozinha.

Muda jogou água no rosto. Depois apanhou a panela de Khamina e saiu. Ela foi atrás dele, pisando na comida que o marido tinha ignorado, e ficou parada à porta vendo-o correr sob o calor do dia com sua panela preta balançando na mão.

O sol estava tão quente que consumiu o céu e encheu o ar com um brilho metálico ofuscante que espantou todos os animais – galinhas, gatos e cães sarnentos – para debaixo das casas em busca de sombra. Mesmo assim, Muda correu todo o caminho de volta para o rio sem ao menos parar na bifurcação que levava ao seringal. Ao chegar, viu que Norliza e seus filhos ainda estavam lá, agachados junto a um buraco raso que tinham cavado. A pepita de ouro fora colocada em cima de uma pedra chata cinzenta. Quando Norliza o avistou, levantou-se de um salto limpando as mãos no sarongue. Apanhou depressa o pedaço de ouro e correu para ele.

– Muda, seu idiota – disse Norliza, plantando-se diante do irmão.

Ele tinha corrido tanto que não conseguiu responder e ficou parado na frente dela arquejando.

175

– Como pôde falar comigo daquele jeito diante das mulheres do vilarejo, quando fiz a maior descoberta que alguém é capaz de se lembrar nesta vida? Muda, você é meu irmão, mas também é um idiota – disse ela.

Para surpresa dela, Muda sorriu, depois caiu na gargalhada. Ninguém falava com ele daquele jeito desde que se tornara homem.

– Norliza – começou, quando conseguiu falar –, tome cuidado com o que diz. Não sou um dos seus filhos e não sou idiota. Você poderia falar assim com um crocodilo, que fica imóvel e apático como um tronco dentro do rio.

– Isto é ouro – insistiu ela, com a voz mais branda. Mechas de cabelo tinham caído em seu rosto e ela as afastou com as costas da mão.

Muda pegou de novo a pepita. Não se cansava de sentir a sua maciez na pele, e pôs-se a manuseá-la.

– É – concordou. – É ouro. Agora mostre-me exatamente onde a encontrou antes que todas as mulheres do vilarejo voltem com seus maridos e vizinhos para cavar.

Uma vez compreendendo, Norliza trabalhou como Muda sabia que faria: calada, rápida e com a feroz determinação de uma mulher que sempre fora pobre. Juntos, fincaram estacas no solo, marcando um lote de terra que se estendia ao longo do rio e chegava à orla da selva. Quando as estacas estavam bem firmes, Muda amarrou cordas entre elas. Em seguida, entraram na área que reivindicaram para si e começaram a cavar. Norliza mandou os dois meninos para o banco de areia do rio para lavarem as pedras que ela e Muda tiravam da terra vermelha. As crianças mais novas transportavam terra e pedras dentro da panela de um lado para outro. Os meninos mais velhos separavam as pedras em duas pilhas para a mãe examinar: as que brilhavam e as que não brilhavam.

No longo percurso de casa para lá, Muda perdeu o chapéu de palha e agora seus cabelos pareciam gravetos acesos sobre o pescoço e as orelhas. De vez em quando, ia até o rio e jogava água na cabeça, mas não parava para descansar. No seringal, aprendera como trabalhar de modo eficiente sob o calor do meio-dia. Lá, sabia a quantidade de trabalho que precisava terminar e quanto tempo levaria; portanto, costumava descansar durante as tardes quentes, às vezes se deitando nas cabanas dos velhos zeladores, outras se recostando no tronco esguio de uma das árvores. Ali, na beira do rio, o calor era maior e a tarefa mais árdua, mas também não havia limites para o que poderia encontrar. Agia com segurança e rapidez, sem uma única interrupção nos movimentos das mãos.

Muda era um homem pobre. Enquanto era criança, isso nunca o incomodou. Afinal de contas, todo mundo ali era pobre, e no vilarejo vizinho era exatamente igual. Nunca pensou na pobreza como sendo falta de alguma coisa. Havia sempre frutas para comer, o rio estava cheio de peixes e matavam-se búfalos para as festas de casamento. Quando menino, correndo na água escura dos campos de arroz ou subindo agilmente pelos coqueiros novos para sacudir o fruto, ele tinha sido feliz.

Aos 16 anos, tudo isso mudou. Ofereceram-lhe um emprego na fazenda de borracha. Naquele primeiro dia, andou quase 10 quilômetros de sua casa até lá, assustado e tímido, para poder chegar antes do nascer do sol. No início, trabalhou da mesma forma como estava trabalhando agora na terra, com a atenção toda voltada para as fileiras de graciosas seringueiras, para os filetes brancos que fluíam para dentro dos recipientes que encaixava nelas. Graças à sua diligência ganhou um bônus que usou para comprar uma motocicleta, a primeira de seu vilarejo. Era invejado pelos homens e sabia que poderia ter qualquer uma das moças que balançavam o corpo em seus sarongues apertados quando passava por elas em disparada, em direção à sua mulher.

Então começou a reparar nos automóveis novos e nos ternos caros dos proprietários das fazendas. Eles vinham uma vez por mês para inspecionar seu investimento, e Muda os olhava com admiração e reverência, observava seus sapatos de couro lustroso, o estranho esvoaçar de suas gravatas quando desapareciam por entre as árvores. Quando os perdia de vista, esgueirava-se para perto de um dos carros, um Mercedes dourado, e corria os dedos pelo metal quente e polido. No interior, os assentos eram forrados de couro e macios como a palma da mão de um macaco. Pensava em sua pequena motocicleta, em como causava sensação entre as moças e enchia de inveja os olhos de seus antigos colegas da escola, e tentava imaginar como seria possuir aquele carro reluzente. Depois os homens voltavam; ele se deslocava sem fazer ruído para o meio das árvores e os via ir embora ao volante, o carro dourado desaparecendo numa nuvem de fina poeira vermelha. Mais tarde, no fundo da floresta, fazendo os cortes nas cascas das árvores, as pontas de seus dedos ainda sentiam as várias texturas do carro. Trabalhava com mais afinco do que nunca nos seringais, determinado a ter, algum dia, um carro igual àquele.

No ano seguinte casou-se. Khamina não era a moça mais bonita da região, mas era famosa por seu trabalho como tecelã de fibras de pandano e pela agilidade de seus dedos, que davam forma às folhas aromáticas. Ela fez um capacho para Muda estacionar sua motocicleta e, quando se casaram, cobriu a pequena casa de tapetes trançados. À noite, era sobre esses tapetes que se deitavam. Ele ficava rodeado pelo odor de capim cortado, pelo quente perfume sensual que emanava de Khamina como fumaça clara. Naquele ano, não estava conseguindo cumprir os planos para as seringueiras como imaginara. Tinha pensado: na semana que vem vou chegar cedo à fazenda, vou sangrar uma dúzia de árvores a mais, vou ganhar outro bônus, e mais outro, e um dia ainda vou ficar rico. Mas não o fez. Preferiu ficar perto do corpo macio e tentador de sua jovem mulher e, dentro de um ano, veio o primeiro bebê. Ele trabalhava tanto quanto antes, mas de repente havia menos dinheiro; conforme foram chegando seus outros filhos, trabalhava cada vez mais horas e ganhava a mais somente o necessário para poder alimentá-los. Agora, enquanto cavava, não pensava nas fileiras intermináveis de seringueiras. Não lamentava que a seiva branca, caindo silenciosa, transbordasse dos recipientes e se derramasse na terra, desperdiçada. Só lhe vinha à cabeça o carro cor de manteiga do dono da fazenda, com os acabamentos em ouro brilhante.

No final da tarde os outros moradores começaram a aparecer. Quando viram o que Muda e Norliza tinham feito, uma excitação se espalhou entre eles tal e qual um vento ligeiro correndo sobre o rio. Muda ouviu seus suspiros, seus sobressaltos e suas exclamações, ouviu as estacas sendo fincadas na terra, o som de enxadas cavando e vozes exaltadas. Mas não levantou os olhos nem mudou o ritmo do seu trabalho.

Não levantou os olhos até uma sombra atravessar-se em suas costas como o roçar de uma mão fria. Era Khamina, de pé diante dele. Khamina tinha sido uma moça delicada, viva e graciosa. Agora seu sarongue não fazia mais nenhuma dobra na cintura e o tecido da blusa estava repuxado, justo, sobre seus seios e braços. Até a pele do rosto parecia retesada sobre os ossos da face. Os lábios estavam finos, apertados, e ela tremia de raiva.

– Muda – chamou, alto, com voz severa. Todas as cabeças se viraram ao mesmo tempo para olhá-la. Eram fisionomias familiares, que ela conhecia desde que se entendia por gente, mas ignorou-as e olhou diretamente para o marido. – Muda, o que deu em você? – perguntou.

– Khamina – disse ele, levantando-se. – Este é um grande dia para o nosso vilarejo, Khamina. Nós descobrimos ouro.

– Ouro? – repetiu ela. Por trás de Muda surgiu Norliza mostrando a pepita na mão aberta.

– É verdade, Khamina. Ouro.

– Uma pedra pequena – escarneceu Khamina.

– Deve haver mais – disse Muda. – Encontrar apenas uma pepita seria como achar uma única folha numa árvore.

Por um momento tiveram a impressão de que essas palavras – e a pedra irregular e brilhante na mão suja de Norliza – tinham conseguido apaziguá-la. No entanto, seus olhos acompanharam as valas cavadas por Muda e se depararam com sua panela. Com um grito, estendeu a mão para baixo e arrebatou-a, sacudindo a poeira vermelha e as pedras que ele juntara com todo o cuidado.

– Tenho uma única panela – disse ela. – Que não é para carregar terra. E tenho um único marido, cujo trabalho é no seringal. O que você está fazendo aqui, Muda? Abdullah já esteve duas vezes lá em casa à sua procura. Suas árvores espalharam seiva pelo chão todo. Muda, não me casei com um escavador de valas.

Virou-se, então, seguindo para casa, a panela suja pendurada na mão e afastada do corpo. Andava ligeiro, e Muda sabia que se apressava porque o crepúsculo vinha chegando. Khamina era religiosa, mas também acreditava em espíritos e não queria ficar sozinha na estrada na hora em que eles saíam.

Khamina não era a única a ter esses medos, e antes que o sol sumisse muitas pessoas foram para casa. Muda os viu partir, conjeturando sobre qual deles tomaria seu lugar no emprego do seringal. Ainda assim, e apesar das palavras de Khamina, ele não foi embora. Como outros, acendeu archotes ao longo da margem do rio e continuou a cavar por muito tempo, mesmo quando não conseguia mais enxergar bem. Por fim, Norliza pôs a mão em seu ombro e lhe disse que era hora de parar. Ofereceu-lhe um pouco de arroz que trouxera de casa. Ele lavou as mãos na água do rio e começou a comer, chupando os grãos pegajosos que se agarravam em seus dedos. Não havia almoçado e, sob o ar noturno, úmido e frio que vinha do rio, de repente sentiu muita fome.

– O que vai fazer? – perguntou-lhe finalmente Norliza. Só uns poucos tinham ficado cavando em silêncio. – Vai voltar amanhã?

Muda juntou alguns seixos e fez um montinho. Depois, enfiou as mãos no centro e deixou as pedras lisas se espalharem pelo chão. Quando caíram, teve uma idéia.

– Vou passar a noite na mesquita rezando sobre esse assunto.

Ela assentiu. O pai de ambos tinha o hábito de dormir na mesquita à espera de orientação sempre que enfrentava algum problema sério. Permaneceram calados por vários minutos. Muda continuou a remexer nos seixos com os dedos. Gostava do contato com a superfície lisa, do calor do dia que ainda conservavam. Foi Norliza que notou que uma pedra refletia o luar de forma diferente, e Muda a pegou e lavou no rio. Era outra pepita, muito menor do que a de Norliza. Mas era ouro da mesma maneira.

– Seu destino – disse ela com assombro.

– É verdade – disse Muda, assombrado também.

Khamina não teve o que responder quando Muda lhe mostrou o ouro e contou a história do sinal que recebera, mas não ficou contente. Cerrou os lábios, recusou-se a preparar-lhe comida para levar para a margem do rio. Depois de alguns dias, Muda percebeu que ela tinha mandado as crianças para a casa da mãe e assumido seu lugar no seringal. Isso o envergonhou. No entanto, seus dias estavam cheios de trabalho árduo, e a excitação que logo no início tomara conta dele não se extinguiu. Mesmo quando passava um dia, talvez até dois ou três, sem encontrar ouro, Muda não perdia as esperanças. Algumas pessoas desistiam; outros resmungavam e falavam em abandonar tudo. O humor do grupo se tornava sombrio, desmotivado, e o ritmo do trabalho ficava mais lento. Então, subitamente, ouvia-se um grito. Ninguém descobrira pepita tão grande quanto Norliza no primeiro dia, mas cada uma que surgia bastava para reavivar o ânimo dos garimpeiros. A cada pessoa que desistia, duas outras chegavam para cavar, e logo a área se transformou num lodaçal cheio de buracos fundos que enchiam de água se passassem a noite abandonados.

Muda cavava. Mesmo à noite sonhava que estava cavando, e nos sonhos sua pá tocava em imensas pedras de ouro ou em filões escondidos de muitas pepitas de ouro que ele levantava e deixava escorregar por entre os dedos. Certa vez, num dos sonhos, desenterrou um carro enorme todo feito de ouro e, em outro, caranguejos-ermitãos vinham correndo para ele, desembaraçando-se de suas carapaças roubadas e exibindo seus corpos macios e patas agitadas milagrosamente feitos de ouro. Geralmente acordava desses sonhos no meio da noite com um sobressalto, ouvindo ao redor de si a respiração leve da mulher e dos filhos. Nessas ocasiões, contemplava o rosto de Khamina, suave ao dormir. Ela não falava mais com ele e, à noite, jogava o arroz no chão à sua frente com um baque surdo, cansada. Até as crianças o evitavam agora; quando chegava, tarde e enlameado, os pequenos recuavam para os cantos do aposento, encarando-o como se fosse um espírito do rio que viera para levá-los embora. Uma vez acordado, Muda nem sempre conseguia voltar a dormir. Seguia então para o rio, onde trabalhava durante o resto da noite no escuro, como se, ao tornar indistinto o estado entre a vigília e os sonhos, pudesse trazer a plenitude desses sonhos para a vívida luz do dia.

Entretanto, não encontrou mais ouro. Muitos outros tiveram sucesso; até Norliza carregava uma bolsinha presa à cintura, pesada, cheia de pepitas que retirara da lama e da água. Parecia ser um dom de suas mãos o de saber onde procurar, pressentir o brilho que Muda conseguia apenas enxergar. Muda trabalhava com afinco, às vezes cavando até tarde da noite, até o buraco chegar-lhe acima dos ombros. Pelo fato de Khamina ter assumido o seu emprego, ele trabalhava oprimido por uma grande e constante culpa. Em algumas noites temia não ter coragem de voltar para o garimpo no dia seguinte, caso fosse para casa. Nessas noites preferia ir para a mesquita. Lá, deitado no frio chão de pedra, segurava sua única pepita de ouro na mão e rezava. Afinal, se realmente se tratava de uma mensagem de seu deus, qual a razão para ele estar sendo ignorado, enquanto todos ao seu redor eram favorecidos?

Um dia as chuvas começaram, primeiro como uma leve garoa, em seguida com mais intensidade, de modo que uma pequena poça se formou no fundo de seu buraco mais recente e a lama escorria por seus braços cada vez que levantava a pá da terra. Depois, naquela tarde, quando Muda se agachou sobre os calcanhares à margem do rio, encharcado e de mãos vazias, ocorreu-lhe que Khamina tinha razão. Ele precisava desistir daquela tolice. Não podia continuar a viver de esperança. Na noite anterior fora obrigado a pedir arroz emprestado a um de seus amigos. Lembrou-se da alegria de seu casamento e de como aquela alegria definhara, transformando-se em algo muito menor, menor a cada responsabilidade e a cada filho que chegava, até não lhe despertar mais ânimo, mas pesar como um fardo.

Sabia que deveria abandonar o garimpo. Só de pensar, o peso ficava mais leve, mas a tal ponto que se sentia cravado por um vazio, como se suas emoções refletissem o terreno retalhado, arruinado, da margem do rio, porque via agora que trabalhar no seringal era uma vida sem qualquer esperança. Muitos chegavam cheios de sonhos, mas nenhum seringueiro jamais possuiria um carro da cor do sol. As pessoas se esforçavam, ele próprio tentou, mas não havia o menor indício desse esforço no vilarejo, onde as casas ainda eram iluminadas a lampiões de querosene e a única água corrente era a que fluía no rio. O ouro poderia levá-los à ruína, mas pelo menos mantinha acesa a esperança.

A chuva morna varria a superfície do rio como véus ao vento. Caía tão pesada que ele não enxergava a margem oposta. Muda estava todo molhado e a terra entre seus dedos tinha se transformado em lama, quente e saibrosa. Ele a esfregou mecanicamente, sentindo-a desmanchar-se. Então deu com algo duro e pontiagudo. Curioso, achando que fosse um pedaço de vidro ou metal, enxaguou o objeto na água do rio. Para sua surpresa, tratava-se de um pequenino cris de ouro, uma adaga malaia de lâmina ondulada de cerca de 10cm de comprimento, na qual estava gravado um versículo do Corão. A minúscula ponta ainda estava aguçada, mas Muda podia ver que era uma peça muito antiga.

· · ·

– Norliza – chamou, através da cortina de chuva, a irmã que estava ajoelhada na lama. – Norliza, venha ver o que encontrei.

Muda não era devoto, por isso ficou espantado com a reação da aldeia à sua descoberta. A notícia se espalhou depressa e logo ele não podia ir a lugar algum sem que lhe pedissem para mostrar o cris. Até Ainon, a vendedora de legumes, cobriu a cabeça com um jornal para se proteger da chuva e foi dar uma espiada, virando e revirando o objeto nas mãos escuras. Ao devolvê-lo, juntou depressa as mãos em prece.

– Você foi abençoado – disse. Então, escolheu o maior melão que tinha e o ofereceu a ele. – Leve, por favor. Leve como um presente e lembre-se desta velha aqui em suas preces.

Nunca mais alguém caçoou de sua falta de sorte com o ouro. Até Khamina de certa forma se abrandou. Servia seu arroz com mais gentileza à noite e passou a cobrir o cabelo quando saía para as compras. No garimpo, ele sentia a reverência das pessoas como um círculo de calma ao seu redor.

Certa manhã, quando chegou ao garimpo, Muda encontrou uns 10 homens vestidos de uniformes cáqui, com folhas de papel úmido nas mãos, anunciando suas notícias por um megafone cujo som atravessava a neblina e ecoava de volta da margem oposta do rio.

– O que é isso? – perguntou ao funcionário mais próximo, que se virou para ele e enfiou um papel em sua mão.

– Houve uma queixa – explicou. Era um rapaz muito jovem, tão jovem quanto Muda ao começar a trabalhar no seringal. – Sobre garimpo ilegal. Não sabia? Você precisa ter um documento para poder fazer escavações nesta terra.

– Quem fez a queixa? – perguntou Muda. Não se surpreendeu ao saber que tinha sido um grupo de outro vilarejo, retardatários que não tinham encontrado ouro em seus lotes distantes. Agora esses estranhos rondavam os limites do garimpo sorridentes porque já traziam em mãos os papéis necessários. Olhavam cobiçosos para as áreas cuidadosamente cercadas com estacas e cordas que, com um único decreto do governo, passavam a não ter dono legal.

– Isso não está certo – protestou Muda –, não é justo. Quando formos à capital para tirar nossos papéis, aqueles outros vão se apossar de nossos lotes. – Levou a mão ao cris que trazia ao pescoço: passara a usá-lo pendurado a um cordão e tocar sua inscrição proporcionava-lhe um conforto inexplicável.

O rapaz notou o gesto.

– Senhor, o que tem aí? – indagou.

Muda apertou o cris antes de abrir a mão e mostrá-lo ao funcionário. A ponta aguçada espetou sua pele provocando uma dor iluminadora.

– Este é o meu guia divino – começou ele, explicando em seguida ao rapaz de que modo o havia encontrado. – Assim, como vê, esse decreto de vocês vai além da injustiça. Contraria também os planos dos céus.

O rapaz pareceu embaraçado. Empurrou para trás o quepe que encobria seu cabelo escuro e sacudiu a cabeça.

– Mas o que posso fazer? – perguntou.

– Pode nos dar mais um dia. Deixe que uma pessoa de cada família vá tirar o documento. Deixe que os outros fiquem cavando. Se até amanhã alguém não tiver a autorização, essa pessoa deverá abrir mão de seu lote. Mas merecemos esse dia de prazo.

O rapaz foi falar com seu superior, em seguida os dois foram falar com um terceiro. Muda observava-os conversar e mover os pés no chão barrento, inquietos. Logo o funcionário mais graduado se aproximou para escutar a história de Muda. Também examinou o cris e segurou-o na mão. Depois pegou o megafone e anunciou que os moradores teriam um dia para requerer seu direito de propriedade.

Norliza foi incumbida de representar a família e correu para casa a fim de trocar de roupa e apanhar dinheiro, entregando a Muda o pequeno saco de pepitas que carregava na cintura. Beijou a testa de cada um dos filhos e recomendou a Amin, o mais velho, que tomasse conta dos irmãos muito bem. Então, acompanhada de outros, ela partiu.

Durante a manhã inteira Muda sentiu a silenciosa animosidade do povo das outras aldeias. Tentava trabalhar, mas, às vezes, era acometido por uma sensação tão forte de mau agouro que sua nuca ficava fria e úmida, como se estivesse de repente sob a sombra que precede o golpe. Por diversas vezes ele se virava ligeiro, abruptamente, mas não havia nada. As pessoas tocavam o tedioso trabalho em seus lotes, e quando olhava para elas a sensação de perigo desaparecia como um nevoeiro. Ainda assim, iria lembrar aquela sensação mais tarde, o vago desassossego que se tornou manifesto no início da tarde.

Muda estava até a cintura em um novo buraco quando ouviu os gritos. Pulou fora da terra e viu Amin gritando e apontando freneticamente para a cabeça da irmã que naquele momento vinha à tona no trecho do rio onde caíra. Por um instante, Muda viu a cabeça e os ombros dela girarem na lenta correnteza junto à margem. Era um rio calmo na ocasião da descoberta do ouro, mas as chuvas o encheram. A água se avolumava e avançava com força perto do centro, formando redemoinhos de espuma que fascinaram Maimunah, atraindo-a para a beira do rio. Agora ela era levada da margem e entrava no caos. Muda, que não sabia nadar muito bem, não pensou duas vezes. Os rostos de seus próprios filhos estavam em sua mente quando pulou atrás da criança nas águas revoltas.

A correnteza era como mil mãos que o puxavam para diferentes direções. Muda lutou contra ela no princípio, mas, cada vez que tirava a cabeça da água, ela o puxava para baixo outra vez, arrastava-o pelo leito do rio, cujas pedras, pensava ao senti-las roçar em seu rosto e em seu estômago, podiam muito bem ser feitas de ouro. Ouro. Seus pulmões doíam e ele foi lançado para fora da água apenas pelo tempo suficiente de respirar fundo uma vez e ver de relance o rosto apavorado de Maimunah a centímetros de distância. Atirou-se para a frente, agarrando a água, e desejou ter o poder das mãos de sua irmã, das mãos que encontravam ouro entre as pedras, mãos que persuadiam a vida a vir ao mundo. Mãos que saberiam como se livrar desses espíritos do rio que o arrastavam para baixo de novo.

Em algum ponto, arrastado pelo fundo do rio de tal forma que os bolsos se encheram de pedras e água, ele desistiu. Por um milagre qualquer, o cris ainda estava preso ao seu pescoço; Muda fechou a mão ao redor dele e parou de lutar. Agora ele era um tronco pesado, um tronco queimando por dentro, mas sem movimento, levado ao sabor da correnteza, jogado de um lado para o outro. Foi arremessado contra uma rocha submersa com tamanha força que pensou que seu braço tivesse quebrado, mas nem assim resistiu. E, inesperadamente, como se fosse um ratinho na boca dos espíritos do rio, estes se cansaram do jogo e lançaram Muda para cima, para um lugar calmo, um remanso onde a água era parada e silenciosa.

Nessa água calma havia muitos destroços. Galhos quebrados boiavam perto dele, e Muda afastou carcaças de gatos e lagartos mortos ao caminhar para a margem. Maimunah estava lá. Seu short tinha sido arrancado, mas ainda vestia a blusa, que se emaranhara nuns galhos. Receou que estivesse morta, porque não respondeu quando ele a chamou. Estava viva. Ao tocá-la, ela virou a cabeça e olhou para ele, mas Muda foi tomado por um medo profundo, porque a menina tinha um olhar fixo e inexpressivo como a água calma, e ele pensou que um dos espíritos do rio tivesse se apoderado dela enquanto a mantinham debaixo d'água. Enganchou o braço quebrado num galho, enfiando o cotovelo firmemente na lama. De repente, sentiu-se tão exausto que achou que poderia facilmente deslizar de volta para a água e afundar como uma pedra. Foi Maimunah que o fez prosseguir. Recolheu-a em seu braço bom, e ela grudou nele como uma criatura marinha. Aproximou bem a boca do ouvido dela e pôs-se a cantar. As canções antigas, primeiro, canções sobre a terra, sobre as árvores, sobre o capim alto que balançava junto ao rio. Quando sua voz começou a falhar, passou para as orações de que se lembrava, entremeadas dos versículos de seu cris da sorte. No final ficou reduzido a apenas uma frase, murmurada repetidamente, seus braços já dormentes com o peso da criança e da árvore. Foi como as pessoas os encontraram.

A população do vilarejo não falava dos espíritos do rio fazia anos, mas depois que Muda ficou muito doente todos desataram a rememorar as histórias. Havia espíritos da água que podiam arrastar a pessoa para baixo e fazê-la viver apenas de ar e algas, havia espíritos das correntezas que podiam entrar na sua cabeça e fazê-la rodopiar para o resto da vida. Eram esses que eles receavam terem se apoderado de Muda. Durante 10 dias ele foi acometido de uma febre tão forte que o fazia se contorcer e resmungar no chão de sua casa e enxotar Khamina quando ela tentava levar-lhe água. O Imã o visitou primeiro, depois o curandeiro local, que acendeu velas nos quatro cantos do quarto e entoou versículos do Corão, depois gritou com a mesma voz dos espíritos da água, tentando induzi-los a sair, a voltar para seu lugar de origem. Por fim, até ele foi embora, sacudindo a cabeça e dizendo que esses espíritos eram fortes, que nada havia a fazer a não ser esperar e rezar.

No décimo primeiro dia a febre cedeu sozinha. Khamina caíra num sono agitado recostada na parede do lado oposto de onde Muda se encontrava. Ela acordou com um silêncio, uma coisa estranha no ar. Por um instante achou que Muda tivesse morrido, mas ao abrir os olhos deu com ele a fitá-la do outro lado do aposento. Muda piscou e pediu um copo d'água com bastante clareza. Contudo, mesmo depois de passada a febre, ele continuou fraco. As pessoas que vinham visitá-lo percebiam que quase não falava, que seus olhos vagueavam pelos cantos escuros da casa e que a todo instante levava a mão ao cris que lhe pendia do pescoço. Ouviam-no freqüentemente murmurar os versículos que tinham sido inscritos ali pela mão de alguém que morrera havia muito tempo.

Nesse momento, quando as pessoas temiam por sua mente, mas não por sua vida, o próprio Muda estava com medo de morrer. Durante a febre tivera sonhos recorrentes com luz, uma luz tão forte quanto o sol do meio-dia, porém sem o seu calor. Quando a febre passou, esses sonhos não desapareceram. Parecia que estava andando entre dois mundos, o mundo conhecido de sua casa e aquele com que tinha sonhado, acolhedor e desconhecido, cheio de uma luz branca que o acalmava. Não desejava ver ninguém, não porque estivesse fraco, mas porque as vozes das pessoas pareciam vir de muito longe, por um som como o de água correndo, e custava-lhe um grande esforço escutá-las. Por semanas a fio ficou sentado na varanda de sua casa olhando para a luz branca que o rodeava dia e noite, à espera de um sinal. Ele o recebeu um dia quando o chamado para a prece lhe chegou claramente: uma voz baixa, suave, serena, que não era prejudicada pelo ruído e pela estática dos outros sons. Ele escutou, comovido com sua clareza, com o ritmo familiar das palavras. Tocou o cris de ouro em seu peito ossudo. Levou vários dias, mas, a partir daquele momento, o mundo começou a voltar para ele, até tudo ao seu redor brilhar com uma vivacidade e uma nitidez que não se lembrava existirem antes.

Quando ficou bem o suficiente, Muda voltou para o trabalho nas seringueiras. Khamina se alegrou no início, pensando que ele tinha recuperado o juízo. Restabeleceu o lugar dele na varanda, com as pilhas de folhas aromáticas, e durante alguns dias o observou com cuidado, mal se atrevendo a acreditar no retorno ao padrão normal de sua vida. Entretanto, nem quando os líderes da aldeia vieram explicar-lhe como tinham salvado seu lote no terreno aurífero, Muda se mostrou tentado. Acenou para que fossem embora, dizendo apenas que agora o lote pertencia a Norliza e que ela podia fazer o que quisesse com ele.

Foi somente à medida que os dias se transformaram em semanas que Khamina começou a compreender que a loucura do ouro não havia desaparecido, mas apenas se modificado. À noitinha, depois do último chamado para a prece, ela botava o arroz de Muda cuidadosamente nas folhas e o esperava voltar para casa. Mas, como nos piores dias do ouro, ele não aparecia. Khamina descobriu que, no caminho de volta, o marido parava na mesquita e às vezes ficava até tarde rezando com a testa apoiada no chão frio de pedra. Em casa, passou a retirar-se para a varanda com um lampião e seu novo exemplar do livro sagrado, e quando ela acordava no meio do sono via-o no mesmo lugar, murmurando na língua dos imãs, a luz se refletindo em seu rosto. Emagreceu e a luz febril em seus olhos não se extinguiu. Cumpria a rotina de seus dias com uma estranha e terrível energia. Khamina estava com medo, mas não podia se queixar de nada, nem do Corão nem do trabalho duro.

Até para as seringueiras ele levou consigo sua nova devoção. Não cochilava mais durante as tardes compridas; em vez disso, rezava, um murmúrio que se misturava com o farfalhar das árvores. Foi assim que os meninos o encontraram quando os proprietários da fazenda apareceram certo dia em sua casa: seguindo o som de sua voz em oração. Muda descansava no meio das seringueiras, tomando chá e virando as páginas de seu livro santo. Ouviu-os se aproximarem e pousou devagar a caneca no chão. Quando irromperam na pequena clareira, ele viu a excitação e o medo em seus semblantes e, sem pensar, levou a mão ao cris em seu peito para cobri-lo. Disse uma última prece e seguiu as crianças de volta para casa, onde os homens esperavam.

Era o cris que desejavam, logo compreendeu, antes mesmo que o dissessem. O chefe da aldeia estava lá, tomando a Coca-Cola cara que Khamina tinha servido aos visitantes. O dono da fazenda foi quem falou. Explicou a Muda o que escutara de um funcionário do governo a respeito do cris. Será que Muda sabia que ele provavelmente pertencera à mulher de um sultão mais de 100 anos atrás? Era uma mulher devota e usava-o preso a uma fina corrente de ouro que trazia ao pescoço. De acordo com a história da família, ela o perdera um dia ao cruzar o rio num barco. Era um milagre, realmente, que tivesse sido encontrado. Agora o cris pertencia a um museu. Não seria de fato uma doação, Muda poderia vê-lo sempre que desejasse. Mas dessa maneira outras pessoas também poderiam vê-lo. Todos tinham certeza de que Muda iria querer partilhá-lo com os outros. E, afinal de contas, tratava-se de um decreto do sultão.

Muda escutou atentamente, mantendo o objeto pousado na palma de sua mão enquanto o homem falava. Esse cris era seu, somente seu; isso ele sabia. Pensou na maneira como o encontrara, como o cris tinha salvo os terrenos auríferos para seu vilarejo, como tinha salvo sua vida. A idéia de que alguém poderia vir e tomá-lo dele fazia Muda queimar por dentro, perder o fôlego. Ele começou a falar, mas as palavras morreram em sua boca. Não adiantaria. Um decreto do sultão não se discutia. O cris seria levado de qualquer maneira, não importava o que dissesse. E então, quando os outros finalmente se calaram, ele não abriu a boca. Colocou o objeto na mão do homem rico, mão macia e úmida de suor. Depois levantou-se e, de cabeça erguida, saiu de casa; mas Khamina notou que, apesar de toda a sua dignidade, a luz bravia se apagara completamente em seus olhos.

Os visitantes tinham vindo no carro dourado. Muda os seguiu quando partiram, caminhando com firmeza atrás do ouro reluzente que se distanciava rumo ao horizonte. Mesmo quando já fazia tempo que não podia mais avistá-lo, quando a poeira levantada já se assentava nas árvores, Muda continuou a andar. Finalmente, quando não havia mais nenhum vestígio do carro, Muda se agachou na sombra à beira da estrada. Tentou dizer a si mesmo que era a vontade divina, mas todos os versículos sagrados, inclusive aquele gravado no cris, fugiram-lhe da cabeça. Ficou sentado, assim, em silêncio, no imenso vazio. Do outro lado, diante dele, a cúpula dourada da mesquita reluzia ao sol do meio-dia, brilhante como uma jóia.

12

NO JARDIM

ANDREW BYAR INICIOU SUA EXPERIÊNCIA NO JARDIM. SAIU NA PENUMBRA da noite, depois de as empregadas terem ido embora, a cozinheira ter servido a última refeição, lavado a louça de porcelana e pegado o último bonde, o jardineiro ter arrumado as ferramentas de forma metódica e organizada nas paredes do depósito, carregado as sobras da capinação para a pilha de adubo vegetal num canto do terreno e cuidado das orquídeas, penduradas como lampiões na treliça – só então Andrew Byar saiu, a casa atrás dele acesa como um grande navio, a mulher e os filhos crescidos ocupados com seus rituais noturnos do outro lado das vidraças.

Era junho, o ar cheirava a jasmim, madressilva e mimosa. As flores da catalpa irrompiam como estrelas nas árvores; seu delicado perfume de baunilha se derramava no céu carregado. Andrew seguiu pelo caminho que levava ao depósito de ferramentas, pisando com andar ligeiro, quase furtivo, como se fosse um ladrão e não o proprietário daqueles 12 mil metros quadrados verdejantes no coração de Pittsburgh, no alto de uma ribanceira de onde se avistava a planície na margem oposta do rio Monongahela. Lá, suas fábricas de aço rugiam dia e noite, vivas como corações pulsantes, reluzindo a distância como pilhas de moedas polidas.

À porta do depósito acendeu a lanterna e entrou na escuridão impregnada de aroma de madeira cortada, óleo de linhaça e terra fresca, úmida. Em seguida dirigiu-se para a bancada. Debaixo dela, enfiado num canto, havia um caixote de madeira, usado para despachar caquis frescos das costas do mar do Japão, agora soterrado por um monte de cobertores. A poeira pairou no restrito facho de luz da lanterna de Byar e um cheiro de mofo e de óleo se desprendeu no ar quando ele arrastou o caixote para o centro do aposento. Retirou a tampa e tateou o interior à procura do cofre escondido sob uma pilha de revistas velhas, de folhas moles e amareladas. Ele era de aço polido e estava cuidadosamente envolto em camadas de retalhos de pano embebidas em óleo, que caíram numa pilha macia junto aos seus sapatos de couro engraxado. Byar abriu o fecho com uma chave minúscula e intricada que tirou do bolso interno de seu paletó.

Um frasco de vidro marrom, de 300 mililitros, estava acondicionado em uma nuvem de algodão. Comum, poderia conter iodo ou sais aromáticos. Andrew Byar equilibrou a lanterna na bancada. Tirou do bolso um tubo de ensaio e, com o maior cuidado, derramou nele um líquido claro da garrafa, enchendo-o até uma linha marcada no alto, e depois fechou-o com uma rolha. Colocou o frasco de vidro de volta no cofre, envolveu-o com os retalhos de pano, acomodou-o debaixo das revistas amassadas e empurrou o caixote para sua posição original sob a bancada e os cobertores mofados. Com a lanterna numa das mãos e o tubo de ensaio na outra, voltou para casa, passando pela piscina e pelo caminho de cascalho entre os arbustos de camélias carregados de flores rosadas, até chegar à treliça onde as orquídeas estavam penduradas.

Ali ele parou. Daquela clareira avistavam-se apenas partes da casa através das árvores, magníficos olmos, carvalhos e sicômoros centenários, raros vestígios das florestas virgens derrubadas no século anterior para a construção da cidade. Deteve-se por um momento para contemplar tudo aquilo, olhando por entre as folhas, ora para a claridade nas vidraças, ora para a sombra nos tijolos, imaginando sua mulher no banho da noite, toalhas felpudas no chão de mármore italiano e pétalas de rosas espalhadas na água da banheira. Recentemente, o cabelo dela começara a ficar grisalho e, toda semana, um cabeleireiro vinha à sua casa e a deixava transformada, tão pálida e elaboradamente emoldurada quanto um espelho. Contudo, em suas expressões e seus movimentos mais lentos, Andrew Byar se via diante de sua própria idade. Seus dois filhos estavam em casa passando as férias de verão da faculdade e fazendo uma experiência na fábrica de aço que ele havia construído do nada e com a qual fizera sua fortuna. Eram rapazes indolentes, bonitos e mimados, e Andrew não confiava neles. Naquele verão tinham trazido amigos, um fluxo constante de moças e rapazes cujas risadas animadas ecoavam pela casa. Eles ocupavam as quadras de tênis com seus braços, pernas e gritos; se refestelavam em bancos, sofás e poltronas; nadavam na piscina de água natural de ponta a ponta, espadanavam água no raso ou tomavam martínis nas bordas. Andrew evitava o contato com aquela gente e dormia mal, acordando de pesadelos em que seu império, edificado com tanto sacrifício, cautela e habilidade, construído com tanto esmero à custa de horas e do suor de sua vida inteira, se esfacelava enquanto eles se divertiam.

O tubo de ensaio em sua mão se aqueceu a ponto de parecer produzir seu próprio calor. Andrew o levantou, tentando discernir se tinha alguma chama dentro ou se era apenas uma ilusão causada pela escassa luz do anoitecer. O frasco marrom escondido no depósito do seu jardim tinha lhe custado mais caro do que a piscina, mais caro ainda do que o vagão particular de trem equipado com acessórios em veludo e ouro no qual ele viajava para Nova York uma vez por mês. Se aquele líquido, porém, fosse um elixir da vida, como ele acreditava, nenhuma despesa teria sido excessiva, nenhum custo estaria fora de consideração, mesmo que lhe custasse a terra.

Byar removeu a rolha do tubo de ensaio. Devagar, com todo o cuidado, gota a gota, derramou o líquido uniformemente ao redor da orquídea.

Depois ficou parado diante da treliça até escurecer completamente, até os grilos e sapos encherem sua cabeça com uma cantoria frenética que parecia beirar a loucura. Então guardou o tubo de ensaio vazio no bolso e foi para casa.

Assim se passava um mês, e mais outro. De dia os negócios o consumiam, como de hábito. Redigia contratos em seu escritório ou percorria as passarelas sobre as fornalhas acesas enquanto lá embaixo homens trabalhavam feito sombras com pás, sombras carregando ou dando forma a longas barras de aço. Gostava do calor do metal em brasa, assim como de apreciar a dança complexa das máquinas e dos homens, e esperava, com prazerosa ansiedade, o fim de cada semana, quando o contador levava os números com os resultados da produção à sua sala, situada no alto, bem acima da fábrica, fazendo-os deslizar sobre sua mesa de mogno dentro de uma pasta preta de couro debruada de folha de ouro. Andrew Byar, nascido pobre na Escócia, subira na vida por esforço próprio e se orgulhava disso. Acreditava no poder de sua vontade pessoal e também na ciência. Pittsburgh, nos anos 1920, era uma cidade vibrante, impulsionada por grandes máquinas e fabulosas invenções, e, se às vezes caía fuligem do céu como se fosse neve escura, se os rios ficavam obstruídos e sua água corria negra, Andrew Byar acreditava que a ciência encontraria soluções. A eletricidade já tinha substituído o perigoso escape do gás, a desconfortável fumaceira do vapor; nas décadas vindouras a cidade iria reluzir, uma metrópole brilhante, com a luz do sol se espalhando e se refratando das superfícies espelhadas de um milhão de peças bem lubrificadas.

Todas, é claro, feitas de aço.

Byar havia tirado proveito de sua aguçada compreensão das novas tecnologias, assim como de seus instintos para avaliar riscos e inovações. Confiava menos completamente nas pessoas, conhecendo bem as fragilidades e falhas humanas. Quantos homens tinham morrido em sua fábrica por causa de um único descuido, afinal? Quantas vezes tinham aparecido viúvas em seu escritório suplicando que lhes desse dinheiro para alimentar seus filhos sem pai? Ele sempre dava, tendo o cuidado de todas as vezes explicar de que forma o acidente poderia ter sido evitado. Conseqüentemente, por ter adquirido essa sabedoria em questões de negligência e culpabilidade humanas, entregara a seu jardineiro uma câmera com instruções para fotografar a orquídea no jardim todas as manhãs precisamente às oito horas. A memória, com seus fluxos imprevistos, sua tendência para favorecer a esperança em vez dos fatos, não era algo em que ele confiasse. Todos os dias, o jardineiro entrava em seu gabinete e colocava um envelope de papel-manilha em cima de sua escrivaninha, e todos os dias Andrew Byar datava esse envelope e, sem abrir, arquivava-o na gaveta de carvalho.

No fim do segundo mês, quando sua família se encontrava na Europa, Andrew trancou a porta de seu gabinete e apanhou na gaveta os 61 envelopes selados. A luz clara da manhã atravessava os vidros, que iam do chão ao teto ao longo da parede atrás dele. Pendurou as fotos uma por uma, em ordem cronológica, na parede do lado oposto, usando fita adesiva para fixá-las. Quando chegou à última, suas mãos estavam tremendo. No entanto, era metódico, cauteloso, preciso. Só quando pendurou a última é que recuou para examinar o conjunto.

Ficou estupefato com o que viu. Começava com uma orquídea de poucas flores, uma planta que tinha passado de seu apogeu fazia tempo. Contudo, nutrida pelo líquido experimental, ela florescera de maneira tão profusa que a mudança era claramente visível de uma foto para outra. Após uma única semana, arrebentou o vaso; nesses dois meses, crescera de tal forma que atingira o tamanho de um arbusto. As flores caíam feito cascata em caules tão compridos que se enrolavam uns nos outros e se arrastavam pelo chão. Andrew foi imediatamente para o jardim, onde a orquídea pendia do meio da treliça; suas flores eram verdadeiras jóias vivas. Tocou, admirado, em suas pétalas brancas com textura de cera e em seus corações de tom púrpura intenso. O que era comum tinha se transformado em algo de outro mundo, um lugar mais fértil e pródigo, um lugar de abundância interminável.

Passou o dia inteiro agitado, num estado de euforia, distraído em suas reuniões matinais, andando de um lado para o outro na fábrica e olhando o relógio, desejando que as horas lentas passassem. Por fim, começou a anoitecer e ele foi para casa. Dispensou todos os empregados e mandou seu motorista ir buscar Beatriz. *Vista-se de branco*, recomendou num bilhete, dobrando uma vez o papel espesso, imaginando-a em sua penteadeira, as palavras obscuras jogadas entre seus vidros de perfume. Chegaria tarde, sabia. Ardente e caprichosa, ela não se apressaria; talvez nem mesmo viesse. Tinha visto Beatriz pela primeira vez numa manhã, ao nascer do dia: hóspede madrugadora, flutuava como uma pétala nas invisíveis e misteriosas correntezas da piscina, a pele clara quase iridescente.

O crespúsculo suavizava as arestas do mundo. Impaciente, não acostumado à ociosidade, Byar se esmerou nos preparativos do ambiente para passar o tempo, carregando uma mesa e cadeiras de ferro batido para o gramado macio. Era um jardim noturno, contornado por nuvens baixas, formadas pelas flores brancas dos alissos. Flores-da-lua, também brancas, se abriram enquanto Andrew fazia a arrumação, espalhando seu ligeiro aroma cítrico na escuridão. Ele pendurou a espetacular orquídea num galho baixo de um sicômoro, cada flor parecendo uma vela num candelabro. Em um recipiente de cristal cheio de água colocou camélias e lilases brancos, para que a mesa parecesse ser parte do jardim e, ao mesmo tempo, desse a impressão de flutuar acima dele, estar suspensa, pairando esplêndida e fugaz como um desejo.

Finalmente ouviu seus passos no cascalho. E então ele a vislumbrou no caminho, clara, esbelta como o caule de uma planta. Seu vestido branco tinha uma camada diáfana, o que a tornava ao mesmo tempo vibrante e indefinida, amorfa. Usava um chapéu justo, colado em sua cabeça como uma carícia.

– O que é? – perguntou, rindo, com seus lábios frios tocando os dele. – Mal posso esperar para saber. Qual é a sua surpresa?

Sentaram-se à mesa. Andrew Byar tirou uma garrafa sem rótulo da bolsa de lona pousada na grama, sentindo o contato do vidro antigo polido e ondulado em suas mãos.

– Este vinho – disse ele – tem 200 anos. Uma caixa foi encontrada no fundo do mar, restos de um naufrágio na costa da França em 1718. Durante todo esse tempo o vinho permaneceu sob a água e quando foi levado para cima ainda estava intacto. Pense nisto, Beatriz: as uvas com que este vinho foi feito cresceram no mundo quando este jardim onde estamos ainda era uma floresta.

Beatriz sorriu, intrigada – ele percebeu – e curiosa. Era o mesmo olhar que lhe dirigira quando saíra da piscina naquele amanhecer, a pele muito clara no maiô cor de lavanda, água escorrendo pelo corpo ao dar com ele parado ali, contemplando-a e esperando.

A rolha saiu, desintegrando-se; ele serviu o vinho e ergueu sua taça para a dela.

– Ao passado perdido – brindou. – E ao nosso futuro.

O vinho da rara safra tinha um sabor obscuro de carvalho queimado; era seco, mas não amargo, e tinha um traço de cereja. *Maravilhoso*, Beatriz murmurou. Quando as taças esvaziaram, Andrew tirou outra garrafa da sacola de lona e colocou-a sobre a mesa, ao lado da primeira.

– Essa tem rótulo – observou Beatriz.

Andrew sorriu, o ar da noite estava morno como um sopro de respiração humana.

– Tem – disse ele. – É a safra mais recente da mesma vinícola na França onde o primeiro vinho foi feito. Em seguida, virou a garrafa mais recente, mantendo o olhar fixo no rosto dela. – É claro que daqui a 200 anos, quando esta garrafa for aberta, quase tudo o que está vivo hoje estará morto então.

– Você me deixa confusa – disse Beatriz, desviando o olhar; e ele se lembrou que, apesar de sua juventude, ela era sensível à morte; seu único irmão morrera de influenza.

– É verdade – disse ele –, é um assunto deprimente, concordo. Mas, Beatriz, e se você pudesse ficar viva para tomar este vinho? – Pousou a garrafa na mesa e segurou as mãos dela. – E se daqui a 200 anos pudéssemos sentar de novo neste jardim, exatamente como agora, e abrir esta garrafa juntos?

Ela riu, e sua risada penetrou como ondas no silêncio dele e depois se dissipou.

– Não estou entendendo – disse ela.

Ele se levantou então e puxou-a. Mostrou-lhe a orquídea, antes tão murcha, agora pródiga de vida. Estavam em 1922, e o casal Curie tinha transformado a simples terra em algo raro e inimaginável. Um segredo do universo havia sido revelado e um mundo inquieto sonhava com transformações. Todas as farmácias apresentavam produtos especiais, dentifrícios, cremes para as mãos, sais de banho, linimentos, chocolates, todos contendo rádio, prometendo milagres. Em fábricas pelo país inteiro, as mulheres pintavam mostradores luminosos em relógios, lambendo as pontas de seus pincéis para afiná-las, provando na boca o metal amargo que vinha do coração do sombrio universo. Os tempos eram de abundância, e a maioria das pessoas podia ter um pouco de rádio; mas só um homem rico como Andrew Byar poderia ter toda a quantidade que quisesse. *Radi Os*, ele sussurrou o nome de seu elixir, correndo os dedos pelo frasco em seu bolso. Quando contou a Beatriz quanto lhe custara a garrafinha, ela se sobressaltou. E quando pingou as gotas na segunda taça de vinho de cada um, naquele vinho de uvas de 200 verões atrás, ela bebeu.

Paraíso perdido, pensou ele, recostando-se outra vez na cadeira. Flores pálidas se abriam na escuridão em meio ao som crescente dos insetos, e o vinho lhes aquecia a garganta, a dele e a dela.

Paraíso perdido, agora encontrado.

• • •

Andrew tinha chamado o carro, que estava à espera de Beatriz parado e silencioso como uma sombra junto ao portão. Ela chegou a pé, escutando os ruídos noturnos dos grilos e do vento nas folhas, o rangido seco das pedrinhas sob seus sapatos de cetim claro. Seus olhos só se voltavam para o alto, para o céu, com as estrelas girando eternamente, espalhadas. Seu pai possuía um telescópio e tentava lhe ensinar a ver as constelações: levava-a para o terraço de sua grande casa e apontava, com infinita paciência, para os cinturões, as chamas, as cabeleiras soltas, as taças de estrelas repletas da escuridão do céu noturno. Ela estudou para agradar ao pai, mas jamais conseguiu enxergar o que ele tanto se empenhava em mostrar-lhe. *Navegação celestial,* explicava ele, *uma ciência do ar: frotas inteiras navegaram tendo apenas aquelas estrelas como guias.* Beatriz as contemplava até seus olhos doerem e as estrelas ficarem fosforescentes, queimando debaixo de suas pálpebras fechadas; mas as configurações lhe escapavam. Muitas vezes, quando sentia que estava prestes a ver as estrelas se juntarem numa forma, elas pareciam inchar, transbordando como riachos se espalhando, como um punhado de arroz atirado no asfalto. O pai suspirava e guardava o telescópio. Não concebia a idéia de sua única filha viva ser incapaz de partilhar seu amor e sua inclinação pela ciência.

O motorista estava com o vidro do carro abaixado. A brasa de seu cigarro formou um arco brilhante quando ele levou a mão à chave para ligá-lo. Beatriz parou para dizer-lhe que preferia ir a pé – o ar da noite estava tão agradável – e atravessou o portão para a rua. Seus passos soaram firmes e solitários nas calçadas da cidade. O amplo terreno da propriedade aparecia ao seu lado, selvagem e extravagante. Uma brisa suave agitava o xale diáfano que ela usava sobre os ombros. A noite estava tão escura que estrelas fortuitas pareciam quase ao seu alcance. Beatriz curvou a cabeça para trás para olhá-las, a alegria inundando seu corpo feito cascata. Ela própria se sentia como uma estrela, pálida e radiante, como se cada uma de suas células queimasse com viva chama, como se irradiasse sua luz particular pelo universo.

Essa sensação era uma novidade: talvez, embora não com certeza, aquilo fosse conseqüência do elixir de Andrew. Quando ele colocou as gotas em seu vinho, ela parou de rir por respeito, apesar de, no íntimo, continuar achando graça. Tomou a bebida mais por curiosidade e cortesia, repetindo as trocas formais e quase silenciosas que sustentavam a paixão de ambos, mas também sendo fiel a uma promessa que fizera a si mesma. Beatriz estava envolvida numa experiência própria, que tinha apenas tangencialmente a ver com Andrew Byar. O vinho tinha um sabor antigo, de carvalho gasto, com um traço de bolor. Ela o deixou permanecer na língua, imaginando aquelas uvas desaparecidas, mas não achou nada de extraordinário, nem o traço de sal deixado por todos aqueles anos sob as águas do mar.

Foi somente mais tarde, depois de terminarem o vinho, quando percorriam o caminho de cascalho do jardim branco, que tudo começou. Mariposas-luna e mariposas-esfinge deslizavam pelas sombras e acendiam nas flores-da-lua, levantando suas lentas asas. Perto da casa, um canteiro de nastúrcios brancos parecia tremeluzir e faiscar. Beatriz tirou os sapatos e entrou na piscina: uma fonte natural contornada de pedras. *Você parece uma ninféia*, disse Andrew, e ela olhou para seu vestido, a bainha encharcada escurecendo. Sorriu e comprimiu a palma de sua mão na face dele. Andrew segurou-lhe a mão e beijou-a, os lábios no côncavo entre os dedos, sua respiração dentro da mão dela. Pela primeira vez, então, Beatriz sentiu como sua carne parecia transformada, pulsando com uma luminosidade no lugar onde ele havia tocado; mas atribuiu a sensação ao vinho, à claridade das estrelas, à estranheza do jardim enluarado. Andaram pela grama. Ela tropeçou, ele segurou seu braço e Beatriz sentiu novamente: os dedos dele abertos como raios do sol em sua pele. Dentro de casa foi bem diferente. A luz nas pontas de seus dedos deixavam rastros e marcavam a carne dela; a luz atravessava seu corpo como um cometa sobre a cama.

Beatriz dobrou uma esquina e entrou na avenida de casas imponentes, com o xale branco escorregando de seus ombros, o cabelo solto sobre as costas. Era uma noite extraordinária, o ar ameno, tépido, aconchegante. Ouviu o carro seguindo-a de perto e, ao passar pelos portões familiares da propriedade de seu pai, menos grandiosa que a de Byar, mas magnífica também, virou-se e acenou para o motorista, que olhava fixo para a rua vazia à frente e fingiu não vê-la. Então, ainda sorrindo, enveredou pelo caminho arborizado para o jardim dos fundos, onde se sentou num banco junto ao lago. No terraço, os telescópios de seu pai estavam enfileirados e, ao longe, as estrelas.

Beatriz tinha 20 anos, era linda e tinha feito uma promessa a si mesma: nunca seria usada, seria sempre livre. Seguiria o seu coração para onde quer que ele a levasse e, dessa maneira, descobriria qual era a sua própria e verdadeira visão do mundo. Era uma experiência tão audaciosa quanto a de Andrew, tão cheia de incerta esperança quanto a dele, embora para os que a conhecessem ela fosse apenas rebelde, mimada, a moça cuja família nunca se recuperou da morte de seu irmão mais velho, um rapaz muito promissor que sobreviveu à guerra apenas para morrer de influenza oito meses mais tarde, no quarto onde nascera. Isso fazia três anos. Beatriz tinha 17 anos, e, quando o médico saiu do quarto do irmão para dar a notícia, ela sentiu seu mundo estilhaçar-se, como um vidro todo rachado que mantém, apenas fragilmente, sua antiga forma. A mãe entrou em colapso, soluçando, e o pai baixou a cabeça, que começava a ficar grisalha, revelando um ponto vulnerável na nuca, avermelhado pela gola da camisa. Beatriz, porém, não se mexeu. Não se atrevia. O que até então se conservava unido, lógico e ordenado, de repente se desatava. O irmão que ela tanto amava, que lhe ensinara a cavalgar e a amassar moedas nos trilhos dos trens quando as locomotivas passavam, o irmão de cabelo claro e olhos mais claros ainda partira deste mundo de repente, misteriosamente. Por quê? – perguntava ela, desabafando sua raiva feroz com os amigos, parentes e religiosos que os visitaram nos dias e semanas seguintes; mas eles sacudiam a cabeça e não conseguiam oferecer resposta mais completa do que a ordem natural do mundo, um modelo fixo, predeterminado, divino.

Beatriz havia sido uma jovem obediente, que aceitava as regras do mundo e da sua sociedade como verdadeiras e inevitáveis, da mesma forma como aceitava o fato de a lua aparecer no céu ou a criada levar roupas limpas ao seu quarto de manhã cedo. Isso, entretanto, não podia aceitar. Percorrendo dia e noite os caminhos da propriedade, lembrando a risada do irmão, o toque de sua mão e a maneira como a luz do sol fazia seu cabelo claro parecer branco, ela começou a questionar todas as coisas.

Começou, também, a expandir os limites de seu mundo, com certa cautela no princípio, depois com mais ímpeto. Manteve-se inabalável diante dos protestos e do alarido que resultaram de suas atitudes, absolutamente determinada a ultrapassar as restrições que conhecera. Não por ceticismo, porém. Mais do que nunca, o mundo parecia repleto de mistérios que mal assimilava, e o visível caía como um véu entre ela e alguma outra coisa, algo que entrevia em momentos inesperados – uma cortina branca se erguendo de um janela aberta, a sombra das folhas brincando nas lajes do chão de seu quarto –, imagens que se acumulavam em camadas, inexplicáveis mas poderosas. Entretanto, suas intuições não podiam mais ser contidas pelas estruturas que aceitara durante a vida toda, e essa descoberta lhe tirava o fôlego, como se estivesse à beira de um abismo, embora o mundo que a rodeava continuasse basicamente no ritmo de sempre, alinhavado outra vez pelo dia-a-dia corriqueiro. *Será que vocês não vêem*, tinha vontade de gritar ao ver o pai debruçado sobre seus infindáveis cálculos de vendas de aço, a mãe arrumando flores e a cozinheira fazendo centenas de biscoitos para o chá. *Será que não vêem que tudo mudou?*

Se tivessem levantado a cabeça de seus afazeres, ela teria explicado que as regras eram iguais a uma rede: não conseguiriam deter a coisa fugaz que tentavam capturar. Mas ninguém levantou a cabeça, e Beatriz lentamente compreendeu que teria de descobrir a verdade do mundo por sua própria conta. Era o que faria, decidiu. Abriria os braços a qualquer experiência; deixaria de lado todos os preconceitos: veria cada momento como se fosse uma porta aberta e atravessaria, um por um, de olhos arregalados, sem medo.

Por isso, quando saiu da piscina, a água fria reluzindo na brancura de seus braços e pernas, e deu com Andrew Byar a contemplá-la, ela sorriu.

E por isso, naquela noite, na casa de seu pai, quando as folhas se agitaram por trás dos arbustos de orquídeas e uma figura surgiu, alta, vestida de preto, invisível a não ser pelas mãos e o rosto que brilhavam para ela como sinais luminosos, Beatriz sorriu outra vez.

– Achei que você nunca mais viesse – disse, tranqüila.

– Esperei aqui durante horas a fio – queixou-se o rapaz, sentando-se ao seu lado e segurando-lhe a mão. Um clarão percorreu o corpo dela; Beatriz pensou em Andrew Byar e seu jardim.

– Coitado de você, Roberto – disse ela.

Roberto era um parente distante de sua mãe que tinha vindo da Itália para passar o verão. Aparentemente viera estudar, mas ela sabia que seu pai procurava uma pessoa com o perfil para assumir negócios quando ele morresse. Nunca lhe passara pela cabeça pedir uma coisa dessas à filha, o que não a incomodou até perceber que as regras do mundo eram leves e ocas, fáceis de ser empurradas para o lado. Com certa indiferença, questionou se a decisão de seu pai mudaria, caso soubesse que ela viveria para sempre, e deu uma risada.

– Não vejo graça – disse Roberto, falando num inglês formal, com aquele sotaque que ela adorava. – Passei o dia inteiro sonhando com essa oportunidade de estar com você e você não apareceu. Isso é um insulto!

– Sinto muito – desculpou-se, e de fato sentia, embora não se arrependesse. – Tive um compromisso inesperado. Não tinha como avisá-lo.

– Que compromisso foi esse?

– Isso não está em discussão – disse ela com ar descuidado. – É algo que só interessa a mim.

Ele não insistiu. Beatriz sentia sua presença a seu lado, sombria e agitada. A Beatriz de antes teria se apressado em acalmar a irritação dele, mas a de agora permaneceu sentada em silêncio, esperando com interesse para ver o que aconteceria em seguida.

– Estou apaixonado por você – ele se declarou, zangado por ter sido forçado a confessar seu sentimento ou talvez com o próprio fato de estar sentindo aquilo. – Não quero desperdiçar nem um momento de nosso tempo.

Ela pousou a mão na face dele, como fizera antes com Andrew Byar. Ainda ofendido, Roberto virou o rosto. Beatrice deixou sua mão cair no colo, ponderando pela primeira vez se o que Andrew afirmava poderia ser verdade. Não havia realmente considerado o que significaria ser imortal, viver fora do tempo. Explorar cada faceta do mundo, seguir cada paixão até as profundezas, porque não teria de escolher entre uma ou outra.

– O que você acha? – perguntou a Roberto. – Gostaria de viver para sempre?

– Já estou fazendo isso – replicou ele de imediato. – Cada momento longe de você é uma eternidade para mim.

Beatriz riu, encantada com a maneira como todas as portas se abriam para lugares novos. Impulsivamente, beijou Roberto, deslizando a mão em sua nuca e a língua em sua boca, onde ela desabrochou como uma flor tocada pela luz.

. . .

O verão avançava forte e denso e depois, sutilmente, começou a declinar. Algumas folhas caíam pelo chão e da noite para o dia os cornisos ficaram intensamente vermelhos. No jardim, a orquídea ainda florescia, abundante e opulenta, e a distância, dentro de seu carro, Andrew Byar abria os longos e duros dedos das mãos sobre uma bandeja de nogueira, feita sob encomenda para ele. A cidade parecia uma profusão de luzes diante de suas janelas abertas, e, de longe, vinha o ruído das usinas de aço funcionando dia e noite. Recentemente encomendara um novo forno, decidido a superar seus concorrentes, mais ricos e famosos do que ele. Eram homens idosos agora, cujo tempo para construir e inovar logo terminaria.

O seu, ele acreditava, não.

Fazia dois meses e cinco dias que ele e Beatriz vinham tomando o *Radi Os*. Isso havia se tornado um ritual, e, como em qualquer ritual, existiam regras, complicadas cerimônias que tinham assumido vida própria e que não podiam ser quebradas. Toda semana os dois se encontravam no jardim, embora a família dele tivesse voltado e, às vezes, pudessem ver seus movimentos por trás das vidraças.

O alisso se ressecou, as ipoméias brancas murcharam e a magnífica orquídea logo seria transferida para dentro da estufa, para evitar que alguma geada precoce a danificasse. Caprichosa, bonita e voluntariosa como sempre, Beatriz ainda se sentava à mesa com ele toda semana, observando-o, séria e silenciosamente, pingar as gotas em seu copo. Agora, qualquer vinho e qualquer traje serviam, mas cada um ocupava o mesmo lugar da primeira vez. Por um acordo tácito, sabiam que era preciso esvaziar o copo de um só gole, e ao crepúsculo, apesar de este agora chegar mais cedo.

Depois, algumas vezes eles entravam juntos em casa, e outras Beatriz simplesmente se levantava e desaparecia nas sombras. As conversas ansiosas dos primeiros dias, as comparações das transformações – corpo reanimado, pontas dos dedos frementes – deram lugar a um silêncio reflexivo. Tocavam-se cada vez menos à medida que as novas sensações aumentavam; até o contato mais casual quase ultrapassa-

198

va o que conseguiam suportar. Um beijo, e os lábios dele pareciam zunir por horas. Um roçar de dedos, e as mãos dele sentiam o calor, a pressão de Beatriz, como se ela o tivesse marcado a fogo.

Marcado a fogo. Era isso. Antes da experiência, Beatriz havia sido uma luz em sua mente, um prazer, uma recompensa, uma gargalhada caindo entre as flores de seu jardim no fim do dia. Gostava do fato de ela ser filha de um rival significativo, de ser dócil e fácil, deslizando de modo tão displicente para a sua cama, aparentemente desprovida das censuras e preocupações que dominavam as outras mulheres. Uma criança rebelde, um espírito livre, e por isso ele a escolhera. Estranhamente, porém, agora que aquele segredo os unia, agora que a encontrava com regularidade e poderia continuar encontrando pelas próximas décadas, ou até séculos, ela não saía de sua cabeça.

De fato, ele ficara obcecado por ela, por sua indiferença. Aquilo, afinal, era a mais rara das dádivas, e ele a tinha entregue unicamente a Beatriz. Não a tinha oferecido à sua mulher de cabelo dourado, a seus filhos indolentes, nem a qualquer outra pessoa a não ser Beatriz. Ela havia se mostrado surpresa, contente, curiosa; era verdade que vinha pontualmente ao seu encontro todas as semanas. Nem uma vez, todavia, havia manifestado alegria ou deslumbramento por ter sido escolhida, e isso começou a perturbar Andrew Byar nos últimos tempos. Ele tinha lhe dado aquele presente; por que, então, ela ainda não tinha lhe dado seu coração? Beatriz continuava a mesma de sempre, divertida e interessada, mas estranhamente distante, como se sua própria vida fosse um livro que estivesse lendo, um livro que ela poderia pôr de lado a qualquer momento para contemplar o céu pela janela.

As expectativas de Andrew tinham sido de tal modo frustradas que ele descobriu estar apreensivo com o futuro. E se, no decorrer dos incontáveis dias que tinham pela frente, ele se decepcionasse completamente com ela? E se sua companheira fosse uma mulher que ele desprezaria? A orquídea florescia, produzindo cascatas de flores lindas como jóias. Livre da perspectiva da morte, porém, Andrew Byar percebia que seus sentimentos por Beatriz estavam murchando. Enxergava-a agora sob uma luz mais fria e tornou-se mais crítico em relação aos menores hábitos dela: a maneira como um músculo saltava em suas faces quando abafava um bocejo ou um sorriso, o irritante movimento de sua garganta quando bebia alguma coisa, sua persistência em murmurar as tolas gírias da moda sempre que se emocionava ou se encantava com algo no mundo.

Dali a uma década, conjeturava ele, ou um século, será que os trejeitos e cacoetes dela o levariam à violência? Uma sentença de vida, refletiu: a expressão tinha adquirido um outro sentido. Ao mesmo tempo, Andrew jamais se cansava de Beatriz. Cada vez com maior freqüência, mandava seu motorista ir buscá-la e, cada vez com maior freqüência, ele não a encontrava em casa. Seu alheamento o deixava cismado, irritado. Iria abandoná-la de vez, pensava às vezes, cheio de raiva, sentado sozinho em seu escritório, trêmulo diante daquela incapacidade inusitada de realizar o que desejava. A ciência havia sido a vida de Andrew; mas, ainda assim, ela não o havia preparado para aquilo. Nem para a cólera que o acometeu ao saber que Beatriz se encontrava com outros homens no jardim ou no terraço da casa de seu pai, em carros ou em vagões de trens. Nem para a saudade e a mágoa que vieram à tona para substituir a cólera, um anseio ardente que o levou, finalmente, a sair de carro para pedir-lhe explicações naquela noite.

Andrew estacionou em frente à casa do pai dela. Uma criada, que se mostrou agitada e atônita quando perguntou por Beatriz, explicou que ela se encontrava no terraço. Andrew desconsiderou as tentativas da moça de fazê-lo sentar e esperar. Atravessou o vestíbulo com passos largos e, seguindo seus instintos, subiu a ampla escadaria curva para o segundo andar e a outra, mais inclinada, para o terceiro, onde descobriu uma porta aberta e a pequena escada que levava ao terraço. Subiu por ela, emergindo no ar da noite, fresco e estimulante. Vasos de flores e de pequenas árvores tinham transformado o terraço num jardim. Bancos e mesas ofereciam lugares para descanso e para admirar a vista da cidade iluminada lá embaixo. Beatriz estava com a cabeça curvada olhando por um telescópio, o cabelo descendo-lhe pelos ombros, enquanto a silhueta que se desenhava atrás dela apontava para o Cinturão de Órion, a Ursa Maior e a Ursa Menor, as tranças graciosas da Cabeleira de Berenice.

– Não é possível que não consiga vê-las – exclamou. Ele estava de chapéu e gesticulava para as estrelas com um jornal dobrado. – Ora, elas estão tão nítidas como se eu mesmo as tivesse desenhado lá.

– Deixe-me tentar ver outra vez – ela o acalmou. O cabelo escuro deslizou-lhe pela face e naquele instante a raiva de Andrew Byar se dissipou. Compreendeu que jamais poderia renegar Beatriz, assim como não poderia renegar a si mesmo. O que havia começado como ciência e desejo tinha se transformado em algo maior, tão essencial para ele quanto a própria vida, de tal modo que, vê-la naquela intimidade com um estranho, envolvida em um mundo sobre o qual ele nada sabia, fazia-o perder o ar de tanto sofrimento.

Com o ruído, os dois levantaram a cabeça do telescópio, espantados.

– Andrew! – exclamou Beatriz. Seu pai, pois se tratava de seu pai, Jonathan Crane, com sua mecha de cabelo branco caindo sobre os olhos e suas mãos velhas e manchadas, deu um único passo à frente e disse:

– Byar, que diabos está fazendo aqui?

– Vim falar com Beatriz.

– Sem ser convidado – acrescentou ela, rispidamente.

O olhar de Jonathan Crane se deslocou rapidamente de um para o outro, sua barba rala cortando o ar.

– Bem – disse ele –, Beatriz está aqui, como vê. Se vai ou não falar com você, não sei. Mas, em todo caso, você pode me ajudar, Byar. Venha até aqui e dê uma olhada. Beatriz insiste em afirmar que não existe ordem no céu. Diga a ela, por favor, que está errada.

– Talvez errada não seja a palavra certa – objetou Byar, atravessando o terraço. Beatriz o encarava; ele sentia seu olhar como a dor de um tapa. – Talvez ela prefira que as estrelas permaneçam desconhecidas.

– Talvez eu enxergue minhas próprias configurações – replicou ela. – Talvez esteja à procura de configurações inteiramente novas.

– O mundo é como é – disse o pai. – Venha, Byar, dê uma espiada.

Andrew se debruçou sobre o telescópio e olhou para um céu familiar. Quando por fim levantou o corpo, verificou que o velho o estudava com um olhar ao mesmo tempo constante e determinado, o que o fez lembrar-se das muitas reuniões em que tinham estado frente a frente, exatamente assim, opondo-se em questões referentes a produção de aço ou a fundos de caridade.

– Órion – disse Andrew, pois a ordem das estrelas era algo claro para ele, que não via motivo para dizer o contrário. – E a Ursa Maior, pendurada na estrela Polar como se estivesse presa a um gancho.

– Está vendo, Beatriz? – disse seu pai. – Até o seu amante secreto sabe encontrar as constelações.

Em meio ao silêncio que se seguiu, o velho falou novamente:

– Sim, eu sei de tudo. De tudo, menos de suas intenções, Byar. Beatriz o visita em segredo, segundo ela imagina, toda semana. Nesses encontros, você lhe oferece uma taça de vinho. Às vezes ela entra em casa com você, às vezes não. Sou o pai dela e estou lhe perguntando quais são suas intenções.

Andrew Byar encarou seu velho rival. Como descobrira tudo? Sua emoção seguinte, entretanto, foi de puro medo, pois havia compreendido, naquele momento em que surgiu no terraço e avistou Beatriz, que o desejo tinha raízes na possibilidade da perda. Compreendeu também que, caso Beatriz não estivesse presente para solidificar sua crença, para confirmar sua confiança, assim como a luz confirma a existência de uma sombra, então a crença poderia abandoná-lo por completo.

— Este é um assunto meu — protestou Beatriz, a voz clara, mas trêmula de raiva. — Vocês não são meus donos, nenhum dos dois, e não têm o direito de debater a meu respeito dessa maneira.

— Mas eu quero responder — disse Andrew, que, com cuidado, explicou a experiência ao pai dela.

Jonathan Crane bateu com o jornal dobrado na palma da mão.

— Ridículo. Suas idéias são absurdas.

Iniciaram então uma polêmica, atacando as propriedades do rádio da mesma forma como tinham anteriormente esgotado a questão das propriedades do aço. Discutiam com tamanha paixão e ferocidade que se esqueceram inteiramente de Beatriz. Seu pai foi o primeiro a notar que o clima do silêncio tinha mudado; o terraço, com seu intricado piso de cerâmica e seus vasos de flores, estava vazio.

— Está vendo bem qual é a situação — disse ele, em tom áspero, interrompendo Byar. — Ela foi embora. Decidiu ignorar nós dois.

Beatriz estava bem próxima, parada junto ao portal, e escutou o que o pai disse. Não esperou pela resposta de Andrew. *Quão pouco eles compreendiam*, pensava, descendo as escadas até seus aposentos. Quantas coisas eles nem levavam em conta porque as tomavam como certas, quantas outras faziam questão de não enxergar. Ela nunca tinha feito qualquer promessa a Andrew; ele confundira seu silêncio com cumplicidade, apenas isso. A experiência despertava tanta paixão em Beatriz quanto as distantes e abstratas configurações de constelações no céu. Por que se limitar a ver as estrelas como touros, cabritos e caranguejos, quando, de um outro ponto de vista — da Lua, de Júpiter ou de Saturno, por exemplo —, podem parecer algo totalmente diferente? Ou até, indo mais além nesse raciocínio, alguém possa descobrir configurações diferentes daquelas que seu pai, Andrew Byar, ou qualquer outra pessoa, jamais imaginou, utilizando outra forma de percepção, outra estrutura de pensamento. Afinal de contas, ambos não tinham a mais leve noção dos mistérios no coração dela própria. Por que, então, ela confiaria na visão que tinham do mundo?

Bem, não confiaria. E não demorou muito para fazer a mala.

A casa estava imersa em silêncio. Roberto lhe fizera uma proposta de casamento e, na onda de sua recusa, ele rejeitou a oferta do pai dela, dando as costas aos negócios do aço e voltando a Pádua para estudar Botânica. *Estou livre de você agora*, escreveu Roberto, sucinto, num cartão-postal. Ela leu, refletiu por um momento e escreveu embaixo: *Sua liberdade me dá alegria*. Em seguida, enviou-o de volta.

Uma única mala, mas pesada. Arrastou-a pelas escadas abaixo e atravessou o hall de mármore, grata pelo murmúrio da fonte, que abafava seus passos. Do lado de fora, o carro de Andrew esperava. O motorista deu partida no motor assim que a viu surgir à porta. *Ora, por que não?*, pensou Beatriz, embora pretendesse chamar um táxi. Naquela noite, aceitaria a carona. *Sim, por que não?* O motorista atirou o cigarro no chão e saltou para guardar a mala dela. Beatriz deslizou pelo banco de couro macio e entrelaçou as mãos sobre a bandeja de nogueira, inalando o perfume peculiar de Andrew: colônia e charutos sublinhados por um leve odor de aço. O líquido de seus pequenos frascos não tinha cheiro, mas o carro estava repleto dos aromas de dinheiro e do ar de outono, bem complementares de certa forma. *Para a estação*, indicou ela, e o motorista arrancou. Beatriz deu uma olhada para a casa, imaginando se Andrew e seu pai ainda estariam no terraço discutindo as estrelas, o mercado de ações ou seu temperamento obstinado. Não importava, na verdade. Tomaria o primeiro trem para onde quer que fosse. Pegou a caneta de Andrew. Por cima das cifras da produção, que ele veria assim que o carro voltasse para buscá-lo, escreveu em grossas letras negras: *Minha liberdade me traz alegria.*

• • •

Beatriz viajou durante quase um ano para Boston, Chicago, Nova York, Filadélfia e Washington. Histórias de suas loucuras se acumulavam em seu rastro: como bebera demais e dançara descalça na neve; como arranjava amantes com despreocupada facilidade. Fotos escandalosas apareciam nas revistas da sociedade: Beatriz com seus braços esbeltos em torno de um pescoço, depois de outro, a curva delicada dos seios visível sob seus vestidos indecentes. Beatriz vestida de homem, vestida de urso, usando uma coroa como se fosse uma estrela. Estava sempre rindo, mas as pessoas repararam que a vida de desvarios a tinha deixado mais magra, com um aspecto febril em seus olhos. Também observavam Andrew Byar dissimuladamente, comentando o quanto ele havia definhado, minguando como a lua na ausência dela. Ou talvez fosse por causa das greves, que haviam começado logo depois da chegada do novo forno, quando 300 operários foram despedidos em nome do progresso. Num protesto sangrento, linhas de produção inteiras tinham sido paralisadas durante semanas, tornando sem sentido as cuidadosas projeções nas quais Beatriz rabiscara sua frase de libertação.

Na iminência do verão, as histórias sobre as leviandades de Beatriz de repente cessaram. Acabaram-se as fotos. O pai fez discretas investigações, mas a única coisa que descobriu foi que ninguém tinha voltado a vê-la desde uma festa em uma propriedade nos extremos das Adirondacks, um mês antes, em que ela dançara freneticamente, diziam as pessoas, desvairadamente e sem parar. Estava lá, dançando, depois sumiu. Sem mais nem menos, desapareceu, embora ninguém tivesse parado para pensar a respeito na ocasião. Ela poderia ter saído para tomar ar em algum terraço ou para dar uma volta.

Ninguém a viu quando, num canto da agitada sala, parou e acendeu um cigarro. Ou talvez tivessem visto, mas não notado, pois a festa estava fervendo, todo mundo bebia e Beatriz era apenas mais um fragmento colorido no mosaico cinético da noite. Ela tragou fundo a fumaça, contemplando os lampejos de braços e tornozelos, o brilho dos vestidos bordados. Depois atravessou a porta de vidro para o terraço, fechando-a atrás de si, de forma que a intensidade visual da festa ficasse separada do barulho, que passou a lhe chegar abafado. Tragou outra vez, cruzando os braços nus para se proteger do ar da noite. Ela achava que tinha começado a fumar em algum momento, em Chicago, depois de um rapaz ter deixado seus cigarros em cima de uma mesa e ela tê-los enfiado em sua bolsa. Chicago, Boston ou Nova York, esta era uma descoberta: a de que isso realmente não importava. Qualquer que fosse a verdade que estivesse buscando, tentando achá-la no riso, nos trajes e nos homens, ela simplesmente não a havia encontrado. Uma por uma, ela descartara as possibilidades e nesse momento estava ali, numa festa que era real, mas também irreal, num lugar que não era o seu. Sua vida em Pittsburgh também estava perdida, agora não passava de um sonho. Ouviu rumores das greves, é claro, e, através deles, de Andrew. Viu duas fotografias dele e notou como envelhecera. Estranhamente descobriu que sentia falta de seus encontros no jardim, tão secretos e empolgantes. Sentia falta até do próprio Andrew e de seu pai, pois sem seus organizados pontos de vista sobre o mundo para combater, para defini-la, a liberdade que havia conquistado deixava de produzir o efeito esperado. A sala, depois das portas de vidro, oscilava e pulsava. Beatriz jogou fora o cigarro ainda aceso na grama molhada e foi andando sozinha para o lago.

Estava escuro. Pequenas ondas quebravam na margem. Ela tirou os sapatos e entrou até os tornozelos na água gelada, que até bem recentemente fora gelo puro. Nas últimas semanas, as sensações de leveza a tinham, aos poucos, deixado de lado, sendo substituídas, num momento ou em outro, por misteriosas pontadas de dor, que iam e vinham até, por fim, virem e ficarem. Em movimento, ela não as sentia, o que era uma das razões por que vivia daquela maneira. Abaixou-se e apanhou a água fria nas mãos em concha, escutando o chamado distante dos mergulhões. Um clarão branco na margem oposta chamou sua atenção. Ela olhou para cima, depois se manteve imóvel como a água, observando a linha das árvores.

Talvez não fosse nada, talvez nada mais insólito do que os nastúrcios reluzindo ao anoitecer no jardim de Andrew. Mas Beatriz teve a impressão de vislumbrar seu irmão, parado tão naturalmente no meio das árvores quanto uma corça, uma das mãos no bolso e a cabeça inclinada para o lado, com a floresta por trás. Durante um longo tempo, até suas pernas doerem e começarem a tremer por causa do esforço que fazia para manter-se imóvel, ela não se mexeu. Quando se levantou, ele tinha ido embora. Entretanto, Beatriz estava convencida de que seu irmão estivera ali, de que ela havia visto alguma coisa vital entre aquelas árvores. Ainda descalça, seguiu-o, deixando o lago.

A floresta era quase selvagem e era noite. Dentro de casa, as pessoas riam, cantavam, adormeciam nos sofás mesmo com a música tocando alto, os diamantes escorregando de suas mãos. Passaram-se dias até o desaparecimento de Beatriz ser confirmado. Duas semanas até grupos de resgate serem despachados e mais 10 dias até ser encontrada, não por nenhum daqueles que a procuravam, mas por um grupo de meninos que queriam se tornar Escoteiros-Águias. Magra como um graveto, com as roupas sujas e rasgadas, ela estava sentada numa pedra perto de um riacho. Não se mostrou nem um pouco surpresa ao vê-los.

– Ah, olá – disse, levantando-se e limpando a sujeira das mãos. – Eu estava me perguntando quando iria aparecer alguém.

Os meninos se juntaram em volta dela, estupefatos. Para eles, ela parecia uma criatura encantada, uma corça que falava, um feixe de luz assumindo forma humana. Tiveram medo no início, hesitaram em oferecer-lhe seus braços como apoio. A caminhada não planejada levou quase um dia, porque os garotos, inexperientes, eram obrigados a parar com freqüência para consultar suas bússolas. E Beatriz estava fraca. Andava devagar e, a princípio, andou em silêncio. Depois de algumas horas, porém, começou a contar histórias, histórias fantásticas, sobre suas semanas sozinha na floresta. Mais tarde eles iriam discutir sobre elas, concordando com detalhes, mas nunca com o todo. Ela havia comido terra, segundo afirmava, e arrancado brotos de bordo menores do que seu dedo para beber sua seiva. Tinha ficado de pé em pleno dilúvio, a água pingando das pontas de seus dedos, da cabeça, e observando um rebanho de alces andando numa clareira. Primeiro, ficou seguindo seu irmão, entrevendo o brilho de seu cabelo num momento e o lampejo de um braço no outro, mas, no fim, ele desapareceu e ela ficou abandonada, sozinha. O que não contou aos meninos, com receio de assustá-los como tinha assustado a ela própria, foi sobre as noites escuras, quando dormiu em cima de musgo ou de galhos de pinheiro; noites de um negrume tão profundo que ela nem saberia dizer, afinal, se a escuridão vinha de dentro de si ou de fora. De qualquer maneira, Beatriz os assustava. Seu braço não era mais do que um osso vivo nas mãos deles quando a ajudavam a atravessar rios e passar por cima de troncos caídos. Beatriz viu o medo nos olhos deles; escutou-os dizer, mais tarde, que era maluca. Depois desse comentário mesquinho, ela se calou, consciente de que jamais poderia explicar como a solidão, tão inusitada e tão perigosa, a tinha transformado para sempre.

Em sua linda casa no alto do penhasco, Andrew leu sobre o resgate. Ele próprio já não estava bem e passava quase todos os dias em seu escritório ensolarado examinando papéis ou sentado no solário com sua mulher. Leu com atenção o breve relato na última página do jornal que narrava a saída de Beatriz da floresta com folhas entrelaçadas no cabelo e terra agarrada no vestido.

Quando ela voltou para Pittsburgh, ele foi ao seu encontro na estação ferroviária. Ela desceu do trem vestida com simplicidade, com uma saia de seda branca e uma suéter cinza de caxemira. Estava muito magra. *Ela está morrendo*, pensou Andrew. Beatriz também pensou o mesmo ao vê-lo parado na plataforma, curvado e cinzento como se estivesse em coma. Seu coração se encheu de tristeza, bem como de um amor repentino e inexplicável. Teve então uma vívida consciência, como se estivesse vendo à sua frente, de que a orquídea havia murchado na estufa, as flores estavam mortas, as folhas e caules queimados. Beatriz tinha 21 anos.

– Amei você – murmurou Andrew quando ela passou por ele. – Acredite, Beatriz, escolhi você por amor.

– Não – respondeu ela. Falava com voz serena, pois o medo e a amargura tinham desvanecido durante suas semanas na floresta. – Não houve amor entre nós, nunca houve amor bastante nem em você nem em mim. Fui sua experiência. E você foi parte da minha.

Não se falaram mais, apesar de dentro de poucos meses estarem internados no mesmo sanatório. O que tinham observado um no outro era verdade, uma verdade terrível: ambos estavam morrendo. Medidores Geiger estalavam e crepitavam com a respiração dos dois, denunciando a desintegração de suas células. O menor toque resultava em hematomas lilás-claros contra um fundo de nuvens de temporal em seus braços. Suas famílias iam visitá-los levando flores, vinhos, livros, novidades, os pequenos confortos do cotidiano, e quando Beatriz e Andrew se cruzavam nos corredores desviavam o olhar um do outro: qualquer que fosse a ligação que tivesse existido entre eles era ignorada, como se, ignorando-a, pudessem apagá-la.

Numa tarde, quando todos já tinham ido embora, Beatriz se levantou, tomada por um desassossego insaciável. Precisava se mexer. A escadaria era grandiosa, feita de nogueira, e formava uma curva até o térreo, onde portas de vidro se abriam para o jardim. Beatriz levou meia hora para descer. Do lado de fora a grama estava quente e densa, germinando sob seus pés descalços. Sentiu uma onda de puro assombro em contato com sua textura, como se cada folha fizesse separadamente uma pressão suave em sua pele.

Não tinha ninguém à vista; a luz do sol era uma cálida mão que ia e voltava. Ela pensou em Andrew, em seu ar solene ao pingar as gotas nas taças, em como ele acreditara profundamente – e confiara inteiramente – nas certezas da ciência. Ela nunca havia partilhado a crença dele, mas não se arrependia. Não fora, como algumas pessoas afirmavam, um amor inconseqüente, nem o sacrifício de si mesma, nem a natureza extravagante de um coração de jovem que a tinham levado até aquele momento. Nunca fora veículo de sonhos de ninguém nem vítima de Andrew em sua busca obstinada de conhecimento científico. Era vida o que ela queria; vida, o que abraçara, sem nenhum momento perdido ou inexplorado, sem nenhuma claridade e nenhuma escuridão despercebidas.

Beatriz parou para descansar numa pedra. No alto do prédio de tijolos aparentes a cortina de uma janela esvoaçou, erguendo-se por um instante, como um véu. *Eu crio o universo*, murmurou ela, sabendo que, de certa estranha forma, aquilo era verdade, já que agora sabia que o mundo era um lugar reluzente, moldado de novo a cada instante pelo mistério da percepção, cada átomo em movimento constante, embora invisível; salvo que, de repente, para Beatriz, o movimento *era* visível. Tinha a impressão de que a terra sob seus pés era volúvel como as ondas do mar, e a beleza transitória do jardim, as sutis modificações e alterações das grandes pedras, tudo a deixava sem fôlego.

Um vento soprou. Os galhos estalaram e, em seguida, as pedras começaram a fazer ruídos, de maneira ressoante e estranha. Tudo ao seu redor se dissolveu, desmanchando as formas das árvores e flores. O ar ficou cheio de cores. Dentro dela, fora dela, lá estava esse redemoinho e fulgor: era o maravilhoso e aterrorizante conhecimento que tinha adquirido. Havia beleza também e até coerência na maneira como seus próprios pensamentos eram estilhaçados, chegando-lhe em camadas e impulsos: o cabelo brilhante do irmão e a sensação de um cavalo prestes a saltar sobre ela, o pescoço avermelhado do pai e o aroma de biscoitos no forno a flutuar pela casa num dia de chuva. E o rosto de Andrew em seu jardim luminoso, tão solene e tão cheio de esperança. *O elixir da vida*, dizia ele, e agora as pedras entoavam também um cântico que reverberava por cada célula de todas as coisas, vivas e inertes, um som tão poderoso que até o corpo dela própria se tornou indistinto e perdeu a forma, despencando no mundo inquieto como pétalas caindo, como água se esfacelando, como cada diminuta partícula de luz.

13

HISTÓRIAS DE RATOS

QUANDO CLARA ENTROU NA VARANDA CARREGANDO UMA BANDEJA DE bebidas para seus convidados, o rato que estava escondido atrás da samambaia subiu pela parede e correu pela grade de ferro. Clara olhou calmamente para ele, o corpo cinzento arqueado arrastando a cauda. Foi somente o grito súbito de Inês, que deu um pulo e subiu em sua cadeira de ratã tremendo, que fez Clara deixar cair a bandeja. Steve correu para confortar a hóspede assustada, colocando a mão com firmeza e determinação na base de suas costas. Raul e Paulo se precipitaram para segurar as bebidas antes que caíssem, mas não foram bem-sucedidos. Os copos se espatifaram, o gim e o uísque se espalharam em poças e cubos de gelo patinaram por todos os quatro cantos do piso trabalhado de cerâmica.

– Merda – disse Clara, primeiro em inglês, depois em francês. Ela tinha sido uma anfitriã diplomática, passando incessantemente de um idioma a outro o dia inteiro. – Merda, merda, merda.

– Clara! – Steve a repreendeu. Ele ajudou Inês a descer da cadeira e manteve, de forma protetora, a mão no braço dela. Steve dirigia projetos de agricultura no Terceiro Mundo e Inês havia chegado da sede da empresa uma semana antes para avaliar seu trabalho. Ela tinha vindo diversas vezes no ano anterior; suas visitas causavam um tremendo alvoroço no escritório. Depois de tantas noites escutando Steve reclamar de Inês, de seu autoritarismo, de suas exigências absurdas, de sua falta de compreensão em relação às limitações práticas disso ou daquilo, era muito esquisito para Clara vê-lo parado junto dela, solícito e afável, como o perfeito anfitrião. Aquela visita, porém, era importante. Inês estava lá para renovar, ou não, o financiamento de Steve. A tensão das últimas semanas tinha deixado Steve mais pálido do que de costume sob aquela barba escura, e sua testa estava vincada de rugas de preocupação. Desde o dia em que Inês chegou, saltando na bem-cuidada pista de pouso do aeroporto vestida com um conjunto cor de pêssego e usando um chapéu de palha de abas largas, Clara mal o via.

– Chega, Clara – disse Steve.

Tinham brigado o dia inteiro – a semana inteira, melhor dizendo –, e, se estivessem sozinhos, ela teria atravessado a sala, dado um tapa em sua cara, talvez, e perguntado quem ele pensava que ela era, uma empregada qualquer? Aqueles eram convidados seus, afinal, não dela, e também não era culpa sua o fato de haver ratos na casa, nem de a idiota, a poderosa Inês ter subido na cadeira, com os joelhos apertados um contra o outro, toda assustada. Mas não estavam sozinhos e nem estariam por muitas horas, de modo que Clara baixou os olhos para a poça de bebida que se espalhava e para Raul, curvado, catando cacos de vidro no chão. Raul era consultor educacional, a única pessoa do escritório, além de Steve, de quem Clara podia afirmar que realmente gostava.

– Não, não, pode deixar, Raul – disse ela, tocando-lhe o braço. – Deixe, a criada vai cuidar de tudo. Vou buscar outra rodada para nós.

Quando voltou com a segunda bandeja, a confusão tinha terminado, estava tudo limpo e todos sentados. Inês, com as pernas compridas dobradas sob o corpo, aceitou o gim com um sorriso insosso.

– Obrigada – murmurou, sorvendo um grande gole. – Estou me sentindo uma boba, mas tenho pavor de ratos.

Raul pegou um copo de gim para ele e entregou um de uísque a Paulo, um rapaz jovem, apresentado como assistente de Inês. Como ela sempre tinha viajado sozinha antes, naquela noite Clara estava muito curiosa a respeito de Paulo, que, apesar de ser pelo menos 20 anos mais novo do que Inês, já tinha cabelo grisalho. Clara desconfiava de um caso entre eles e estava ansiosa para perguntar sobre isso a Raul, baixo, magro, espirituoso, e que lhe sussurrava piadas e fofocas maliciosas nas festas do escritório. Mas ela ainda não tinha conseguido ficar a sós com ele nem um minuto naquela noite, e Raul iria viajar de novo no dia seguinte. Clara jogou a longa trança de cabelo nas costas e sentou-se. Raul tomou um gole prolongado de sua bebida e sacudiu a cabeça para ela, satisfeito.

– Perfeito – observou. – Não há nada melhor do que gim nos trópicos. – E sorriu para Clara. – Agora – acrescentou –, você não deve dar importância a Inês, que ainda está cansada por causa do vôo. Geralmente, ela é uma hóspede perfeita.

– Inês é uma hóspede *maravilhosa* – protestou Steve.

Raul fez um gesto com a mão, contestando-o.

– Não, hoje ela não está em seus melhores dias. Mas não precisa ficar constrangida, Inês – prosseguiu ele. – Os ratos são criaturas detestáveis. Quando eu estive na África, o lugar onde fiquei era uma velha missão infestada de ratos. Ao chegarem os primeiros missionários, os nativos lhes cederam aquela colina de bom grado, porque achavam que era mal-assombrada. Ninguém queria viver lá. As pessoas sempre tinham usado o lugar como uma espécie de depósito de lixo e, com o passar dos anos, os ratos tomaram conta dele. Os missionários construíram a missão assim mesmo, mas não conseguiram livrar-se dos bichos. Não havia como exterminá-los. Além disso, alguns eram enormes, grandes como gambás. Acabei me acostumando, mas mesmo assim costumava carregar um porrete comigo sempre que saía à noite. Eram *deste* tamanho! Meu assistente era mais corajoso. Esmagava os menores com os pés descalços e nem se importava. Para ele, era como se estivesse matando moscas.

– Oh, Raul, tenha paciência, que nojo! – disse Inês. Ela sacudiu a cabeça, bebeu seu gim e ficou olhando com ar mal-humorado para a rua empoeirada, onde um grupo de crianças nuas brincava. Tudo em Inês era comprido, Clara notou, o cabelo, os braços, as pernas, os ossos do rosto. – Eu não agüentaria ver uma coisas dessas, tenho certeza absoluta.

Raul deu de ombros e piscou disfarçadamente para Clara. Ele cheirava, de leve, a cravo-da-índia.

– A gente se acostuma – repetiu ele. – Santo Deus, Inês, depois dos lugares onde você morou, achei que estivesse completamente imune a eles.

– Eu sei, eu sei – lamentou-se Inês. – Bem que deveria estar. Mas não consigo, estou cada vez pior. Não suporto imaginá-los correndo por cima dos meus pés.

– Não se preocupe, Inês – disse Steve, com voz séria, baixa, reconfortante. Usava uma camisa de *batik* de estampa escura e o sol poente dourava seus braços bronzeados. Clara o fitou, lembrando noites pelo mundo afora, no Nepal e no Sudão, no Laos e, certa vez, em Burma, quando falava com ela daquele jeito. Fazia tempo que isso não acontecia mais. Os últimos raios de sol entraram enviesados na varanda, iluminando o rosto de Steve, o jogo de luz e sombra fazendo seus traços parecerem fortes e regulares. Ele dirigiu um sorriso a Inês, que a própria Clara não via fazia semanas, e depois completou a bebida dela com água tônica. – Tenho certeza de que aquele rato em particular foi uma completa aberração – mentiu. – Tenho certeza de que você viu o último rato da noite.

– Você está sempre tão calmo, Steve – disse Inês. – É uma qualidade muito tranqüilizadora, sabe. – E sorriu para ele, mas nem assim baixou os pés para o chão.

É melhor mesmo, pensou Clara, vindo-lhe à mente o ninho que tinham descoberto naquela manhã, depois de dias de misteriosos rastros e ruídos, de sopros do mau cheiro revelador, um cheiro de pêlo úmido em decomposição. *Agora compreendo*, disse Steve, afastando-se do emaranhado do ninho, entulhado de pedaços de pano e de mato, de fios de pêlo grosso e escuro. *Agora sei de onde vem a expressão "sinto cheiro de rato".*

Paulo pousou o copo na mesa e pigarreou. Tinha ficado calado a noite inteira, educado mas misterioso, e agora todos olhavam para ele. *Era atraente*, pensou Clara, *com aquele cabelo grisalho e espesso caindo em ondas contra o rosto bronzeado, assim como o mar contra a areia.* Parecia um herói do Ramayana, sentado ali na varanda dela. Inclinou-se para ouvir o que tinha a dizer, não querendo gostar dele, querendo pensar que Inês era infeliz.

– No lugar onde estive, na América do Sul, as pessoas comiam ratos – disse Paulo, imperturbável.

– Não me conte – insistiu Inês, agitando a mão comprida no ar e balançando a cabeça. – Por favor!

Paulo sorriu. Seus dentes eram brancos e perfeitamente uniformes.

– Ah, vou contar, sim – disse. Clara olhou para ele com atenção, refletindo se seria coragem ou mera ignorância o que o fazia ir adiante daquela maneira. As pessoas que trabalhavam para Inês geralmente faziam de tudo para mantê-la contente. – Acho que você precisa de uma terapia de choque, Inês. Talvez o que a gente tenha mesmo de fazer seja capturar um rato e deixar você tocá-lo.

– Poderíamos colaborar com isso – interpôs-se Clara, atraindo um olhar ríspido de Steve, mas sentindo-se solta e atordoada como se estivesse à beira de um precipício. O semblante de Inês estava agora tão tenso que despontaram duas pequenas rugas fundas de cada lado de sua boca. – Nossa criada comprou aquelas ratoeiras parecidas com pequenas gaiolas. Quando os ratos ficam presos ali, ela os mata com uma pancada na cabeça e joga na rua. Vocês devem tê-los visto em toda parte, tenho certeza, ratos mortos se tornando, aos poucos, parte das ruas.

Paulo deu uma risadinha, Raul sacudiu a cabeça, achando graça, e Inês quase engasgou com seu gim.

– Clara – disse Steve. A raiva na voz dele era igual a vidro moído, reluzente, tão sedutora e sutil que só ela percebia como era cortante. – Querida. Veja como está afligindo Inês. – Ele sorriu e apontou para a tigela de cristal quase vazia em cima da mesa. – As castanhas estão acabando – disse. – Temos mais lá dentro?

Como era bem-educado! Que homem maravilhoso, Inês devia estar pensando, e tão bonito com aquela barba escura, aqueles expressivos olhos azuis. Só Clara percebeu a densa trama de raiva que acolchoava cada palavra. Dirigiu-lhe um sorriso fascinante.

– Não sei – disse ela. – Por que você não vai ver?

As castanhas estavam no congelador, cuidadosamente empacotadas, por causa dos roedores. Ambos sabiam disso. Steve hesitou, depois pousou seu copo e manobrou para passar por Inês. Quando esbarrou no ombro de Clara, a agressividade dele a atingiu como uma brisa fria e a raiva cresceu como uma sombra no íntimo dela. Steve estava preocupado, Clara podia apostar, achando que ela fosse comprometer a decisão sobre seu financiamento, embora devesse saber muito bem que a preocupação era desnecessária. Depois de tantos anos, é claro que ela seria uma boa anfitriã. Por causa do financiamento, guardaria para si o resto de suas histórias de ratos. Mas viu, satisfeita, que Paulo e Raul já haviam embarcado no assunto.

– Estou falando sério – disse Paulo. Ele pôs a bebida em cima da mesa e se recostou na cadeira, correndo as mãos pelo denso cabelo e entrelaçando-as atrás da cabeça. – Se quiser vencer o medo, Inês, primeiro tem de enfrentá-lo. Comigo, esse método deu certo. Estive durante algum tempo nas Seychelles, trabalhando num projeto de engenharia. Eu sempre reparava que os operários tinham algumas camadas de pele a menos nos dedos das mãos e dos pés. Deixei de pensar no assunto até acontecer comigo e, uma ou duas vezes, eu ter aquela reação esquisita na pele. No princípio achei que fosse alguma espécie de doença. Cheguei a pesquisar sobre os sintomas da lepra. Um dia a preocupação cresceu a ponto de me fazer procurar um médico. Era um médico indiano, um sique. Usava um turbante todo branco na cabeça. Deu uma espiada em meus dedos e riu. *Ora, senhor Paulo*, disse, *estou vendo que tem sido incomodado por nossos astuciosos ratos. Eles vêm à noite, sabe?, e deixam as pontas dos dedos das pessoas insensíveis com seu bafo. Aí podem mordiscar as primeiras camadas da pele sem ser detectados.*

Clara sorriu. O rosto comprido de Inês se contorceu numa expressão parecida com a de dor.

– Muito obrigada, Paulo – disse Inês. – Nunca mais vou dormir de novo.

Paulo sacudiu a cabeça com certa impaciência. Levantou a mão e mostrou os dedos, longos e de pontas quadradas. Por um instante, todos ficaram quietos, olhando para as suas mãos intactas.

– Minha intenção não é causar repugnância em você, Inês. Estou tentando explicar. Imagine o que senti com aquelas marcas feitas pelos ratos nas minhas mãos. Saí e comprei todos os rolos de arame que consegui encontrar e armei uma verdadeira fortaleza em meu quarto. Minha pele se recuperou, mas continuei dormindo mal. Não parava de pensar nos dentinhos dos ratos, brancos, finos como ponta de faca. Acordava suando frio, sonhando com eles. Finalmente, concluí que, se tocasse num rato, numa situação controlada, é claro, talvez fosse capaz de superar o medo. Assim, capturei um, à noite, com uma armadilha igual às que Clara descreveu. E peguei um grande, meu Deus, e preto. Mas me forcei a tocar nele, e não foi uma sensação muito diferente de, por exemplo, tocar num gato. Depois o envenenei. Não foi agradável, mas os pesadelos terminaram e, desde então, nunca mais me preocupei com ratos.

Inês tinha tomado sua bebida até o fim enquanto escutava.

– Admiro você, Paulo – disse, deixando o copo suado sobre a mesa. – Mas jamais conseguiria tocar num rato. O meu caso é de fobia genuína. Não tenho medo de nenhum outro animal. Por exemplo, e aí vai uma história real para você, eu morava no campo, na Indonésia, numa casinha linda. Ficava perto de um rio, uma verdadeira maravilha, com coqueiros oscilando no alto e todo tipo de animais silvestres. Lagartos-monitores tão compridos quanto a sua altura, Paulo, e certa vez cheguei a ver um jacaré deslizar da margem para a água. Gostava muito daquilo e observava tudo da varanda do segundo andar da casa. Bem, um dia, cheguei cedo do trabalho. Era um daqueles dias abafados e quentes do interior e eu estava encharcada de suor. Tirei a roupa depressa, apanhei meu sarongue e fui tomar um banho. A banheira ficava do lado esquerdo e a pia à direita, bem em frente a ela; eu me dirigi primeiro para a pia, pois queria escovar os dentes. Agora, imaginem isso. Lá estava eu, de pé diante da pia, a boca cheia de espuma de pasta de dentes, quando vislumbrei no espelho alguma coisa escura se mexendo dentro da banheira. Um lagarto, pensei primeiro, apesar de saber instintivamente que não era. Parei, imóvel, com a escova de dentes dentro da boca, e vi, pelo espelho, uma cobra subir na porcelana branca da banheira.

Steve estava parado à porta, com a tigela de cristal cheia de castanhas, e Inês interrompeu sua história para sorrir e sinalizar que sentasse em sua cadeira. O rosto dela estava corado, com duas manchas rubras nas faces pálidas, e seus dedos compridos se movimentavam como finos feixes de luz. Raul e Paulo, que tinham se inclinado para a frente em suas cadeiras, aproveitaram para reabastecer seus copos. Clara observava Steve enquanto ele colocava as castanhas no centro da mesa. Ele estava sorrindo, mas havia um músculo contraído em seu rosto magro.

Quanta coisa nesta vida acabava sendo questão de sorte, boa ou ruim, refletiu Clara, pegando uma castanha. Aquele jantar, por exemplo, tinha sido planejado por eles com o maior cuidado durante semanas e, no entanto, quase fora por água abaixo. Tudo estava pronto, os mármores encerados, as vidraças reluzindo, o assado no forno, quando o cheiro mais desagradável do mundo começou a espalhar-se pela casa. Sem dizer palavra, ela e Steve se encontraram na cozinha, colocando de lado

213

seus panos de limpeza e suas animosidades. Steve desligou o gás, arrancou o fogão da parede e, juntos, o inclinaram para a frente, para examinar o espaço de trás. O fedor de urina aquecida, pêlos queimados, se intensificou e, com o fogão equilibrado entre eles, ouviram ruídos de um movimento frenético. Então, como se chegassem a um consenso repentino, os ratos começaram a saltar de dentro de seu ninho, por cima do fogão. Um depois do outro, grandes ratos negros seguidos por seus filhotes menores. Assim como Inês, Clara teve vontade de gritar e correr, mas como ela e Steve estavam segurando o pesado fogão, um de cada lado, não havia nada a fazer a não ser esperar que todos os ratos saíssem. Um desceu pelo braço dela.

Até aquele momento, horas depois, Clara ainda sentia as garras peludas do rato em sua pele. Estremeceu, tentando livrar-se da sensação, depois falou para Inês:

– Como você deve ter se sentido vulnerável!

– Ah, fiquei apavorada. – Inês estava pensativa, olhando para a folhagem, mas ergueu a cabeça e se animou outra vez. – Eu gelei. Não sei se já viram uma serpente dessa espécie de perto, sem ser em fotos, quero dizer. Elas parecem ser muito más. Negras, oscilando, com aquela espécie de capuz enfeitado. Permaneci completamente imóvel por um instante e, através do espelho, vi a cobra balançar o corpo e sibilar para mim. Havia alguns metros de distância entre nós. Eu tinha de calcular se ela me alcançaria caso atacasse. Finalmente, de um salto, disparei para fora do banheiro e saí correndo e berrando como uma louca pela empregada e pelo jardineiro.

– Graças a Deus – disse Raul quando Inês fez uma pausa –, pela existência de empregadas e jardineiros.

Inês sacudiu a cabeça.

– É o que você pensa. Eles ficaram ainda mais aterrorizados do que eu. O jardineiro me deu um forcado de uns 4 metros de comprimento e me explicou como usá-lo, mas se recusou a subir, de modo que tomei uma bebida e subi sozinha. A cobra não estava lá, então sentei em cima do vaso sanitário e esperei. E, de fato, uma hora depois ela voltou, pôs a cabeça fora do ralo e entrou deslizando. Eu a prendi com o forcado e cortei-lhe a cabeça com um facão de mato que o jardineiro também me dera. O sangue, ah, foi horrível. Mas o que eu queria dizer com tudo isso é que não me abalou nada tocar naquela cobra, não depois de vê-la morta. Mas continuo achando que jamais conseguiria encostar num rato, mesmo que ele estivesse definitivamente morto.

– Inês – disse Steve, levantando seu copo. – Que história sensacional! Gostaria de fazer um brinde a você. Nota 10 em bravura.

Clara levantou seu copo junto com os outros e até sorriu, apesar de achar que

214

Steve tinha ido longe demais, que estava passando dos limites no sentido de querer agradar Inês.

– Isso mesmo – disse Raul, encostando seu copo no de Steve. – Muito bem. Quem sabe fosse interessante você adquirir uma píton, Inês, para comer seus ratos. Vi uma devorar um gato certa vez, e ela foi bem eficiente.

Todos riram e se levantaram. A escuridão tomou conta do céu com a rapidez característica dos trópicos. As flores das frangipanas fulguravam ligeiramente ao redor deles, seu perfume pesado flutuando pelo ar. Steve, com a deferência de um lacaio, segurou o cotovelo de Inês, e Clara se virou abruptamente, deixando as castanhas e os copos sujos para os ratos que espreitavam entre as folhas escuras, atrás deles.

O jantar original, começado a ser assado junto com os ratos no forno, tinha sido jogado fora, e Clara havia corrido ao restaurante mais próximo para encomendar arroz *biryani* e frango ao caril. Agora a criada os servia em travessas fumegantes, como se tivessem sido preparados ali na cozinha deles. Os três convidados comeram com grande apetite. *Ótimo caril*, murmurou Raul, servindo-se de mais arroz. *Biryani extraordinário!* Até Inês comia com prazer, como se estivesse preenchendo todas as compridas e estreitas concavidades de seus membros. Somente Steve e Clara, com o cheiro dos ratos ainda vívido na memória, comiam frugalmente. Mesmo assim, a conversa ao jantar foi polida e animada. Quando terminaram, depois de uma sobremesa de mangas frescas e café preto, Inês apoiou as costas na cadeira e respondeu à pergunta não mencionada que configurara aquela noite.

– Steve – disse ela –, Clara. Que jantar agradável! E acho que ambos concordamos – acrescentou com um gesto de cabeça para Raul – que vocês estão fazendo um bom trabalho aqui. Estou certa de que seu financiamento será renovado. É o que vou recomendar.

– Isso é excelente! – disse Steve, e Clara percebeu o alívio na voz dele. – Estou muito satisfeito.

– É maravilhoso! – concordou Clara. A preocupação já se dissipava na fisionomia de Steve, e ela pensou: *Sim, que bom, agora nossas vidas voltarão ao normal.*

Eles aceitaram tomar mais uma xícara de café, e Clara teve a confirmação de suas suspeitas iniciais no momento em que Paulo pediu desculpas por ter que ir embora, alegando precisar acordar cedo no dia seguinte, e Inês o acompanhou com o olhar enquanto saía, levantando-se logo em seguida. Ela sorriu languidamente, espreguiçando os braços compridos.

– Meu xale – murmurou. – Vou ter de acordar cedo também. Será que deixei na varanda?

– Vou ver – disse Steve, levantando-se de imediato. Clara sabia que ele estava pensando nos ratos. – Espere aqui.

– Bobagem – disse Inês. – Vou junto. Não vai saber onde procurar. Além disso, quero finalizar alguns detalhes com você.

Steve lançou um olhar para Clara, que deu de ombros. Inês já tinha anunciado sua decisão; que mal os ratos poderiam fazer agora? Viu os dois atravessarem a sala de estar, Inês deixando um rastro de perfume doce, seu vestido branco luminoso no escuro.

Raul pôs a mão no braço de Clara.

– Uma delícia de jantar – disse ele. – E parabéns. As decisões sobre financiamentos estiveram à beira do impossível este ano. Você realmente causou uma boa impressão esta noite.

– Apesar do rato? – brincou ela, e Raul deu uma risada.

– Por causa dos ratos – respondeu ele. – Acho que Inês adora contar sua história sobre a cobra e raramente tem oportunidade.

– E quem é o Paulo? – perguntou Clara, aproximando-se de Raul e abaixando a voz. – Está acontecendo alguma coisa?

– Acontecendo alguma coisa? – repetiu Raul. E Clara viu, surpresa, que ele tinha enrubescido.

– Entre Paulo e Inês – explicou ela. – Achei que pudesse… haver algo.

– Ah, talvez – disse Raul, encolhendo os ombros. – Quem sabe? Tratando-se da Inês, tudo pode estar acontecendo. A mulher *é* uma cobra. – Clara riu. – Foi uma noite ótima – elogiou ele outra vez, beijando-lhe o rosto.

Clara o acompanhou até a porta e, num impulso, saiu para o jardim. Não havia postes de luz na rua, mas a lua estava bem no alto, acima da cidade, e os pés de frangipanas brilhavam, suas flores brancas caindo profusamente pelo chão. Clara cruzou os braços e respirou fundo, sentindo o delicioso alívio do trabalho bem-feito, do sucesso. Mais tarde, antes de dormir, ela e Steve conversariam sobre aquela noite, deliciando-se com o resultado positivo, rindo, finalmente, da história dos ratos, que quase causara uma catástrofe. Seria como nos velhos tempos, dias e noites passados trabalhando nos povoados mais remotos, morando em cabanas cobertas de sapé e carregando água dos poços coletivos. Duras experiências, em alguns aspectos, mas todas as noites eles se deitavam juntos, cochichando seus sonhos e planos, as estrelas tão próximas na escuridão absoluta que eles poderiam estender a mão e colhê-las no céu. Agora Clara tirou uma flor da árvore e acariciou suas pétalas enceradas. Tudo parecia muito mais simples quando ela e Steve eram jovens. Tinham saído pelo mundo para fazer um trabalho que trouxesse uma contribuição significativa, e durante muitos anos assim fora, sem todas aquelas complicações.

Clara escutou um ruído na varanda e, de início, ficou tensa, pensando que fosse outro rato. Então viu a chama do cigarro de Inês, o reflexo de seu vestido branco, e a voz de Steve se elevou pela folhagem. Inês riu, suavemente, e Clara deu um passo, na intenção de chamá-los. Mas um movimento a deteve. Eles eram duas sombras, apenas isso, Steve escuro em sua camisa estampada, Inês clara em seu vestido branco, e ela viu as sombras se unirem, se entrelaçarem. O beijo durou um tempo enorme, ou pareceu durar. Clara ficou parada no jardim olhando, como se observasse dois estranhos, consciente de uma sensação que não era de raiva ou ciúme, mas, sobretudo, de estar sendo menosprezada; um desapontamento tão grande que ela se sentiu paralisada pelo peso dele. Foi somente quando os dois se afastaram um do outro, Inês rindo ligeiramente e tocando o rosto de Steve com seus dedos compridos, que Clara se recompôs. Entrou depressa em casa e os encontrou no hall. Tudo estava exatamente como de costume, sem tirar nem pôr, Inês enfiando um casaco de seda branca, Steve estendendo a mão para apertar a dela.

– Divino jantar – disse Inês, roçando os lábios na face de Clara. – Delicioso, Clara. Muito obrigada, mesmo.

– Bem... – disse Steve depois que ela saiu. Em seguida fechou a porta e encostou-se nela. – Doce sucesso. Mas não graças a você e às suas histórias de ratos.

– Os ratos não eram a única coisa que eu poderia ter mencionado – disse Clara, reparando no queixo dele, fraco, sem energia, e na estranha assimetria de seu nariz, como se fosse uma pessoa que ela nunca tivesse conhecido antes.

Steve não respondeu. Fitou-a por um instante, depois fechou os olhos.

– Não sei aonde quer chegar – disse.

Clara correu as mãos pelos seus próprios braços. Tinham-se passado horas, porém ela ainda podia sentir as minúsculas patas do rato arranhando sua pele.

– Acho que sabe muito bem o que quero dizer – replicou.

Steve se afastou da porta e atravessou o aposento. Agora que o prolongado período de ansiedade tinha acabado, sua face estava rejuvenescida e relaxada outra vez, quase um rosto de menino. Clara sentiu dificuldade para se mexer, quase para respirar, também. Sabia que deveria falar alguma coisa sobre o beijo que presenciara, mas não encontrava palavras. O que ele diria, aliás? Que não era nada importante? Que era? De uma forma ou de outra, o que fariam em seguida? Houve um tempo em que a opinião de Clara influenciava todos os atos de Steve, mas agora ela receava que suas palavras não fossem afetá-lo em nada.

Steve não parecia perceber a angústia dela.

– Consegui o financiamento – disse ele, pensativo, com um ar de alegria venal.

– Acho que é o que realmente importa.

– Será? – perguntou Clara, virando-se para inspecionar a mesa, agora vazia, exceto por um vaso fino cheio de orquídeas brancas e roxas. A empregada já tinha lavado a louça e ido para casa.

– Sim – disse Steve. Ele olhava para ela, parado à porta do quarto de dormir, uma das mãos no umbral, a outra solta ao lado do corpo. No rosto dele, Clara enxergou tamanha exaustão e tristeza que se deu conta de que o beijo que havia visto não fora o primeiro trocado por eles nem seria o último. – Não quero ser insensível, Clara, mas, neste exato momento, é a coisa mais importante, sim.

Naquela noite, Clara dormiu mal. Não pensou diretamente no longo beijo que testemunhou ou no que poderia significar. Em vez disso, pensou na história que não contou e que permanecia vívida em sua mente. Não conseguia esquecer a sensação do contato das patas do rato nem do cheiro dos bichos irrompendo do forno, um atrás do outro, abandonando o ninho em chamas. Lá estava o assado estragado espalhado pelo chão, coberto de pegadas de ratos. Lá estava o forno virado de lado, os pêlos e gravetos do ninho que despontava no fundo. Nem ela nem Steve disseram uma palavra sequer enquanto faziam a limpeza. A empregada ganhava meio salário e trabalhava meio expediente. Inês viria jantar. Toda vez que Steve praguejava, Clara sentia o impacto em seu corpo como se tivesse levado um soco. Agora o dia tinha chegado à sua desconfortável conclusão, mas o cheiro de rato e a sensação causada por suas patas de pêlos ásperos ainda permaneciam.

No decorrer daquela noite, ela despertou sobressaltada no quarto escuro, pensando ter ouvido ratos andando na parede; mais tarde acordou novamente com umas fisgadas nas extremidades convencida de que eles estavam mordiscando as pontas de seus dedos dos pés e das mãos. Mas a pele estava intacta, macia, firme e íntegra. Ela se encolheu e juntou os braços e as pernas por baixo do lençol. Seria realmente possível, perguntou-se, que a carne de uma pessoa pudesse ser comida enquanto ela dormia? A mão de Steve estava jogada por cima do travesseiro. Clara chegou bem perto dela, respirando suavemente sobre as pontas de seus dedos, e experimentou dar uma pequenina mordida na carne. Ele nem se mexeu. Perturbada com essa evidência, Clara tentou outra vez. *Seus convidados*, pensou. *Seu escritório, os compromissos que você assumiu. Essa foi a mão que puxou Inês para perto de você na varanda.*

Mordeu então com mais força do que pretendia, e a mão se afastou com um movimento brusco. Ainda sonolento, Steve abriu os olhos e olhou diretamente para Clara, confuso, sem enxergar, apanhado no meio de seus sonhos.

– O que foi? – disse, apoiando a mão no peito dela, os dedos quentes abertos como um leque em sua pele. – O que está acontecendo?

Em seguida, seu pânico se aquietou. Steve mudou de posição e se acomodou na outra ponta da cama, deixando Clara com bastante lençol macio de cada lado. No alto, o ventilador de teto zumbia e estalava. *Sim,* pensou Clara, escutando a respiração de Steve e, mais distante, o que poderia ser o farfalhar de folhas de palmeira ou o fraco arranhar dos ratos nas paredes. No dia seguinte ele passaria o polegar pelo dedo dolorido. Olharia para ela sem ter certeza. *Ele que se pergunte,* disse Clara para si mesma. *Amanhã de manhã, ele que se pergunte.* Essa era mais uma história que ela não contaria.

14

A HISTÓRIA DA MINHA VIDA

VOCÊ ME RECONHECERIA SE ME VISSE. TALVEZ NÃO IMEDIATAMENTE. MAS iria parar, uma porção de gente pára. Aposto que iria se virar para trás umas duas vezes para olhar para mim, intrigada. Eu seria uma imagem pairando nos seus pensamentos nos dias seguintes, incomodando, como um nome esquecido que está na ponta da língua, como uma lembrança indesejada se intrometendo nos seus sonhos. Depois você me veria de relance na televisão ou num cartaz, encarando-o, quando viesse andando apressado pela calçada e então se lembraria. Eu surgiria em sua mente como uma visão, como um clarão brilhante e assustador.

Algumas pessoas me identificam num instante. Chamam meu nome e me param na rua. Já senti o toque de suas mãos, seus olhares vivos, a pressão exigente de seus abraços. Já beijaram meus dedos, já caíram a meus pés e choraram, já se aglomeraram em torno de mim, chamando a atenção de uma verdadeira multidão. Uma vez uma menina chegou a agarrar meu braço no estacionamento da escola. Ainda me lembro do mistério em seus olhos, do pânico que a envolvia como uma névoa, da maneira como implorou que lhe desse uma bênção para aliviá-la de seu grande pecado, como se eu tivesse uma linha direta para falar com Deus.

– Ei, não – eu lhe disse, afastando-a de mim –, você está enganada. Está pensando que sou minha mãe.

·   ·   ·

Você já viu minha mãe antes, com certeza. Olhe ela aí, agora, a estrela do noticiário da noite, no meio de centenas de pessoas num estacionamento em Búfalo. É um dia quente para maio, o primeiro sopro ardente de verão, e sobem ondas de calor em volta daquelas pessoas, fazendo-as estremecer na tela. Mas isso, claro, é pura ilusão. A verdade é que essas pessoas nunca vacilam, nunca perdem o passo. Seu caminho é sagrado, trata-se de uma visão de justiça, e, se precisarem ficar de pé 12 horas por dia sob um calor escaldante durante 30 dias seguidos, eles o farão como uma penitência, sem pensar duas vezes. Essa clínica de Búfalo fica no final da universidade, e os manifestantes atraem multidões cada vez maiores com seus cartazes. Há dias em que assistimos às cenas na televisão: orações incessantes, garrafas de tinta vermelha atiradas em paredes de tijolos, moças assustadas atravessando as multidões hostis acompanhadas por funcionários da clínica, vestidos de coletes de cor viva. Tensão crescente, sim, os limites aguçados da violência iminente, mas, ainda assim, até agora foi um protesto pequeno, presenciado por motoristas a caminho do trabalho e esquecido até o momento do noticiário do telejornal da noite.

Nada comparado com o que vai acontecer agora que minha mãe chegou.

Olhe para ela. Ainda é moça, esguia e esbelta, com cabelo louro à altura do queixo. Prefere cores pastel, algodões encorpados, saias à altura dos tornozelos, vestidos tradicionais de cintura marcada e conjuntos de suéter. No telejornal da noite, as câmeras a focalizam, o vestido amarelo-claro apenas alguns tons mais escuros do que seu cabelo, a gola branca destacando seu rosto bronzeado, os olhos cor de safira. Ao contrário dos outros com seus cartazes e seu grito de raiva ritmado, minha mãe está serena. Percebe-se logo que, ao mesmo tempo em que está com a multidão, minha mãe não faz parte dela. Seus cinco assistentes, que a cercam de perto como pétalas em torno de um estame, guiam-na lentamente para os degraus. Os estandartes farfalham ao vento quente, adejando acima dos famosos pôsteres.

Olhem para mim então, para meu sorriso meigo, minha inocência. É uma fotografia em close, em preto-e-branco, tirada há três anos, quando eu tinha apenas 14 anos. Minha mãe passa na frente desses pôsteres, na frente de uma foto minha após outra, e quando pára sozinha no meio dos degraus, quando vira o rosto e sorri para a multidão que a aplaude, dá para ver. A semelhança já era notável; agora, então, é assombrosa. Nos últimos três anos minhas maças do rosto se acentuaram, meus olhos parecem maiores. Nós duas poderíamos passar por irmãs, o que às vezes acontece. Minha mãe acena e começa a falar.

– Companheiros de pecado – diz, e a multidão delira.

.   .   .

– Desligue isso, por que não desliga? – pede Sam. Estamos sentados juntos no sofá, tomando Coca-Cola e comendo biscoitos com formatos de bichinhos. Enfileiramos os elefantes, unindo trombas e caudas, ao longo da mesa baixa. Os olhos de Sam têm o mesmo tom de azul intenso dos de minha mãe, e os cachos escuros de sua cabeça se repetem diversas vezes em seu peito largo. Eu não respondo, e ele então aperta minha face com a mão e me beija, com muita força, até eu ter de me soltar.

Nós nos olhamos durante um longo tempo. Quando Sam afinal resolve falar, sua voz soa deliberadamente grave e pomposa, torcendo o sentido das Escrituras em benefício próprio.

– Nicole – diz, descendo um dedo devagar pelo meu braço –, seu corpo é oculto para mim. – Existe desejo na voz dele, sim, mas seus olhos me desafiam, me testam. Sabe que conheço os versículos, são os que minha mãe sempre usa para começar. *Meu corpo não é mistério para Ti, pois me teceste no seio de minha mãe.* Também deve saber que parece quase sacrilégio para mim o que diz, a maneira como diz. E eu me ruborizo, de fato, com a audácia dele, com o perigo de suas palavras, que são de tirar o fôlego. Fico excitada com isso. Sam observa meu rosto, sorri e corre a mão pelo meu braço nu.

– Você sabe o que vem depois disso – lembro-lhe, escutando a voz de minha mãe erguer-se ao fundo: *Salva-me do homem mau.* – Lembra?

Ele dá uma risada e se debruça para me beijar outra vez, tateando com a mão para apanhar o controle remoto. Eu o apanho primeiro e me sento aprumada, mantendo uma distância entre nós. Estou me preservando, estou tentando me preservar, embora Sam Rush insista que não é necessário, porque vamos nos casar um dia.

– Agora não – digo a ele, aumentando um pouco o volume. – Ela vai começar a contar a história da minha vida. É a melhor parte.

Sam segura meu punho e puxa o controle remoto da minha mão. A TV é desligada e minha mãe desaparece, vai para o lugar onde realmente está, a quase 500 quilômetros de distância.

– Você está enganada – diz ele, deslizando as mãos pelos meus ombros, comprimindo os lábios na base do meu pescoço.

– Como assim?

– Aquela não é a história da sua vida – sussurra. Sinto sua respiração em minha pele, insistente, pressionando as palavras. – Esta é que é.

•   •   •

Minha mãe se preocupa ou deveria se preocupar. Afinal de contas, sou parecida com ela, com a mesma beleza loura, os mesmo quadris estreitos. Tenho as mesmas tendências. Mas minha mãe possui uma elevada e reluzente fé. É o que me diz toda vez que sai de casa. Segura meu rosto nas duas mãos e diz: *Você vai se comportar bem, Nicole, eu sei. Tenho muita fé em você, sei que não é uma menina leviana como eu fui.*

De certa forma, é verdade, não sou leviana como ela foi. Sam Rush é o único namorado que já tive. E durante muito tempo até me comportei bem, como ela deseja. Isso foi na época em que ela costumava me levar para viajar pelo país, indo de uma demonstração para outra, sob chuva, neve ou calor de rachar. Há fotos de nós duas nesses tempos. Em muitas, apareço bem pequena, enganchada de lado na sua cintura, enquanto ela sorri com os olhos apertados para a câmera segurando a ponta de um estandarte com a mão livre. Ela vestia terninhos, todos de poliéster, com bainhas e punhos largos. Usava saias longas e botas lustrosas e, naquela época, tinha cabelo comprido, caindo-lhe pelas costas como fina palha de milho. Durante anos mamãe participava de protestos apenas em tempo parcial, como todo mundo. Mas depois descobriu a religião e ficou famosa, tudo numa simples tarde.

Naquele dia eu estava com meus 5 anos de idade. Lembro bem dele, o calor e a multidão, o vestido azul-claro de minha mãe, a maneira como ela me abraçou apertado quando o pregador começou a falar. *Amém*, disse ela. *Amém, ah, sim, Senhor, AMÉM.* Lembro da expressão no seu rosto, de como seus olhos se fecharam e os lábios se entreabriram. Lembro como nos movemos tão de repente para onde o pregador estava com seu microfone conduzindo as orações. Mais um momento e estávamos lá em cima, junto dele. Minha mãe me colocou no chão e virou para aquele mundo de gente. Quando tirou o microfone do pregador atônito e pôs-se a falar, algo aconteceu. Ela pronunciou meu nome e tocou meu cabelo, depois disse: *Sou uma pecadora, vim aqui hoje para falar para vocês sobre o meu pecado.* As pessoas suspiraram e chegaram mais perto. Os rostos extasiados.

Sei que a lembrança que tenho desses detalhes é pura, não é uma história que me foi contada nem algo que eu tenha visto muito tempo depois num filme. Hoje temos uma cópia do noticiário nos arquivos, e, quando a assisto, ainda me impressiona constatar quantas coisas não percebi. Eu me senti muito segura ali em cima com minha mãe, mas era criança demais para realmente compreender. Não vi a raiva no rosto do pregador quando ela conquistou sua congregação. Não me lembro como a multidão mudou sob a influência da voz dela e a seguiu, formando um círculo na frente das portas da clínica e deitando-se no chão. Nem percebi quando a polícia chegou e começou a arrastá-los. Mas, no filme, tudo isso acontece. Minha mãe e o pregador rezam enquanto o círculo em torno deles vai sendo implacavelmente desmanchado. Quando o círculo se desfaz, eu me vejo ser levantada e entregue às cegas

223

para alguém na multidão, uma mulher com uma saia de patchwork, que cheirava a limpeza, um cheiro de limão. Em seguida, vejo no filme a coisa mais importante que deixei escapar naquele dia. Vejo a maneira como minha mãe subiu ao poder. Ela está bem junto do pregador, rezando com grande fervor, até que só restam os dois. O pregador, bonitão, olha para minha mãe, aquela intrusa, aquela surpresa. Evidentemente ele está pensando que ela vai ser levada primeiro. Espera que se mostre humilde, saia de cena e deixe o palco para ele. Minha mãe percebe o olhar e eleva a voz. Ela fecha os olhos e dá um passo atrás. Apenas um pequeno passo, mas é o suficiente. A polícia alcança o pregador primeiro. Ele pára de rezar, perplexo, quando lhe tocam no braço, e de repente resta apenas minha mãe falando, de olhos abertos agora, sustentando a multidão apenas com o poder de sua voz.

As pessoas às vezes sobem, recomeçam suas vidas do zero. Naquele dia aconteceu isso com minha mãe. Ela se consumiu e se purificou, erguendo-se acima dos outros como a cinza paira, leve, na ponta da labareda. Quando vieram buscá-la, ela não interrompeu suas preces. Quando a pegaram, seu corpo ficou mole e pesado nos braços deles. Seu vestido varreu o chão, sua voz melodiosa soou mais alta, e na televisão, no noticiário daquela noite, ela parecia quase angélica. Foi carregada ainda rezando, e a multidão se abriu como um mar para deixá-la passar.

As pessoas sobem, mas também caem. Aquele pregador, por exemplo, caiu tanto que desapareceu completamente. Algumas ficam famosas num mês e somem de vista no outro. Hesitam quando é preciso ousar, tornam-se vaidosas, cheias de importância e acabam indo longe demais. Às vezes cometem pecados. Nos dias anteriores à sua ascensão, minha mãe as observou e aprendeu. Ela é inteligente, cuidadosa, corajosa, e sua história lhe confere poder quando ela se apresenta diante da multidão. Ainda assim, estamos metidas num negócio violento. Existem sempre aqueles que gostariam de vê-la escorregar. Ela não confia em ninguém, a não ser em mim.

É por isso que, ao escutar vozes alteradas em seu escritório numa tarde, parei no corredor para ouvir o que dizem.

– Não, é demais – diz Gary Peterson, seu principal assistente. Ele é um jovem de bigode fino e grande ambição, um homem que é uma preocupação constante para minha mãe. – Se formos tão longe assim, vamos nos indispor com metade do país.

Vejo minha mãe de pé atrás da escrivaninha, com os braços cruzados e as sobrancelhas franzidas.

– Você viu o que aconteceu na Flórida – insiste ela. – Uma clínica fechada e nem uma única pessoa presa.

Alguém pigarreia e fala com uma voz baixa e desconhecida, que quase não consigo ouvir. Sei do que estão falando, porém. Assisti na TV com minha mãe. Na Flórida, introduziram ácido butírico através de tubos enfiados em buracos nas paredes de uma clínica. Logo, todos saíram correndo de lá, médicos e enfermeiras, secretárias e pacientes, vomitando e engasgando, o prédio arruinado com aquele cheiro de gás de esgoto e carne estragada. Minha mãe assistiu a tudo e demonstrou espanto e inveja também.

– Que ousadia! – comentou ela, desligando a TV e andando de um lado para outro no escritório. – Que *criatividade!* Acho que estamos perdendo terreno, receio que sim, usando a mesma abordagem de sempre. Precisamos fazer algo impactante, senão vamos nos apagar por completo.

E então eu me pergunto, ali escondida junto à porta, que idéia ela terá acabado de pedir a eles para considerar.

– É arriscado demais – insiste outra voz.

– Será? – pergunta ela. – Levando em conta as crianças que seriam salvas?

– Ou perdidas – interpõe-se Gary Peterson. – Se fracassarmos.

E continuam a discutir. Encosto-me na parede, escutando suas vozes, e aperto meus lábios com a mão. Ela tem o cheiro de Sam, um cheiro limpo e salgado de pele, o vinil antigo do estofamento de seu carro. Daqui a mais ou menos uma semana minha mãe vai para Kansas City e Sam deixou bem claro: ele quer vir e ficar comigo enquanto ela estiver fora. Está ficando maluco, é o que me diz, e não agüenta mais esperar. Disse que é agora ou nunca. Eu respondi que iria pensar no assunto e dar-lhe uma resposta.

– Seja como for – ouço Gary Peterson falar –, seu plano envolve Nicole, que não anda muito confiável ultimamente.

Os homens riem e fico quieta, sentindo meu rosto corar intensamente de raiva. Eles se referem ao que aconteceu há um ano, em Albany, no dia em que Gary Peterson fez umas crianças bloquearem a entrada de carros da clínica.

– Vá – disse ele para mim, embora eu tivesse 16 anos e fosse mais velha do que os outros. Gary Peterson me abraçou de lado, alto, forte e esbelto, com seus olhos verdes e sorriso firme. Senti a mão dele em meu ombro. – Vá, Nicole, por favor, esses meninos e meninas precisam de alguém como você para liderá-los. – O asfalto estava quente e empoeirado, cheio de lixo espalhado, e os carros quase não diminuíam a velocidade para entrar. Eu estava com medo. Mas Gary Peterson era tão bonito, tão bonzinho. Ele se inclinou e cochichou em meu ouvido: – Vá, Nicole, seja uma líder – e me deu um beijo no rosto.

Então não pude resistir. Lembro-me de pensar que minha mãe era uma líder e que eu também seria. Além do mais, sentia ainda os lábios dele em minha pele, muito depois de ter se afastado. Olhei para minha mãe, que falava de pé nos degraus. O protesto estava indo muito mal, apenas poucos manifestantes dispersos com cartazes, e eu sabia que ela precisava de ajuda. Fiz o que devia fazer. Estendi-me no asfalto formando uma fila com os outros. O sol batia forte. Algumas crianças menores começaram a chorar e então puxei uma canção. Cantamos "Avante, Soldados Cristãos". Era a única da qual eu me lembrava a letra inteira. Todo mundo se empolgou e alguém chamou as equipes de TV. Eu conseguia vê-las chegar pelo canto do olho cercando-nos com suas câmeras pretas. Aquele filme faz parte de nossos arquivos agora: 30 crianças deitadas cantando. E aquelas pequenas e doces vozes.

A equipe de filmagem estava bem instalada quando a primeira médica voltou do almoço. Ela embicou o carro na entrada da clínica, disposta a passar acelerada pelo grupo crescente de manifestantes, e quase atropelou a criança menor, que estava deitada no fim da fila. O carro parou com uma freada estridente perto do braço esquerdo da menina. A médica saltou, lívida e trêmula, foi direto para onde estava minha mãe e agarrou o braço dela. Parei de cantar para poder escutar. A médica estava enfurecida.

– Pelo amor de Deus, o que você acha que está fazendo? – disse ela. – Se acredita na vida, como alega, não pode pôr a vida de inocentes em risco! Não pode!

Minha mãe estava calma, num vestido branco, angélica.

– Feche suas portas – disse. – Arrependa-se. O Senhor vai perdoar até você, uma assassina.

– E se eu tivesse atropelado aquela criança? – indagou ela. Era uma mulher baixa, delicada, com cabelo liso e grisalho na altura dos ombros, e, no entanto, sacudiu o braço de minha mãe com um vigor violento. – E se meus freios tivessem falhado? Quem seria então a assassina?

Deitada no asfalto, achei que ela estava certa. Os outros eram pequenos demais para compreender, mas eu tinha 16 anos e enxerguei o perigo com muita clareza. Outros carros paravam, e lá estávamos nós, uma pista de carne macia. Os pneus deles podiam nos achatar num segundo. Gary Peterson pairava perto das câmeras, falando com os repórteres. Mais equipes de TV tinham aparecido, a multidão crescia e dava para notar que ele estava muito satisfeito. *Se um de nós fosse atingido por um carro*, pensei, *iríamos virar notícia de televisão em cadeia nacional, ou talvez até internacional*. Fiquei muito assustada de repente. Esperava que minha mãe admitisse isso, que compreendesse o perigo, mas ela estava empenhada em impor suas idéias na frente da médica e de uma porção de câmeras de TV.

– Arrependa-se – gritava minha mãe. – Arrependa-se e salve as crianças.

Enquanto ela falava, um outro carro surgiu, rápido demais, e, sem perceber o que se passava, bateu na traseira do primeiro. O carro da médica se projetou alguns centímetros para a frente, de tal modo que a última criança ficou com o braço encostado no pneu e o pára-choque acima do seu rosto. Ela chorava muito, mas sem produzir som algum, de tão apavorada. Foi quando me levantei.

– Ei, Nicole! – Gary Peterson gritou, indo para o meu lado e apertando meu braço. – Deite aí de novo – disparou, ainda sorrindo. – Ninguém vai sair machucado. – Mas eu sentia que ele já estava deixando manchas roxas no meu braço.

– Não, não deito – recusei-me, e, quando tentou obrigar-me, gritei.

Foi o bastante: as câmeras se viraram para nós. Ele me soltou, não tinha outro jeito, e ficou parado enquanto eu ajudava as crianças a se levantarem, uma por uma, limpava-as da sujeira da rua e as levava para longe do perigo. Naquela noite acabamos saindo em rede nacional, no final das contas. Minha mãe passou dias aborrecida, mas Gary Peterson, que apareceu na primeira página de vários jornais, se mostrou bastante satisfeito.

Fico com tanta raiva que apareço à porta.

– Nicole! – diz minha mãe. Ela deve estar vendo pela minha cara que escutei a conversa. Sacode a cabeça para mim com ar sério e pede que eu entre. – Venha, querida. Cumprimente o senhor Amherst e o senhor Strand. E Gary, é claro. Eles estão aqui para combinar nosso próximo trabalho em Kansas. – Em seguida, olha para os três e sorri, calma, de repente calma, como se estivesse flertando, sem mais nenhum traço de tensão no rosto. – Estamos tendo um pequeno desentendimento – acrescenta.

Eles riem do gracejo e olham para mim, circunspectos. Todos os tipos de pessoas surgem aqui, desde verdadeiros fanáticos religiosos até senhoras ricas e entediadas oriundas de bairros residenciais chiques; e consigo distinguir quem é quem pela maneira como reagem quando apareço. Os religiosos ficam logo emocionados. Dizem: *Então essa é a sua menininha, sua filhinha que foi salva. Ah, ela é um amor!* Algumas senhoras chegam a chorar quando me vêem, a encarnação viva de todos os seus esforços e crenças. Aqueles homens, entretanto, não se abalam. Para ser franca, parecem pouco à vontade, como se eu os fizesse lembrar de algo que teriam preferido não saber. Minha mãe me chama de sua arma secreta quando lida com gente assim. Contra esses homens com seus diplomas universitários, suas congregações, suas maneiras de fazer as coisas, eu sou a sua força, pois não há quem possa discutir quando me vê; represento a prova em carne e osso do grande sacrifício de minha mãe pela vida.

– Nicole – diz ela em tom suave, olhando de relance para os homens. – Queria saber se você poderia nos ajudar.

– Claro – respondo. – O que preciso fazer?

– Esses senhores gostariam de saber, assim, de modo geral, o que exatamente você está disposta a fazer, Nicole. A questão é que há um certo grau de preocupação, depois do incidente em Albany, sobre o seu nível de compromisso.

Nossos olhos se encontram. Sei que posso ajudá-la. E apesar de sentir uma certa repugnância, como se uma aragem de ácido butírico penetrasse pelos dutos de ventilação enquanto falamos, sei que posso.

– Faria qualquer coisa ao meu alcance para ajudar – afirmo. O que não é de todo mentira, concluo.

– Qualquer coisa? – repete Gary Peterson. Ele olha para mim com intensidade. – Pense bem, Nicole. É importante. Você faria qualquer coisa que pedíssemos?

Abro a boca para falar, mas as palavras seguintes não saem. Não paro de pensar no asfalto quente nas minhas costas, nas pequenas vozes das crianças cantando. A fisionomia de minha mãe agora ficou séria, há uma ruga riscando sua fronte. Isso é um teste, e vou magoá-la se não for aprovada. Fecho os olhos, tentando pensar no que fazer.

Nicole. Lembro o toque das mãos de Sam, a maneira como suas palavras às vezes têm duplo sentido. *Seu corpo é um mistério para mim.*

Então abro os olhos e olho diretamente para eles, porque encontrei, de repente, uma forma de dizer a verdade e, ao mesmo tempo, convencê-los.

– Ora – digo –, vocês sabem que sou um instrumento Dele na Terra.

Gary aperta os olhos, mas minha mãe sorri e passa um braço pelos meus ombros, um rápido abraço de triunfo, antes que alguém possa falar.

– Viram só – diz ela, com um sorriso radiante –, eu disse que podíamos contar com Nicole.

Algo muda no ambiente, então; algo se transforma. Minha mãe obteve alguma vitória, não sei exatamente qual.

– Talvez você tenha razão – escuto o senhor Amherst dizer enquanto saio do escritório. Apresso-me, aliviada por sair dali. O que quer que estejam planejando, não importa, porque já disse à minha mãe que não vou para Kansas. – Talvez seja melhor intensificar a ação para obter um impacto inesquecível, como você sugeriu.

Sorrio, subindo as escadas. Sorrio, porque minha mãe está fazendo prevalecer sua opinião graças a mim. E mais, sorrio porque hoje Sam Rush beijou meus braços na curva interna dos cotovelos e disse que não conseguia viver sem mim, que o sangue está sempre pulsando forte, muito forte, em sua cabeça ultimamente. Por minha causa.

· · ·

– Você está querendo arranjar problemas com essa roupa – diz minha mãe no dia seguinte, quando Sam me deixa em casa depois das aulas.

Fico rubra, perguntando-me se meus lábios estarão vermelhos, como sinto que estão. Discutimos durante uma hora dentro do carro de Sam, e ele ficou tão zangado que comecei a sentir medo. Beijou-me no fim com tanta força que eu nem conseguia respirar, e disse para eu decidir até esta noite, não mais do que isso. *Você me ama,* insistiu, agarrando meu braço do mesmo jeito que Gary o fez. *Sabe que sim.*

– Nicole – repete minha mãe –, essa suéter é justa demais e sua saia está muito curta. É provocante.

– Todo mundo se veste assim – replico; o que não é inteiramente verdade.

Minha mãe sacode a cabeça e suspira.

– Sente-se, Nicole – diz.

Estamos na cozinha e ela se levanta para fazer um café. Tem uma aparência comum, uma mãe como outra qualquer. É difícil associá-la à mulher da televisão que prende a atenção de milhares de pessoas. É difícil imaginá-la num palanque contando a história da minha vida, e da sua, para os manifestantes cansados. Afinal, é nesses momentos que conta nossas histórias, quando as pessoas estão ficando exaustas, quando a energia enfraquece e o dia está mais quente ou mais frio do que nunca. Ela se levanta no palanque, põe a mão no meu ombro e diz: *Esta é a minha filha Nicole. Quero contar a vocês a história da vida dela, de como o Senhor falou através dela e assim me salvou.*

Ela então relata como tudo começou, como era jovem, linda e rebelde, tão arrogante que se acreditava imune às conseqüências de seus pecados. Do alto do palanque, entra em pormenores de tirar o fôlego, de como era bonita, de uma beleza de parar o trânsito. Dos muitos homens que iam atrás dela e até que ponto os deixava ir, do tanto que subiu na escalada de sua ignorância, até o mundo lá embaixo parecer uma miragem que jamais poderia afetá-la. A platéia a inveja um pouco a contragosto e logo depois começa a detestá-la, mas só um pouco também – por causa de sua beleza, do poder que essa beleza lhe deu. Minha mãe faz com que se sintam assim de propósito, para que possam balançar a cabeça com um prazer secreto quando ela contar sobre a sua queda, para que possam murmurar uns para os outros que ela teve o que mereceu.

Minha mãe conhece o seu público. Na sua fraqueza é que reside a sua força. Ela conta como ela sofreu alguns meses depois, grávida, é claro, e abandonada pela família e pelos amigos. Todos suspiram então; sentem sua dor, seu pânico. Compreendem a sua solidão. Quando minha mãe foge de ônibus, a multidão vai com ela.

Perambula ao seu lado pelas esquinas mais escuras de uma cidade desconhecida. Ela está amedrontada, sim, e desesperada. Eles também ficam atordoados, perdem as esperanças e, por fim, sobem junto com ela ao topo do edifício mais alto que encontram. Param na beirada, sentindo o vento no rosto e o desespero, pesado feito pedra, no fundo do coração, e engolem em seco quando ela olha para a cidade lá embaixo e se prepara para pular.

É uma queda tão grande, e ela sente muito medo... Então, pobre pecadora, está de tal maneira fora de si que, num impulso, faz o que nunca teria planejado fazer: reza. Sussurra palavras àquele vento. Dá mais um passo ainda rezando. E aí ocorre o milagre.

Uma espécie de milagre bem banal, diz minha mãe, pois não ouviu vozes, não teve nenhuma visão nem experimentou nenhuma transformação física. Não, naquele dia o Senhor simplesmente falou com ela através de mim. Ela conta que sentiu uma tonteira repentina. De fome, foi o que achou no momento, ou por causa da altura; mas percebeu depois que era nada menos do que a mão de Deus, uma graça, uma intervenção divina e oportuna. Tropeçou e caiu junto à grade de proteção, escorregou pela tela de arame, arranhando a mão. Uma claridade rodava diante dela. Pôs uma das mãos no concreto frio, a outra na barriga e fechou os olhos contra aquela luminosidade súbita e crescente. O mundo ficou imóvel por um momento e foi então que aconteceu. Uma coisa insignificante, na realidade. Uma coisa trivial. Apenas isto: pela primeira vez ela sentiu eu me mexer. Um único chute, uma pequenina mão golpeando. Uma vez, depois outra. Nada mais do que isso. Abriu os olhos e pousou as duas mãos em seu corpo, esperando. Imóvel, como se escutasse. Sim, outra vez.

Nesse ponto, do alto do palanque, ela faz uma pausa, a cabeça ainda curvada. Sua voz se manteve baixa e embargada durante a narrativa, mas agora ela ergue os braços esguios para o céu e grita: *Aleluia, naquele dia o senhor estava comigo e interveio, e tudo foi salvo.*

– Nicole – diz minha mãe, sentada à minha frente, colocando creme em seu café. Vejo ele girar, marrom-dourado, dentro da xícara dela. – Nicole, não é que eu não confie em você, querida. Mas sei o que é a tentação. Sei que é grande, na sua idade. Na próxima semana vou fazer aquele trabalho missionário em Kansas e quero que venha comigo. Vai ser como nos velhos tempos, Nicole, você e eu. Podemos parar em Chicago na volta para casa e fazer umas compras.

Faz essa última proposta porque está lendo a minha reação no meu rosto, como se tivesse um espelho diante de si, mas com emoções opostas.

– Ah, Nicole, por que não? – diz ela, melancólica. – Costumávamos nos divertir tanto...

Ela tem razão, acho. Eu costumava achar divertido. Sentava-me no palanque com minha mãe e a via falar. Sentia a pressão de todos aqueles olhos se deslocando dos pôsteres para mim e de mim para os pôsteres enquanto minha mãe contava nossa história. Mas isso foi quando eu ainda era criança e antes de os protestos se tornarem tão fortes, tão desagradáveis.

– Eu já disse, tenho coisas demais para fazer aqui, não posso ir para Kansas.

– Nicole – diz ela, com um traço de impaciência na voz. – Prometi às pessoas que você iria.

– Ora, "desprometa". Ninguém vai ligar. É você que eles vão ver.

– Ah, Nicole – protesta ela. – As pessoas sempre perguntam por você. Especificamente por você.

– Não posso – digo. Penso no calor, nas horas de pé junto com o grupo de apoio à oração, no fato de não ser mais possível saber o que alguém pode fazer. – Estou tão ocupada! Tenho um trabalho de final de semestre para entregar. A festa de formatura vai ser daqui a três semanas. Acho impossível deixar tudo isso para trás agora.

– Deixar a escola ou deixar Sam? – minha mãe pergunta.

Começo a corar, sinto o calor subindo pelo meu rosto, e minha mãe está olhando para mim com seu olhar terno, que parece saber tudo, tudo a meu respeito. Cruzo os braços, minha mão esquerda cobrindo o lugar que Sam tanto apertou, e falo a única coisa que tenho certeza de que vai desviar o assunto.

– Sabe, tenho pensado de novo em meu pai – digo a ela.

O rosto de minha mãe endurece. Vejo isso acontecer e imagino meus próprios traços ficando rígidos e pesados daquele jeito.

– Nicole, para seu pai você não existe.

– Mas ele sabe sobre mim, não sabe? E não acha que tenho o direito de encontrá-lo?

– Ah, ele sabe – responde ela –, ele sabe.

Então faz uma pausa, examinando-me com os olhos apertados, a mesma expressão que surpreendi no escritório quando ela negociava sobre Kansas com Gary e os outros. Seu rosto se desanuvia e ela se inclina para a frente com um suspiro.

– Está bem. E se eu lhe disser que vai encontrar seu pai se for comigo para Kansas?

– O que está dizendo? – pergunto. Não posso evitar, meu coração bate mais depressa. É a primeira vez que ela admite que ele está vivo. – É lá que ele mora?

Ela dá de ombros. Sabe que agora estou interessada.

– Talvez. Pode ser que more lá. Ou talvez more aqui mesmo, ou em qualquer outra cidade. – Em seguida senta-se e olha para mim. – Não acho que deva encontrá-lo, Nicole. Acho que, se isso acontecer, você vai se arrepender. Estou escondendo isso de você para o seu próprio bem, sabe. Apenas não quero vê-la sofrer.

Ela espera eu dizer o mesmo que disse todas as outras vezes: que ela tem razão, que não quero encontrá-lo.

– Está bem – prossegue, por fim, já que dessa vez eu não falo nada. – Está certo. Vamos combinar: você vai comigo para Kansas, Nicole. Lá, faz exatamente o que eu pedir. Depois, prometo, conto-lhe tudo sobre ele.

Continuo sentada imóvel por um momento, tentada, mas também pensando nas multidões compactas, no fedor de suor pairando no ar denso de ódio, de tensão. Tento imaginar um rosto para o pai que nunca conheci. Penso em Sam, na resposta que ele está esperando, e em como tenho medo, neste exato momento, de lhe dizer qualquer outra coisa que não seja "sim". Minha mãe aguarda, tamborilando os dedos em sua xícara vazia. Cogito por que razão ela quer tanto que eu vá. Lembro o que prometi no seu escritório.

– Não quero fazer nada... nada de horrível – explico. Falo como uma idiota, mas minha mãe compreende. Seu semblante se suaviza.

– Ah, Nicole, é por isso? Sei o quanto você detestou toda aquela situação com Gary. Não vai ser nada parecido com aquilo, juro. – Depois ela se debruça, pousa a mão no meu braço e fala em tom confidencial. Chego a sentir o cheiro do café em seu hálito, seu perfume floral. – É verdade que preciso que você faça uma coisa, Nicole. Algo especial. Mas não é nenhuma coisa horrível e, além disso, é mais porque necessito do seu apoio, querida. Esse protesto vai ser enorme. O maior até agora. Seria muito importante para mim que você estivesse lá.

É pela maneira que ela me pede que não consigo dizer não. Hesito, o que é um erro de minha parte. Ela me dirige o sorriso que usa para as câmeras, empurra a cadeira para trás e se levanta.

– Obrigada – diz. – Rezei por isso. Você não vai se arrepender, querida.

É verdade que, durante poucos minutos, eu me sinto bem. Só depois que ela sai é que percebo quanto cedi e quão pouco ganhei. Só então a primeira labareda da minha raiva começa lentamente a arder.

• • •

O quarto de minha mãe é todo cor-de-rosa e creme. Alguns anos atrás, quando começou a ganhar muito dinheiro para fazer programas de entrevistas ao vivo em canais de televisão cristãos, ela contratou uma decoradora para reformar a casa inteira com um toque profissional. A decoradora era uma daquelas mulheres angulosas de gostos austeros e deixou a sua marca em todos os outros lugares – estampas em preto-e-branco, móveis tubulares, tudo moderno e prático. O quarto de minha mãe foi o único que ficou diferente, delicado, com pilhas de almofadas e um tapete branco tão espesso que, ao pisarmos, parece que estamos andando numa nuvem. Às vezes fecho os olhos e imagino que poderia cair e atravessá-lo. Pergunto a mim mesma se é assim que minha mãe pensa ser o paraíso, um quarto igual a chocolate branco com recheio de nugá de morango.

Sei onde ela guarda as coisas. Já fiquei sentada em sua cama, rodeada por dezenas de travesseiros macios e cheios de babados, vendo-a colar recortes de jornais em seu álbum particular. Ela confia em mim, sou a única pessoa de sua vida em que diz poder confiar, e jamais pensei que iria vasculhar seus segredos.

Entretanto, quando sai no dia seguinte, quando me telefona do centro da cidade e tenho a certeza de que está a uma distância segura, vou ao seu quarto. Sei exatamente onde procurar. A caixa está no armário, entalada num canto, e eu a puxo de baixo de seus vestidos. Ela tem o cheiro de seu perfume. Desato o barbante e tiro as coisas de dentro com cuidado, os álbuns de recortes, os anuários, as fotos e as cartas. Presto atenção na ordem em que foram guardados. Arrumo tudo meticulosamente em cima do tapete.

De início, estou tão excitada que mal consigo me concentrar. Pego cada carta como se estivesse com sorte, como se os segredos ali contidos exalassem uma espécie de calor. Na realidade, porém, não encontro absolutamente nada, e logo a minha excitação começa a se dissipar. Mesmo assim, continuo a procurar, parando apenas uma vez, quando o telefone toca e a voz de Sam flutua no quarto pela secretária eletrônica. *Nicole*, diz ele, *me desculpe. Você sabe que é tudo para mim.* Escuto, contendo-me, sem sair do lugar, trêmula. Eu disse a ele para não ligar hoje. Escuto mas não pego o telefone. Logo que desliga, volto a examinar os papéis no chão.

Leio. Separo. Passo os olhos. A maior parte é enfadonha. Vasculho uma pilha de talões de cheques, velhas receitas, uma porção de fotografias misturadas de pessoas que nunca vi. Remexo as cartas dos fãs. Totalmente por acaso, vejo a que importa. A caligrafia é tão parecida com a minha, tão parecida com a da minha mãe, que paro. Viro e reviro o envelope duas vezes, sentindo na mão o frescor do papel de linho, o corte preciso no alto. Tiro a carta de dentro e cai dinheiro no meu colo, 200 dólares em notas de 20. Desdobro o papel devagar e começo a tremer quando leio.

Não sei se recebeu minhas outras cartas. Só posso esperar que tenham chegado até você. Não compreendo por que fez isso, ir embora sem uma palavra sequer. Sim, ficamos perturbados com a notícia que nos deu, mas somos sua família. Vamos ficar ao seu lado.

Estou enviando dinheiro e suplicando, Valéria, que você volte para casa. Não agüento pensar em você pelo mundo com nosso netinho passando necessidades.

Pouso a carta e manuseio as notas, velhas, ainda firmes ao toque. Minha mãe me disse que tinha sido expulsa de casa, que tinham cortado relações com ela definitivamente. Pelo menos, é isso que sempre diz quando fala para as multidões; conta como implorou que a perdoassem e eles se negaram; como foi atirada no mundo por causa de seus pecados, para vaguear sozinha.

Vim procurar meu pai e, em vez disso, fico sentada por um tempo enorme com aquela carta no colo, conjeturando sobre meus avós, quem são, onde estão e se já me viram ou não na TV. Sam telefona outra vez. Escuto o anseio em sua voz, os ligeiros rompantes de raiva também, e não atendo. Em vez disso, leio e releio aquela carta muitas vezes. O endereço do remetente está borrado, difícil de decifrar, mas o carimbo do correio ajuda: foi enviada de Seattle e a data é de seis meses depois do meu nascimento. Seattle, um lugar onde nunca estive. Ponho a carta de lado e examino todo o conteúdo da caixa outra vez. Procuro com atenção, mas não encontro mais nada deles.

Continuo sentada ali muito tempo depois, refletindo sobre aquela carta, quando entra o fax. Há uma linha comercial no andar de baixo, mas minha mãe mantém essa para comunicações confidenciais que ela não quer que sua secretária ou Gary Peterson recebam. Nunca me ocorreu que também pudesse não querer que eu tomasse conhecimento deles; portanto, quando o fax cai da máquina, quase nem sinto curiosidade. Ainda estou pensando nos avós que sempre pensei terem nos renegado. Tento imaginar como posso encontrá-los. Dou uma olhada no fax, que vem de Kansas City. Começa com os assuntos de sempre, reservas de hotel e horários de manifestações de protesto, e estou prestes a colocá-lo de lado quando leio a frase:

Ainda bem que Nicole afinal resolveu compreender.

Compreender o quê?

Leio o fax. As palavras parecem se deslocar e mudar de forma diante de meus olhos. Tal como a carta, preciso ler diversas vezes para assimilar o significado direito, com clareza, em minha cabeça. Estou certa de que nunca em minha vida li tão devagar nem fiquei tão apavorada. Tenho em minhas mãos os planos deles para Kansas City. Os planos habituais, no início, e depois referências ao plano mais audacioso, o que vai mantê-los no noticiário. Finalmente entendo por que minha mãe quer tanto que eu vá com eles. Como blocos de gelo branco, suas mentiras se derretem por completo em minhas mãos e subitamente enxergo suas verdadeiras intenções. O que ela me garantiu? *É uma coisinha pequena, não é nada horrível, de jeito nenhum.* Mas é horrível. E se é! A pior até agora.

Tenho a impressão de que o quarto ficou doce demais para mim, sufocante, e preciso sair. É como se eu estivesse inalando açúcar, e dói. Deixo o fax no tapete com os outros papéis e do lado de fora debruço-me na estreita balaustrada preta, respirando fundo. Dou graças pelas linhas retas, pela claridade, pelo preto-e-branco, pois tinha ficado óbvio para mim, agora, que aquilo que eu assumira como a história de minha vida na verdade nunca o fora. Não é a minha vida, mas foi a vida de minha mãe, com seu velho rancor e sua ambição implacável, que nos trouxe até este momento, até o ponto onde nos encontramos.

. . .

Kansas City sufoca no calor, e todos os dias minha mãe fala de pecado; sua voz é uma seta flamejante. A multidão escuta e pega fogo. Caminhões da Guarda Nacional despejam seus homens no local e a nação espera para ver como vai terminar esse protesto, o mais demorado e inquietante da história do movimento. Eu também espero, vendo, dos bastidores, ela sair do meio de seu grupo de guarda-costas sorrindo timidamente para a multidão, que a aplaude extasiada, pronta para acreditar. *Eu sou apenas uma pecadora*, começa, em tom suave, e olho diretamente para ela enquanto a platéia se manifesta; então, murmuro: *Isso mesmo, você é uma pecadora e uma manipuladora mentirosa também.* Ela continua falando para o país. Observo-a como se fosse a primeira vez; observo e até admiro sua habilidade para isso, sua desenvoltura. Pela primeira vez eu a enxergo com clareza. Observo-a e espero para ver se vai me pedir para fazer aquela maldade.

No terceiro dia ela sai do palco e se aproxima de mim. É final de tarde e seu rosto está muito queimado de sol. Vejo suor em sua testa e acima do lábio superior. Quando passa o braço pelo meu ombro, sinto sua pele pegajosa. Parece cansada, mas ao mesmo tempo exultante, pois o protesto caminha muito bem. *Não peça*, penso. Talvez ela só queira sair para jantar. *Por favor, não peça.*

– Vamos lá, Nicole, está na hora de você fazer aquele favor.

Saímos em dois carros. Num deles vamos eu, Gary e minha mãe; no segundo, de vidros escuros, três homens que nunca vi. O percurso leva um bom tempo, parece, talvez uma meia hora, e quando chegamos ao bairro nos arredores da cidade eles me explicam o que querem que eu faça. Como diz minha mãe, é uma tarefa simples, e, se eu não soubesse de nada, faria o que pedem sem pensar duas vezes.

– Pronto, Nicole – diz Gary, parando num quarteirão residencial onde os aspersores respingam nas calçadas e as árvores são grandes e silenciosas. O outro carro estaciona na nossa frente.

– É no quarteirão seguinte, número 3.489. Ela sai toda noite, mais ou menos às 8h30min, para passear com o cachorro. Você sabe o que vai dizer?

– Sei, sim – respondo, engolindo em seco.

– Boa sorte – diz minha mãe. – Vamos ficar rezando.

– É – digo, saindo do carro. – Eu sei.

Ando devagar sob o sol que se põe, sentindo os olhos deles em mim. O número 3.489 é uma casa grande mas comum, com falsas colunas brancas e um amplo gramado, com canteiros de flores. Não há nenhuma adolescente à vista. Continuo andando, porém devagar, pois estou assustada e ainda não sei o que vou fazer. Atrás de mim, dentro do carro, minha mãe confia que eu vá cumprir minha palavra, e à minha frente, dentro da casa, o médico e sua família acabam de jantar, lavam a louça, contentes porque hoje, pelo menos, não há manifestantes reunidos do lado de fora. Pode-se ver os pontos onde todas as flores foram esmagadas nas outras vezes. Há grades nas janelas do andar de baixo também. Dentro de poucos minutos, a filha vai sair da casa com seu Terrier Escocês na coleira e dar uma volta com ele. Minha incumbência é simples. Devo andar perto dela, fazê-la parar e puxar conversa: sobre o cachorro, sobre vídeos, sobre qualquer coisa que a distraia e a impeça de vê-los chegar. Só isso. Uma coisinha à toa, o que me pediram, só uma conversa de cinco minutos. Não me contaram o resto, mas eu sei.

No fim do quarteirão eu faço uma pausa, dou meia-volta e começo a andar no sentido contrário. São 8h35min e vejo as extremidades cromadas dos dois carros reluzirem ao sol. Desta vez, quando me aproximo da casa, duas pessoas estão do lado de fora, no gramado. Hesito um pouco perto da cerca viva. Um homem está agachado junto ao seu carro, ensaboando uma das laterais. Há um balde e uma mangueira de borracha no chão, perto dele. O carro é velho e um tanto surrado, mais parecido com o carro de Sam do que com o de minha mãe. Na grama cerrada, um cachorrinho branco corre aqui e ali, farejando arbustos e manchas, quando a menina assobia, chamando-o. O nome dele é Benjy. Não sei o nome da menina, mas seu pai é o doutor Sinclair. Na manifestação, eles enfatizam a primeira sílaba do nome dele. *Sin*clair, *Sin*clair. [N.T.: *sin* = pecado em inglês.] Sua filha tem cabelo curto e está usando camiseta, short e tênis. Ela segura uma coleira de cachorro.

Inesperadamente, o pai, que estava enxaguando o carro com a mangueira, levanta e joga um pouco de água nas costas dela. Ela dá um grito, surpresa, depois se vira, rindo, deixando a água cair em torno de si. O cachorrinho volta correndo, pula, querendo participar da brincadeira, e então imagino como seria estar no lugar dessa menina, ter crescido nessa casa comum. Sei que deveria ir embora, mas não consigo. Não consigo parar de olhar para eles. Na verdade, olho tanto e por tanto tempo que o pai finalmente me vê. Nossos olhos se encontram e ele vira a cabeça, subitamente alerta. Começo a atravessar o gramado procurando não pensar.

– Olá – digo, quando me aproximo o suficiente.

– Olá – responde a menina, olhando-me com curiosidade. O pai sorri, achando que sou uma das amigas dela. Eu tinha aquela idéia de que me reconheceriam na mesma hora, como eu os reconheci. Achei que olhariam para mim e veriam minha mãe, mas não é o que acontece. Eles apenas me fitam. Fico tão surpresa com a reação que, por um instante, não encontro o que dizer. Permaneço ali parada, encarando aquele médico. Só o tinha visto antes, de longe, quando saiu em disparada de seu carro para dentro da clínica. Agora reparo como suas orelhas são pequenas, quantas rugas tem em volta dos olhos. Seu sorriso desaparece à medida que o silêncio cresce entre nós. Ele dá um passo pequeno, mas perceptível, para perto da filha.

– Podemos ajudá-la em alguma coisa? – pergunta. A despeito de sua cautela, ele é amável.

– Olhe – digo. Dou uma espiada para a rua de trás e então solto o cabelo, sacudindo-o sobre os ombros. Deveriam reconhecer-me agora, os rostos deveriam ficar espantados como se tivessem jogado água fria neles. Deveriam virar-se e fugir sem me dizer mais nenhuma palavra. Mas não fogem. O médico lança um olhar esquisito para mim, é verdade, e para a rua sossegada atrás de mim, para a fileira de arbustos que escondem sua casa. Não há nada lá. Ainda não. Eles estão esperando. Ele olha para mim novamente e depois de um longo momento pergunta:

– O que está havendo? – Sua voz é muito delicada.

A menina pega o cachorrinho no colo e sorri para mim, a fim de me ajudar a falar. É mais nova do que eu. Penso em como pretendem jogá-la no banco traseiro do segundo carro e raptá-la. Algumas horas num lugar escuro, depois vão soltá-la. Não têm intenção de machucá-la, embora eu tenha certeza de que estão preparados para qualquer coisa que aconteça. Assustá-la, sim, isso eles querem fazer. Pretendem mostrar a ela a cólera dos céus e, para isso, os homens do carro estão esperando com suas máscaras de esquiar e suas bíblias. Talvez ela seja salva, mas a questão não é essa. O que eles querem realmente é aterrorizar seu pai, fazê-lo arrepender-se das vidas que tirou. Querem que o mundo saiba que não há limites para essa batalha.

Olho direto para o médico. Sem sorrir.

– Doutor Sinclair, o senhor não deveria confiar numa estranha. É muito perigoso. Especialmente esta noite. Se eu fosse sua filha, não levaria o cachorro para passear.

Estou prestes a continuar a falar, mas ele afinal compreende. Apanha a menina e os dois correm para a casa, deixando o balde de água e a mangueira vazando. Vejo a porta da frente se fechar, ouço-a ser trancada e penso comigo se estarão me espiando por trás das grades de suas janelas enquanto sigo pelo quintal até a passagem dos fundos, depois desapareço de vista. Ando quilômetros entre quintais de pessoas estranhas e quando enfim escurece entro no primeiro ônibus que encontro.

É difícil fazer isso. Sei que estou deixando tudo para trás. Minha mãe e Sam, minha vida inteira até este momento. Mas não era minha vida realmente, agora eu sei, era apenas o reflexo das vidas de outras pessoas, o tempo todo. Toco na carta que minha avó escreveu, no dinheiro bem dobradinho. Dezessete anos é muito tempo. Eles podem não estar mais lá. Podem não querer me ver, se ainda estiverem. Mas é o único lugar que posso imaginar para começar.

Já sinto, entretanto, falta de minha mãe. Sempre vou sentir falta dela, da sua força de persuasão, de seu forte desejo. Calculo quanto tempo ela vai esperar até se convencer de que a decepcionei, de que fui embora. Fora da janela, Kansas City passa depressa. O ar está negro e quente, e os aspersores respingam nas calçadas. O ônibus segue rápido, uma estreita sombra cinzenta entre os postes de luz, e, num outro lugar escuro, Sam desiste de mim e se afasta. Imagino que minha mãe espere por muito mais tempo. Tenho para mim que sei o momento exato em que ela finalmente enxerga a verdade. Ela suspira e aperta as mãos contra o rosto. Gary Peterson dá a partida no carro sem dizer uma palavra. Eles vão embora, e naquele instante sinto, de repente, a pressão se afrouxar. As outras pessoas do ônibus não percebem, mas ao longo de todo o percurso fui ficando cada vez mais leve e mais vazia até, finalmente, sentir-me emergir.

Veja-me, então, pela primeira vez.

Você não me conhece.

Sou apenas uma jovem passando por sua vida como o vento.

CONHEÇA OUTRO TÍTULO DA AUTORA

O GUARDIÃO DE MEMÓRIAS

Com mais de 3 milhões de exemplares vendidos nos Estados Unidos, *O guardião de memórias* é uma fascinante história sobre vidas paralelas, famílias separadas pelo destino, segredos do passado e o infinito poder do amor verdadeiro.

Inverno de 1964. Uma violenta tempestade de neve obriga o Dr. David Henry a fazer o parto de seus filhos gêmeos. O menino, primeiro a nascer, é perfeitamente saudável, mas o médico logo reconhece na menina sinais da síndrome de Down.

Guiado por um impulso irrefreável e por dolorosas lembranças do passado, ele toma uma decisão que mudará para sempre a vida de todos e o assombrará até a morte: pede que sua enfermeira, Caroline, entregue a criança para adoção e diz à esposa que a menina não sobreviveu.

Tocada pela fragilidade do bebê, Caroline decide sair da cidade e criar Phoebe como sua própria filha. E Norah, a mãe, jamais consegue se recuperar do imenso vazio causado pela ausência da menina. A partir daí, uma intricada trama de segredos, mentiras e traições se desenrola, abrindo feridas que nem o tempo será capaz de curar.

Com uma trama tensa e cheia de surpresas, *O guardião de memórias* vai emocionar e mostrar o profundo – e às vezes irreversível – poder de nossas escolhas.

INFORMAÇÕES SOBRE
OS PRÓXIMOS LANÇAMENTOS

Para receber informações sobre os lançamentos da
EDITORA SEXTANTE, basta cadastrar-se diretamente no site
www.sextante.com.br

Para saber mais sobre nossos títulos e autores, e enviar
seus comentários sobre este livro, visite o nosso site
www.sextante.com.br ou mande um e-mail para
atendimento@esextante.com.br

EDITORA SEXTANTE

Rua Voluntários da Pátria, 45 / 1.404 – Botafogo
Rio de Janeiro – RJ – 22270-000 – Brasil
Telefone (21) 2286-9944 – Fax (21) 2286-9244
E-mail: atendimento@esextante.com.br